寄物柜婴儿

[日] 村上龙
栾殿武 译

上海译文出版社

1

女人手按在婴儿的腹部，将下面的生殖器含在嘴里，感觉比平时吸的美国薄荷烟要细小，而且有一股鱼腥味。她想看一下孩子会不会哭出声来，但婴儿毫无知觉，于是揭下贴在婴儿脸上的塑料薄膜。她在纸箱底铺上双层毛巾，放入婴儿，缠上胶纸带，再用绳子扎紧，用粗笔在正面和侧面写上假的地址和姓名。她化完妆，穿上圆点花纹的连衣裙，右手抚摸着胀痛的乳房，并不在意滴在地毯上的乳汁，穿上拖鞋抱起装着婴儿的纸箱走出房门。坐上出租车时，女人想起快要编织完的台布，心想织好后要把天竺葵的花盆放在上面。此时正值酷暑，站在阳光下会感到头晕。出租车的收音机说在这百年未遇的酷暑中已有六个老人和病人死亡。到达车站后，女人将纸箱塞入最里面的寄物柜，将钥匙裹在卫生巾里，丢进厕所的马桶。她走出充斥着暑热和尘埃的车站，步入商场，坐在休息处吸着香烟，等到身上的汗水干透，买了连裤袜、漂白粉和指甲油。她感到异常口渴，便喝了橙汁，在洗手间用刚刚买来的指甲油仔细地修饰起指甲来。

女人快要涂完左手拇指的时候，躺在黑暗中处于假死状态的婴儿开始全身出汗。汗水最初润湿了前额、胸部和腋下，逐渐在全身流淌，调节着婴儿的体温。婴儿的手指颤抖了一下，咧开嘴，突然爆发出响亮的哭声。那是因为天气闷热，潮湿的空气十分凝重，两层箱子都密封着，无法让婴儿安眠。高温加速了血液循环，激发了婴儿的活力。婴儿在酷热、昏暗、极不舒适的狭窄箱子中再次诞生了，这是在脱离女人身体，呼吸了人世间空气七十六小时之后。婴儿拼命哭喊，直到人们察觉。

经过警察医院的治疗，婴儿被收养在孤儿院，一个月后取名关口菊之。关口是女人胡乱写在纸箱上的假姓，菊之是横滨市北区区政府福利科弃婴命名表上排列第十八位的名字，关口菊之是1972年7月18日被人发现的。

关口菊之在孤儿院长大，那里四周环绕着铁栅栏，与墓地一路之隔，街道两侧栽种着樱花树。孤儿院名为樱野圣母育婴院，那里有很多孩子，小伙伴称关口菊之为阿菊。刚刚呀呀学语的阿菊听到修女们每天都重复相同的话语为自己祷告：“你要相信，父亲一直在天上守护着我们。”修女所讲的父亲就在教堂墙壁的画里，脸上长满胡须的父亲在海边断崖上，朝着苍天双手高举刚刚出生的羔羊。阿菊总是反复询问同一个问题：“这画中为什么没有自己？为什么父亲是外国人?”修女回答说：“这画描绘的是你出生之前的父亲，除了你之外，父亲还创造了世上各种各样的东西，这和眼睛头发的颜色无关。”

樱野圣母育婴院的孤儿们根据相貌依次被人领养。每到星期天，礼拜结束后总有几对男女来观看在外玩耍的孩子。阿菊并非长相丑陋，不过最受欢迎的是交通事故中遗留下的孤儿，弃婴除非十分可爱，否则很难找到养父母，阿菊直到会跑步都没人领养。

这时阿菊还不知道自己是寄物柜婴儿，告诉他的是一个叫阿桥的孩子。沟口桥男也是没有找到养父母的孤儿。阿桥在玩沙子的时候凑过来说：“只剩两个人，别的都死了。在寄物柜里活过来的，只有你和我两个人。”阿桥身体瘦弱而且弱视，眼里总是充满泪水，像在眺望远方，阿菊听阿桥讲话时，感觉自己似乎变成了无形的透明人。阿桥身上总有股药味，他和阿菊不同，并不是因为在黑暗闷热的箱子里不停哭喊而被警察发现，而是身体病弱才有幸得救的。丢弃阿桥的女人没有清洗婴儿便将他全身赤裸装入纸袋丢进寄物柜，阿桥因蛋白质过敏引起湿疹，全身涂满天花粉，不停地咳嗽呕吐。他身上的药味从寄物柜的缝隙里散发出去，被偶尔路过的导盲犬嗅到。“那是条大黑狗，所以我很爱护狗，非常喜欢狗。”

阿菊最初见到寄物柜是去城外的游乐园郊游，在旱冰场的入口，阿桥用手指着告诉了他。一个手提旱冰鞋的男人打开一扇小门，将上衣和提包放进去。阿菊想：“这不就是一个柜子吗？”他走上前，探头朝里望望，里面布满灰尘，手也弄脏了。阿桥说：“你看像不像蜂窝？从前不是在电视上看到过吗？蜜蜂在一个个这样的箱子里产卵，我们不是蜜蜂，肯定是人的卵。蜜蜂不也是那样，产下很多卵，但死得也多吗？”

阿菊独自想象着教堂墙上挂的画里那个留着胡须的父亲将滑溜溜的蛋放入一个个寄物柜，不过他觉得似乎不对，放蛋的应该是女人，然后是父亲将从蛋中孵化的孩子双手高举朝向苍天。这时阿桥小声说：“喂，你瞧。”一个头发染成红色的戴墨镜女人手拿钥匙在寻找自己的箱子。生下蛋放在箱子里的一定是那种大屁股的女人，那家伙一定生了蛋。女人站在自己的箱子前插入钥匙，柜门打开，红色的圆东西掉了出来，阿菊和阿桥不由叫出声来。女人慌忙张开双臂想要接住，但红色的圆东西不断跌落，其中一个滚到阿菊和阿桥的脚下。那不是蛋，是番茄。阿菊用力踩扁脚下的番茄，番茄汁溅出来弄脏了鞋。红蛋里面既没有妹妹也没有弟弟。

阿桥每次被人欺负，阿菊总是拔刀相助。阿桥身体孱弱，除了阿菊之外不愿意接近外人，特别是害怕男人。阿菊想阿桥的身体里一定装满了泪水。为孤儿院送面包的男人只是轻轻拍一下阿桥的肩头，说了句“你总是有股药膏味儿啊”，他便哭了出来。阿菊这时并不安慰他，只是默默地站在他身旁。阿桥大声哭泣的时候，惊慌失措的时候，或者是无缘无故自我责备的时候，阿菊总是神色镇定，静心等他平静下来。所以阿桥坚持非要跟阿菊去厕所不可，阿菊并没有拒绝。阿菊也需要阿桥，阿菊和阿桥的关系如同是肉体和疾病，肉体面临无法解决的困难危机时，便会退缩到疾病之中。

每当樱花盛开的时节，阿桥便喉咙震响，咳嗽不止，这一年还格外厉害。阿桥患有神经性气喘，低烧不止，无法和阿菊在户外玩耍，可能是由于这个原因，他性格变得更加孤僻。阿桥热衷于一种奇怪的过家家游戏，他将塑料玩具碗、锅、炒菜锅、洗衣机、冰箱之类的东西整齐地摆放在地上，这些玩具有时形成一种图形，有时是现代化的厨房模型，不过当这些玩具家具和餐具摆放完毕之后，阿桥决不允许别人挪动。如果有谁改变了玩具的位置或者不小心踩坏了玩具，阿桥便疯了似的发火。在此以前，阿桥从来没有向伙伴和修女发过脾气。晚上他睡在模型旁边，早上发现没有任何变化，就会满意地眺望良久，接着忽然露出不愉快的表情，口中嘟囔着自己毁坏了模型。阿桥并不仅仅摆设厨房和客厅的模型，他用布条、线团、纽扣、钉子、自行车零件、石头和沙子、玻璃碎片不断扩大自己的领地。有女孩摔倒，碰翻了线轴堆砌的塔，阿桥便扑上去要掐她的脖子。他软弱无力但十分冲动，当天晚上发了高烧，彻夜咳嗽不止。

阿桥喜欢阿菊观看自己的模型，他不断指点着说这里是面包店，这里是油罐，这里是墓地。阿菊静静地听完阿桥的介绍才问：

“寄物柜在哪儿?”阿桥指点着四方形的自行车尾灯说:“是那个。”黄色的塑料格子里有个小灯泡,周围的金属板擦得锃亮,蓝色和红色电线整齐地卷在一起,在领地内十分醒目。在介绍自己的地盘时,阿桥显得很神气,阿菊却有一种莫名其妙的躁动。阿桥显得很懦弱地哭泣的时候,阿菊会体验到一种病人从 X 光片上观看自己患部的心情。深藏在自己体内的不安和恐惧可以戴上假面具,阿菊只须等待伤痛愈合。阿桥开始在模型旁过夜,他为玩具模型而胆怯、哭泣。伤痛已经开始脱离肉体独立出去,可以自由躲在自己内部,而失去伤痛的肉体则需要寻求新的伤痛。

有一天,阿菊被修女带去卫生所喝预防小儿麻痹的药水,返回途中走丢了,最后被公共汽车总站收容。据司机讲,阿菊在始发站横滨车站西口上车,直到终点根岸市民游艇港,一共坐了四个来回,中途一次也没下车,问他去哪里也不说,只是望着窗外,于是便收容了他。这是事情的开始。三天后,他午后一个人溜出孤儿院,独自坐上出租车,只低声说了句去新宿,到了新宿车站,他又说去涩谷。司机觉得可疑,便向涩谷车站前的派出所报警,阿菊又一次被收容了。他还偷偷爬进给孤儿院送货的酒铺的货车厢,不过被人事先察觉了,后来又欺骗一对来扫墓的夫妇,让人家带他去镰仓,到镰仓迷了路,不知所措的阿菊竟然嘴硬说自己刚从镰仓来,是不小心走丢了。

阿菊受到了严格的监管,一个年轻的修女负责监视他,她并不太训斥他，而是努力想要理解他。她从父亲那里借来轿车，一有时间便带阿菊出去，和他聊天。她问道："阿菊为什么喜欢坐车？你是特别喜欢公共汽车和汽车吧？"阿菊回答说："因为地球一直在转。地球是不是一直在运动？呆坐着才有问题。"其实并不是因为地球的缘故，阿菊自己也搞不清楚，他静不下来，在地面上不动的话会非常不愉快。他感到在自己的周围有个东西正在高速旋转，放射出耀眼的光芒准备飞向远方。它那震耳的巨响使地面微微颤抖，有规律地腾空而起，每一次阿菊都被置留于原地，感到十分失望。不久它又开始准备出发，四周散发着燃油的气味，发出轰鸣声，不停地旋转，空气和地面开始震动。有时感到它笼罩了整个天空，有时觉得它就在耳后，马上就要飞向远方，有时则感到从地底的深处传来了震颤。总之，处于这种环境之中，他无法忍耐自己静止不动。当那个物体准备起飞时，震动和巨响随之不断增大，不愉快和恐怖的感觉随之增加，于是阿菊开始行动，无论如何要乘上那个巨大的浮游物体。

有一天，修女开车带阿菊去游乐园，他坐上过山车便不肯下来。他不像其他孩子那样高声欢呼，而是面无表情，一声不吭一直坐在上面。管理员让年轻的修女将阿菊拉下来，但阿菊面色苍白，全身布满汗水和鸡皮疙瘩，死命抱住座位不放。年轻的修女只能一个个掰开阿菊的小手指。阿菊身体僵硬着，这时，年轻的修女察觉到阿菊并不是那种单纯喜爱汽车的孩子，他似乎患有某种疾病。阿桥在寝室的地板上摆满了玩具废品和砖瓦，有人冒犯这个模型领地他总是暴跳如雷，正在打针也会折断针头。于是修女们决定带阿桥和阿菊去精神病科治疗。

精神科医生端详着阿桥摆放在地板上的模型王国的照片，开口说道："一般人们都知道，孤儿由于缺乏母爱而不愿和他人接触。

"除了遗传性精神病之外，幼儿和儿童精神分裂症的发病原因，在于和父母的关系以及环境因素这两点。你们是抚养儿童的专职人员，我想应该深有体会，在某种意义上说，儿童都有神经症状，儿童的精神和身体一样按照一定的程序发育，要想得到良好的发育，就必须有来自周围环境的一定的刺激、帮助、保障，不过周围环境不可能十分理想地提供这些，而儿童自身的能力有限，因此发育成长中的儿童都有一些棘手的问题。

"这两个孩子有可能是儿童精神分裂症的早期症状，如果那样的话，原因可能是器官缺陷、脑组织缺陷、新陈代谢异常，或者还有遗传性因素，很遗憾，目前还无法断定。他们两人如果是儿童精神分裂症的话，应该是极为特殊的病历。我认为这个可能性较大，一般称为共生性幼儿精神病。为什么说这两个孩子比较特殊呢？他们的发病源于和生母的分离，幼儿一般在产后六个月左右能够区别自我和他人，从而丧失与母亲的一体感。因此，幼儿会眷恋以前在母亲体内的那种安详，想重新回到那种幻觉之中。由于无法适应外界，觉得周围是使自己和母亲分离的罪魁，他便充满了敌意，要毁坏周围的一切，于是将自我封闭在幻觉之中。就这两个孩子来说，首先谈沟口桥男，这个孩子拒绝和他人接触，自我封闭在一个小匣子里。儿童精神分裂症分‘丰富性自闭’和‘贫乏性自闭’两种，与外界隔绝的患者的精神状态十分贫乏属于‘贫乏性自闭’，而具有十分丰富精神状态的称为‘丰富性自闭’。沟口桥男属于丰富性自闭，因为他能创造出如此充满想象力的作品。下面来看关口菊之，尽管这个孩子害怕静止，喜欢急剧的空间移动，其实他并没有与外界保持积极的联系，反之，那是通过急剧的运动退缩到自己内部的一种尝试。所谓某种物体随着轰鸣声从自己身边起飞的幻觉，实际上是害怕自己。沟口桥男热衷于摆设模型和关口菊之抱有恐惧心理同出一辙，究其原因，那其实是一种能量。我接到你们打来的电话之后，出于好奇查阅了有关寄物柜婴儿的资料，从 1969 年至 1975 年，全国共发现了六十八个弃婴，其中绝大部分是死婴，大部分是死亡以后被抛弃，余下的是被抛弃后死在寄物柜里，仅有少数例外是被发现时还存活而送到医院后确诊死亡的，也就是说，至今存活下来的只有两个人。新生儿没有记忆力，不过可以想象这两个孩子在出生后数十个小时之内面临死亡的下意识的恐怖，以及自己顽强战胜恐怖的记忆，都可能保留在脑组织里，乳头状体或是前脑、下视丘等部位。两个孩子身体内部保存着某种巨大的能量，这才使他们得以存活，而这种巨大的能量在一定时期内却妨碍大脑的发育，换句话说，他们两人无法控制自身体内的能量，大概要花很长时间才能缓解这种能量。”

修女们问：“现在该怎么办呢？这两个孩子今后要上学，还有可能被领养，如果这种精神病治不好的话，会不会妨碍他们的生长发育？”

“有一种有效的治疗方法，那就是催眠这种能量，使其深深埋藏在脑海里，直到长大后可以自我控制它。必须冻结狂暴的神经细胞和代谢物质。这种方法是美国人发明的，主要用于治疗吸毒引起的急性分裂症，也就是将患者重新置于母体的环境之中，使他的精神保持绝对的安宁和平静。具体方法是让他听声波，那是人工合成的人体心脏的电子声波，是胎儿在母体内听到的母亲心脏的声音。人的心脏在体内跳动声十分洪亮，那不是通过空气而是经过体液震动传播的。那不是一种单纯的声音，而是体内各种器官、血液以及淋巴液的震动传导到婴儿体内，是一种复杂的和声，甚至会听出一种音阶。去年有人在美国精神医科学会公开这个声波的音阶和音色时，麻省理工大学专攻神经化学的麦克·戈德史密斯教授阐述了一个十分有趣的见解。他的业余爱好是撰写科幻小说，他说这种心脏的声波和宇航局发射的人造卫星所发出的与外星人联络的信号十分相似，大概是偶然的巧合。我试听过那种心脏的声波，如果是在半昏睡状态中，听着可以感到一种绝对的安宁和恍惚。这么说可能引起诸位信仰上帝的人士的反感，我觉得从前基督给人带来的可能就是那种感觉。”

阿菊和阿桥从第二天便开始治疗，首先服用适量的安眠药，然后听一两个小时的心脏的声波。

病房是三十平米左右的房间，地面和墙壁铺设着软质橡胶，以免患者暴躁冲撞而受伤。声波从镶嵌在两面墙壁和天花板的喇叭里播放出来，不过喇叭外表蒙着一层粗布，十分隐蔽。天花板和墙壁还装有微小的照明灯，可以调节光线的亮度，房间的任何位置光亮都十分均匀。房间里摆放着一张巨大的长椅，对面墙壁上镶着一面厚厚的玻璃，里面是一台七十二英寸的放像屏幕。阿菊和阿桥先喝一杯调合了安眠药的番石榴果汁，按照医生的吩咐坐在长椅上。房间在不知不觉中变得昏暗，屏幕上映出南太平洋碧波荡漾的海岸、从白雪皑皑的山坡上飞驰而下的滑雪者、在夕阳映照下奔驰着的长颈鹿群等等慢动作镜头，追波逐浪的白帆船，环游在珊瑚礁周围的数万条热带鱼，飞鸟与滑翔机，芭蕾舞演员以及空中飞人表演。图像中的波涛、落日、海底的颜色、帆船的速度、景色以及舞台仅有微小的变化，当人的意识逐渐朦胧时，房间已经变得十分昏暗。两人进入房间时已经在播放声波，不过音量细微，人的耳朵几乎听不到，音量逐渐加大，入睡之后达到最大。两个人经过五十至八十分钟从睡梦中醒来，录像带播放的图像反复重现，使人感觉不到时间变化。治疗从上午十点半开始，这是太阳光线保持不变的时间带，进入和走出病房时感觉不到时间变化。比如进入病房是晴天而治疗中突然下雨的话，在两人睡醒前几分钟，房间里会播放下雨声，并将光线调节到下雨时的亮度。阿菊和阿桥并不知道在接受治疗，修女和医生只是告诉他们在医院里看电影。

一星期后立竿见影，两个人高高兴兴地去医院病房，不再需要修女们陪伴。一个月后，医生使用催眠术代替安眠药，检查两个人潜意识中狂暴能量的变化程度。听着声波时，医生问他们现在眼前看到的是什么，他们总是异口同声说是大海。阿菊讲述映在眼皮上的景象时，说在俯瞰大海的断崖边上，一个如同孤儿院礼拜堂悬挂的画上那个长满胡须的基督一样的人，双手将自己高高举起，周围是柔软的东西包容着自己，凉风拂面，海面微波荡漾，闪闪发光。治疗过程大约持续了一百天。精神科医生告诉修女说："治疗基本结束了，此后最重要的是不能让他们察觉到自己发生了变化，决不能告诉他们曾经听过心脏的声波。"

阿菊和阿桥在医院的走廊上等待修女出来，窗户的一半反射着耀眼的金光，余下的部分映照着一排随风飘摆的银杏树。电梯门打开，响起了人声，两人随之转过头来。一个身材消瘦的老人前胸缠着绷带，一只鼻孔插着细管，从两人面前经过，一个手拿百合花束的少女正和推着移动病床的护士说话。阿菊和阿桥走近瘦弱的老人，见到他的肌肤上苍白血管突出，只有嘴唇鲜红湿润。他的脚腕用皮带固定在移动病床上，双臂插着点滴针头，渗出一丝鲜血。老人睁开了双目，见到面前的阿菊和阿桥，咧开嘴微微笑了一下。不久，两人也微笑了一下。修女从走廊尽头的房间出来，口中不停地重复着医生的嘱咐。

“那两个孩子不会感觉自身的变化，而是觉得世界变了。”

2

阿菊和阿桥在上小学前一年的夏天被人领养了。有对夫妇想要一对双胞胎，于是修女推荐了阿菊和阿桥。

这份通过圣母互助会转来的申请来自九州西部的一个小岛。两个孩子起先拒绝离开孤儿院，在见到养父母的照片后答应了，原因是照片上那对夫妇的背后是大海。

临行的前一天晚上，修女和小伙伴们聚集在一起开了一个送行会，小伙伴的代表向两人赠送了纪念品，那是一条绣着樱花和所有小伙伴名字的手帕。阿桥痛哭流涕，阿菊则偷偷溜出房间来到礼拜堂。那里散发着一股发霉和灰尘的气息，他打开灯看着墙壁上挂着的画，基督双手高举着羔羊。直到修女找来并和他一起祈祷，阿菊一直呆望着那张画，心想不久自己也将和画上一样，登上俯瞰大海的悬崖。

他们乘新干线来到博多，在那里，护送的修女将他们交给了一个身穿黑西装的男人，是长崎县的福利专员。男人领着他们乘上火车，在一个小车站下车，换乘公共汽车。在公共汽车上，阿菊觉得这么热的天，光着膀子都出汗，这个人却穿着黑西装，实在奇怪。他小声对阿桥讲了之后，阿桥默默地指着福利专员的手背，原来那上面布满烧伤的疤痕。那人从前曾被烫伤，一定习惯了灼热的天气。

公共汽车爬上笔直的公路尽头，眼前出现了大海。渡轮的船体生出红色的铁锈，海角的左侧与海岛、白云在霞光映照下聚集在水平线的一端，阿菊和阿桥一到港口便飞奔向大海，登上水泥堤坝。“真棒！阿菊，这能看到很远呀。”大海周围的景象在暑热中膨胀，微微地颤抖着。阿桥凑过头去紧盯着钓鱼人的鱼筐，于是那人给了他一条鱼。那条鱼鼓着眼睛，肚皮膨胀，浑身沾满灰尘在地上翻滚，不久便纹丝不动了。阿菊抓住鱼尾尖，感到一股腥臭，便松开了手。

穿黑西装的福利专员在招呼他们，手里攥着渡轮的船票和雪糕。两人站起身扭头望去，从环绕海湾的悬崖背后闪现出一架巨大的飞机。银色的圆筒在两人头顶将突出的双轮折叠起来，收入机翼之中。两人惊奇地注视着喷气式飞机。飞机飞得极低，使他们感觉到似乎自己也会被带去什么地方。展开双翼的巨大阴影一瞬间笼罩了整个海湾，为两个小家伙带来了一丝清凉。

渡轮上散发着一股柴油的气味，让他们透不过气来。船上的小卖部已经关门，汽水自动出售机、电视以及墙上的风扇都贴着

“故障”的纸条。福利专员将开始融化的雪糕递给他们。客舱座位上的尼龙布已经绽开，露出里面黄色的海绵，海绵的碎屑散落在沾着沙子的粗糙的地板上。福利专员的黑裤子上粘了雪糕，他皱着眉头用手帕擦了一下，往地上吐口痰，然后问阿菊和阿桥：“累了吧？”两人觉得很不舒服，柴油的气味和渡轮的摇晃使他们感到恶心。为了尽快清除堵塞在喉咙和鼻孔里的恶心气味，他们不停地舔着雪糕。“累了吧？不会说话吗？”福利专员提高了声调。阿桥吓得从嘴里拿开了雪糕，用细微的声音像背书一般地回答道：“我们是从……横滨的……樱野圣母育婴院来，要去新爸爸……妈妈那里。”融化的雪糕沿着阿桥的右手滴落在地板上。“我没问那个，我问你累不累？累了吗？”阿桥微微地颤抖着，他从前就害怕大人。阿桥吓得要哭出声来，又重复了一遍说：“我们是从……横滨的……樱野圣母育婴院来，要去新爸爸……妈妈那里。”福利专员舔着沾在右手背的瘢痕疙瘩上的雪糕，笑着说：“你只会说这句话吗？你们简直就像鹦鹉一样。”阿菊将攥在手里的雪糕按在福利专员的上衣上便跑开了，他想冲出甲板跳进大海。被弄脏黑西装的男人追上去将阿菊按倒在地上，在他耳边怒吼道：“喂，你给我道歉！”他呼出的气息里有一股臭味，好像刚才堤坝上那死鱼的腥臭。阿菊盯着男人咧开嘴微笑，男人轻轻拍打了一下他的脸说：“你笑什么？老实道歉！”阿桥为阿菊道了歉。阿桥抓住福利专员的上衣，反复不停地说对不起。“阿菊不喜欢说话，修女姐姐让我替他说。”福利专员放开阿菊，脱下上衣，在厕所水龙头上洗掉雪糕。阿菊和阿桥躺在坚硬的座椅上，他们拼命想忘记柴油的味道，临睡前不停地闻着留在手心里的香草的甘甜气味。

海岛的外形像一个动物。渡轮进入港口时太阳已经落山，眼前的海岛只剩下一个乌黑的轮廓，看上去如同吞噬着光束的猛虎的上身。

养父母来到港口栈桥上迎接他们。大概是周围昏暗的原因，阿桥心里暗想：“这个妈妈不是有孩子吗？”养父桑山修一身材十分矮小。福利专员为双方作介绍时，阿菊观察了一下父亲，觉得十分失望。桑山不仅身材矮小，肤色白皙的手脚十分纤细，肩头、胸部、大腿、屁股也很消瘦，没有留胡须，头发也不多，和画里的基督判若两人，如果掀翻在地，抽干血液，然后填上锯末，拉开脸上的皱纹的话，简直就可以当枕头用。“站在这里说话不方便，咱们还是去吃点什么吧？”阿桥听到父亲尖利的声调，捅了一下阿菊的肚子，笑出声来。阿菊说：“好像宇宙飞船上搞精确计算的机器人一样。”孩子们在港口的饭馆要了一份蛋包饭，大人们点了面条和酒。

桑山给福利专员斟酒的时候，福利专员提起了阿菊弄脏西装的事。“要好好管教这两个小家伙，他们让尼姑宠坏了，实在不像话。”养母脸上涂满厚厚的白粉，突出的锁骨上留着汗水冲下来的白粉。阿菊和阿桥的养母桑山和代比丈夫大六岁，已经四十出头。

这个海岛的海底煤矿蒸蒸日上的时候，和代与前夫分手，来这里投靠叔父。叔父也是矿工，当时岛上居住着五千多个矿工，其中一半是单身汉。刚刚开始学做美发生意的和代每天都十分愉快，她虽然身材高大，淡眉细眼，蒜头鼻子，但单身汉们还是竞相前来挑逗。和代决不轻易上钩，这并不是因为她曾经婚姻失败，对男人抱有戒心。勾引她的男人太多，致使她头脑发热，认为总会等到更好的男人。男人们夸奖她漂亮，她最初并不相信，来海岛之前从没人夸奖她长得漂亮。每天美发店工作结束，她都随意挑选一个男人一起去吃饭，打弹子机，跳舞或看电影，然后才回家。直到上床睡觉之前，她总是久久凝视着镜子。她回想着男人的每一句甜言蜜语，照着镜子寻找自己美在何处，煞费苦心却没有收获。不久，她觉得好像是嘴唇，还有白皙而细嫩的肌肤。和代之所以没有特定的男朋友，原因是依照她原先的审美观，她觉得周围有三个帅哥。

离婚之后，和代初次上床的男人并不是矿工，而是采矿勘探技师，还是个有妇之夫。她是和两个矿工一起去跳舞时在舞厅结识了那个人。技师有私家车，开车带她乘渡轮去长崎和佐世保兜风。技师的老婆抓住他们时，骂和代说就凭你这长相还敢勾引我家男人，和代听了很吃惊。虽然技师的妻子比和代漂亮，但她很久没听人当面骂她丑，所以她无法相信。从那天起，她又重新长时间端详镜子，看着自己的嘴唇和白皙细嫩的肌肤。

在美发店工作两年之后，和代辞了职，开始在闹市区的酒吧打工。她在白皙的肌肤上淡施白粉，涂上厚厚的口红。她清楚地记得和技师上床的次数，一共十八次。她还清楚地记得是从第几次开始热恋上那个男人，那是第四次，在长崎一家房顶上镶着镜子、摆着圆形睡床的旅馆。技师和她喝了一种咖啡味道的鸡尾酒可可菲士（Cacao Fizz）。在酒吧打工的第四天，一个矿工请她喝了可可菲士。和代回忆起往事痛哭流涕，当晚便和那个矿工夜宿于岛内旅店。一个月之后，和代每天晚上和不同的男人欢爱，这时已经不再需要可可菲士了。

每晚听着男人赞叹、欢爱之后长时间凝视梳妆镜的幸福之夜随着矿山关闭而了结。废矿之后，劳资纠纷持续了三个月，没人来逛酒吧，不久，岛上的年轻人销声匿迹，海岛上人口减至十分之一。和代刚三十岁。她的叔父分配到四国的造船厂，和代随叔父来到四国，在新居海滨的酒吧打工，那里不是远离海岸的孤岛，几乎没人称赞她的长相。和代仍然凝视着镜子，回忆着在海岛时欢爱过的男人的面容。一天晚上，她在自己光滑白皙的肌肤上发现了斑点。在眼下、面颊、前胸查看斑点时，和代察觉到嘴唇失去了弹力，肌肤出现了皱纹和松懈。叔父一家为生活疲于奔命，晚上洗完澡以后没有工夫听刚从酒吧回来的和代诉苦。

和代离开了新居海滨，在大阪做了两年，在福冈做了一年，精疲力竭回到了海岛。她在岛上唯一的一家旅店帮忙时重新遇见了桑山，他是曾经请她喝过可可菲士的男人中的一个，离开矿山之后去了佐世保的铁工厂，攒了一点积蓄，在岛上开了一间小作坊。桑山介绍着自己的经历，带和代来到一间简陋的、仅有一台生满铁锈的机器的小屋里。和代决定嫁给桑山，因为那天夜里，桑山颤动着嘴唇夸她漂亮。桑山使用冲压机制作方便饭盒，随着需求的增加，他增购了新机器，可以制作多种规格的饭盒，他还贷款为和代开了一家美发室。贷款偿付到一半时，夫妇俩开始寻找养子。

阿菊和阿桥穿上了为他俩准备的印着火车头图案的睡衣。大概是因为疲劳过度，阿桥上床便发了高烧。和代为他准备了冰袋，并为他摇着扇子。福利专员刚走，桑山便开始干活了。从窗口飞进一只阿菊从没见过的棕色飞蛾，阿菊眺望着漆黑的窗外。从孤儿院窗户看到的街灯和车流的灯火十分壮观。窗外漆黑一片，不过仔细端详可以看到大片树叶在暖风中颤动。桑山打开冲压机的电源，虫子的声音消失了。和代解释说："有点吵，不过不干点活儿，他睡不着觉。"阿菊踩死了飞落在脚边的小甲虫。"不要随便杀生。"阿菊发现远方有一点微弱的灯光。他以为是星光，其实不是。"那是灯塔。晚上有船经过，为了避免撞上礁石，一直亮着。"灯光在旋转，朝向这里时一瞬间照射出摇荡的海面。"快睡吧，你今天也累坏了。你也睡吧。"阿菊突然想大声呼唤，自己变成巨大的喷气飞机，用轰鸣声吹散飞虫、树叶、窗户、桑山的机器以及灯塔。阳光烘烤过的树木在夏夜里散发出的气息让他难以忍耐。阿菊壮着胆子，震颤着喉咙，小声说："我的名字叫菊之。阿桥和修女叫我阿菊。"说完便流出了眼泪。他不知道自己为什么流泪。和代默不作声地摇着扇子。阿菊独自一人钻进被窝，新床单随即被汗水浸湿了。

第二天两人醒来时，桑山已经开动了冲压机。和代让他们穿上了新短裤、衬衣和球鞋，然后去美发室上班。"中午我和你爸爸都回来，你们在家看电视吧。"阿菊和阿桥吞下浇上生鸡蛋和酱汤的米饭，数着印在衬衣上的帆船，打开电视，发现是烹饪节目立即关掉，在榻榻米上摔跤，投掷桌上的锥子捅漏纸拉门，然后跑到屋外。狭窄的庭院里种着番茄和茄子，车间的窗户上映出桑山的背影，他只穿一条短裤，弯腰弓背，热汗淋漓，上下扳动着粗大的铁棒。"他真像机器人。你不觉得吗，阿菊？"

蜿蜒伸展于房前的山坡小路在和纵贯海岛的大道交叉之后一直延伸到大海，小路两旁遍地盛开着美人蕉的花朵。在一棵大树下，三个浑身晒得黝黑的孩子正在捕蝉。阿菊和阿桥走近他们，他们紧盯着两人的新衣服。阿桥问道："你们在干什么？"一个孩子举起装满知了的竹笼。阿桥接过竹笼，知了如同摔坏的收音机一般嗡嗡作响。他数着知了的个数。孩子们将装在贝壳里的黏胶巧妙地抹在竹竿头上。阿菊和阿桥顺着孩子们手指的方向望去，但树枝间透过的阳光十分刺眼，根本分不清树干和知了，看到孩子们用竹竿静静地探向树干，知了突然发出尖利的鸣叫声，粘在竿头的知了像玩具鸟一般扑动，他们如同观看魔术表演一样异常兴奋。高大的树枝上好像有一只梨蜩，一个孩子将竹竿递给个子最高的阿菊。阿菊说："我看不见。"于是那个孩子转到旁边，用手指给他看。顺着他那沾满污泥的手指的方向，阿菊看见了一只如同树上的瘤子一样的梨蜩。阿菊屏住呼吸，一点点凑近，知了在阿菊拼命伸直胳膊才能碰到的地方鸣叫。阿菊站到水泥砖头上，孩子们告诉他要将竹竿靠近知了复眼的死角。砖头晃动了一下，阿菊摔了下来。阿桥叹了口气。阿菊顺势伸手将竹竿捅向知了，竿头触到知了的翅膀，知了挣扎着想飞走。阿菊摔倒后，竹竿在空中沿着抛物线慢慢跌落下来。周围响起了欢呼声，一个孩子轻轻抓住粘在竹竿头上死命挣扎的知了，抹掉黏胶拿给阿菊看。阿桥问孩子们沿着这条坡路能不能走到海边，他们告诉他说前面是悬崖，下不到海边，从那条大路向前走，在第二个路口拐弯儿就到海边了。

他们沿着大路向前走，路过坐落在汽车站前面的和代的美发室。和代见到他们便走出来高声喊道："你们到哪儿去?"阿菊默不作声，用手指着大海。"记住不许去旧煤矿!"阿菊和阿桥从来没有听说过煤矿这个词。

孩子们告诉他们的第二个路口淹没在草丛中，两人走错了路，转进一条小路，途中有很多岔路，他们东碰西撞，迷失了方向。

两人被蚊子叮咬，脚被野草划破，越来越害怕。他们想高声呼救，但觉得不会有人来。眼前的小路分为两条，右面是一条幽暗的隧道，他们走向左边，发现一条蛇从路中穿过。他们惊叫着跑向隧道，隧道缓缓地弯曲延伸，尽头的出口看上去像一条细长的光柱。隧道内很阴冷，脚下泥泞，洞顶的水滴落在脖子上，阿桥嘶声的惊叫震撼着隧道，他拔腿逃跑，脚下一滑摔倒在地。阿桥哭出声来，阿菊高声喊道："别哭！阿桥，站起来向前走，马上就到洞口了。"阿菊绕过水洼，直奔洞口。水洼里的积水散发着臭味。他们身上沾着泥水，走出洞口一看，路被铁丝网和荒草堵住了，不过右边有一个漏洞，小孩子可以钻过去，两人不想返回隧道。衬衣上的帆船被生锈的铁丝网撕破，阿桥胆小，不敢向前走，阿菊吓唬他说后面有蛇。两人趴在地上匍匐向前，不久肘部触到了水泥地面，已经到了草地尽头。他们站起身来，发现眼前的景色与一年前阿桥摆设的模型很相似。

那个由废品玩具和瓦片摆设的领地膨胀起来，展现在眼前。废墟和荒无人烟的城镇，排列整齐的灰色矿工宿舍。如果没有看到从破窗里探出的野草，就会产生一种错觉，好像是拉响警报之后，人们都躲藏起来，只剩下他们在等着受死。告示牌上仍然贴着海报，内容是海上自卫队九州吹奏乐团的公演，演出的节目有"桂河大桥"、"起锚"、"星条旗永不落"。两人站在那里，发现附近没有人迹，便飞跑起来。跑过房子之间，他们自己的脚步声在四壁回荡。他们看到一辆三轮车，便停下脚步，塑料车座已经褪色，中间长出了小草，阿桥和阿菊觉得刚才捉知了的那群孩子似乎躲藏在什么地方探头探脑。阿桥摸了一下车把，随着如同宰猪一般的尖利声响，车架断裂了，混杂着铁锈和油污的积水从裂口流了出来。断裂后向前扑倒的三轮车吓了他们一跳，他们跑出了宿舍区。水泥地面的尽头又出现了荒芜的草地，他们登上木头和碎石台阶，眼前的景色染上了一片红色，阳光从砖墙的缝隙射进来，围墙延绵伸展，他们从墙缝里望去，望到从来没见到过的房屋纵横交错。漏斗形的塔，纵横分割规整的水泥池，连接铁塔和水池的圆底水沟，裸露的脚手架，红砖砌成的圆筒，缠绕在上面的青藤，阿桥觉得这个画面好像和什么很相似，他刚想告诉阿菊，但欲说又止，因为阿菊脸色铁青。他想起来了，那是人体消化器官模型图，他们去医院进行音乐治疗时见到的贴在候诊室的那种。阿菊全身泛起了鸡皮疙瘩，他觉得这个渺无人迹、只由阴影和温度所支配的遗迹，正是自己所惧怕的巨大旋转物起飞后展现出的景色。

水泥内脏后面是一所破落的校舍。干涸的喷水池布满裂缝，粗壮的植物探出了叶尖。尖利的叶子不是生物而是机器，似乎可以挖掘海底隧道。喷水池的周围还有花坛，被人遗忘的花种随风飞扬，在废弃的便池底部仅有的一点残土中绽开着鲜花。校舍的一半被掩盖在防水布之中，连接着的钢丝绳有几处断裂，随着破布在风中扑打飘动。聚集在屋顶的数百只乌鸦受到扑打声的惊吓不停地飞起，从远处望去好似建筑物的一部分正在破裂开来。

阿桥一直在思索这里到底是什么地方，他只记得隧道里摔倒之前所发生的一切。身上的污泥已经风干，无法分清衬衣和肌肤，污泥中散发着油污和臭水沟的气味，他只记得曾经穿过隧道。阿菊发现太阳已经西斜，天黑了，废墟就不再是游乐园，要赶快找到出口，回到孩子们捉知了的地方。

两人横穿过操场，单杠弯曲着倒插在地面上。沙坑里密密麻麻地生长着仙人掌，灌满绿色污水的游泳池里四处漂浮着仙人掌的尖刺。有三根电线杆的木桩从中间断裂，白蚁在裂缝中筑巢，数万只透明翅膀编织成各种图形。半透明的窗帘对面坐落着一个城镇，商店街和闹市隔街相映，中间的石板路表面已经剥落了。

阿桥叫道："你瞧，很漂亮。"酒吧和餐厅招牌的霓虹灯管的碎片汇集在一个土坑里随风摇荡，编织成一条发光的地毯。由于风力的强弱和方向不同，反射出阳光的细小碎片的种类和位置也有所变化，光色互相融合，土坑好像是精致的霓虹灯广告牌一般。阿菊凑上前拾起一块碎片，玻璃很轻，微微弯曲的曲面，两面手感各有不同。表面是粉色，十分光滑，背面是比较粗糙的黄色。他扔掉碎片，碎片没有落在土坑里，而是跌入尘土。阿菊紧盯着碎片跌落的地方，突然脸色骤变。他跪在地上，瞅着地面向前爬去。"你怎么了，阿菊?"阿桥手握一只完整的S形霓虹灯管跟在他身后。地面上留有车轮胎印。地面柔软干燥，车轮印是最近的，只有一道，大概是摩托车，一定有人从这里经过。这个地方会有其他人吗？轮胎印在电影院前面消失。电影院坐落在闹市的角落，描绘着圆形广场的招牌已经倾斜。阿菊在附近仔细查看，其他地方没有轮胎印，也没有折返的痕迹。阿桥注视着在“下周上映预告”的字样下面残留着的半张海报和落在墙板缝中的一堆照片。海报上的女人的眼部被撕破，鼻子、舌头、下巴，以及下边不知何故只有胸部还保留着。照片上是端着手枪的外国男人，倒在地上淌着鲜血的金发女郎，接吻镜头的特写，在夕阳中双双乘马前行的贵妇人。阿桥小心翼翼地擦掉照片上的沙子仔细端详。如果不轻轻用衣角擦，照片就会破裂。照片上出现了裸体女人，他想将照片塞进衣袋时，照片裂开了。阿菊逐个查看电影院的窗户，所有的窗户都钉上了木板。

阿桥抬头望去，差一点吓破了胆。他想大声惊叫，但喉咙堵住了，叫不出声来。电影院的二楼上有个大活人正俯视着他们。那是一个年轻的男人，光着膀子，穿着一条皮裤。阿菊也察觉到了。年轻的男人交替看着他们俩，抬了下下巴让他们走开。阿菊他们哆嗦着抬不起腿，于是他便低声说了一句：“出去。”阿桥刚想跑开，但阿菊却迈不开腿。他不知该怎么办，便大叫了一声：“阿菊！”阿菊两眼紧盯着身体消瘦、长发、留着胡子的年轻男人，低声说道：“我终于找到了。原来他住在这里，在那个巨大的旋转物体毁坏的城镇里，那个将我高高举起的男人一直住在这里。”男人转身回去了，响起了关门的声音。阿菊使出全身的力气叫道：“摩托车怎么了？”

没有回答。阿桥眼含泪水走过来，扯着阿菊的衣角说：“快走吧。”阿菊也觉得没意思，便向前走去。拐过电影院的路口，传来了铁板和木材的摩擦声，阿菊和阿桥回头一看，只见从电影院的楼上伸出一条波浪形的薄铁板，很快戳到了地面。随后听到一声巨响，一辆摩托车从楼上顺着铁板冲下，闪亮的车体掠过他们眼前，卷起尘土飞驰而过。阿菊似乎感觉到年轻人一瞬间咧嘴朝他微笑。摩托车声渐渐远去。

见到衬衣上的泥土，和代厉声追问，阿桥只好如实坦白去了煤矿的废墟。两人被训斥了一通。和代对他们说废矿的拆迁没完，建筑材料也没有整理，矿区十分危险，从前有两个原是矿工的流浪汉去盗窃空屋的水管时被蛇咬伤，在那里玩的孩子曾经失足跌入坑道，堵塞矿道口的木材已经腐烂，矿井充满毒气，掉进坑道会直接落入三千米以下的海底，被可恶的虫子和蛇吃掉，地下的材料仓库还有毒药，沾上会立即烂掉骨头，废墟中现在还藏着流浪汉，有时出来糟蹋女孩子，那里出了事也没人来救，大声喊叫也没人听见。和代不停地唠叨着，让他们保证不再接近废矿。

桑山同和代商量，为了让阿菊和阿桥适应岛上的生活，决定美容室暂时歇业。和代领着他们俩挨家挨户串门，介绍给周围的人们，还买来游泳裤，带他们去海边游泳。

草丛中散发着海潮的气息，两人欢欣雀跃，跑向海边。他们赤脚踏入炙热的沙滩，海涛拍打着岸边，波浪溅出飞沫拥抱他们。螃蟹隐藏在海滨的细小洞穴之中。退潮后，海边的乱石中出现了多处水洼，被困的鱼隐身水中。他们决不抓比自己手指小的鱼。他们体验到手指伸入海葵触角之中的感觉，手指被吸住会感到十分舒服，每一条触角都有不同的颜色和花纹。他们还捉住来吃残渣剩饭的寄生蟹让它们赛跑。教他们捉知了的孩子们跑来了，阿桥朝孩子们挥着手。孩子们戴着潜水镜，手持鱼叉潜入海里，不久鱼叉露出海面，上面插着一个像塑料布一样的东西。孩子们口中叫着“章鱼”冲上海岸。阿菊和阿桥凑上前一看，和从前孤儿院郊游去水族馆时见到的不一样。章鱼是茶色的，很难和岩石区分，缠绕在鱼叉上不停地流出墨汁。水族馆的章鱼颜色更红，头、脚、眼睛也十分明显，眼前的章鱼简直就是一块润湿的抹布。孩子们从鱼叉上摘下章鱼时失了手，“抹布”逃向大海，朝阿菊和阿桥冲来，吸附在岩石上，向前滑动。“快抓住它！”孩子们向他俩喊道。阿桥伸出手，“抹布”缠在他的胳膊上。阿桥见到闪亮发光滑溜溜的“抹布”顺着胳膊向脸上爬来，吓得目瞪口呆。他用一只手拉开章鱼，章鱼顺势缠绕在这只手上。章鱼紧紧缠住手腕，一只触角伸向他的肩头。阿桥在慌乱中摔倒在地，从远处看好像是在跳舞。和代听到惊叫声赶来，章鱼正要爬上阿桥的脸。阿菊和孩子们拼命剥开章鱼，但章鱼像长在阿桥肌肤上一般紧贴着。和代一把脱下自己的衬衣，撕下一片干布卷在手上，一条一条地拨开章鱼的触角，连布一起抓在手上，不停地在岩石上摔打。阿桥的肩头和脖子红肿起来，留着吸盘的印记。阿桥站起身，看了几眼纹丝不动的章鱼和和代，突然哭出声来。和代抱起他，她的乳房触到他的肋上，让他感觉很痒。他将头埋在和代的肩头，嘴唇舔了一下她略带咸味的肌肤。

坡路旁的美人蕉花儿散落在地上，茶色的花瓣裂开，踩上便碎成粉末。垂在枝条上的花朵以及熟透的果实被台风吹得精光，和代在枯黄的山上教给阿菊和阿桥采集板栗的方法。踩开长满刺的外壳，只见里面有三个大小不同的板栗。其中一个最为饱满，独占了养分，有时剩下的两个会枯死。和代拿起一个给他们看，说：“损人利已，到头来只剩自己一个人，十分孤单可怜。”阿菊发现一个果实里有两个板栗，它俩个头相同，互相倚靠在硬壳中。“真稀奇啊，这个栗子一定是你们俩。”板栗壳里通常会出现空洞，腐烂变质，两人将两个板栗分别揣进了各自的口袋。

桑山一个月有两次租船出海钓鱼，而且必定在黎明前出发。入冬以后，即使阿菊和阿桥不情愿，他也要带他们去。他们在船东的房间里喝着加盐的热茶，朝阳放射出的第一道光芒在海面上泛出金光，寒冷的空气逐渐转暖，鱼跳跃出海面时露出蓝色尖锐的背鳍。不停地流动着的深蓝色的透明鱼血，干燥的鱼鳞的气息，金波荡漾的海涛，积雪在海面上融化时发出的细微声响。

当数千只纹白蝶在圆白菜地里孵化时，和代将两个扎着彩带的礼品盒放在阿菊和阿桥面前，里面装的是皮书包。

3

一个乞丐老太婆横穿过操场。她是个流浪者，游荡在废矿宿舍区，有时随手拿一点渔民晾晒的干鱼，到各家各户乞讨大米，偶尔也从田里偷一些白薯来维持流浪生活。从前她是岛上的居民，没有子女，丈夫也是矿工，在矿山关闭之前的矿难中丧生。她逃出收容所，回到矿区宿舍，始终不愿离去。因为她很老实，所以周围的人们任她游荡，等她老死。

阿桥一看到这个老太婆就感到心痛，经常向阿菊谈起她。“我一看到女乞丐和流浪女人就很紧张，我想那会不会是我的亲妈，我一见到脏兮兮的、两眼露出懦弱的目光，低三下四地乞讨剩饭的孤独女人，就会这么想，觉得毛骨悚然。我的亲妈一定没有好下场，因为她扔了我，决不会幸福，她是个罪人。我一看到可怜的女人便想冲上去抱住叫声妈，不过如果真的见到亲妈，也许不会去拥抱而是下手宰了她。”他刚上小学被同学嘲笑时总是恼羞成怒。和现在一样，乞丐老太婆横穿过操场，同班同学就说：“喂，桑山，那个要饭的老太婆是你妈吧?”阿桥涨红着脸要他赔礼道歉，可那个同学得意忘形，又一次嘲笑说：“喂，老太婆，我把你错当成桑山的妈，抱歉啦。”阿菊把他打了个半死，从这时起，他就尝到了使用暴力的甜头。桑山、和代以及修女从没有打过他们一巴掌，所以不用说阿桥，就是阿菊也不懂得使用暴力。阿菊今天是有生以来第一次攥拳打了别人的脸，没想到一拳就把对方打飞了，牙也打掉了两颗。对方简直不堪一击，阿菊觉得不够解气，所以不停地猛踢他的肚子，直到对方昏倒，同时他还教训了那些在旁边哄笑的同伙，吓住了全班同学。阿菊平时不大说话，这样一来格外让人感到恐惧。从此没人再敢和他们找茬，不过阿桥对于讨饭老太婆的怜悯之情丝毫没有改变。老太婆从垃圾箱里捡出一块紫色布片，在肩头和腰身比划着，发现布太小之后便随手丢下，任布片随风飘扬。

阿菊和阿桥没有遵守诺言，以后多次来到废矿探险。小学四年级那一年，他们像往常一样将书包从窗口丢进屋里便直奔矿区。两人画了一张废墟的草图，分别标出宿舍、坑道以及洗煤厂旧址、校区无人街区四个区域，并给这四个地方注上祖鲁、麦卡多、普顿、伽泽尔作为代号，都是他俩喜爱的漫画中出现的名称。祖鲁是邪恶宇宙的匪首，麦卡多是金星的一个宇宙飞船基地，普顿是在天鹅座第三星防卫军服役的机器人，伽泽尔是超人和中国女子之间出生的正义使者。煤矿宿舍，祖鲁地区三面是山冈，山坡上蔓草丛生，其中有蝮蛇出没，他俩一直没去那里探险。山冈的对面矗立着高大的建筑物，时常听见风卷起的呼啸声。

他们割掉山坡上的蔓草，一星期前阿菊发现了混凝土台阶，如果登上台阶，一定能够看到至今没有发现的建筑物和大海，而且可以完成地图。台阶斜跨过山冈，蔓草从上方低垂在台阶上。阿菊和阿桥用镰刀轻轻挑开蔓草，确认里面没有蝮蛇之后才割掉野草。他们在高出草丛的台阶上小心翼翼地前行，因为蝮蛇有时会因一点风吹草动窜出来。俯瞰大海的遗迹终于露出了全貌。那是钢筋水泥的高层公寓，八层高的楼房朝向海面并排矗立着，一共十二幢。

从A至S的金属标牌钉在楼侧的墙上，沿着两人攀登上来的山冈峻线，有一条宽阔的道路蜿蜒伸展到公寓。从生的蔓草淹没了一层，有的地方直达二楼阳台。有些窗框还完整地保留着玻璃。与煤矿宿舍以及无人街区不同的是没有封堵出人口。楼群中的庭院、秋千以及滑梯、攀登架高出草丛，B栋七楼的阳台上，一株热带观赏植物肆意生长着，枝叶低垂下来，从远处看就像是晾晒在阳台上的浅绿色棉被，灰色枝条和长满绿色茸毛的叶子覆盖在阳台栏杆上，像吞噬了住在那里的居民的怪物一样神秘恐怖。破碎的餐具，墙壁上孩子们的涂鸦，倒置的榻榻米，房间里或许还有可以使用的东西。竟然还有这么大的建筑物没人察觉。

阿菊和阿桥迄今为止从其他废墟里收集了各种各样的物品，

有手工磨制的钢匕首、旧唱片、照片、钓鱼竿、潜水用的氧气瓶、防毒面具、矿工用头灯、皮带和头盔、潜水镜，十八瓶一盒的铅盒，里面装着硫酸氨液，地球仪、人体模型、国旗。两人将收集的东西藏在洗煤厂地下仓库里，阿菊希望能找到一辆自行车。

阿桥突然停住脚步。“阿菊，好像有什么东西。”阿桥敏锐地感觉到有动静。隐藏着蛇的草丛，蝙蝠紧盯着的坑道，乌贼隐身的洞穴，水母藏身的水藻，阿桥可以从这些地方察觉到危险并提醒阿菊。“好像有谁在喘气。”阿菊拿着镰刀朝草丛中一看，微笑着对阿桥说：“你过来瞧一下，阿桥，快过来！”但阿桥不敢靠近，以前阿菊叫他去看时，矿井坑道顶上倒挂着无数的蝙蝠。

“是小狗，阿桥，这儿有一只小狗。”

“如果我撒谎，赔你一个潜水镜。”听到这话，阿桥才靠近前来。一只白色的小狗在B栋门口附近不停地玩耍，一会儿挖掘土坑，一会儿追逐昆虫。“喂，我们带回去养吧。”还没等阿桥说出这句话来，阿菊便窜出去了。小狗发现他们想要逃开，但腿脚摇晃不稳，似乎不难捉住。两人追到C栋门口时响起了狗吠声，都吃了一惊，猛然止住脚步。整个楼群都响起了狗吠，如同空洞的板楼在吼叫。建筑物黑影下，一个正方形的洞穴中，有一双眼睛在闪闪发光，露出尖锐的牙齿，拱着背在低声吼叫。一只野狗缓慢地现出身影，狂吠一声之后，数十只狗跟着吼叫起来。阿菊刚想逃跑，阿桥一把抱住他说：“如果你跑，狗会从背后扑上来。狩猎的书里讲要盯住猛兽的眼睛，不慌不忙地慢慢后退。”野狗不断地从楼里窜出来，曾经有过流浪汉的尸体漂浮到海边，肚子、屁股和内脏被吃光，警察宣布凶手不会是鱼，因为鱼必定先吃眼球。鸡和猪也受过害，但人们不敢猎杀野狗，因为有野狗的地方必有蝮蛇。

“你说要盯住狗，可这儿有这么多，瞪大眼睛也只能盯住一只。如果被抄了后路就死了，阿桥，你有什么好主意没有?”阿桥提议两人同时大喊，但没有作用。结果相反，两人声调尖利，听起来像是惨叫，完全被狗吠声所淹没。两人被团团围住。“它们只是乱叫，不上前来，这帮家伙大概只吃死人肉。”阿菊话音未落，一只小红狗便朝阿桥的腿部冲来。阿菊用镰刀猛砍下去，刀尖扎在狗耳根上，红狗喷出鲜血，倒在地上打滚儿。从背后扑上来的一只野狗咬住阿桥的衣襟，撕裂了衬衫，将他拉倒在地。阿菊担心打狗的脑袋会误伤阿桥，便用镰刀砍向狗尾，那条狗十分肥胖，镰刀尖深深插入狗臀的厚肉，野狗疼得跳了起来。由于反弹，阿菊的镰刀脱手了。狗群越逼越近，一条狗瞄准阿菊的喉咙扑上来，阿菊拾起阿桥的镰刀，用刀背猛打狗脸。野狗毫不示弱，转过身来咬住跌倒在地的阿桥的手腕。“阿桥，快起来!”阿菊又用镰刀背抽打狗屁股，但野狗越发兴奋，咬住阿桥手腕的脑袋不停地扭动，牙齿深深嵌入肉里，阿菊想举起镰刀瞄准狗嘴，一条黑毛油亮的大狗咬住了阿菊的大腿，随之阿菊便在剧痛中跌倒在地，和脸色铁青的阿桥撞个满怀。阿菊拼命用双臂护住喉咙，随着狗的撕咬在地上团团转。阿菊听到一阵摩托车的轰鸣，尘埃骤起，随风飘来，迷住了眼睛。他们看到闪亮的金属架，只见一辆摩托车冲到狗群外围，那是阿菊他们的救星伽泽尔。蓄着胡子的男人注视着这里，脱下头盔用手背抹了一把汗水，扔出一块什么东西。狗群的一角散开了，男人口中发出牧童鞭打驱赶牛群时的叫声，不停地抛出白色的狗食。狗群朝抛出的面包的地方奔去，咬住阿菊不放的那条狗也去抢身边的面包，松开了口。阿桥神志恍惚，几乎失去了知觉，这时摩托车缓缓靠近。男人用手势招呼他们上车，阿菊扶着阿桥跨上摩托车，抓住伽泽尔的皮带。伽泽尔重新戴上头盔，确认两人都坐稳之后，便卷起沙尘飞驰而去。

车轮卷入蔓草不时跳跃，伽泽尔用长筒靴踢开几条穷追不舍的野狗，朝海边飞奔而去。摩托车穿过公寓楼，折断树枝冲开草丛，驶上公路之后，伽泽尔猛然加速。阿菊和阿桥紧闭双眼，两人的伤口在风中绽开、风干。阿菊大腿上淌出的鲜血染红了车座，他睁开眼，只见眼前的景色一片迷茫，不久便一片模糊。在那一瞬间，耀眼的海面似乎静止了。然后景色又开始流动，摩托车掠过的风景融合在一起，在眼帘中闪现。阿菊夹紧了湿漉漉的大腿，感觉自己似乎置身于梦境之中。脸上长满胡须的男人在海边的断崖上，面向苍天双手高举刚刚出生的自己。自己终于出现在孤儿院礼拜堂挂着的画中，阿菊在这一刻感觉到自己的诞生终于获得了祝福。

“你是住在那个电影院吗？”

伽泽尔略微点了一下头。

“下次，我们去电影院玩，行吗？”

“我见过患狂犬病的家伙，他将自己的手伸进喉咙要抓挠自己的肺。如果你们得了狂犬病，来电影院找我，我给你们抓肺。”

伽泽尔第一次允许两人进入电影院。无人街区的房屋已经断水，伽泽尔瞒着供水局私下挖了一口井。水井在学校的院子里，他把树枝和干草覆盖在上面以掩人耳目。为了使二楼承受得住摩托车的重量，他用角铁重新架起了支架。

电影院内的大部分座位已经损坏，银幕的位置上挂着一条床单，其他保持原状。伽泽尔从变压器上偷电，不过一般只用于放映机。放映机除了镜头之外全部损坏了，据说他花了两年时间才修好。二楼的放映室里放着一张床，阿菊在那里发现伽泽尔和一个女人的合影，两人挽住手臂站在山坡上，身后是陡峭的山崖以及飘逸的烟云或浓雾。女人微笑着，但并不漂亮。伽泽尔脸上没有胡须，左手提着机关枪似的八毫米或十六毫米的照相机。放映室里只有两卷电影胶片。伽泽尔二话没说便开始放映那两部短片，第一个是“占领下的小笠原群岛的自然风景”，主要是通过水下摄影介绍亚热带海底的自然风光。热带鱼群几乎占据了整个画面，下方角落出现了海底洞穴和文字。伽泽尔暂停放映机，紧盯住画面一言不发。画面无声，只听见放映机的马达在轰鸣。伽泽尔突然低声嘟囔道：

“曼陀罗。”

他发现阿菊和阿桥在注视自己，便又重新开动了放映机。视线离开画面之后，他表情痛苦，又一次低声叹息道：“曼陀罗。”

还有一部短片是描写在东京奥运会期间担任国立体育场警备的警卫人员日常生活和工作状况的纪录片：胶片中插入了大段男子百米和撑杆跳的决赛场景片断。阿菊第一次看到撑杆跳比赛，见到汉森手持玻璃纤维杆朝天空飞跃的慢动作，他感到自己也跟着跳起来，异常激动。阿菊刚十二岁，赛跑并不很快，他还没察觉到自己具有惊人的强健发达的肌肉，他的特长还没有被唤醒。走出伽泽尔的电影院，在回家路上，阿菊拾起一根棒子模仿跳高的动作。

那一天是暑假最热的一天。阿菊和阿桥选择的暑假作业是拾贝壳做标本，他们几乎每天下午都泡在海岸边。

阿桥学会了潜水，在海中抓鲍鱼，阿菊则感觉不舒服，一直坐在沙滩上。他在来海滩之前曾小睡了一阵，梦到双脚被煤气灯灼烧。阿桥告诉他说：“你睡觉时很别扭地弯曲着双腿，而且双脚一直晒着太阳。”到现在膝盖以下还没有知觉，阿菊用灼热的沙子和海水交替浇在脚上，不停地揉搓。

在阿桥潜水的上方，一块岩石上，一对年轻男女铺了一条蓝毛巾坐着。每天都有一些家庭或年轻男女手持同样的蓝毛巾来到海边，蓝毛巾上印着海岛上的国民旅馆的招牌。身上涂着防晒油的女人肤色白皙，手脚和腹部上蚊虫叮咬的红色斑点十分显眼。阿桥采集了满满一桶海螺和海胆，叹息说找不到鲍鱼，然后朝女人的方向瞟了一眼说："她一定养猫。"

阿菊开始用竹竿模仿撑杆跳，在海岸边撑起竹竿跳入大海。他每天都练习，体会到助跑的速度很重要，快跑可以跳得更高更远。阿菊反复琢磨如何才能跑得更快。他想到可能是姿势的问题。阿菊想起东京奥运会百米决赛前鲍勃·海耶斯的动作，足尖点地，伸展后背，绷紧全身肌肉，如同一根笔直的木棒向前倾斜，迈出一只脚支撑身体平衡。鲍勃·海耶斯多次确认自己的姿势，这个姿势就是人全力飞奔时的最佳动作，为了保持平衡不停地向前奔跑，这就是跑步。猿猴从四肢爬行到双腿站立开始奔跑，那时大概就是全力飞奔。阿菊用这种前倾的姿势在沙滩上练习，直到浑身冒汗，四肢沉重，全身疲软为止。

阿桥喝着保温瓶里的橙汁，一个年轻男人走到他身边问："海里没有毒海蜇吧?"阿桥回答说："现在水还暖和，所以还没有。毒海蜇要到盂兰盆节之后才会有。"于是男人拿出五百元买走了阿桥采来的海螺和海胆。阿桥为可以用这个钱买一副新潜水镜而兴高采烈。

年轻男人回到女人等候的岩石上，撬开海胆的外壳，一边喝着罐装啤酒，一边用宽大的水果刀扎进海胆壳。女人的妆容被海水冲落，正在补妆，她停下手，兴致勃勃地看着男人切断海胆壳。男人用刀挑起黄色的海胆送到女人的嘴里，女人仰面用舌尖巧妙地接过海胆。阿菊和阿桥一直注视着他们，阿桥自言自语道："那家伙好像要杀那个女人似的。"阿菊看到柔嫩的海胆在女人舌上融化流入喉咙的景象，觉得很不舒服。

女人的脚掌好像踩到了海胆的刺儿，躬身让男人帮忙拔掉。男人抱住女人的脚，用牙咬住略微露出的刺尖，准备拔出来。可能是因为痒，女人尖脆地笑出声来。那笑声使阿菊感到厌恶，他觉得那个女人令人讨厌，突然对她产生出一股憎恨。被男人抱住的女人白嫩的脚不停地晃动，十分醒目。阿菊往海滩上吐了一口唾沫，恶狠狠地喃喃自语道："我宰了你！"话音刚落，他感到一股厌恶之情在头脑中膨胀，蔓延到全身。阿菊闭上眼睛，反复嘟囔道："你太碍眼！白皮肤的家伙没有资格海水浴！真恶心！碍眼的货，我宰了你！"过了一会儿，他便忘记了这个女人，头脑里膨胀的暑热扩散到全身，身上一股燥热。阿菊走到海边，脚跟踩紧湿润而坚硬的沙滩。开始他只是轻踏，后来逐渐用力，脚跟陷入沙滩之中。阿菊蹲下，伸开双手作出蹲踞式起跑的姿势，然后拱腰屏住呼吸，紧盯眼前的海滩。见到海水消失在细小的沙砾缝隙之间，他产生了一种奇异的预感，一种双目晕眩的预感，他感到另一个自我在奔跑，在自己的前面，带着热浪，撕裂空气，快步飞奔。“砰”，阿桥大叫了一声，阿菊飞跑出去，拼命赶超跑在自己前面的另一个自我。当右脚第三次踏上坚硬的沙滩时，他感到身体向上浮起来，同带着热浪的自我融合在一起。他不是在奔跑，似乎是被动地飞奔，他感觉到肌肉在肌肤下蹦跳。阿菊的肌肉冲破周围的外壳，突然苏醒了。环绕周身的热浪丝毫没有飞散，相反从脚尖不停地涌上来，阿菊一边飞奔一边高喊，感觉自己飘上了天空。阿菊意识到自己找到了感觉，从前在身外恐吓自己的巨大的金属旋转飞行物融入了自己体内。

4

阿菊和阿桥已经上中学了，衣服都不合身了，和代领着两个孩子来到佐世保。以前他们多次来过佐世保，但不知为什么每次都是阴天，百货公司的顶层有海狗表演，阿菊和阿桥总是非常高兴。

那天百货公司里人山人海，他们买了衣服，在餐厅吃了蛋包饭，来到顶层，平时是旋转咖啡游乐场的地方搭起了临时舞台。舞台上的男主持人脸上化妆，戴着夸张的蝴蝶形大太阳镜，身穿银光闪亮的西装。旁边的女演员染着红发，穿着用纸玫瑰花编织的晚礼裙。舞台上装饰着各种颜色的气球，五位老人手持乐器列成一排。他们背后是铁笼，阿菊和阿桥非常喜爱的海狗不时叫着，吵着要沙丁鱼。观众将舞台围得水泄不通，阿菊和阿桥无法靠近。红发女郎边唱边跳了起来，扩音器就在眼前，讲话时必须在对方的耳边大喊。歌声十分刺耳，阿菊决定去下一层的宠物店，看看是否还有狼狗的幼犬，他和阿桥约好要攒零钱买回去。他想去出口，但人挤得水泄不通，三人背后的人群堵住通道，一直延续到出口。他们被后面的人群冲撞着拥到舞台前面，近处一看，那个红发女郎全身涂满白粉，红色长筒袜里渗出了白色的汗水。一曲结束，银色西装的主持人鼓着掌登上舞台，他的声音如同沙哑的收音机喇叭让人感到不舒服，但却十分流畅。歌手的名字好像是佳奈江，脸上的白粉有些脱落，露出粗糙的肌肤，她边唱边向观众抛洒人造玫瑰花，玫瑰花下是闪亮的黑色布料。阿菊感到有些气短，手里的包裹在人群的拥挤之下左右摇摆，手指在隐隐作痛。和代也想找个地方休息，只有非常喜欢唱歌的阿桥十分开心，将自己的包裹交给阿菊，挤在最前列边听边看。红发女郎穿着蛇皮高跟鞋在舞台上蹦跳，一曲终了时高抬单腿，像芭蕾舞女演员似的不停旋转。年老的乐手面无表情地翻着乐谱，银色西装的主持人走上舞台朝歌手吹起肥皂泡，然后说："各位，我们让佳奈江小姐表演一个拿手节目怎么样？"舞台上搬来红绿两色的球，歌手换上橡皮底鞋跳到球上面。"是的，佳奈江小姐过去在马戏团，不过据说不是表演踩滚球，是骑大象或骑狮子钻火圈吗？"

这时歌手从滚球上跳下来接过话筒说："不是，我的本行是催眠术。"

"真的？现在还会吗？"

"大概已经都忘了。"

"怎么样，有哪位观众愿意让佳奈江小姐催眠？"

很多人举起了手。

“呀，这么多人。不过，佳奈江小姐，催眠不可怕吗？真佩服大家的勇气，我就不敢。那么，请哪位上台才好呢？”

“啊，我呢，四年前出过一张专辑，销量不好，因为那时歌唱得不好，现在仍然不怎么样。那么有人知道四年前的那张专辑的名字吗？知道的请举手。”

台下鸦雀无声，没有人举手。正当穿银色西装的主持人不知所措地和歌手商量要不要提示一下时，听到传来一个微弱的回答声。“喂？你说什么？再大点声。”

“悲伤的花瓣。”

“正确！谢谢。”

红发女郎朝声音的方向伸出了手，是阿桥。

为了聚精会神，歌手要求大家静下来不发任何声音。阿桥在舞台上很紧张，他发现了阿菊与和代，朝那边挥了一下手。主持人小声问道：“你在精神科看过病吗？”“没有。”阿桥回答说。他不知道接受音像治疗的就是精神科。有人搬来了一个黑色的大箱子，阿桥和红发女郎一起钻进了去。十分钟后两人出来，阿桥闭着双眼。观众席上有点骚动，那个女人在唇上竖起食指，示意让大家静下来。

“你叫什么名字？多大了？”

“桑山桥男，十三岁。”

“我们刚刚说过，你现在在哪儿？”

“夏威夷。”

“夏威夷的什么地方？”

“在海边，不，海上。”

“夏威夷怎么样？”

“很热。”

观众哄堂大笑，这天人们都穿着大衣。阿桥真的在出汗，他开始脱外套。和代担心他会感冒。

“你在夏威夷干什么？”

“睡午觉。”

“午觉已经睡醒了吧？”

“嗯，醒了，我正在钓鱼呢。”

“就你一个人吗？”

“还有阿菊。”

“阿菊是谁？”

“是我兄弟，不过实际上是朋友。”

“还有其他人吗？”

“还有桑山。”

“桑山？”

“不，是我爸爸。”

和代露出心神不定的表情。阿菊一心想着如何早点制止他们，便挤向前去。阿桥表情痛苦，脸色铁青，不停地搔着脖子。

“桥男，算啦，夏威夷太热了，咱们回去吧。好吗？”

“去哪儿？回哪儿去？”

“是啊，这次你回到小时候，回到婴儿时代，你看时针在不停往回转，桥男现在回到了不到一岁的婴儿，你现在是什么心情？”

“很热。”

“什么？现在已经从夏威夷回来了。你现在在哪里？”

“热死了。”

“桥男，现在已经从夏威夷回来了，你现在是很小的婴儿，刚从妈妈的肚子里生出来……”

“住嘴！”阿菊大声吼道。红发女郎看了一眼阿菊说：“别说话！”就在这时，阿桥浑身颤抖，仰望阴暗的天空大叫起来，那声音听起来让人胆战心惊。女人大吃一惊，在阿桥耳边拍了三下手掌。阿桥睁开双眼，浑身仍在打颤，摇摇晃晃在舞台上走动。阿菊拨开人群跳上舞台一把抱住阿桥。红发女郎、银色西装以及观众都呆望着两人。阿菊心里涌上一股无名之火，挥拳打在银色西装的身上，又一脚踢在红发女郎的肚子上。舞台上的人和观众发出一片惊叫声，阿菊被伴奏乐手按住，阿桥在一旁惊恐地看着眼前的情景，从舞台上跳下，不时冲撞着四处躲避的观众奔向出口。只有和代想要拉住阿桥，但在人群阻挡下无法靠近，喊声也淹没在叫喊声中。阿桥的身影消失在出口，阿菊被人按在舞台上，为了是否报警，工作人员争吵不休乱作一团，争吵声和海狗的叫声混成一片。

阿桥不去上学了，也不和人说话。阿菊从前在孤儿院曾经见过这种现象，那是他将自己封闭在模型王国里的时候。阿桥从百货公司跑走之后，整个晚上不知去向。第二天，阿桥躺在佐世保河边的公共厕所里被人发现时，他的裤子被人剥光了。学校老师来家访，但他根本不露面。

阿桥这次用电视来代替模型王国，他从早上起床直到深夜节目结束一直开着电视，一步也不离开电视屏幕，更不出门。桑山或和代一关电视他就暴跳如雷。阿桥只是在没有旁人的情况下和阿菊说话，他讲自己是令人讨厌的孩子。桑山准备送阿桥去医院，和代不停地自责，提水灌顶，在神社周围踱步许愿，但阿桥仍然不开口讲话。阿桥只对阿菊讲述心里的秘密，他说："阿菊，我呢，其实并没有发疯，只是在找一样东西。你还记得吗？我们去医院一起看过电影，对吧？有海涛、滑翔机和热带鱼的电影，在被催眠的时候，我想起了那时的事，那时有一种声音，我们在那里听到过的声音，我在被催眠的时候又一次清楚地听到了，我很吃惊，阿菊，那声音很美，音色让人陶醉。于是，我在电视里寻找那种声音，我要听所有的声音，烹饪节目，玻璃盘和玻璃杯碰撞声，鸡蛋在灼热的平底锅上发出的声响，那种声音像手枪和炸弹，飞机和风声，手风琴和大提琴，我记住了乐器的所有声音，电视剧中女人的裙子随风飘舞的声音，接吻，高跟鞋敲打在台阶铁板上的声响，对，我呢，边看边眨眼，我想记住世界上的一切声音，如果搞清楚了我们在医院里听到的声音，那我就去上学。”

阿菊觉得阿桥患上了精神病。阿桥又回到最初在孤儿院见面时的表情，说话时感觉自己如同透明人，重又返回到目光游离满含泪水的样子，他肯定不久又要住院。阿菊回想起阿桥沉溺于模型王国，自己独自一人面对令人恐怖的巨大飞旋物时的情景。他感到眼睛疼痛，仿佛眼球表面干枯了一样，双眼视野交错的地方显现出一种颜色，那是淡淡的绿色。颜色逐渐扩展，笼罩了一切。眼前的景色凝固了，双眼视野的交错缓慢固定，变成乌亮的金属环，开始旋转，响起了轰鸣声，金属环越转越快，也越转越大，变成了形状模糊的巨大飞行物，那究竟是什么？阿菊现在已经不惧怕，只要眼睛一痛，他便在海滩上奔跑。当他飞奔时，左右眼视野的交错便会消失，当他体力充沛时，巨大的金属飞行物决不会出现。

那天，阿菊在沙滩上跑步，用竹竿练习撑杆跳之后便奔向废墟。洗煤厂里脱落的砖头的锋利缺口，在水泥板上滑行的绿蛇。只有阿菊的影子在风中纹丝不动。很久以来，第一次独自一人散步，每当他沐浴着灿烂的阳光，总感觉是置身于夏季。从何时开始？有生以来一直都有这种感觉。汗水从发际流下来渗入眼睛，据说自己在昏暗的箱子里全身脱水，一直在哭，现在已经记不清了，大概很热吧，处于昏迷状态被人发现的婴儿除了我和阿桥还有九个，全都死了，只有我和阿桥在炎热盛夏的大汗淋漓中苏醒。那是夏天，除了夏天以外其他季节都记忆模糊，夏天的阴影十分清晰，放在孤儿院的那个纸袋还有吗？生我的女人惟一遗留下来的东西是十本编织花边的书，警察好像查验过指纹，但没有找到本人，大概没有前科，她可能喜欢织花边。现在阿菊每当看到白色的编织桌布都会心跳。阿桥的纪念品是花，听说寄物柜里撒满了九重葛的鲜花瓣，阿桥将花瓣夹在书中珍藏至今。

风吹着寂静无人的街道，油漆剥落的广告牌上隐约见到白山精肉店、港灯舞厅、神岛自行车、尼亚加拉酒吧、花房餐厅等字样。

“噢，你一个人吗？”

拐过街角时，伽泽尔抬头望着自己，他正在修理摩托车。伽泽尔染了头发，坚硬的金发上落着灰尘，额头上沾着汗渍和油污。“不动了，阿菊，汽化器坏了。”

“给我点儿面包行吗？”

“肚子饿了？”

“给一点儿就行。”

“只有冷麦饭，吃吗？”

“我想要面包。”

“你吃吗?”

“不，不是的。”

“是狗吗?”

阿菊点了一下头，伽泽尔拿来一条十五厘米长的沾满面粉的法式面包，走过来说：“狗是最喜欢吃法式面包的。不要玩杀狗的游戏，你知道吗？现在是盂兰盆节。”

阿菊把法式面包折成两段，分别放入左右口袋中。“谢谢你，伽泽尔。”

“等一下，阿菊，听说你是个弃婴。”

“是的。”

“那你是不是很恨你妈?”

“我妈？是指扔掉我的女人吗?”

“是啊，恨她吗?”

“嗯，是的，很恨。”

“有没有想过杀死你妈，就是生你的那个人。”

“我不知道她是谁。”

“但是你可以一个一个地杀！总有一天会撞上。”

“那些没有关系的人不是很可怜吗?”

“可你有这样的权利啊。你有杀掉世上所有人的权利，我教你诅咒的方法吧。”

“诅咒？那是什么?”

“要想杀掉所有人的话，可以念这个咒语，很有效，记好了。曼陀罗，曼陀罗。”

“曼陀罗？”

“曼陀罗！”

“曼陀罗。”

“别忘了，包管有用。”

八层公寓遮住了阳光，野狗几乎都在睡梦中。阿菊寻找着小狗，他想送给阿桥白色的长毛小狗做礼物。阿桥很早以前就想养只狗，而且最好是刚出生的小狗崽儿。野狗们注意到阿菊，开始狂吠起来。公寓的进出口有七只，楼前的草坪上有四只，二楼阳台上有三只，听到狗吠，从D栋出来两只。野狗都不大，但肌肉结实，而且龇着獠牙。野狗越聚越多，此时一头皮毛黑亮、腰腿粗壮的狗从C栋的台阶走下来。周围的野狗惊慌失措地闪出一条路来。那条大狗好像叼着什么东西。阿菊开始以为是块黑布，仔细一看，原来是只没头的乌鸦。他目不转睛地盯着那只大家伙，大狗也一直望着陌生的闯入者，向C栋的后边走了过去。有一只小狗，一只白色的小狗，在一条优雅的垂耳长毛狗身后咬着自行车的内胎。长毛狗大概是狗妈妈，小白狗一定会变得像妈妈那样漂亮。阿菊决定先看看动静再说，他拿出法式面包和一块铁片上缠着皮条的武器。小白狗玩腻了，想钻到妈妈肚子下面，狗妈妈不情愿，小狗硬是拱进鼻子，呼呼大睡起来，而且懒洋洋地摇晃着尾巴。阿菊朝母狗身边扔了一块面包。面包滚动了几下，一直注视着阿菊的一条像猫一样的小花斑狗一口咬住面包跑了。母狗见到食物从眼前消失，大吼一声追出去。阿菊趁这一瞬间跑上前去，抱起要去追赶狗妈妈的小狗放入衬衣里。小狗的三个兄弟趴在公寓的入口处，于是他将剩下的面包扔给了它们，拔腿便跑。狗群在争抢面包，小狗在阿菊的怀里不断抓挠蹬踏，但他并不感觉疼痛。野狗并没有追来，他跳过蔓草，不停地奔跑，速度之快大概连蝮蛇也难以追赶。当他回头望去时，公寓已经被远远抛在身后，狗群也从视野中消失了，但他仍然全力飞奔，小狗则不停吼叫。

突然脖子上受到沉重一击，眼前一黑便摔倒下去，但为了避免伤着小狗，他仍然用双臂支撑住身体。不知是什么东西按住自己的后背不停地吼叫，阿菊不知发生了什么事，咬住肩头和脖子的利齿扭动时产生的剧痛，让他知道被狗咬了。黏稠的鲜血不停地滴在眼前的水泥地面上，脖子被咬住无法动弹，眼前只能看到水泥地面，阳光射入狗牙撕开的伤口，阿菊感到伤口十分灼热。他要站起身来，但利齿深深地陷入伤口。阿菊感到浑身发冷，伤口火热，身上却泛起了鸡皮疙瘩，周身打冷战。他觉得恶心，胸闷喘不上气来。当他要呕吐时，有人将水泼在他和狗身上。阿菊感觉到狗松开了嘴，并听到铁棒抽打在狗身上的声响，他抬头一看，伽泽尔站在那里。长毛母狗趴在阿菊的身边，嘴里流出红色的唾液。伽泽尔咧嘴微笑着，又高高举起铁棒，阿菊闭上眼睛高喊道：“别杀死母狗！”

阿桥为白色小狗取名为“牛奶”。阿菊脖子被狗牙撕开的伤口经过很长时间才痊愈，伤口湿润易化脓，平时总是塞着脱脂棉球。随着阿菊伤口的愈合，阿桥也逐渐康复了。据说阿桥记住了电视中的所有声音，不过他还是没有发现想找的声音。“我想了一下，阿菊，我听到的声音电视里没有，不能在电视里找。电视里的声音，比如说北爱尔兰的风声和波利尼西亚的波拉波拉岛的风声相同，不直接通过空气振荡发出的声音不行，声波通过麦克风进入录音带，再从录音带变成电波，在这期间声波失去了生命力，所以我找不到。我们听到的声音是人工再生的，经过精心设计而成，据我的感觉，那是自然声和经过人工加工的自然声，以及电子乐器的声响，通过和声混合录音得出的，那种声音在电视中不可能找到，电视里的声音都像猪哼哼。”

阿桥花费三个月侧耳倾听了各种声音，他的听觉变得十分敏锐。阿桥一边看电视一边听声音，微风轻拂的公园和摇曳的树木，金属、玻璃、动物、乐器以及各种人的面孔，阿桥掌握了一些物体的形状和声音，以及声音所表现的形象的关系。阿桥同意去学校上学，以此为条件让家长给他买了可以重叠录音的录音机，他将各种声音组合在一起，以阿菊为对象进行试验。阿桥发现了两个重要事项。让人感到安详的声音要经过折射和过滤，而且要包含一种预感和期待，他认为这种安详感会永恒持续下去。比如阿菊说最能感到心情平静的声音是远处教室隐约传来的钢琴练习声，另外还有阴雨连绵时窗外的雨滴声。

阿桥返回校园后也经常侧耳倾听，关注世上所有的音响和音乐，他开始学习音阶、节奏以及和声。阿桥有一天找到了和在医院里听到的声音相近的乐曲，听唱片时感受不到什么，但在废墟中拣到一个八音盒，手捻的地方已经断了，他用手指拨动轮盘改变速度时，忽然察觉到和那时的音乐相似，就连小狗“牛奶”听到这个曲子也会停止狂吠，蹲在地上摇着尾巴专心倾听。阿桥从八音盒的曲子里找到了原本打算花费毕生精力寻找的声音，并以曲名为暗号命名这种声音。那就是“梦幻曲”（Traumerei）。

十五岁的夏天，阿菊和阿桥每天领着“牛奶”去海边。它喜欢玩水，从很小的时候就喜欢将两只前爪放在水盆里，它追赶的皮球落入水沟时，它会一跃而入戏水，怎么叫也不出来。比起沙滩，“牛奶”更喜欢有岩石的地方，为了避免尖利的牡蛎壳刺伤它那柔软的四足，两人用碎皮革给狗做了皮鞋。每当给它穿上皮鞋，“牛奶”就似乎知道要带它去海边了，汪汪地吼叫起来。“牛奶”比阿桥更会游泳，天生的一身长白毛总是湿漉漉的。在黄昏的海岸，两人给“牛奶”梳理着长毛，梳齿间沾着洁白的盐粒。

有一次，阿菊和阿桥从心里羡慕“牛奶”，它遇到了狗妈妈。

在从海边返回的路上，母狗被打伤的前腿没有痊愈，一瘸一拐，美丽的长毛也脱落了，眼睛混浊，不停地淌着口水，右前腿弯曲着拖在地面上，和另一只瘦弱的老狗在同一个垃圾箱里寻找着食物。“牛奶”并不知道那就是自己的母亲，它开始低声吼叫，不久便若无其事地走了过去。母狗也没有注意到小狗，“牛奶”离母狗越来越远，屹立在夕阳照耀的山坡上，抖动着身上的长毛高声吼叫。

5

阿莲莫莲午后才从睡梦里醒来，又赖在床上躺了两个多小时，像往常一样叼着一支不点火的香烟，心里想着昨天夜里没做恶梦，不知是什么原因。也许是因为天气转暖了，或是窗前的那株蓬勃生长的热带观赏植物释放出清新的气息，不过还有可能是刚买回的柔软舒适的羽绒被，总之是其中的一个。

她从床边的冰箱里取出蔬菜汁、芒果汁、酸奶饮料和苏打水，摆成一排，然后又伸手从梳妆台里拿出电子血压表和体温表，小心地测试起来。体温正常，血压偏低，她在地板上练了十分钟左右的瑜伽，然后一口气喝光了芒果汁和蔬菜汁，将其他的饮料重新放回冰箱。她点燃香烟，烟雾在充满蔬菜的酸味和芒果的甜味的嘴里缭绕，她觉得果汁和薄荷烟混杂在一起的味道是世上最令人恶心的。她想起有个肥胖女人在周刊杂志上推荐说这种方法可以治疗便秘，于是她终于理解了几天前在土耳其餐馆吃饭时朋友所说的道理。朋友说胖子的身体重心在小肚子上而不是在腰上，所以脑内的前头叶时常受到压迫，而且腰周围的肥肉下垂造成肩膀酸痛，因此丧失了正常的判断能力，所以肥胖的女人都撒谎。阿莲莫莲看着吊在天花板上的移动式挂历，这才意识到这一周都没事儿干。她想去打网球，但是两个球拍的弦三个月前就断了。因为球拍的弦是用羊肠编成的，店里的人说要从新西兰订购，但至今没有回音。那个呆头呆脑的店员会不会搞错，弄不好会从新西兰订购来一只活羊。阿莲莫莲冥思苦想着如何打发这一周，她突然感到很累，便停止了思索。

阿莲莫莲今年十七岁，是独生女。她的父亲是公司经理，主要经营感冒鼻塞时使用的塑料瓶装的喷雾剂，母亲在孩提时代是儿童歌星，做过声带手术，现在都四十岁了，声音还像小孩儿一样。阿莲莫莲出生后最先记住的词是“可爱”，一般的婴儿每天吃奶，所以最先记住的词大都是“妈妈”，而阿莲莫莲还是婴儿的时候，每天都有很多人夸她长得可爱，因此她就记住了。

阿莲莫莲的母亲九岁时就是儿童歌星并做了声带手术，但十八岁时唱片便没了市场，于是她做了整容手术。她原本双眼细长，眉目清秀，只是眼皮略显浮肿，经过整容，眼睛变得又圆又大，即使到了三十岁，她的歌声和她的脸看上去仍然很和谐。阿莲莫莲的父亲就是看上那张脸才结婚的。阿莲莫莲出生时，她的母亲非常紧张，害怕生下一个面貌丑陋的孩子，那么不但是整容手术，就连过去做过处女膜再生以及声带手术的事都会露馅，面临的将是离婚，重新回到以往那种在酒吧里为醉汉们唱儿歌的生活。因此，当可爱的阿莲莫莲出生时，她母亲兴高采烈，甚至强迫保姆和司机不停地称赞孩子长得可爱。不过随着阿莲莫莲逐渐长大，现在不用她母亲说，她已经长成令周围人惊叹的漂亮姑娘。她母亲想：难道是以前整容医生给我做手术时忘记取出的小钳子和手术刀附在子宫上，融化为身体器官的一部分，所以女儿还是胎儿时就自然而然不为人所知地做了一次完美的整容手术？

阿莲莫莲上中学二年级时为父亲公司的新产品做了电视广告模特，从那以后开始引人注目，就此做了模特。去年她高中辍学，因为身高不够，所以不做时装模特，主要做电视广告和海报的模特，通过模特俱乐部和数家公司签了约，还拍过一次电影，因无法忍受搭档的男演员牙龈炎所产生的口臭，第一天的戏没拍完便辞演了。她对当模特一点都没有热情。

她去年退学时便离开了父母家，搬进了这幢公寓，其中有两个理由。

第一是父母两人互相默认对方外面有年轻的情人，家里却总是显得相亲相爱，这并不是在阿莲莫莲面前装模作样，他们确实是十分恩爱，所以令人作呕。阿莲莫莲同父母还有他们的情人五个人一起吃过饭，饭后玩扑克的时候，阿莲莫莲突然哭了起来。“没有什么事要那么哭，”父亲说道，“用不着那么伤心，不必担心你会孤独。爸爸妈妈都很有耐心，在保持自己的欲望的同时仍然互相恩爱。你还年轻，也许不懂，爸爸妈妈现在一点儿也没有感到不幸福。世上的人都很孤独，不可能总是很快乐，爸爸妈妈经过多年的深思熟虑，经过多次长谈，才发现彼此深爱对方，所以才会将彼此的情人介绍给对方，度过坦荡人生。阿莲莫莲，爸爸妈妈都是大人，你现在还小，总有一天会明白的，与其偷偷摸摸找情人，不如光明正大地公开，那才是真实的人生。如果你还是止不住要哭的话，你就这么想，人生在世并不轻松，不能太天真。”

第二个理由是阿莲莫莲饲养了六年的宠物。她养着一只鳄鱼，那是六年前在东京都内一家百货大厦买回来的，店员保证说能长到一米左右。“它吃生肉、生鱼，一周换一次水，如果旁边摆上一盆橡胶树，就能感受到热带雨林的气氛。”阿莲莫莲犹豫着是养鳄鱼还是锯刺鲑，考虑到寿命的长短，最终选择了鳄鱼。她在一米见方的水槽里铺上沙子，享受了热带雨林的气氛，不过半年后的一个晚上，阿莲莫莲被玻璃的破碎声惊醒。她没有留意到鳄鱼逐渐变大，身长已经远远超过水槽的对角线。阿莲莫莲的父母打电话给百货大厦的宠物店询问，店员说他们经销的种类是栖息在西非东北部的刚果微型鳄鱼的改良品种斯里兰卡鳄，身长绝对不会超过五十厘米，大概是经新加坡转口时混进了其他品种，众所周知，新加坡著名的国立动物园里有一个巨大的鳄鱼苑。

阿莲莫莲的鳄鱼日益成长，一年之后便达到了两米。经报纸报道，爬虫类研究所的人来调查，断定这是印度食鱼鳄。爬虫类鳄形目有鼍科、鳄科和食鱼鳄科。食鱼鳄科的特征是嘴细长，大概是牙齿的三倍，嘴尖的形状是八角形，细长嘴和突出的圆眼显得十分滑稽，以前在美国的一个地方城市曾经流行饲养微型食鱼鳄。当时这种鳄鱼深受孩子们的宠爱，但大人们却很讨厌，将小鳄鱼扔进马桶冲掉。只有小手指大的食鱼鳄在下水道里生存下来继续生长，袭击并咬死了检查下水道的职员，据说行政当局无法对付几十条巨大的食鱼鳄，便派军队封堵了下水道，浇入汽油烧死了鳄鱼。阿莲莫莲为自己的鳄鱼取名叫伽俐巴，在此之前一直叫它鳄鱼。一想到伽俐巴是来自遥远的热带河流，她便为自己能成为它的主人而十分兴奋。伽俐巴能在东京都目黑区的珐琅浴缸中生活的概率简直就是几亿分之一。伽俐巴一天要吞下十公斤生肉，她母亲吓得不敢洗澡，父亲便说服阿莲莫莲，并和动物园联系，但她老是流泪，根本听不进父亲的劝告。

伽俐巴只让阿莲莫莲抚摸它的身体，阿莲莫莲总是爬行着进入伽俐巴的房间。鳄鱼是爬行动物，眼睛要比其他动物和人低。阿莲莫莲想鳄鱼被别人俯视时会感觉不愉快，如果和它一样爬行的话可能会成为朋友。伽俐巴喜欢音乐，阿莲莫莲用螺丝刀为它清除牙缝中的肉片时，总是为它播放各种音乐。伽俐巴最喜欢的是大卫·鲍伊的叙事曲《天王星》。

有一天，动物园的人来领伽俐巴，阿莲莫莲暴跳如雷，叫嚷着要自杀，而伽俐巴也跟着逞凶，它用钢铁般坚硬的尾巴扫断了工作人员的腿，当时那人正准备为它注射强力麻醉剂。他们不是在丛林的大河边，而是挤在狭窄的浴室，因此工作十分艰难。工作人员打算用钢丝捆扎住伽俐巴的嘴，但被咬断了两个手指，不得已砸坏了碍事的浴缸，但伽俐巴趁机从浴室爬进了客厅。妈妈以及其他人都慌乱地尖叫，四处躲避，阿莲莫莲示意她们趴在地上。伽俐巴撕裂地毯，推倒家具，朝母亲那里爬去。母亲咧着嘴高声尖叫。

“妈，你唱歌！伽俐巴最喜欢听歌，只要你大声唱，它就不会咬你。”

伽俐巴的一只脚踩在阿莲莫莲母亲的背上，她按照女儿讲的那样，颤动着做过手术的声带，声嘶力竭地唱了一首《蓝眼睛的玩偶》。

搬家时阿莲莫莲十七岁，伽俐巴已经长到三米长。阿莲莫莲敲碎了五室一厅豪华公寓的墙壁，为伽俐巴安排了一个专用的房间，加装了暖气和加湿器，使房间里的状态基本接近伽俐巴的故乡缅甸伊洛瓦底江出海口的自然环境。阿莲莫莲打算将来在天花板上至少再安装二十四盏紫外线灯。她将伽俐巴的房间命名为“天王星”。据说这个行星八十四年绕太阳一周，大气十分沉重，如果有生物存在的话，植物都呈羊齿状紧贴在地面，动物都像鳄鱼一般，沉闷的风声宛如叙事曲一样回荡。阿莲莫莲幻想着将鳄鱼的房间装饰成热带花园那样，伽俐巴仿佛是国王，统治着由混凝土、玻璃和塑料环绕的世界，如果能建成这样的自然王国，那自己就是女神，密林中的女神，散发着刺鼻的鲜花和水果的气味，还有珊瑚礁、水藻、海龟、椰子树叶以及低度的啤酒。

“下起来了。”

司机是个爱搭讪的人，他透过前面的反光镜对阿莲莫莲说。她朝车窗外望去，路上开始堵车了。

“下雨了，昨天的天气预报刚讲过梅雨季节已经过去了，怎么又下了？到处都是湿气，窗子也蒙上一层水气，真要命。在我小时候，我奶奶就告诉我说 NHK 的天气预报和三省堂的英日词典最可信，噢，还有上野动物园的笼子前面挂着的动物解说，还有就是夏天的高中棒球赛的裁判，我奶奶是大正末年大学毕业的，那时候，能上得起大学的，一个村子里十年有一个人就不错了。妈的，这个混蛋插什么队！我奶奶很厉害噢。玻璃窗又他妈的起雾了。小姐对不起问一下，你是哪所大学的？看上去好像是音乐学院的。”

阿莲莫莲一直没吱声。司机一个人有时说笑，有时咂嘴辱骂从旁边挤进来的汽车。阿莲莫莲在肉类批发店买来了鳄鱼饲料，这个路过的出租车司机帮她将沉重的冷冻肉块搬上车，他是个非常热情的司机。

“你知道为什么我猜你是音乐学院的学生吗？肩膀肌肉发达的是钢琴系，脖子粗壮的是声乐系，下巴上有伤疤的是小提琴系，罗圈腿的是大提琴系，怎么样，我是不是知道得很多？是不是不太像出租车司机？我天生观察力特别强，从前就经常听人讲我当出租车司机太屈才，应该去当作家或船长才对。船长要了解每个船员的性格，必须有观察力，没有就不成，根本不行。小姐，是不是有点儿累了？”

爱唠叨的人真多！阿莲莫莲心里想。平时在路上、电车里、出租车站、公园、电影院、咖啡馆、医院以及超市，总有人和你搭讪，只要你一应声，对方便会聊上很久，而且总是嬉皮笑脸，不停地献殷勤，要不就是帮你提东西，或者要替你付咖啡钱，再有就是要和你交朋友。曾经有个人搭理了一句之后感觉心烦，刚想走开就被对方扎了一刀。

“是吧，肯定是累了，那可不好，肯定会心烦，这种毛毛雨是风挡刮水器和人类的天敌！你看对面的车灯是不是很耀眼，很晃眼吧，没错，特别晃眼。小姐不太爱说话呀，您要去哪儿来着？您要是不说话我可能就忘了。那是跟您说着玩的，是瞎说的。不过说真的，您去哪来着？”他透过反光镜望着阿莲莫莲。司机在擦着汗水，大概是方向盘湿漉漉的打滑，他在裤子上抹了一把。阿莲莫莲打开车窗呼吸了一下外面的空气，空气中散发着雨水淋在灼热的水泥板上发出的气味，那是一种傍晚的气息。“您去哪儿？

我真忘了，不知道该去哪儿？”

司机将车停在路中间，开着后闪灯。后面响起了一片车笛声。“啊，去代官山。”阿莲莫莲低声说。司机的表情突然缓和了。“啊，对了对了，是代官山，在山手路上，我忘记了。小姐，你和一般的女孩子不一样，看得出来，对不对？我见过的多了，一天至少要拉五十个客人，你和一般人不一样，我是讲从好的方面看，如果是一般的女孩子会懂得打招呼，是吧？说难听点儿是有礼貌。刚才我说下起雨来了，那是在铁路桥下，里程表指在七万零九十二点三公里，表打在一千七百八十元的时候，一般情况下，客人会说句什么，比如是啊，真热呀，已经都七月中旬了还这么热之类的，聊天最容易从天气谈起，谈天气可以丰富日常生活的话题。我这人心胸很开阔，虽然有时很自卑，但总之心胸很宽广，你搭不搭理都没关系。妈的，怎么车堵得这么厉害，这不是白白浪费我的油吗？而且还下雨，客人也爱搭不理的，简直叫人不能太心宽了。”

汽车从刚才起就几乎没挪动过，红色的刹车灯始终映照在湿滑的道路上，司机从反光镜看着阿莲莫莲的侧脸，对面汽车的灯光照在阿莲莫莲的肌肤上不停地闪烁着，眼帘和面颊上的阴影时隐时现。前面的道路是条缓慢的下坡路。

坡道下面是个俗称“药岛”的地方，那是有毒物质高度污染地区，五年前这个地区鸟类和小动物突然出现相继死亡的现象，经调查发现土壤中含有氯元素的剧毒物质，据公布说这种有毒的化学物质如果沾在肌肤上会生痤疮，摄入人体会影响到肝脏和神经，还能引起孕妇流产或生出畸形婴儿，但当时没有查明为什么会流入土壤。附近没有化工厂，因此出现了各种说法，有的说是搬运时泄漏的，有的说是非法排泄的，还有的说是因为建筑工程的冲击和地热引起的特殊化学反应，众说纷纭，总之是其中之一。特殊的有毒物质不溶于水，也无法热处理，更不能被微生物分解，卫生局拨出巨款让居民搬迁并封锁了受污染地区，用混凝土浇注了地面，在周围架设了铁丝网并由陆上自卫队负责警卫。这个地方被称为“药岛”有两个原因，一个是这里受到化学物质的污染，另一个是这个封闭地区是犯罪，尤其是贩毒的滋生地。警卫人员身穿化学防护服，手持火焰喷射器往返巡逻，禁止人员出入，还严禁从受污染地区搬出任何物品。受到化学污染的房屋和家具均被废弃，当局发布公告说如果有人要在该地区偷盗财物，将当场被火焰喷射器烧死。不过，罪犯们发现警力不足，于是流浪汉从全国各地汇集而来，精神病人被抛弃在这里，野娼、男妓、通缉犯、性变态者、残疾人、离家出走的人聚集在这里，形成了一个特殊的社会。具有讽刺意味的是，由于隔离了这些人，周围地区的犯罪率明显降低，特别是铁丝网环绕的贫民窟形成之后，性变态的性犯罪率锐减。药岛一带建起了十三幢摩天楼，十三座巨大的塔楼耸立在铁丝网包围的昏暗寂静的城区一角。

“总之是常识、常识，我经常讲人要懂常识，没有常识的人应该枪毙！傍晚高峰时间大家都朝同一个方向走，当然会塞车，要动脑筋，飞到天上或钻入地下，方法很多嘛。天还下着他妈的毛毛雨，喂，小姐你是不是电视广告上的模特？洗发液迷了眼，两眼通红变成了兔子。妈的！是吗？原来你是模特啊。”

雨大起来了，左边是药岛，警卫的哨岗、装甲卡车和探照灯车、标注着严禁出入化学污染区域的招牌，药岛布满了微弱的灯光。摩天楼耀眼的墙壁使人产生错觉，以为是横放在地上。铁丝网包围的菱形的街区。司机认出阿莲莫莲是广告模特之后显得异常兴奋，口中喋喋不休，他突然嚷道：“你长得和从前好莱坞电影里水中飞眼的女演员很像，眼睛很大，又很美，哎呀，今天是星期五啊，星期五！上周我去算命时，算命先生说下星期五会出现一个改变我一生命运的人，我会交好运，就是今天！就是你，没错！我说呢，你的长相天生就好像能改变别人的命运，就是眼睛，是眼睛，就像从前我妹妹经常过家家打针时使用的赛璐珞玩具娃娃，你眼皮是彩色的，真漂亮，眼皮上有光彩，唉，真不好意思，一直在瞎说，从前也有人说过吧？你长着一张迷人的脸蛋，我说的没错吧？”

后面的汽车笛声大作，不停的鸣叫让人觉得汽车似乎出了故障，其他司机都从车窗里探出头来，有几个人对胡乱鸣笛十分恼火，高声嚷道：“住手！太他妈吵了，你有病啊！”又有两辆汽车按响了喇叭，发动机的轰鸣声越来越大，紧闭的车窗蒙上了一层雾气。不知是因为噪音还是想取乐，行人扔来的石头碰在汽车保险杠上，不停地发出声响。阿莲莫莲变得心绪不宁，出租车司机打开车窗，使劲嚷道："别他妈的吵了。"他竟然喊了十一声，但喊声都淹没在噪音中，司机被雨淋湿了，雨水从下巴上滴落下来，他不停地喘着粗气。他摇着头，无奈地嘟囔道："没辙！没辙了，小姐，太吵了，他妈的这么塞车，我的一生就这么白白浪费了。"他的声音都变调了，并非是那种尖声快语，而是低声慢言。

"对了，这么办吧，我们一起私奔吧，我们公司在千叶的胜浦有个小别墅。我实在讨厌塞车，而且也说累了，我想和你一起逃走，不过需要钱，你大概不会喜欢没钱的男人吧，那个别墅里只有烧酒，你肯定只喝葡萄酒吧，别墅里的被子都很潮，要换床单，总之私奔需要钱。唉？等一下，这是山手路吧，你等我一下，我的一个熟人在前面的楼里有个办公室，那个家伙很讨厌，总瞧不起我，我去问他借点钱，顺便捅死他，我马上就回来。"

司机将出租车停在路左边，下了车。阿莲莫莲以为他去买烟，想如果不快点儿把马肉和鸡头放进冰箱，天气炎热，马上就会变质。出租车虽然停在路左边，但仍然占了一个车道，后面的车超过去时发出一片漫骂声。时间过去了五分钟，阿莲莫莲感到十分心烦，用手掌擦拭了一下车窗的雾水，望了一下窗外。车旁站着一个手提步枪的自卫队员，穿着透明雨衣，可能在用耳机欣赏着音乐，右脚尖不停地踩着节奏上下晃动。

“啊，对不起对不起，回来晚了。”

阿莲莫莲看了一眼司机，差点儿叫出声来。他的脸和衬衣上沾满了鲜血。

“没想到这么容易，人肉很软，吓了我一跳，有钱了，我们快跑吧。”

司机颤抖着声音讲完后便将车开上人行道，强行掉头想从堵在路上的汽车中穿过去。阿莲莫莲想高声叫喊却喊不出声来，她不知道该如何是好，全身冰冷泛起了一层鸡皮疙瘩，脑袋却热得发胀。她想到如果这么下去，马肉就全臭了，不由得怒上心头。出租车横在拥挤的车队里前后动弹不得，碰上了后面的车，一个男人跳了下来。他的脸贴在紧闭的车窗上高声吼叫着让司机开窗，浑身沾满血污的司机只是不停地哆嗦。男人开始踢出租车，接着从那辆车上又下来一个男人，走过来用金属棒球棒敲碎了挡风玻璃。阿莲莫莲伏在车座上，司机又再次倒车，冲上了人行道。环绕药岛的铁丝网的支柱有一处倒塌了，司机开车冲向那里。铁丝网缠在轮胎上，汽车熄火停了下来。探照灯的发电机发出了轰鸣，巨大的光柱照在汽车上，顿时四处警笛大作，自卫队员扔下耳机，手里端起步枪，冲出哨岗奔向这里。司机发动引擎重新倒车，两个身穿白色防护服的警员从装甲卡车上冲下来，他们手里握着火焰喷射器，准备随时烧死那些企图从药岛里偷出东西的人，他们开始瞄准这里。司机猛踩油门，汽车直冲向前，在一片铁丝网的断裂声中闯入药岛。不久，车灯前出现了一群流浪汉。司机身上散发着一股油渍的气味，仔细望去，只见衬衣的血污中沾着方便面条。他额上青筋暴起，抓着方向盘的手汗津津地不停颤抖，似乎就要滑落下来。“早上，我们一起醒来，大海闪着银光。我准备好了面包和煎蛋，你肯定会说不想吃，昨天夜里太累了，没有胃口只想睡觉。但我会说这样会搞垮身体，就将鸡蛋端到床边，哎哟，那个别墅里有没有床？管他呢，你一丝不挂地躺着，闭着像彩虹一般的双眸。”

司机抹去沾在面颊上的三厘米长的面条，说时迟那时快，阿莲莫莲突然俯身用力拉起了手闸，顿时汽车后轮空转，冒出一股青烟戛然而止。汽车完全停下之后，司机抬头拼命抓住正要逃跑的阿莲莫莲的手腕。他的手掌沾满血污和油渍，黏乎乎的。

“你想去哪？你要和我一起逃走的呀。”

阿莲莫莲瞪着司机那惊惶失措布满血丝的眼睛，高声吼道：“别用你那脏手碰我！”

“你，你要和我一起去海边的，海水里一洗就干净了。”

“你这么着，马肉不会坏吗！”

司机十分冲动，紧紧攥住阿莲莫莲的手腕要亲她的脸。

“你就像个天使，求求你了，求求你了。”

“你这个讨厌的家伙，放开手！”

阿莲莫莲平生第一次如此大喊，她天生高音，不是从喉咙里挤出来的，而是发自丹田冲破肺腑。司机右手握住阿莲莫莲的手腕，左手拉出插在皮带里的菜刀，刀上血迹未干，还在刀刃上缓缓流淌。

“是吗？如果你不愿意，那就没办法了。我死心了，海边也不去了，我原来盼望着能和像你这样的美人一起去大海，那就算了。”

阿莲莫莲并不十分害怕，她似乎觉得一直是在做梦，她想到自己可能会被杀死，不过她每天都梦见这类事情，只是梦中总是丝毫不抵抗就默默地被杀死，因此她想吐出堵在胸中的郁闷。阿莲莫莲从刚才就气得浑身颤抖，心想这下马肉肯定会全部腐烂，她毛发倒竖，觉得十分恶心，为了马肉才忍耐着听他没完没了的废话。阿莲莫莲胡乱拍打着胸脯高声尖叫，她的声音在万籁俱寂的药岛回荡着。

“神经病！开什么玩笑！你以为自己是谁？”她过于冲动，舌头都不灵活了，不过仍然使出全身的力气，继续喊道，“你也不照照镜子，看看你自己什么德行！脏兮兮的，身上沾着面条，看你，又脏又丑又臭！你这个天下第一白痴！”

她不停地喊叫着。这时她感到头脑中的热气逐渐散去。司机眼含泪水耷拉着脑袋，用细微而颤抖的声音嘟囔道：“我很臭吗？”阿莲莫莲感到从脚底涌起一股残忍之情，她沉醉于兴奋之中，心里盼望着司机快一点捅死自己，哪怕他的刀子在自己肚子里乱搅，她也要叫骂到底。

“我长这么大，第一次看到你这样又脏又臭的家伙！”

“我进去的时候，那家伙正在吃拉面，他见我攥着菜刀，就连碗带面一起扔过来，大概是不想死，我也是没办法。”

司机松开阿莲莫莲的手，扔下菜刀跳到车外哭出声来。他正要从车灯前消失，突然尖叫一声跪倒在地。阿莲莫莲这才察觉到躲藏在周围夜幕中的人影，其中一个黑影晃动了一下，闪现在灯光中，她吓得用双手捂住了眼睛。

从体格看少年大概只有十岁左右，他的脸上烂开一个洞，伤口周围看上去不像人的肌肤，像把大象的皮贴在脸上一般。灯光从正面照上去，红黑色的伤口冒出脓液，如同煮沸的炖肉锅里融化的肉片，另一个伤口中露出了骨头，这是由氯毒素引起的痤疮。灯光中，少年走近汽车向里面窥探着。阿莲莫莲不停地颤抖，但仍鼓起勇气望着少年的脸，她想打声招呼，但牙抖得说不出话来。少年将手伸进车窗，阿莲莫莲愣了一下，拿出一张五千元的钞票放在他的手上。少年看了一会儿钞票，然后攥在手里插入衣兜，又将手伸进来指着阿莲莫莲的前胸。那是一个镶嵌着纤细彩管的飞机形状的胸针。阿莲莫莲将胸针递给他。少年刚一离开，她便跳到前面发动了引擎。她正要开动汽车，刚才的少年朝她摇手。“什么？”阿莲莫莲从车窗探出头问他，少年凑上来咧着嘴，舌头舔着嘴唇用力说："会被烧死，开车出去会被烧死！"

阿莲莫莲想起手持火焰喷射器的自卫队员，便下了汽车，打开车厢拿出装着马肉的纸箱。一箱二十公斤，一共五箱，实在太重，阿莲莫莲一个失手，纸箱落在地上。箱子破裂，肉块滚落在地上，留下斑斑血迹。流浪汉围上来，瞬间便抢光了马肉和鸡头。脸上带着洞疮的少年在向她招手，走几步回过头又招了一下手，阿莲莫莲走过去跟在他后面。胡同两侧房子的墙壁上到处标着红色的×印记，下面写着"确认小动物死亡地点"的字样，房檐下挂着装饰圣诞树的彩灯。路上的柏油全被掀开了，堆放在道路的两侧，上面覆盖着铝箔。裸露的黏土在雨中十分泥泞。他们走出胡同，穿过大路来到公园，枯萎的树林后方屹立着十三幢摩天楼。走在前面的少年停下，用手指着楼梯，楼梯前面的铁丝网被撕开一个小洞，只能通过一个人。阿莲莫莲向少年道谢之后刚要走向楼梯，又被他拦住了。

"要等到天全黑才行，那样不会被发现。"

阿莲莫莲坐在惟一的一架秋千上，眺望着眼前威严耸立的十三座高塔，高塔仿佛要倒向自己。她想，如果电影《金刚》里的大猩猩现身在东京的话该怎么办？如果金刚出现在眼前，在那些摩天楼群中往返跳跃，不必出动直升机、动用机关枪和喷气战斗机对付它，只要把它引到这里就可以，它欢蹦乱跳时身上会沾上各种毒药，然后再用凝固汽油弹将它连同整个城市炸成稀烂。

公园里灯光昏暗，少年告诉她要等到天色完全变黑，不过包括这里，这座城市是不夜城，十三座摩天楼总是闪烁着灯光。从高空鸟瞰整座城市，每一个用水泥和木板堆砌的小房间，甚至小鸟和昆虫的巢穴都无法完全遮住灯光。灯光穿过厚重的玻璃和大气中的半透明薄膜，照亮了城市中的每一个角落，人和动物即使要躲避，在昏暗的灯影中总会伴随着身影。公园的中心有一个水池，池水泛出混浊的白色，随风飘散着强烈的恶臭。

一个肥胖的光脚男人走近水池，反复做着一种古怪的动作，与其说是动作不如说更像是肌肉痉挛，双腿看上去似乎是在躲避机关枪扫射，大概是患上了跳舞病。他满脸淌汗看着阿莲莫莲，似乎想说什么，但他说不出话来，在蹦跳的间隙发出类似尖叫的怪声。那好似是巨大的飞鸟呼唤同伴的叫声，先是低沉的混合声，随着呼气延伸，快要消失时突然提高声调变成嘶叫。肥胖男人不断接近水池，似乎要跳进去在臭水里洗澡一般。一个矮小消瘦的年轻女人从西边的树荫中冲出来，跑近肥胖的男人。她巧妙地躲避着男人蹦跳的步伐，在他耳边低声说了句什么。她的声音在男人古怪叫声的间隙里传入阿莲莫莲的耳中，那声音微弱震颤并带着一种旋律。肥胖男人的叫声逐渐衰弱，与此同时，传来了一种奇怪的旋律。阿莲莫莲觉得似乎在哪里听到过这种旋律，她闭上眼睛搜索记忆，觉得很容易就可以想起来。围绕这个旋律的记忆就隐藏在头皮下面，她觉得马上就能想起与这个旋律有关的地方和乐手。那是一个傍晚，正值夕阳西下的时分，的确是那时候，周围只有一丝残照，似乎是海边？不是，昏暗的微光映照着建筑物和山峦的轮廓，对了，就是那个时刻。阿莲莫莲不知不觉忘记了自己是在挖掘往昔的记忆。

她闭目沉浸在那个旋律所带来的记忆图画里，无法摆脱那个画面。她并没有沉睡。阿莲莫莲在幻想中眺望着夕照中的海港，港口依山傍海，人们正在着手打捞海港里巨大的沉船，潜水员手持胳膊粗细的缆绳潜入水中，城里所有的吊车和卷扬机以及投锚机都汇集在这里。牵引船拖着缆绳驶向岸边，将缆绳绑在城中一座最为壮观的高楼上。人们聚集在山顶，打赌是沉船被拖上来还是高楼会倒塌，人们在山顶的餐厅品尝着盐水虾米，沉醉在赌局之中。悬挂在餐厅墙壁上的音箱播放着音乐，晚霞映照下的海面上，巨大的船头显露出来。缆绳在高楼上缠绕了两圈，紧绷着的绳索笔直伸入海里。露出海面的船头比港内停泊的所有船只都大，高楼在缆绳的拉力下不时腾起烟尘。沾满贝壳的船身在夕阳中银光耀眼。船体每次上升都会掀起波澜冲刷海岸的船桥。山顶上餐厅的人们停下手，屏住呼吸目不转睛地等待关键时刻的到来。喇叭里仍然播放着刚才的乐曲，高楼略微有些倾斜，音乐笼罩了阿莲莫莲视线中的整个海港。她坐在秋千上一会儿嬉笑一会儿紧张，在胆怯中颤抖，又似乎在安详中哭泣。歌声停止了，音乐也消失了，阿莲莫莲突然睁开眼注视着眼前散落着胶皮鞋的地面，一瞬间，她不知自己身在何处，忽然领悟自己处在小睡的梦境之中。

“你不觉得他很可怜吗？他要不停地跳，直到精疲力竭睡着为止，好可怜。”原以为那是个女人，仔细一看原来是个瘦小的年轻男人，他凑近阿莲莫莲低声说道。他穿着女人的衬衣和裤子，略施淡妆，宽额的脸庞朝向阿莲莫莲，但眼神恍惚。起先，阿莲莫莲还以为他眼睛有毛病，但远处的车灯映照在他眼睛上时，她感到自己变成了透明人。

6

伽泽尔死了。前年的夏天，也就是 1987 年夏天，摩托车从悬崖上坠落了。他死了以后，阿菊全力冲刺时脑海中便不再浮现伽泽尔的面容。随着肌肉的强健，阿菊已经不会将孤儿院礼拜堂画像中的父亲和伽泽尔混淆。

阿菊在中学三年级时参加的全国直播的田径赛上创造了令人瞩目的纪录，百米赛十秒九，二百米二十二秒二。全国各地的私立学校寄来了入学邀请函，但他全部拒绝。阿菊也不知道理由，他曾经想过在设备先进的综合高中埋头训练撑杆跳。对此阿桥不置可否，他说："我查了一下，想要阿菊的那个学校旁边没有海。"阿菊有时想大概是自己不想离开阿桥。阿桥和沉默寡言的阿菊不同，在中学和高中都是班里的热门人物，他很会交朋友，对谁都很热情。阿菊有时后悔自己选择田径项目，因为这样总是很孤独。尽管他知道这非常适合自己的脾气秉性，但有时还是想有个伴儿。可是阿菊不会打球，他不是那种可以和别人合作一起打比赛的人，在体育课上打篮球，他一旦拿到球就决不传给别人，所以和周围人总是不协调，他想到和别人配合就感到很累。阿菊发达的肌肉使他无法与人合作，他聚精会神就顾不到他人，因此最适合练田径。

考上高中后，阿菊便开始了撑杆跳的训练。他以前就下决心练了，理由很简单，这个项目可以跳得最高，借助玻璃纤维杆的腾空鱼跃使他着迷，伽泽尔曾经放映过的旧纪录片中有东京奥林匹克撑杆跳比赛，那时汉森和莱因哈德展开过扣人心弦的激烈搏斗。阿桥在音符中寻找欢乐，而阿菊则在想象自己腾飞空中时产生出一种幸福感。他闭上双目，眼前便会浮现出一根长杆，在一望无际的地面上的一处，有一个令人激动的障碍，他全力冲刺，腾身飞过那堵墙。他总是在脑海中想象这一瞬间，他觉得这一瞬间和自己身上欠缺的部分相吻合。在世上的某处，某一瞬间，自己聚集全身的肌肉面对需要逾越的某种困难，并跨越过去，这一时刻肯定会来临，阿菊沉醉在自己的想象之中。阿菊没有专门教练指导，独自一人坚持训练，他阅读资料，开始时使用竹竿，增加体能，自己平整沙坑，设备不全他也没有怨言，他从和代那里得到许多碎海绵，自己动手缝制了垫子。他很想要一根玻璃纤维杆，但一直没买，他将渴望得到弹力十足的玻璃纤维杆的愿望转化为增强体能的动力。阿菊变得越来越孤独，只有阿桥时常等到阿菊训练结束，他从教室的窗户一直注视着阿菊单调的训练，手指着阿菊跟班里的同学炫耀说那是自己的哥哥，每当阿菊撑着竹竿跨越横杆，他总是在窗前为他鼓掌喝彩。

盛夏的一天，阿桥在校门口等阿菊，两个人并肩行走，都默默无语。他们坐着公共汽车来到长满美人蕉的坡路口下车。“我们班的女生说阿菊很帅。”阿桥笑着说。阿菊脸红了：“你才很有人缘呢。”阿桥折断一枝美人蕉的花，一边吹着花粉一边说：“没那回事，我只不过爱聊天罢了，看什么人说什么话，总要看着别人的脸色说话，很累。以前不就是这样？你还记得在孤儿院时我就和送牛奶的小伙子很要好吗？你和他找茬时被他打过，你还记得吗？”阿菊点了一下头。阿桥将沾着美人蕉花粉的手指在裤子上搓了一把，接着说：“不知为什么，我觉得阿菊和他的关系要比我更好，我一直想揍他。”阿菊笑了一下。阿桥问他为什么笑。阿菊回答说：“我也想和你一样会说话多交朋友，只是总做不好，一急就忍不住动手打人。”坡路中间的树上落着知了。是寒蝉。坡路在夕阳下染成了橘红色，寒蝉拖着修长的身影在不停地鸣叫。“不容易呀。”阿桥嘴里嘟囔着踢飞了地上的空罐。空罐落在坡道下面的鸡舍顶上反弹起来，发出了清脆的响声。

阿菊凝视着前方，手里紧握着富于弹性的玻璃纤维杆。这年秋天，在长崎市举办的高中运动会上，阿菊闯入了决赛。对手有八个人，除了阿菊之外全是高中三年级的。阿菊对他们并没有十分在意，他并不想争冠军，他在心里描绘着自己腾空跨越过横杆时的身影，只是在想腾身而起，将身体和身影重叠在一起。他的脑海中浮现出自己冲破引力，飞跃在空中，实际跳跃时一瞬间影像飘出脑海，附着在腾空跃起的身体表面，完美结合。他一次次地这样跳跃，不久八个对手只剩下三个。横杆的高度是四米七，阿菊从来没有跳过这个高度。三个对手当中，一个戴着眼镜，夺标呼声最高，另一个是在四百米赛跑中创造出优异成绩的高个子短跑选手，第三个是接受过专业训练的大学附属高中的田径好手。

阿菊最先试跳。撑杆跳的助跑道在赛场的顶端，其他项目基本结束了，观众开始聚集到这里。阿菊告诉和代不要来，她还是关了店门，带上几个饭团赶来为他加油。和代为能有阿菊这样的孩子感到十分自豪，她手指着阿菊告诉周围的人那是自己的儿子，并不时高声呼叫阿菊的名字。阿桥大概感到害臊，和她拉开距离坐在一边。阿菊确认了一下横杆的位置，想象着自己将玻璃纤维杆插入洞中，腾身跃起，达到适当的距离时改变杆的位置，仰望着杆的顶端，想象着自己跨越横杆时的姿势，还要预测身体和横杆之间的间隙，测量助跑距离。他从来没有跳过这个高度，便加长了助跑距离。他在起跳点转身走向助跑起跑点，先用与踏跳脚相反的脚迈步，在偶数停止，然后准备用踏跳脚起跑。阿菊凝视着前方，在脑海中想象自己腾身跃起，飞过空中落在厚垫上，仰望着停留在空中的横杆的情景。阿菊开始助跑，控制着急不可耐要想全力飞奔的肌肉，调整步伐在踏跳点上达到最高速度。他的身体比短跑选手还要前倾，跑鞋卷起尘土。场内鸦雀无声，他将玻璃纤维杆用力插入洞内。他撑起纤维杆，拱腰垂直跳起双脚。玻璃纤维杆弯成了弧形，弹力传到身上，当他松开双手时，阿菊的身体已经被抛入半空。“就是这个瞬间！”阿菊心想。他借助玻璃纤维杆的反弹力跃入空中时，感到蓝天剧烈摇晃，伸展在四方的天幕缓缓地歪斜起来。场内响起了掌声，阿菊躺在厚垫上仰望着高空中的横杆，回味着自己绝妙的跳跃。

对手们露出了焦虑的表情，只有戴眼镜的夺标呼声最高的选手显得比较平静，其他两人担心自己会输给高一的新生。短跑选手反复测量助跑距离，田径好手不停地活动身体，但两人第一次试跳都失败了。由于过于紧张，他们第一次试跳失败后更加急躁，致使跳跃姿势走形。阿菊十分冷静，望着对手起跳，找出了他们身上的缺点，低声不停地自言自语：“插杆太快，助跑步伐没节奏，上臂姿势走形，扭腰太慢。”戴眼镜的选手凑上来问他：“你是一年级的吧？”阿菊盯住对方的双眼点了一下头。“跳得不错呀，你的教练老师是谁？”阿菊摇了一下头，他很讨厌被分散注意力。“不过，你太依赖感觉了，掌握杆的弹性的时机很好，怎么说呢，顶风时大概就不行了，你顶风时可能就有问题。”

阿菊和戴眼镜的争夺冠军。眼镜要求免跳四米七五，阿菊从不免跳，他根本不考虑战术。阿菊四米七五两次试跳都失败了，第三次，他扯下一把草扔在空中。随着夕阳西斜，风向产生了变化，现在是微弱的顶风。阿菊将目光转向看台，他有一种不祥的预感，找不到阿桥，他一直在想这种不祥的预感究竟是什么。风向无所谓，大概是因为没有阿桥，阿桥和自己的撑杆跳有什么关系呢？难道自己只是为了给阿桥看才比赛的吗？这怎么可能？阿菊想全神贯注于眼前的横杆上，他想象着自己跳跃横杆的情景，但不顺利，不仅图像模糊不清，他感觉似乎放映机的电源断了。“在这以前不都是一个人训练的吗？”他这样安慰自己，不能因为阿桥不在就分散精力。阿菊测量助跑距离，确认横杆的位置。他感到身体十分沉重，心想大概阿桥买冰激凌去了，他十分恼火自己在试跳前胡思乱想。其他比赛已经全部结束，他走向跑道，将玻璃纤维杆放在地上，开始奔跑。阿菊在整理场地的工作人员中全力奔跑，看台上响起了惊叫声，因为阿菊奔跑的速度飞快。阿菊捕捉住风向，乘上顺风，他拼命要摆脱脑海中的阿桥，将头脑中的血液全部贯注在肌肉之中。汗水从毛孔中喷射出来，跳跃横杆的抛物线又重新浮现在脑海，图像开始在闪烁。阿菊绕跑道奔跑一圈，他已经不在乎看台了。阿桥在不在都无所谓，自己一个人就足够了。这里只有自己，前方有一条需要超越的横杆，周围没有任何人，只有自己一个人纵身跳跃。他举起手，高声示意准备试跳。阿菊手持跳杆，脚蹬地面，鞋上的钉子带来的冲击通过血管直达头顶。蹬踏地面的冲力，为了避免跌倒而不停踩踏的念头与速度重叠在一起结晶，产生出了影像，自己超越空中横杆的影像。插入跳杆，踏跳，身体略微下沉，然后突然反弹上升。一瞬间，图像破碎，沿着汗腺流出，融入空气之中。试跳失败，阿菊的膝盖刮落了横杆，周围响起了一片叹息声。阿菊坠落在海绵垫上，不停地摇头。他并没有在思索失败的原因，从没见过的图像闪现在脑海里，久久没有消失。漂浮在空中的一瞬间，他见到自己要在远方跃过另外一个完全不同的障碍，那是一条柔软的不断摇荡的红色物体，湿漉漉的微微摇动，那究竟是什么？阿菊想了一阵，发现阿桥微笑着朝自己挥手，便忘记了那个东西。阿桥正在舔着手里的冰激凌。

和代狂奔到操场，气喘吁吁地将手里的纸条递给阿菊。

“阿菊，拜托你照顾‘牛奶’，不要给它吃带盐分的东西。我到东京去，相信你一定能在全运会上拿冠军！帮我劝说大家不要去找我，我们肯定能在近期见面。”

“这是怎么回事？到底是怎么回事呀！出什么事我也不知道，阿菊你是不是知道什么？”和代急得快哭出声来。阿菊知道阿桥离家出走的原因，他一定是找生母去了。

三天前，电视播放了一位七十二岁女作家的采访节目，她自幼盗窃成癖，曾四次服刑，根据自己的亲身经历写出了中篇小说《苹果和热水》，小说获奖后十分畅销。节目主持人寻问道：“请谈一下写作动机。”老作家回答说：“其实并没有什么动机，小时候喜欢写作文，不知从什么时候起对偷窃别人的东西产生了兴趣，到了这把年纪连偷的气力也没了，又不知道该干什么，于是便提笔写作。我认识几百个不幸的女人，她们只知道用犯罪来表达自己，有一个女人杀死丈夫之后吓得呕吐起来，为了掩盖那股气味，据说她把所有的香水都撒在房间里。有一种叫做‘夜来香’的香水吗？是吗？有啊。好像就是那种香水。还有一个女人为了情人从自己工作的银行里偷出上亿元公款，但据说她用在自己身上的只有三百五十元，有一天突然来月经，身上没带钱包，于是用偷来的公款买了一包卫生巾。还有一个女人据说在扔掉自己孩子的地方撒下九重葛的花瓣，说是因为花店里最贵的花是九重葛。所有女人所犯下的罪恶里都充满了日常生活的悲欢离合，那些对我来说……”

九重葛的花瓣，就是阿桥夹在书中珍藏至今的那种花。当时，阿桥脸色铁青，一口吐出嘴里嚼着的煎蛋：“不得了了，阿菊，出事了。”说着便从抽屉中拿出那个标本，翻开字典查阅九重葛的意思，重新查看花瓣的颜色和形状。阿桥颤抖着嘟囔道：“怎么办？我该怎么办呀？阿菊，她认识扔掉我的那个女人，我应该怎么办？”第二天，他买来老作家的书埋头读了起来，但书中好像没有涉及九重葛。阿桥只和阿菊商量，当时看电视只有他们两人，而且桑山与和代也不知道那个标本的来历。阿菊没有回答，看到眼前阿桥惊惶失措的样子，一股无名之火不觉涌上心头，他不明白为什么这种事情现在会传到阿桥的耳朵里。

阿桥向阿菊借了钱。阿菊问他现在去找扔掉自己的女人又能怎么样？阿桥摇头说自己也不知道为什么，不过想看一眼而已，并不是非要见面，仔细想了一下，其实挺害怕见到那个女人的，只是想从远处偷偷看一眼那人到底是什么样子。

阿桥只寄来过一张明信片，上面写着自己过得很好，是东京的邮戳，没有地址。和代又是闻明信片的气味，又是在灯泡上仔细照。她已经报了警，还在报纸上登过几次寻人启事，但阿桥踪迹皆无。阿菊手里拿着阿桥的明信片，脑海中浮现出一种奇妙的想法，他想去一个遥远的地方给谁寄一张这样的明信片。他尽量不去想阿桥，但无法集中精力进行训练，并不是心里惦记着阿桥，他不知道为什么突然厌倦了周围所有的一切，岛上的风景、大海的波涛、干鱼的气味、坡道上盛开的美人蕉、狗的叫声和动作、撑杆跳，这所有的一切都令人厌恶。“一定是厌倦了。”他这么想着，特别是无法忍受飘荡在操场上的那股潮湿的海风。

7

阿菊在新干线上读着小说。在阿桥离家出走半年后的夏天，他同和代一起去东京找阿桥。和代哭丧着脸在吃火车上的盒饭，阿菊却兴奋得想唱歌。窗外的景色看上去十分新鲜，他觉得到东京时，阿桥会微笑着在站台等他，大概是因为读了老作家写的《苹果和热水》的缘故。

小说以一个女人的回忆录形式写成，她经常偷窃，同一个性格粗暴的摆地摊的商贩同居，小时候由于家境贫困被父母送给一家魔芋店做养女。那家待她不好，一天三餐都是魔芋，她饿得挺不住逃回家去，生父暴跳如雷，骂她忍耐不够，每次见面她都无故遭到毒打。后来她又被送到姑姑家做养女，第一天就听姑姑说养女和自己的亲生孩子不同，姑姑的孩子才三岁，所以并不感到屈辱，心想就当自己是女佣人，忍耐着只要能上学就行。有一天她给三岁的孩子洗澡，被那孩子把滚烫的热水浇在身上，因为那个孩子肚子上有一块紫疤，觉得她在笑话自己。她离开了姑姑家，走投无路沿着铁道向前走，当天坐下休息时，一个有残疾的醉汉给了她一个苹果，听她讲完事情原委之后便要收留她做养女。那个残疾人很和善，因为自己不能应征入伍而感到十分羞愧。女人开始偷窃，她在和残疾人一起度过平静生活期间反复偷盗，至于为什么要偷窃，她自己也不知道原因。她被送进教养院，半年后出来的那天，残疾人来迎接她，对她说希望今后不是做他的养女而是做他的老婆。她笑着拒绝了他，和那个五十岁出头的性格粗暴的摊贩同居，她偷了男人贩卖的和服腰带上的装饰扣，事发后被割掉了小手指。小说从这里变成了现在时，她离开摊贩，因不断偷窃而入狱，在狱中听到远处造船厂遭到空袭的爆炸声，心里盼望着日本就此彻底变成灰烬。对她来说，滚烫的热水带来的伤痛是终生的挚友，而苹果的酸味则是应该唾弃的安稳。

阿菊读完小说，觉得心情十分爽朗。他感到很意外，读的时候觉得故事情节很悲惨，中断过好几次。阿菊看书从来没有通读过，所以现在的心情肯定是读完后产生的快感。阿菊心想：阿桥如果读了这本书会怎么想呢？不过自己读书只是嘴里嘟囔，眼睛浏览书上的字，再见到阿桥时，一定将《苹果和热水》的故事讲给他听。

“下一站是新横滨。”车厢里反复播放站名，由于多次重复，阿菊感到十分心烦，似乎机器在督促他回忆起横滨。“横滨”这个词的语感同寄物柜的记忆联系在一起，除此之外，心里没有关于横滨的其他记忆。

高中田径协会的工作人员在东京站接他们，和代他们在东京没有熟人，高中田径部的老师特意为他们联系的。身穿绿色西装的矮个子男人站在站台楼梯旁边，高声叫着阿菊的名字，那声音和车中的广播一模一样。他面无表情，只有嘴巴不停地张开，阿菊觉得像是机器模型一般。他双臂交叉在胸前，反复高声喊叫着："桑山，菊之君！桑山，菊之君！"和代发现矮个子男人，便从手提包中取出镜子补了一下妆，跑到男人那里鞠躬打招呼，寒暄一句之后又是低头鞠躬。阿菊看着和代不停地弯腰鞠躬，心里十分恼火。"他好像特别喜欢音乐。"和代这么讲道。矮个子男人告诉他们一个离家出走的年轻人聚集的地方，是新宿。

和代查找旅游杂志预订了旅馆，在东中野赌博机店的后面。闪烁着"春阳馆饭店"的霓虹灯中，"饭"字已经坏了，外观也和旅游杂志上的照片不同。照片上有金色鲤鱼漫游的水池、红叶流淌的水帘、并排停放的外国轿车、盛装的外国男女挽手出入、屋顶上垂下各色国旗。水帘上的水泥布满裂纹，上面粘贴着电影海报。水池已经干涸，里面摆满了纸箱。前厅有个染头发的女人，嘴里叼着香烟用拖把擦着地板，她看着大厅里的电视机，电视的音量很大，画面上是一架喷气战斗机。扫地女人的银牙叼着香烟，不时在水桶上弹着烟灰。前台里有两个系着蝴蝶结的男人，听到招呼声便停下手里的象棋，随口说了一句："欢迎光临。"和代慢慢地填写着寄宿卡，在职业栏里写上“美容师”三个大字。她接过房间钥匙，一个蝴蝶结男人帮阿菊提着行李。电梯门开了，里面走出两个肌肤黝黑散发着强烈气味的女人，她们扭头瞅着阿菊和和代，用外语交谈着什么。电梯门关上之前，她们手指着和代，拍打着对方的肩膀大笑起来。和代在电梯中查看着自己的化妆、连衣裙和袜子，红着脸寻找被人嘲笑的原因。蝴蝶结男人盯着阿菊，阿菊瞪了他一眼，男人咧开嘴笑了一下，转开了脸。从房间的窗户望出去，可以看到正在拆毁的房子、食堂和晾晒的衣服。“请慢慢休息。”蝴蝶结男人走后，阿菊指着和代的胸脯说：“白粉涂得太多了。”白粉随着汗水从脖子流到胸前，形成了一条线。两人坐在床边，久久地沉默着。冷气的风里夹杂着汽油味，和代身上的汗水已经风干。“阿桥在这种地方干什么呢？”巨大的铁球撞击水泥墙板的巨响震颤着窗户玻璃。

在新宿，环绕喷水池的电影院一条街上，醉汉和流浪汉一样多。流浪汉蹲在报纸和纸板箱上，喝着酒默默地盯着路上的沙子，戴着塑料面具用干鱼喂狗，模仿盲人用牙咬住琴弓拉着小提琴。看到一对穿着破烂的剑道服，戴着假头套的乞丐父子，阿菊感觉很恶心。过路人扔下零钱，他们用便携式唱机播放一段评书，对打一番，必定是父亲先摔倒，于是孩子高喊：“老母的仇敌，送上脑袋！”倒在地上的父亲从缠在背上的胶管里挤出红色的颜料。

只要店里传出音乐，阿菊和和代就会挨家探头寻找。店里人起初十分和蔼，但他们拿出阿桥的照片说明完情况之后，总是被店里人赶出来，让他们去问警察。一幢楼里有几十家酒馆，阿菊想如果这样挨家问下去，大概要问到下辈子。香烟、闪烁的霓虹灯、半裸的女人以及醉汉的视线混杂在一起，加上嘈杂的人声，都折磨着他的神经。在没有电梯的楼里爬楼梯时，和代踩到覆盖着报纸的呕吐物滑倒在地，连衣裙的裙边染成了黄色。

他们走进一间小酒吧歇息，昏暗的灯光下坐着三个女人，同和代相比，她们都是浓妆艳抹。阿菊一口气喝下了可口可乐，和代叫了一杯可可菲士，但没有喝。为了找到阿桥，她起誓戒烟戒酒戒茶。和代举起杯子闻着可可的浓香。“喝了不就完了吗?”阿菊说。和代摇了一下头。“很香吧?”她将杯子伸到阿菊的眼前。混浊的茶色液体散发着甜甜的香味，阿菊心里觉得那就像是泥水。三个女人正在谈论上幼儿园的儿子，讲小孩子的肌肤不好，被蚊子叮了以后全身长出红色的斑点。两人刚走出酒吧就被一个年轻男人叫住。那是他们曾经询问过的一家店里的伙计，那家店里播放着大音量的音乐，半裸的女人在灯光下跳着舞。

“请问一下，你们是从九州来的吗?”

和代点了一下头，他讲自己也是从福冈来的，刚才正在上班，所以没有作声，很想帮他们的忙。他看了一眼阿菊递上去的照片，揣摩着说自己好像在哪儿见过。年轻人带他们来到店里的办公室，拿来一条湿毛巾让和代擦掉连衣裙上的污垢。他问阿菊能不能借照片用一下，讲自己心里有一点线索，等晚上下班之后去找一下，自己熟悉附近的地理，他们花一年时间，而自己只用半个小时就可以转一圈。离家出走者聚集的店只有几家，他让他们第二天再来一趟，自己一定能帮上忙。和代从钱包里拿出一万元，但他没有收。“我也是四年前从家里出走的，大概父母也是这样到处寻找。去年老娘去世了。我不要钱，一定帮你们找到儿子。”

两人精疲力竭回到了旅馆。“真热啊。”在电梯里擦拭墙板的清洁工和和代搭话。那是个年老女人，和代应了一声，女人朝装满抹布的桶里吐了一口痰，然后说：“你们房间的马桶里有没有扔着什么吗？最近菲律宾野鸡临走前经常扔一些乱七八糟的东西，如果是避孕套也就算了。”和代和阿菊在五楼下了电梯，那个女人将抹布和水桶丢在电梯里，也跟了出来。和代说：“我累了，对不起，晚安。”说着要回房间休息，但老女人抓住和代的胳膊喋喋不休。“那帮家伙刮掉腋下和下边的毛儿扔进马桶，喂，你听我说，马桶堵了我要用手去掏！上次里面堵着许多蛋，不是鹌鹑或鸡的蛋，是癞蛤蟆的，那种大癞蛤蟆的蛋！我问那些野鸡拿癞蛤蟆蛋做什么用，他们说是放到下身里边用的，滑溜溜的很舒服。为什么我要收拾那种东西！为什么要打扫菲律宾野鸡丢下的大癞蛤蟆的蛋！那帮家伙都是菲律宾野鸡！”清洁工抓住和代胳膊哭出声来，睫毛油渗出的黑色随着眼泪滑过脸上的皱纹流淌下来。和代甩开老女人的手跑回房间，阿菊心里有种不祥的预感，俯身盯着老太婆不停哭泣的脸端详了许久。他想这个丑陋的老太婆会不会是扔掉自己的生母。半裸女人身上的汗水、如同泥水般的可可菲士甜滋滋的气味、乞丐和呕吐物以及噪音，阿菊觉得混杂着污垢的自己肯定是从这个不断哭泣的老太婆的肚子里生出来的。夜晚，隔壁不断传来女人的笑声和呻吟声，阿菊说还是换一家旅馆吧，这里净是些讨厌的家伙。和代随口答应着，在床上辗转反侧，双手掩住耳朵。

第二天中午，两人来到派出所，没有任何新的消息，只是确认了一下寻人启事。约好晚上和年轻的店伙计见面，时间还早，和代走在布满灰尘的林荫道上，说想去看电影，然后再去吃顿从来没见过的大餐。“阿菊，仔细想想我们再着急也没用，找得到找不到全凭运气，这是我们第一次来东京，也可能是最后一次。”

他们在一个豪华电影院看了一场俄国芭蕾舞女逃往美国的悲剧。女主角跳着《天鹅湖》，心里痛苦地选择是要爱情还是芭蕾和祖国。阿菊觉得主角简直就是傻瓜，不懂什么是最珍贵的人，绝不可能得到最心爱的东西。电影的最后一幕是主人公躺在恋人怀里死去的场面，和代放声痛哭。看完电影，两人来到游乐场，坐了旋转咖啡杯和过山车，和代一直渴望坐一次，为此十分兴奋。

傍晚他们来到皇宫附近的公园，买了冰激凌，牵着手在公园散步，给鸽子喂爆米花，仰卧在草地上。青草散发的气味和海岛废矿后面的山坡一样，和代眺望着远方，讲述小时候的故事。“那是在朝鲜时的事，每次放学回家便扔下皮书包跑到田里，这个季节田间的野草莓特别好吃，那时没有零食，所以采摘野草莓很快乐，自己是长女，放学的时间最晚，熟透的果实都被弟妹摘光了，只好吃青绿的野草莓，为此经常闹肚子。真想再去朝鲜看看，等阿桥和阿菊长大成人，我们一定一起去一趟。”这是她第一次讲起往事。“不过，我从来没想过再去孤儿院看看。”阿菊对和代说。和代凝视着远方说：“那是因为你还年轻，上了年纪就会想念小时候住过的地方。”阿菊心想自己对于和代的过去一无所知，他刚想说以后一定陪你去朝鲜，但和代已经站起身来，拍打着粘在连衣裙上的青草，手指着护城河的方向。一群孩子正在钓鱼，他们用只有鱼钩和鱼线的简易钓竿钓河里的鲤鱼。过了一会儿，钓上了一条比小孩脖子还粗的五彩鲤鱼，鱼在孩子的手里蹦跳着。这里好像禁止钓鱼，孩子们也没有想到真能钓上来，手里抱着不停翻滚的巨大的鲤鱼不知该如何是好，急得快要哭出来，眼望着围观的人希望他们能帮忙，那样子看上去十分可爱，和代拍着手捧腹大笑。

晚上，两人在铺着厚厚的红地毯的餐厅吃了一顿平生第一次见到的大餐。餐厅中央有个年老的盲人弹着钢琴，逐个向客人询问点播曲目。和代十分害羞地低声点了《牧场的早晨》。黄油烧海扇的盘子里装饰着贝壳，剔除了核的香瓜里盛着果冻状的冰汤，葡萄干蒸竹鸡，和代反复问阿菊是否可口。阿菊回答说不如家里的蛋包饭好吃。和代笑着说你们真是喜欢吃蛋包饭。钢琴奏起《牧场的早晨》时，和代的餐叉掉落在地上。她躬身去拿，白银餐具沾上了线头。侍应生走来，摆上新的餐叉和手巾。突然，和代的肩头抽动起来，她用手巾捂住眼角，哽咽着低声问阿菊："你不恨我们吗？自从来我们这里，如果有什么不高兴的事，尽管告诉我。阿桥有什么你也替他说出来，我会赔礼道歉。"阿菊在想如何回答她，他拼命回想《苹果和热水》里是否有什么原因，正在嚼着的海扇肉里流出了滑溜溜的黄油，在口中逐渐扩散开来。

街上坐着一排算命先生，和代想问问阿桥的行踪，便站在聚集着很多人的队列的末尾。他们排到队列中间时，一伙人滑着旱冰穿过大街，其中有个女人手拉钢索，让汽车牵引着滑行，车上高声播放着音乐，不停地鸣放喇叭。这伙人蜂拥而过，其中一个和刚从出租车下来的男人撞个满怀，那人身穿高领学生服，被撞翻在地上。滑旱冰的人也摔倒在地。"干什么？你这个混蛋！"学生服飞起一脚踢在滑旱冰的脸上，他正要从地上爬起来。双方动了手，等着算命的队列混乱起来。和代朝着街上大喊，为学生服加油，只是因为学生服势单力孤。滑旱冰的遭到痛打之后逃向这里，他慌不择路一头扎了过来，胳膊撞在和代肩头上。和代被撞得原地转了一圈，脚绊在裙子上，重重摔倒在地。阿菊一把揪住滑旱冰的，打了他一拳之后扶起了和代。她的头好像撞在路边的树根上，摇了几下头，站起身，头上没有流血。"真倒霉。"和代笑着拍了一下连衣裙上的泥土，阿菊这才松了一口气。

警车开来，打架的走散。过了三十分钟，和代说身上发冷，额头上泛出了一层冷汗，脸色铁青，双脚不稳。阿菊说先回旅馆，和代摇头说算命可以作罢，但一定要去见昨晚那个店伙计。阿菊背着和代来到事先约好的地方。

店伙计正在刮胡子，电动剃须刀的声音同透过几扇门传入的噪音重叠在一起。刮完胡子，他从衣柜里取出一个黄色瓶子，用手里的麦茶浇灭烟头的火星。和代额头上搁这个润湿的毛巾，横躺在沙发上。“妈的，剃须水用了便宜货，火辣辣地疼。噢，你弟弟找到了。”和代叫了一声，想要翻身起来。“别动别动，伯母您躺着，让您儿子一个人去就行了。”和代嘴里说着要去谢谢人家，一定要去打声招呼什么的，坚持要起来。店伙计制止道：“真的不用了，最好是您儿子一个人去，那个地方有点乱。”店伙计的衬衫上用金线绣着竹林和猛虎图案。“我给你画张地图，在西武线新宿站的后面，有一个很大的日本料理店，名叫双屋，店门口的水槽里放养着活鱼，从外面一眼就能看见，双屋对面楼的一层是弹子房，这个时间大概已经关门了，那里有一个好像是避难通道的铁楼梯，从那儿上去有个绿色的门儿，上面有个写着‘瞎耗子’的招牌。店里有个脖子上长着瘤子的中年男人，你只要对他说想听李·柯尼兹的唱片就行了。我把口诀也写在这儿：‘我想听李·柯尼兹！’你说了之后，那人就会告诉你弟弟的住处。那是一家唱片店，你要小心！那人有点怪僻，不太爱说话。”

炭火上烤着虾串，水槽里全是竹荚鱼，鱼鳞在灯光的照射下泛着银光，不过看上去好像捞上来之后晒过半天的太阳。找到铁楼梯之后，阿菊久久地呆望着混浊的水槽。有两条鱼在垂死挣扎，一条背骨弯曲，大概是天生的畸形，长大之后由于鱼鳃受压，软弱无力地游荡着。另一条大概是受到同伙残害，鱼肚和鱼鳍撕裂了，拖着裸露的鱼肠在水槽一角缓缓地游动，鱼腹中渗出点点血丝，鱼血在海水里呈现出灰色，水很混浊，分不清是血还是污物。“瞎耗子”并不是写在招牌上，而是雕刻在门板上，店里没有顾客，墙壁上摆满了唱片。见到货架上摆放着的巨大的录音机，阿菊觉得阿桥来过这里。

柜台里面坐着一个男人，戴着眼镜，喉咙上有个拳头大小的瘤子，眯缝的眼睑上毛孔张开。他见到阿菊便张口说道：“这里不预订戏票。”阿菊打开店伙计交给他的纸条，说出了口诀：“啊，我想听李·柯尼兹，是唱片。”长着瘤子的男人表情显得十分意外，随即便笑逐颜开。

“什么？李·柯尼兹！年纪轻轻的很了不起呀，很懂爵士乐。以前西岸风格的音乐最近没有人气，没人来点播，那就听这张珍藏版的唱片吧，就是这张，和迈尔斯·戴维斯合奏的，在美国也已经绝版了，日本国内根本就没卖过。这是我去纽约时买来的，热吗？空调坏了。空调出了故障，简直就像纽约的夏天，行！你真棒！不过，你是不是来找人的？”男人擦着布满雾水的眼镜片，阿菊大汗淋漓正要解释，被他制止了。“什么都不用说，你没有必要为这种事感到羞耻。我都听说了，据说你是跳高运动员，真的吗？”阿菊坐在椅子上用手背抹了一把汗水，点头问道：“现在在哪儿？”“谁呀？”长着瘤子的男人高声反问道。“是那个，就是我要找的家伙。”脖子上长瘤的男人嘴里吹着口哨，手上捣着冰块。“家伙？别那么说话嘛。你放心，我现在就打电话，过三十分钟就能赶到这儿，我已经和他说了你今天要来，他听了特别高兴，说是好久没见面了，不过他现在是不是有空儿我不太好说，你明白我的意思吧？”长着瘤子的男人细声说着。他放下电话之后，朝阿菊眨眼示意了一下：“你的感觉很好，有天赋。等他来之前，我到那里陪你坐坐怎么样？”脖子上的瘤子十分鼓胀，薄薄的肌肤下爆出了几条蓝色的血管，就像塞满鱼子的鱼肚一般。寒冷的冬季去钓鱼时，阿菊曾将钓到的鱼肚子刨开，取出鱼子沾着热盐水吃，身上顿时暖融融的。

男人将手搭在阿菊的肩上。房门紧闭，浑身一直在冒汗。男人的指尖很烫，微微地颤动着。“很时髦，对，你的感觉很时髦。你很年轻，怎么学会这种感觉的？我想你一定吃过苦，对吧，吃过苦？不过并不是在牛粪臭气冲天的乡下田里埋头拔草那种苦头，也不是在充满干鱼和女人腥臭的渔港里为生病的老娘打鱼维持生活那种辛苦，你和我一样，天生就有一种城里人特有的复杂心事，对吧？”男人开始拨弄阿菊的头发。阿菊的脸和脖子上布满了汗水，耳边不时响起男人手指滑动的声音。

“如果不是那样就无法理解李·柯尼兹，我也完全一样。在友善的人群和噪音当中计算眼前滴着血的牛排的热量，超量的热量不是靠做爱消耗而是跳绳一千次，怎么样？简直无法理解！每天都会感到自己的智力和体力在消磨，同时感受到巨大城市的能量，十分庞大，时时受到这种能量的凌辱，对，凌辱这个词很贴切，可以感受到一种懒散的快乐。你会明白吧，无法解决的，婀娜的，别介意我使用婀娜这个端庄的词儿，优美的生活，那就是我，是整个东京，是你，是西岸，是李·柯尼兹，因为曾经年少气盛才会癫狂，因为曾经雄壮才会低垂，要乞求被他人拯救，就是这个充满矛盾和悲伤的器官。”说着，男人抬手向阿菊的腰下摸去，他异常兴奋，脖子上的瘤子红润肿胀，随着吞咽口水而不停摇晃。阿菊踏入这家店里的瞬间就有一种不祥的预感，当不祥的预感变成现实时，阿菊的脑海里总是浮现出磁铁，不祥的预感像磁铁那样聚集周围的物体，形成一种实物。不停流淌出的汗水，让人烦躁的中音萨克斯曲，不停颤动的男人的喉咙和触摸着自己敏感部位的手，阿菊想再忍耐十秒。

“啊，你很美，超过世上的一切，不必担心，听说这是第一次，比撑杆跳要简单，是文具店老板，今天晚上的客人是文具店的老板。你只要咧开嘴笑就足够了，那玩意儿一定很小，肯定比钢笔短，大概不会来真的，他最喜欢用舌头舔，肯定会慢慢地舔。”阿菊缓缓地数到了十，然后一把将他推倒在地，顺手抓住放在眼前的碎冰锥。男人拾起落在地板上的眼镜，正要爬起身。阿菊一手抓住男人浸着汗水和污渍的衣领，另一只手挥舞着碎冰锥，锥尖逼近了他的喉咙。阿菊过于兴奋，双手不停地颤抖，一不留神锥尖刺进了瘤子，豁开了一个小洞。开始仅仅流出几滴污血，不久便淌出了透明的黏液。“别动手，我道歉，很对不住！我道歉，原谅我，这是老天的惩罚，我活该！大概是上天对我的惩罚，你消消火。”在柜台里面，一个身穿睡衣的大眼睛女孩紧盯着这里，她抱着一个布玩具乌龟看着阿菊。黏液不断地从瘤子里流出，淌在阿菊的右手上，感觉黏乎乎的。女孩儿面无表情，嘴边露出细小的牙齿。

阿菊回到电影街，在喷泉里洗了手。黏液没有融化，而是结成混浊的白块儿沉入水底。一个怀抱酒瓶躺在地上的流浪汉抓住他的裤脚讨香烟。“别碰我！”阿菊吼道。那声音很大，行人纷纷回过头来，但流浪汉嬉皮笑脸地不肯松手。“放开手！”阿菊又低声说了一遍。流浪汉爬着凑上来抓住裤脚不放。“我非宰了他不可。”阿菊心里暗想。他对准流浪汉的眼眉飞起一脚，又在眼前停了下来，因为他想起了“瞎耗子”那个男人。这种家伙无论你如何踢打都不会有反应，他们已经丧失了人的本能所拥有的反抗和恐惧心理，也许已经感觉不到痛苦，大概黏液和酒精以及充满汽油味道的空气包容了他们的伤痛，踢打这种家伙，结果只是自己生气，他们仍然会挤着肿胀的眼皮咧嘴傻笑。于是阿菊掏出三个一百元的硬币扔在流浪汉的脚下。

店伙计已经不知去向，和代脸色铁青躺在沙发上瑟瑟发抖，据说阿菊出去之后，店伙计收了和代的钱便溜了。阿菊想去找他，看到和代的样子只好作罢。看上去她好像很不舒服，说想回旅店休息。阿菊扶着她走出门，但一直没有叫到出租车。和代微闭着眼靠在阿菊的身上，细声问道："阿桥呢？见到没有？"阿菊回答说没有见到。和代微微点了一下头，靠在阿菊的背上说："今天很快乐，电影也很好看。"然后便闭上了嘴。阿菊问她是不是不舒服，她只是痛苦地用鼻子喘着粗气。一辆辆出租车显示着"空车"的标志灯一闪而过，但阿菊不理解车为什么不停下，即使挥手招呼也是擦身而过，这个遍布霓虹灯的城市到底是什么规矩！为什么不能与人和平相处？似乎金钱和暴力都没有作用。阿菊张开双臂拦住一辆出租车，威胁说不开门就要砸玻璃，司机却只是咧开嘴，不停地摇头。阿菊掏出钱给他看，吼叫着愿多付三倍的车费，但对方仍不开门。阿菊感觉身体渐渐地瘫软，好像血管里的血液被人抽干，他平生第一次感到如此虚脱。经过了三十分钟，终于停下了一辆出租车。阿菊终于理解了这个光亮耀眼的都市的一个规矩，那就是等待，不吵不闹，安分守己，不躁不动，面无表情，静心等待，直到体内的能量消磨殆尽。

和代连外套都没脱便一头栽倒在床上，阿菊想大概她是感冒了。他为和代脱下袜子，将毛巾被盖在她身上，当他将湿毛巾敷在她额头上时，和代已经发出酣睡声，张着嘴沉入了梦乡。听到和代打鼾，阿菊觉得她的身体已经恢复了。阿菊洗了澡，金属龙头的小孔里喷洒出热水，他不明白这个热水是如何送上五楼的，所有的一切都令人不可思议，城里人都很有耐心，自己就等不及，阿菊在脑海里反复思索。从前伽泽尔曾经告诉过他："你知道人类为什么发明了工具吗？你懂得人们为什么堆砌石块吗？那是为了毁坏，对于毁坏的冲动促使人类创造了一切，只有少数时代的骄子才有权去毁坏，你就是其中的一个，你有这种权利，如果你产生了毁坏的冲动就念诵咒文，曼陀罗！如果你想大开杀戒，就念曼陀罗！"要在这个城市居住的话，大概就得不停地念诵咒文，阿菊想到这里不觉苦笑了一下。要让"瞎耗子"那个长瘤子的男人曼陀罗！那个父子乞丐也要曼陀罗！醉鬼流浪汉、出租车司机、浓妆艳抹的扫地婆统统都曼陀罗！不必废话，只用曼陀罗就全部解决了。

阿菊关了水龙头，有人在敲门，的确是在敲门。和代会起来开门吗？阿菊急忙擦干身体，将浴巾缠在腰上，然后走出浴室。和代还没醒，但已经听不到鼾声了。敲门声一直未停，每次都是连击两下。阿菊打开一道门缝，外面是个女人，大热天却穿着一件风衣，是个外国女人，她敞开风衣前襟，露出黑色的乳房："玩玩吗？两万元！”阿菊嘴里嘟囔着用手指了一下和代，示意母亲在房间里。这时阿菊才发现和代有些异样，身上的毛巾被纹丝不动，不仅没有鼾声，连呼吸声也听不见。阿菊走到床前想摇晃她，便推了一下大腿，顿然吃了一惊，放开了手。外面的女人将赤裸的大腿伸进门缝，不停地摆动。那个黑女人每次掀开风衣前襟，腋下和衣襟里就飘出一股刺鼻的酸味，阿菊闻到那味道，扭头将烟缸扔了过去。陶瓷烟缸摔得粉碎，黑女人骂骂咧咧地缩回了大腿。阿菊鼓起勇气又摸了一下和代的大腿，好像木头一样，他在她身上四处按了几下，到处都一样。和代已经死了。

阿菊想要拨开和代的眼皮，他觉得和代身体僵硬是因为紧闭眼皮的缘故。他掐住眼皮猛然拉了一把，眼皮脱落了，随着响声露出了眼球。眼球已经干枯，和代的头脱离了枕头，圆睁着眼睛垂在床边。阿菊感觉有些害怕，意识到和代死了之后，这回又要合上她的眼睛。他用左手按住和代的脸和下巴，拉下了眼皮。脸上的化妆粘在手上，混杂在汗水中，左手感觉湿乎乎的。和代的眼球逐渐干燥，阿菊突然意识到自己在摆弄死尸，奇怪自己怎么会无动于衷。眼皮怎么也合不上，相反好像越睁越大，似乎整个脸都会变成干涸的眼珠。他不想看到那种情形，便拉下床单，裹上了和代的尸体，用浴衣的细腰带捆上了脚腕和肚子，然后躺在光秃秃的床上。他想起了和代经常说的一句话。和代在季节交替的时期经常失眠，阿菊半夜醒来时，她总是端坐在被子上。“你在做什么?”每当阿菊问她时，她总是回答考虑问题便睡不着了。“我在寻思自己会死在什么地方，于是就合不上眼。”和代这么说着，害羞地低下了头。阿菊想起了这句话。包裹和代的白床单非常刺眼，阿菊关掉了房间的电灯，他很累，昏昏欲睡。“是不是应该叫医生?”他这么想着。“反正人已经都死了，应该叫警察吧，要跟桑山和警察联系，要不要马上打电话?”阿菊打起了瞌睡，昏睡中梦见自己被巨人踩死。

太阳从窗帘缝隙里射入，房间的温度直线上升。房间是由水泥和玻璃密封的，阿菊全身大汗淋漓。窗外拆除旧楼的工地上，配电车开始轰鸣。窗玻璃阵阵作响，吊车吊起了铁球，当铁球猛烈击中墙壁时，阿菊大叫一声从恶梦中惊醒。

他一时不知道自己在什么地方，环视房间，见到白色的物体横躺在身旁。床单上染着尸体流出的鲜血，呈现出黑红色，阿菊见到床单紧贴在和代的脸、脖子和前胸上，人的上身好像涂了红油漆。阿菊吓得浑身颤抖，汗水不停地流淌，左手散发出和代化妆粉的香味，和代的气味还活着，染成红色的床单包裹着的和代只是一个僵硬的模型。隐藏在阿菊体内的感情渐渐显出了原型。铁球击打墙壁的撞击声全无间歇，每当汗水从毛孔中喷发出来，阿菊的恐怖便转变为愤怒，他觉得无法忍耐房间的闷热，发觉自己被困在这个用玻璃和水泥隔断的房间里，从什么时候开始?大概从降生人世之后，我一直被密封在柔软的薄膜之内，要到什么时候为止？大概要到床单裹身为止。水泥墙壁倒塌的噪音不断传来，窗外的街道在暑热的蒸腾下变得扭曲，楼群在喘息，乳白混浊的城市正在融化，似乎城市在向他召唤，他的脑海中浮现出海岛废矿的无人街区，这些情景和窗外喘着粗气的东京重叠在一起，东京在召唤阿菊，他听到了那种声音。毁灭！毁坏所有的一切！阿菊眺望窗下的街景，细微的人影和车影在不停地蠕动，他体味到如同撑杆跳助跑前一般的心情，在脑海中想象某一个瞬间的自己，火烧东京毁灭东京时的自己，口中不断怪叫，杀尽所有人，毁坏所有建筑物时的自我。城市被美丽的灰烬淹没，在昆虫鸟兽和野狗群中漫游的浑身沾满血迹的儿童，阿菊在脑海中恣意联想，这种想象将他从闷热昏暗闭塞的空间中解放出来。在阿菊的脑海中，陈旧的肌肤脱落，外壳破碎，深埋在心底的记忆渐渐浮现。那是夏天的记忆，十七年前，在寄物柜的暑热和气闷中挣扎嘶叫的自我，当时沉入自己的心底、不停地召唤自己的感情开始展露出头角。他想起了自己在什么样的召唤声中苏醒。厮杀！毁灭！那个声音在呼唤，那个声音和眼下的街道以及人影车流重叠在一起，发出共鸣。“毁灭！杀光！摧毁所有的一切！你是不是也要变成口吐血水、身体僵硬的模型？不要住手，让城市变成废墟！”

8

1989年7月18日，阿菊在东京度过了十七岁生日，无论桑山如何劝说，他都拒绝回到废矿岛上。在火葬场，桑山泪流满面拣拾着和代的骨灰碎片。“如果你实在不愿回去，带上这块!”桑山说着将一块拇指大小的骨灰用白布裹上，递给了阿菊。如果见到阿桥，一定要让他看看，阿菊将骨灰缝在裤脚里。

阿菊有一件心事，他每天都到大型书店查阅各类词典，查找“曼陀罗”的意思。首先，他查阅了十几种百科辞典，又向店员询问如何查找百科辞典里没有收录的词汇。店员回答说可能是学术专业名词，然后便告诉他摆放各类专业词典的地方，并教他查找相关图书中最为厚重的词典索引的方法。

阿菊从哲学、心理学一直查到法学、医学和工科，花费了一整天的时间，每当发现相似的词汇便抄写在笔记本上。“道格拉斯·马修斯”，英国军旅画家，生于伦敦郊区，是烟花工匠的次子，自少年时代开始临摹写生，自学宗教绘画，入伍以后创作的战争题材的作品受到赏识，在锡兰岛内战中战死，一生中共创作了两千多张作品。“达丘罗”是一首歌曲，作者不详，歌词有拉丁语和德语两种，是古典和声歌曲之一。“达丘瓦”是位于黑海南岸的一个出口鱼子酱的著名小港，百分之九十的居民都从事与鱼子酱相关的行业，当地还因为出生的婴儿是黑色指甲而闻名。“达丘罗息肉”是鼻孔黏膜表面突起的带有根茎的椭圆形肿瘤，主要产生于慢性炎症，别名是鼻孔芽肿。“道琼斯兄弟公司”是美国阿波罗航天计划中承担土壤调查，制造销售空心分离机的公司，总部在弗吉尼亚州的阿灵顿。

见到阿菊十分认真，店员便走上前来询问他究竟要查找什么词，阿菊回答说：“曼陀罗，但我不知道是哪国语言。”店员从架子上取下一本十分厚重的英日词典，费力地翻开 D 条目。他翻着词典，用手指着词条，突然说道：“啊，大概是这个吧。不过发音是达刺拉，DATURA，是不是也叫做曼陀罗，好像是朝鲜牵牛花，记载是茄子科的一个种类。”阿菊十分失望，可以随意杀人毁灭世界的咒语竟然是茄子科的一种。店员从口袋里掏出眼镜。“稍等一下，这有小字标注着什么，我是近视眼，啊，据说是一种毒草。”“毒草!”阿菊扬起头。

“朝鲜牵牛花是总称，别名疯茄子，含生物碱，是一种可以引起幻听、幻觉、亢奋、妄想、神志不清的剧毒植物，特别是种植在中南美的一种称为‘波拉切罗’的阿托品类的生物碱阿托品，是东莨菪硷的重要医疗原料。”

“搞不懂究竟是什么?”

“可能是有毒物质。”店员嘴里嘟囔着，取出一本绿色封皮的薄册子，书背上写着精神症药品大全。他在索引中查找曼陀罗。“在这儿!”店员叫了一声。

“加巴尼阿基德”，美国研制的一种新型抗抑郁药，1984 年。抑郁症患者数量激增，他们大多不满足于异丙烟肼等精神亢奋药物，渴望更强烈的兴奋剂。因此，研究人员开始秘密研制新型精神亢奋药，这是继三环类抗抑郁药和 MAO 抑制剂之后的第三种药物，于是诞生了新药加巴尼阿基德。研制成功的是药品跨国公司古丽亚，该公司没有公开这种新药的成分。加巴尼阿基德对于内脏没有副作用，也不会出现嗜药性，因此上市后十分畅销。但半年后，发现该药有副作用。英国的精神医学界人士指出大量服用该药会产生自制力减弱，伴有暴力行为，要求古丽亚公司公开该药的成分。该公司以产业机密为由拒绝该项要求，美国发生三起杀人案之后，国会参院举办了听证会。三起杀人案均源于大量服用加巴尼阿基德导致精神失控。听证会上，英国精神病医生高德曼博士就一项疑点质问古丽亚公司。博士认为加巴尼阿基德的主要成分采用的是神经武器“曼陀罗”。当加巴尼阿基德公开上市时就有人怀疑其中掺入了稀释的“曼陀罗”，高德曼博士指出服用了稀释“曼陀罗”的试验鼠和大量注射加巴尼阿基德的试验鼠出现类似行为，并举出七十八例佐证，以此质问古丽亚公司。试验证明所有试验鼠都表现出罕见的狂暴并杀伤同伴，古丽亚公司承认使用了“曼陀罗”，加巴尼阿基德立即从市场上回收。而且，据说在此事件中，美国海军生化部队所属部门的军官因为非法向民间出售“曼陀罗”而被逮捕。“曼陀罗好像是一种武器。”店员合上了书。阿菊买了一本《精神症药品大全》，店员在书中解释加巴尼阿基德的地方用红笔作了一个标记。

阿菊怀抱着那本书在人群中走着。和代去世后的第九天，桑山拿着和代的骨灰返回海岛后的第七天，阿菊花光了所有的钱。他离开旅馆，心想总会有办法。橱窗和散发着冷气的冰柜里摆满了各种食物，望着这种情景，阿菊产生了一种错觉：这个城市不会有人饿死。公路交错，每当巨大的卡车穿过，汇集的人流都会晃动。这座城市的风景让阿菊想起小学理科教室里挂着的人体模型图。人体内部如同城市一般，食物是原材料，肺是发电厂，消化器官是政府办公楼和商店街，气管是输电线，血管是道路，居民是细胞，口腔是港口，舌头是鲜红的跑道。阿菊走上奶油色的人行天桥，东京笼罩在烟雾之中，放眼望去，到处都是水泥楼板。十三座摩天大厦耸立在眼前，那不是高楼大厦，简直就是高塔。玻璃墙反射着阳光，看上去宛如一座探照灯塔。阿菊走向高塔。“不久那座塔就会变成野狗窝。”阿菊嘴里嘟囔着。他走了很久，但是和高塔之间的距离丝毫没有缩短。巨塔仍然和刚才一样矗立在眼前。道路逐渐变窄，商店街散发着晚饭的香味。人们涌进了汽车道，汽车逐渐阻塞。一个小孩差点儿被汽车撞倒，孩子的母亲朝着司机怒吼。后面的汽车受阻，喇叭声大作。汽车丝毫不理会孩子母亲的叫骂继续前行，女人追赶在车后，从她的网兜里掉出一只柠檬。后面的车轮碾碎了柠檬擦身而过，整个街道散发出柠檬的酸味。阿菊心想如果怀抱着的书是曼陀罗该多好，他模仿着将书扔进人群时的动作，嘴里不停地喊着："轰隆!"那个孩子的母亲拾起破碎的柠檬，气急败坏地打了孩子一记耳光，小孩顿时大哭起来。

摩天高塔的楼群从视野中消失了。方向没有错，狭窄的街道两旁密集着各种建筑物，遮住了视线。阿菊想那个废矿岛的无人大街从前可能也像这里一样喧嚣热闹。煤矿关闭之后，矿工们纷纷离开海岛，据说当时肉铺甩卖库存的冷冻肉，桑山常说那时每天都吃素烧肉。剩下的肉拿去喂狗，肉铺老板离开海岛时，丢下许多没有处理掉的羊肉块儿，羊肉腐烂变质，臭味笼罩整个海岛，这个城市早晚也会变成那样。摩天高塔又出现在眼前，距离很近，抬头观望时会感到脖子酸痛。这里的摩天楼要比废矿岛上的高层公寓高出几百倍，玻璃墙上映照出晚霞。阿菊走近高塔，高塔的全景占据了全部视野。日暮黄昏中，楼上亮起盏盏电灯。每当窗户透出明亮的灯光，正方形的景色就会消失在黑暗之中，高塔似乎在膨胀，要一口吞下阿菊，注视着高塔会让他感到眩晕。高塔吼道：踩死你如同碾死一只蚂蚁。阿菊抚摸了一下一个巨塔的墙壁，大概是刚才曝晒在阳光下的缘故，墙壁很热，厚重的墙壁让他感到十分不快。

阿菊沿着巨塔步行寻找“铁丝网”。那是早上离开旅馆时，黑皮肤的妓女告诉他的。她们和阿菊已经相识了。有一个被铁丝网环绕的地区，名叫药岛，药岛的中央有一个叫做“市场”的地方，从小猫到同性恋老人，所有的东西都可以买到，还有各种镇静剂，应有尽有，如果要买药的话，去“市场”大概可以随意找到，面色苍白的男人什么都卖。

巨塔的底部装饰着各种彩饰，有闪光转门上装饰着各国彩旗的大酒店，停车门廊上的红砖带着烧制时呈现出铁成分的模样，银行的铝合金密封装置里发出昆虫相撞的响声，喷泉的飞沫中每一滴水都带着彩色。阿菊在巨塔中漫步，感到一种不知从何处刮来的异样的感觉。那是一股潮湿凝重的空气，水泥地面裂开时的混浊的空气。在巨塔的对面似乎有一条通往被人遗忘了的废墟的通道，阿菊跑了起来，穿过公路跑过堆满建材的空地。在街灯消失的地方出现了十几条闪烁的平行线，见到草丛和铁丝网，铁丝网的里面散发出令人怀念的气息，阿菊想到那是废墟的气味，那里面是野狗横行的地方。阿菊想：这里面一定是“市场”，先去找加巴尼阿基德，而且，有可能阿桥也在这里面。如果阿桥也和我一样，站在这里呼吸着废墟的气息的话，那他一定跨越铁丝网进到里面去，我们在这种气味中生活了十二年，阿桥一定在铁丝网的对面。阿菊目测了一下铁丝网的高度，有四米，他觉得这个高度可以跳得过去。

阿菊去了高中田径协会的办事处，对工作人员撒谎说为了参加全运会想开始撑杆跳训练。他借了一根比平时使用的弹性更大的玻璃纤维跳杆。阿菊在代代木公园内的晴雨两用运动场练习短道助跑跳跃，不用后背而是用脚尖落地，他拆除杆槽里的橡胶，降低了横杆高度，反复练习跨越。

下午，肩扛摄像机的人们汇集到训练场，据说是要拍运动鞋的广告。高中田径协会的工作人员对阿菊说希望他在广告中充当背景，并告诉他不必特别表演，只要和平时一样照常训练就可以。一个身穿白色婚纱礼服的女孩提起婚纱的裙摆露出脚上的运动鞋，面对镜头微笑，阿菊在她的背后飞跃于半空。天气十分晴朗，但配电车轰鸣，灯光闪亮。阿菊见到白昼点灯就感到恶心。身穿婚纱的女孩重复着相同的动作和台词："天空中翱翔的是飞机和飞船，直升机和滑翔机，飞鸟、悬挂滑翔机、凤蝶和金龟虫，还有爱用赫尔曼的隐士们帆布鞋的纯洁无邪的新娘。"这时，女孩将婚纱的裙摆提到膝盖，面带微笑。女孩很不认真，并不是觉得害臊，而是觉得十分无聊。阳光被云彩遮住，摄影只好暂停，穿婚纱的女孩凑了过来。

"真热呀。"

这个女孩眼睛真大，阿菊心想。女孩站在草坪上时，阿菊联想到一幅画，那是一个身穿白色婚纱的少女站在荒芜暗淡的背景中央，标题是“寂寞的新娘”。“喂，别让他们看见，给我一点儿牛奶，行吗?”寂寞的新娘手指着阿菊正在喝的桶装牛奶。她身穿长裙，大汗淋漓，大概口渴了。“那些人说喝了牛奶会胀肚，从来不让我喝牛奶。”寂寞的新娘蹲在阿菊的面前，装做聊天，一口气喝光了牛奶。牛奶从她的樱桃小口中流出，在化妆粉上滑动。看着她那颤动的喉咙，阿菊觉得十分美丽。牛奶流过的咽喉曲线非常优美。“你喜欢撑杆跳吗?”新娘一边擦抹嘴角一边问道。她双眼紧盯住阿菊。“为什么要问这些?”阿菊觉得她很刺眼，低下头看着草坪。

“因为我喜欢撑杆跳。”

“天上飞的，我大都喜欢。”

“从小时候?”

“是啊，从小就是。”

“这种人一般都会当飞行员吧？不过当飞行员要很聪明才行，我不喜欢那种秀才。”

摄制组的一个年轻人大声叫着寂寞的新娘，让她躲到树荫下，当心晒黑了肌肤。新娘没有应声，撑开了左手拿着的阳伞。

“那帮家伙真烦人啊。”

“你也觉得吗?”

“大白天开着灯，让人心烦。”

“是啊，你也觉得吗?”

“我一见这种人就打心眼里希望他们都死光了，盼望他们死绝了才好。”

寂寞的新娘睁大眼睛看着阿菊。

“有一本小说讲，有一天，突然太阳膨胀，地球变得越来越热，东京和巴黎就像塔希提岛一样，于是，人们都搬到寒冷的地方。”

“是北海道之类的地方吗?”

“不是，是北极和南极。那时，北海道都是热带了。”

“东京呢?”

“东京变成了沼泽。”

“为什么会变成沼泽呢?”

“南极的冰山融化，海面上升，而且还连降暴雨。”

“是吗，那太好了。”

“因此呢，变成沼泽的东京只剩下热恋的男女。”

“你不是说很热吗？是热带吧？这么热的地方，这帮家伙干什么呢?”

“喝啤酒呢。”

寂寞的新娘鼻尖和上唇渗出汗珠，不时地用纱布轻轻擦拭着，小心翼翼地避免擦掉化妆粉。她的肌肤很薄，眼皮的血管呈淡青色，淡蓝的条纹和眼影重叠在一起构成奇特的图案。阿菊看着那个花纹感到阵阵心跳，如果用针刺进这个女孩子的胸膛，她那丰满薄嫩的肌肤就会破裂，整个身体被吸入眼皮的美丽条纹中，在一瞬间消失得无影无踪。

“你告诉我比赛的日期，我好去为你加油。”

“我不参加比赛。”

“那你只是练习吗？”

“这倒不是，总之我不去比赛。”

“我原想为你加油来着。”

“真想看我跳高吗？”

“是呀，想看。”

“那你今天晚上在住友大厦和外国总银行大厦之间等我，我今天晚上会跳过铁丝网。”

“今天晚上就跳？”

“不想看吗？”

“我一定去看。”

摄制组的年轻男人又在招呼寂寞的新娘，好像是让她梳理头发。阿菊询问了站起身要走的新娘的名字。“能告诉我你叫什么吗？”

新娘轻快地摆动着婚纱的裙摆，回头答道：“阿莲莫莲。”

找到事先画好标记的支柱，阿菊缓慢慎重地测量了最高处的铁丝网和立在地上的玻璃纤维杆之间的距离。测好之后，他在那里挖了一个二十厘米深的小坑，倒入事先准备好的沙子。这个小坑就是插入跳杆顶端的支点，装入沙子是为了减弱冲击力。他从小坑垂直于铁丝网拉了一条绳索，然后站在绳索上，使跳杆、地面以及伸开双臂时的身体形成直角三角形，这时双脚的位置就是踏跳点，也就是蹬踏地面的地方。从踏跳点沿着绳索计算着步数，步行两步的距离助跑时用一步，然后在助跑开始的位置和踏跳点之间放上白色石子，移开绳索。

准备完毕后，阿菊走近躲藏在树丛中的阿莲莫莲。阿莲莫莲的胸前挂着一次成像照相机。“你跳的时候，我给你照相，刚才说过，我认识了新朋友总要照张相，留个纪念。”阿菊想，来到东京之后，只有这个女孩遵守诺言。“我要跳过药岛的铁丝网。”阿菊刚说完，阿莲莫莲便要阻止他，她说得很快，听不清话的内容，好像是说脸上会烂开一个洞，据说是药岛受到了毒素的污染，如果被发现会被火焰喷射器烧死。阿莲莫莲说她知道有一条通道，便带阿菊去了脸上有氯毒素痤疮的少年告诉她的那个地方，但那里被新铁丝网封锁了。阿莲莫莲没有化妆，牛仔裤上系着红漆皮带，上身穿着镶着银线的罩衫，上面印着北京烤鸭的图案。刚才警卫巡逻经过了三次，每次两个人都紧靠在一起，匍匐在地。第二次时，阿莲莫莲正要说些什么，阿菊一把捂住了她的嘴。等他松开时，阿莲莫莲的脸上现出了红色指印，久久不褪。“阿菊，我养着一条鳄鱼。”探照灯的灯光从远处射来，阿莲莫莲脸上的淡红印记渐渐消失在肌肤里面。草丛细长叶子的阴影不停地晃动，时而遮住阿莲莫莲的眼睛。阿菊暗自寻思道：她虽然长得很美，但似乎一闭上眼就会消失在记忆里。

“名叫伽俐巴，你觉得怎么样？”

“什么怎么样？”

“我养的鳄鱼。”

“动物都一样，很可爱，但很麻烦。”

“很大的。”阿莲莫莲噘起嘴唇，低声说道。她脖子上的香皂气味以及她的低声细语随着温热的微风传到阿菊耳里。

“鳄鱼呀，我在水族馆里见过一次，好像很呆傻。”

“你来看看吗？能享受到进入热带雨林的气氛。”

“我已经……”阿菊差点脱口而出。我现在就已经体验到热带雨林了，既炎热又惊心动魄。

“完事后来看鳄鱼吧。”

“今天晚上不行。”

“我有一瓶叫‘鳄鱼王国之夜’的酒。”

“今天肯定不行。”

“什么时候都可以，只要你愿意。”

怎么会这么气闷，阿菊从刚才就有这种感觉。从这个女孩的脸上出现指印时开始，他就感觉到自己干了一件非常残忍的事，她的脸颊很凉爽也很柔软，脸颊的内侧会是什么模样？仍然很凉爽吗？也许是滑溜溜的。阿莲莫莲略微突出的下唇、下巴直至喉咙、脖子形成的柔软的曲线，在背后楼群放射出的灯光映照下闪闪发光，就好像黄昏时分海岛上旋转的灯塔一样，浮现出侧面的轮廓。那个轮廓随着阿莲莫莲的细语呼吸以及微笑而变化。阿菊伸出手又一次抚摸了她的面颊，手指在红色的指印上滑动。

“你一定来看鳄鱼，什么时候都可以，别忘了给我打电话。”

“好吧，我要跳过去了。”

阿菊站起身，取出藏在身下的玻璃纤维跳杆。“啊，真漂亮，就像是激光。”阿莲莫莲看着银色半透明的长杆说道。“好好跳，我给你照相。”

阿菊做了准备运动，轻揉了几下腿肚，缓缓地跑了几趟，然后站在起跑点，抬头看着最高处的铁丝网。阿莲莫莲端起了相机。阿菊开始助跑，身体比短跑选手还要前倾。他想象自己腾身飞跃在空中，脑海中浮现出自己一瞬间腾空跨越过半空横线时的身影。他步伐均匀，不断加速，在蹬踏脚落地踩踏之前一步的瞬间将跳杆插入洞中。阿菊用力蹬踏，跳杆在弯曲。远处响起了哨声，传来了勒令停步的喊声。两个警卫跑向这里，一个朝天鸣枪示警，阿菊的身体正要跨越铁丝网，听到枪声在空中晃动了一下。他的左手撒开了跳杆，身体失去了平衡。阿菊看到铁丝网上的铁刺冲向他眼前，慌忙翻滚身体，但锋利的铁刺仍然扎进了他的嘴角。为防肉被撕开，阿菊下意识地抓住铁丝网，结果吊在铁丝网的半空中。妈的，本来已经跳过去了，半路捣乱。他用力撑开身体，拔掉扎在脸上的铁刺。戴着头盔的警卫站在下面端着枪。阿菊满嘴是血，他想用舌头顶住伤口，但是舌头麻木，不听使唤。“不许动！逃跑我就开枪了！慢慢地爬上去退回来！”警卫低声吼着，不停地晃动手里的手电筒。探照灯斜斜地照过来，阿菊见到阿莲莫莲从草丛中探出头来，举着照相机不停地按动快门。他觉得很好笑，便咧开嘴笑了。身穿白色防护服的警卫不停地怒吼着，大概是因为阿菊在微笑而感到恼火。“你这个混蛋，你他妈的还敢笑，这里格杀勿论，我送你回老家。”大概他们最近想杀人都想得手痒了，每天都围着铁丝网转圈，十分无聊。他们很兴奋，手里端着枪。其中一个不停地狞笑，头盔在笑声中微微颤动。当他举枪瞄准阿菊的头时，探照灯的光圈中探出另外一只奇特形状的手枪和胳膊的阴影，警卫刚刚发现，枪口就喷出了火光。粗大的枪口喷射出的是铅弹，白色防护服上布满了细小的弹孔，两个人同时被掀翻在地。阿菊惊奇地回头看去，只见一个肌肤黝黑缺少门牙的小个子男人正在朝他招手，手里的枪还在冒着青烟。“还等什么？不赶快跑就要被烧死了。快过来，运动健将。”阿菊从铁丝网上跳下来。听到了枪声，装甲吉普冲向这里。阿菊看见阿莲莫莲挥手离开之后，便随着没门牙的小个子男人跑走了。他们离开探照灯的光柱时，男人停住脚步，手指低矮房子的背后。只见一个长发的身影跑来，那是阿桥。

9

“原来是你呀，那个叫阿菊的。别给我们添乱了，如果不是我们发现得早赶去救你，你早就烧死了。听说你是运动员，真的吗？真是运动员吗？真烦人，实在讨厌。阿桥，我不是对你说过吗？我早就说最讨厌运动员了，头脑简单，脑袋里装的不是脑髓，只有汗水。加油！加油！只会喘着粗气跑步，我最讨厌了。”

缺少门牙的男人名叫达雄，是菲律宾人，全名达雄·拉克鲁斯。阿桥和这个矮个子住在一起，那是一座简陋工厂废墟的二楼。阿桥默不作声地走在前面。废墟二楼的楼梯口上，电灯泡随风摇荡，一个大腹便便的女人十分痛苦地弯着腰，正往趾甲上涂着油彩。飞蛾在灯泡周围旋转，女人抬起手掌拍落飞蛾，金色的鳞粉落在彩油未干的脚趾上。

房间十分昏暗，散发着尿臭。窗户上挂着一条塑料管，前端插在塑料桶里，里面的水是茶色的，非常混浊。阿桥舀起一杯水洗了一下手。地上的榻榻米已经拆掉，木板上铺着油画布，布上沾满了各色的油彩。房间中央放着一张小方桌，上面摆着两个陶瓷杯子，喝剩下的袋茶沾在杯子上，房间里有黑白电视、录音机、镜台。还有一件令人吃惊的事，阿桥脸上施着脂粉。他剃掉了眉毛，脸上涂着白粉。阿桥一言不发坐在镜台前，回避着阿菊的眼光，而达雄则一直尖声地喋喋不休。

“喂，运动员，你看见了吧，看见那个自卫队员被掀翻在地了吧？那把手枪是我自己做的，可以打霰弹，很来劲吧？在日本只有我一个人能做，这个名叫 liberator，是第二次世界大战时游击队使用的简易手枪，我是仿造的。运动员，你知道 liberator 是什么意思吗？运动员都不学无术，它的意思是解放者，很酷吧，就是解放别人的意思。我从早就想造一把霰弹枪，虽然反作力比较大，但近距离杀伤力极强，解放者虽然是个好名字，但是我的枪想叫做逃亡者，是部老电影的名字。我小时候在群马县高崎市看过，猎枪乒乒乱响，短头发的美国影星一直打着乱枪。那是我小时候看过的电影。”达雄嘴上唠唠叨叨，慌慌张张地在屋里踱步。他翻开沾着果汁污渍的纸袋，胡乱翻弄装满鞋拔子和羽毛的纸箱。“奇怪，应该有红药水的。”他好像在找药。“你听好，运动员，我手里可有霰弹枪。”他嘴里唠叨着，将湿手绢递给阿菊，手指着阿菊脸上的伤口让他擦拭。阿菊接过手绢时发现达雄的指尖在不停地抖动。“喂，运动员，我去给你买药，你记住我有霰弹枪，你知道逃亡者的威力，别惹我。本来我想在楼下的旧车间打几枪让你看看，可老头子在那儿。就是那个地震爷爷，一听见有大响动就喊有地震，经常犯病，一受到惊吓就高喊地震啦，躺在地上不动弹。”达雄一口气说完，瞅着阿菊的表情。“这种人大概从前地震时受过惊吓。”阿菊低着头说。

达雄歪着脸笑了起来。“啊，运动员说话了。”他说着拍了一下阿桥的肩膀，“喂，阿桥，运动员张嘴说话了，太好了，喂，阿桥，这家伙是个好运动员，他不打人，和我说话了。阿桥一直惦念着你，他发现你用棍子要跳进来，就说要去救你，很惦记你。什么？刚才说的地震爷爷，不对，那个爷爷原来是保安，从十三岁就做警卫，据说一直干了六十年，很了不起。听说他花了大部分工资用来买储藏食品、罐头和矿泉水，几年前生病了，被家里人扔在这个药岛，背骨上长了一个瘤子，不能走路，一个人连厕所都不能上。他被丢弃的时候，身旁放着一辆装满储藏食品的板车，所以只有地震是他的依靠，因为他为了防震，做了六十年的警卫，一有风吹草动便吵着有地震，那声音比真地震还响，很有意思吧？这儿是好地方吧？我够朋友吧？”达雄卷着舌头飞速地讲完，便说去买药，朝阿菊挥了一下手走出屋去。阿桥坐在镜台前，打开化妆品的瓶盖，用手指抹上白色面霜涂在脸上。“药？这个时间药店还开门吗？”时间是夜里一点。“这里有二十四小时营业的市场，这里是大城市。”阿桥终于开口了。他盯着镜子，声音依然如故。“我也在那里干活儿，我马上也要去，达雄买回药来，你最好睡一觉，有话明天再说。”阿桥好像消瘦了些，他熟练地用小毛刷在眼皮上涂着眼影，温热的夜风吹过房间时，阿桥身上总是飘散出一股女人的气味，那是春阳馆饭店妓女身上的味道。

“阿桥，你干活儿的地方不穿这种衣服要挨骂吗?”

“阿菊，求求你了，现在我的头都快裂开了，你来得太突然，有话明天再说吧，明天我全告诉你。”

阿桥脱下汗衫，戴上乳白色的胸罩，插入圆锥形的海绵，然后穿上粉红色的衬衫，没有系纽扣，将衣角在腹部上打了一个结。他的背影如同一个臀部细小的女孩。“那个壁橱里有毛毯，阿菊，你如果饿了就对达雄说，他会给你做吃的。”阿桥穿上高跟凉鞋，小趾甲上涂着绿色的花纹，脚腕上戴着银色的锁链。阿桥打开门，没有立即走出去，而是久久站立在门口。

“‘牛奶’还好吗?”

“‘牛奶’很好，只是和代死了，我给你带来了骨灰。”

阿菊想拆开裤脚的线，拿出和代的骨灰块，但一股无名之火涌上心头。紧贴在和代脸上的染成红色的床单浮现在脑海里，那个夜晚的恐惧和怒火重又唤醒了记忆，他想起了那种被柔软的薄膜包裹束缚的焦躁感。“喂，阿桥，我们被一种令人恶心的软乎乎的东西压住了，动弹不得。你没有感觉到吗?我很害怕，和代死去的那个晚上，墙壁里传来一种奇怪的声音。你这个废物！那个声音对我说。它说我没用，没有人需要我，你也一样。我已经下决心用曼陀罗杀光这些家伙，而你却穿着女人的衣服，究竟怎么回事?”阿菊低声自言自语嘟囔着，将和代的骨灰块扔在榻榻米上。阿桥见到后紧皱着眉头，不停地颤动肩膀。

“她和我一起在新宿找你时，被过路人撞倒，头碰在地上摔死了。你记得吗？阿桥，她有时夜里坐在被子上想事儿，睡不着胡思乱想，觉得很怕人，是吧？我们问她为什么，她的回答总是相同的，思考自己会如何死去，便吓得睡不着觉，这么大人了，哭得两眼通红，死抱住我们不松手。你还记得吗？她在一个破旅馆的吱呀乱叫的旧床上，七窍出血，一声不吭就死了。你很幸运，太走运了，当时没有在场。”

阿菊说着差点儿流出眼泪来，他一口气吐出和代死后闷在心里的话，感到全身乏力。

“阿菊，我该走了。”阿桥不敢正视和代的骨灰。

“那是和代的骨头，你跟她打声招呼再走。”

“我要赶时间，真是很急。”

“为她祷告一下，只用十秒钟不就完事了吗?”

阿桥扭过头来，脸上沾满了泪水，到处都是眼影的黑斑，他叫道：“我不是说过有话明天再说吗？你也为我想想!”

“想什么？你这个混蛋!”

阿菊将桌上的通心粉盘子砸在墙上，阿桥穿着鞋坐在门口哭出声来。达雄回来了，见到阿桥在哭大吃一惊。“你这个混蛋欺负阿桥!”嘴上骂着便扑上来打阿菊。阿菊晃过他的胳膊，飞起身一掌打在达雄的下巴上。达雄滚到厨房的角落。“阿桥，你在这里干什么呢？你见到扔掉你的那个女人了吗？怎么了？你说话呀！到底怎么了？”阿菊摇晃着阿桥的肩膀吼道。阿桥泪水满面，嘴里只是不停地道歉。“我太任性，实在没脸见你，对不住，阿菊，实在对不起，我想当歌手，对不起!”阿菊被眼前阿桥的声音环绕着，他有一种奇妙的感觉，似乎阿桥的鼻声在一点点地填平自己身上的创伤，迄今所有的怒火、恐惧以及焦虑都渐渐被化解了。“阿桥，你走了以后，我一个人特别寂寞!”他差一点儿说出这句话，一口气压回去了。“住手！达雄，住手!”阿桥抬起头叫道。达雄端起霰弹枪正在瞄准阿菊。阿桥一把推开阿菊，自己也匍匐在地。与此同时，达雄扣动了扳机，电灯泡和部分墙壁被打成粉碎，屋内一片昏暗。“欺负阿桥的和敢惹我的全都该死!”阿桥点燃打火机确认阿菊是否安全无恙。阿菊摇晃了一下脑袋，拍落头发和肩上的电灯碎片，站起身。“地震啦，万岁万岁！快关掉炉火，快灭火！地震啦。”沙哑的声音响彻走廊。“这地方真乱啊。”阿菊说道。阿桥不好意思地笑着点了一下头。

达雄出生在日本，父亲名叫拉古诺·拉克鲁斯，母亲名叫露丽·德蕾奥，两人都是宿务市人，最初在 1969 年以乐队演员和舞蹈演员的身份来到日本。他们的水平在日本的大城市无法维持生计，便不断更换经纪人，最后沦落在乡下巡回演出。半年后，露丽有了身孕，无法承受旅途颠簸的疲劳，拉古诺便和群马县山区一个温泉区的度假酒店签下了长期合同。合同的条件很差，四个乐队演员和三个舞蹈演员要在早上五点起床帮助准备早饭，直干到晚上十二点夜总会的表演结束。即使这样，他们的生活也要比宿务岛好得多。他们拼命工作，逐渐获得了当地人的好感。达雄在 1971 年冬天出生，刚学会走路便开始练习杂技。露丽的伙伴生下的私生女美惠子和达雄搭档，达雄从五岁开始在酒店里登台表演。他们很受欢迎，美惠子有一半日本血统，她很喜欢比自己小三岁的达雄。达雄为了上小学，名义上由酒店的领班收养，取得了日本国籍。他们一年两次去坐落在温泉区角落的麻风病院慰问演出，为此曾获得该地政府的表彰。

上中学那年的夏天，达雄找蚊香时在壁橱里发现了一个奇怪的东西。那是几层油纸包裹着的一把手枪，是拉古诺拆解后走私带入的，仿造白朗宁手枪的二十二毫米口径自制手枪，达雄将手枪和百余发子弹一起包好藏在地板下面，当时他感到身体不停地颤抖。有时他将手枪藏在衣服下，躲到山里独自一人练习射击。有什么不顺心或是过生日的时候，他就来到飘散着硫化气体的旷野朝天鸣枪。他开始购买介绍枪支的杂志和书籍，学习枪支的构造。有一天，他在山里打野鸡，由于距离很近，野鸡头被打飞了。开枪的后坐力和身体的震颤使他感到动物可以轻而易举地被置于死地，于是产生了杀人的念头。不过，他十分信服的书上写道："除了万不得已的情况不能开枪，即使开枪也应该只是警告。"达雄不懂得"警告"这个词的意思，便认为如果是"万不得已的情况"就可以开枪，于是每天期待"万不得已的情况"早日来到。不过，这个弹丸似的温泉旅游地既不会有摩洛人来袭，更不会出现美洲印第安人或纳粹突击队入侵，因此期待射杀人的念头逐渐在达雄的心里汇聚成结晶。"我是菲律宾人，"达雄心里想，"在这种大雪漫天的日本深山老林里生活，根本没有道理。每当看到宿务岛的照片，总觉得那里很美。我的心里本来应该充满南方岛国温暖的阳光，但现在却十分冰冷，结成了坚硬的冰，全是冰块儿，坚冰形成了手枪的形状。"

他十四岁那年的冬天，酒店住满了滑雪的游客。达雄和惠美子在晚会上像往常一样表演杂技，一个喝醉的年轻人摇摇晃晃地走上舞台，一把抱住正在舞台上做倒立的惠美子，想要脱掉她的紧身衣。晚会主持和酒店工作人员准备将他从台上拉下来时，年轻人抡起椅子大打出手。醉汉的几个同伙也站起来起哄，掀翻桌子摔碎盘子，嘴里喊道："菲律宾人脱光衣服跳舞！"惠美子衣服被撕破，羞辱地流出了眼泪。酒店的领班在达雄身旁低声说道："实在万不得已啊。"达雄马上追问道："什么？是万不得已吗？"领班回答说："当然了。"说完便跑去打电话。达雄欣喜若狂，期待已久的"万不得已的情况"终于来临了。他跑到宿舍取出手枪，然后奔回酒店的宴会厅，一脚踢开大厅的门，高声喊道："统统举起手来!"混乱已经结束，人们正在收拾会场。闹事的醉汉在警察面前搔着头发不停地喝水，可是达雄抑制不住激动的情绪，扣动了扳机。一共打了三枪，一发子弹击中了正在打扫玻璃碎片的女招待的肩头。

达雄接受精神鉴定之后被送进了少年教养院，两个月后，他在惠美子的帮助下出逃，来到了东京。开始在机床厂工作，身边的所有零件看上去都像是手枪，于是很自然地制作起手枪来。造出四把单发枪后，达雄想买子弹，要变卖其中的三把，在去枪械店出手时被逮捕了，之后在精神鉴定所、精神病院和少年教养院度过了三年。其间，惠美子告诉他说他的父母已经返回菲律宾，这时只有惠美子定期来探视。在惠美子的规劝下，达雄从少年教养院出来后决心改邪归正。但他仍然思念手枪，便想加入自卫队。他去区政府索取报名表时受到周围人的嘲笑，从来没有听说过像他这样连中学都没毕业，精神异常，而且被少年教养院收容过的人要申请加入自卫队。达雄和惠美子相依为命，同居在东京的一个角落。惠美子开始在夜总会打工，不久便出走了。询问夜总会的同事，听说她在"药岛的市场"表演杂技。达雄为了寻找惠美子潜入药岛，在工厂废墟里制造手枪变卖给黑社会的帮会赚钱，不久便和住在工厂二楼的同性恋歌手情投意合，一起同居，那就是阿桥。"对了，那就是阿桥。"达雄在阿菊的脸上涂着药水，讲述完了自己的身世。

阿菊脸上被铁丝网划开的伤口经过四天才愈合。达雄是一个天生的乐天派，阿桥不在家时他一直喋喋不休，从他的身世说到阿桥目前的状况，手枪的历史和种类，直至邻居的秉性等等。阿桥每天晚上都化妆，然后去“市场”，清晨返回，有时夜不归宿，第二天才回来。据达雄说，他正在练习声乐。白天阿桥几乎都在蒙头大睡，傍晚夕阳西下才起床，为阿菊和达雄做饭。药岛的居民用的电似乎都是从外面偷的，阿菊住下之后，阿桥做的饭都是蛋包饭，阿菊和阿桥吃着鸡蛋，谈着孤儿院的往事。阿菊知道阿桥在“市场”里充当男妓。阿菊立即想到了喉咙上长着瘤子的男人，就是那个伸手触摸自己敏感部位的唱片店的男人。那时候他极不愉快，他不愿意想象阿桥在干那种事。第四天晚上，阿菊对正在化妆的阿桥说希望今天带他一起去，他想在市场买些东西。

达雄也要去找惠美子，阿菊和阿桥便一同走出了工厂废墟。简陋的房屋鳞次栉比，街道十分狭窄，残存的混凝土建筑物上涂着红色油漆。阿桥警告说不要碰画着红漆的墙壁和地面，那里是被毒素污染的地方，沾上脸会长出烂疮。铁皮房顶上悬挂着装饰圣诞树的小灯泡，飞虫聚集在周围嗡嗡作响。不时可以见到一些空地，那里总有小孩在玩耍，有的在踢空罐，有的随着音乐起舞，有的在放风筝，有的在捉壁虎和蜥蜴，有的怀抱着玩具娃娃，有的在烧烤死狗，有的则从报废的汽车上拆卸轮胎。路上的柏油几乎全部剥落，到处都是水洼，漂浮着白色的泡沫，散发着刺鼻的酸味。鞋上沾满了路上的红土，木板建筑物都已腐烂，铁皮房顶的简陋小屋都是用废木板搭建的。有几家商店，食品店、服装店和酒店。街上十分炎热，汗水不停地在流淌。装饰着昏暗彩灯的房间里传出女人的呻吟和尖叫声。“住在这里的都是疯子，有人搭话也不要搭理。”阿桥解释道。

在拐角处聚集着一伙人，手指着对面二楼的房顶。一个眼睛混浊的男人高喊道：“超人！超人！”原来是个婴儿。二楼房顶上一个婴儿正在哭喊，眼看就要从屋檐上跌落下来。眼睛混浊的男人吼道：“飞呀！飞呀！你是好汉就飞给我们看看！”婴儿光着身子还不会爬，身穿长衬裙围观的女人们不停地尖叫。“太阳都落山了，还晒什么太阳，真可怜！你很可怜！”一个身穿黑色内衣的胖女人从窗户探出头，大声喊道：“哎呀，我的孩子！”她用捕虫网罩住婴儿，“看什么热闹！”说完便关上了窗户。“妈的，真可惜！你看见那个小孩儿屁股上的青斑了吗？那才是拯救世界的神圣花纹，那个小孩儿肯定像粉红色大象那样拍打着耳朵在天上飞呢。你不觉得吗？年轻人，你不觉得吗？”眼珠混浊的男人抓住阿菊的肩膀摇晃着。达雄拉开了他。“怎么了？运动员，你脸色不好！别介意，那是疯子。”阿菊真想上楼去揍那个黑色内衣的胖女人。他找阿桥时在新宿见到的乞丐父子，那些家伙也该杀。并不完全是因为气愤父母虐待自己的子女，而是无法忍受婴儿和小孩天生软弱这个现实。婴儿只会哭泣，无能为力，被封闭在狭小的空间里任人摆布，只会哆嗦哭泣。以前曾在电视上看见过，长颈鹿的幼崽出生一个小时便可以站立奔跑。阿菊想：如果人的婴儿也有这种能耐的话该多好。那样的话，我早就能收拾这帮家伙了。

达雄停止脚步，回头朝阿菊挤了一下眼，手指窗帘透出紫色灯光的房间。“喂，运动员，别出声！这个时间这里总是正热乎着，怎么样？想看吗？”他吩咐阿菊拎过来一个装满生鱼头和骨头的汽油桶，让他跳上去。阿菊跳上去，站在汽油桶的边上，从窗帘的缝隙偷看屋内。屋里放着一个占据一面墙的巨大佛龛，紫色的戒名十分醒目。开始看上去以为是白色被子的东西，其实是女人的屁股，肥肉瘫软，不知哪是屁股哪是大腿。达雄拉了一把阿菊的裤腿，示意该他看了。阿菊蹑手蹑脚地从汽油桶上跳下。“怎么样？”达雄问。“很漂亮。”阿菊低声说。达雄急忙跳上油桶，低眼观看，突然喊道：“哎呀，你撒谎！什么很漂亮，简直就是肥猪！”达雄一脚踩空，踏进烂鱼堆里，随着汽油桶一起倒在地上。地上散乱着一片烂鱼头，立刻飞来了大群的苍蝇。“喂喂喂喂喂，小兄弟，肥猪是什么意思？”女人头上缠着围巾，身上裹着浴巾，从窗户探出头来，她伸出头点上一支香烟，挥手赶着苍蝇。

“小兄弟，肥猪是指我吗？骂人要长眼睛，小兄弟，不是吹牛，我从前在香港当电影演员，主演过四十八部片子。我家男人在那东西打针太多，现在不中用了，从前风光过一阵，你不觉得吗？你乱说什么？肥猪？我宰了你！”阿菊他们正要溜走，前面站着另外一个女人，手持菜刀堵住去路。“是你们推倒金鱼缸的吗？不知道？你们不知道推倒了金鱼缸鱼会死吗？扫干净再走！”另外一个女人骂道：“小兄弟，要不要我在你那玩意儿上灌点儿树脂？”达雄朝她傻笑了一下，这下惹事了。“小流氓，笑什么？装傻啊，看来你是想让人在你那玩意儿上灌树脂呀。”女人揪乱头发尖声叫道：“可恨，可恨，太可……恨了。”喊着便哭出声来。周围的木板房里有几个人探出头来。“真臭，死鱼太臭了，不知是谁掀翻了死鱼桶。”女人流着眼泪，指手画脚地讲述着，“我做错什么了？要挨这种骂，这个小流氓骂我是肥猪！”一个探出头来的男人低声笑着说：“没说错呀。”女人气愤地朝那个窗户扔去一个空瓶子。“喂，你他妈的干什么？大热的天！”男人踹碎被瓶子打破的窗户玻璃，碎片四处飞散。男人穿着背心和衬裤，肩头肌肉隆起，遮住了脖子，看上去要比达雄大三倍。他跳上街，脱下背心在头顶上挥动了几圈，顺势扔了出去，然后高声叫道：“红角，二百九十九磅，诺列加·斋藤。”他一边叫着一边蹦跳。他嘴里嘟囔着腥臭，一只手拎起汽油桶，环视着周围说：“到底怪谁？”女人哭着抬手指向达雄：“是他，是他，就是他，杀死了金鱼，还骂我是肥猪。敢骂香港的女角儿是猪，惹你生气的全都怪他！”

肥得看不见脖子的职业摔跤手单手揪住达雄的头发，将他提起来，低声问道：“你知不知道揪住头发等于按摩，可以治好忧郁症?”达雄又疼又怕，吓得不敢作声，男人在他耳边大喊：“我问你按摩舒服吗？说话呀!”阿菊从下面瞄准摔跤手的肚子飞起一脚，他使出全身气力，脚尖正中对方的肚子，但摔跤手纹丝不动。阿菊感到双脚麻木，就在这时，他身上挨了一记重拳，顿时飞了出去。阿菊重重地摔倒在胡同口，一动不动。“你是菲律宾人吧，和我搭档的也是菲佬，一点儿都没用。我前天才刚修理好那个窗户玻璃。”达雄被揪住头发，双脚悬空。“你偷看人家的房间了吧，好，罚你揪耳朵。”摔跤手用力揪住达雄的耳朵，达雄尖叫了一声。阿桥求饶说：“我们赔窗户玻璃，求你松开手!”“原来你是人妖，应该会表演节目吧，用屁眼做个纸捻给我们看看，你演啊!”达雄不停地尖叫，悬在半空的双脚不断地踢打，显得十分痛苦。达雄的耳根流出了鲜血。“喂，菲佬，你偷看人家房间看见什么了？说给我听听!”达雄流着口水，皱着眉头不停地叫喊：“我听不懂你说什么？那个那个那个，他们在干那个，救命！疼死了，饶命啊。”身上裹着浴巾的女人旁边站着一个瘦弱的男人。“那个是什么意思？你不怕耳朵被撕掉吗?”摔跤手用力攥紧抓住耳朵的手，达雄的脚不停地蹬踏，嘴里发出哀嚎。围观的人在增加。达雄耳朵流出的鲜血滴落在地上，疼得快要失去知觉两眼流出泪水时，围观的人群发出一股哄笑。阿桥抱住摔跤手的双腿，求他饶命。“你说什么我都听，我们赔钱，求你饶了他吧!”

摔跤手盯着阿桥，说了一句：“好，人妖，你唱个歌，如果唱得好，我就饶了菲佬。”

阿菊听到像鸟叫一般的纤细的高音，便从水洼中仰起头来。好像右眼旁边挨了一拳，视线混浊模糊，聚集在路边的人群看上去都是歪斜的。鸟叫声逐渐变成悠扬婉转的旋律，他这才察觉到阿桥在唱歌。阿桥跪在红土地上唱歌，那是一种奇异的歌声，如同小喇叭里扩散出的音色，又像是滚落在房间角落的电话听筒里的声音。阿桥的歌声凝结在空中丝毫也不飘荡，像散发出音乐旋律的薄膜罩住整个耳朵一般。微弱的歌声环绕在肌肤表面，顺着汗毛孔钻入体内，抚摸着记忆的锁链，使人无法挣断。走形的视线丧失了颜色，隔绝了气味和温度，眼前闪现出阿桥的歌声旋律所形成的幻觉。阿菊想不起自己现在身在何处，要干什么，周围的空气重重包围着自己，身体好像要被拖入湿滑的海底。阿菊眼前出现一匹黑马飞奔在黄昏的公园里的情景，并不是幻影浮现在眼前，而是自己被用力拖进了浮现幻影的图画之中。在橘红色的夕阳映照下，黑马飞奔在树林之间，不知不觉奔马的嘶叫变成了轰鸣，光滑闪亮的皮毛变成了金属，化成了疾驶于玻璃墙林立之间的巨型摩托车。为了追逐高速飞奔的摩托车，眼光同样飞速移动，就好像移动的图像，由悬挂在半空中的摄像机以二百公里时速移动拍摄的那种，让人感到不安。究竟高速滑动的是什么？是自己还是摄像机？是摩托车还是周围的楼房？是林荫道的树还是窗户里的灯光？阿菊想要从美丽而令人不安的幻觉中逃脱出来。

正当他要喊出声来的时候，女人的哭声回响在街上，阿菊从摩托车的幻觉中醒来。穿着黑色内衣的肥胖女人攥着身旁的男人正在哭泣。阿菊爬起身走向阿桥。聚集在街上的人们几乎都是夜游症病人，瞳孔扩散，无神的双目凝视着远方，大脑里充斥孩提时代的记忆。摔跤手放开了达雄，双膝跪倒抓挠着前胸，身体不停地颤抖，嘴里语无伦次："妈，别这样，我害怕。眼睛错位了，眼角上的颜色很恶心，我听话，再也不打人了，妈，你别那样打猫了。"阿菊站在阿桥的面前，他仍在唱着歌。

"别唱了，阿桥。"

"我每天对着脸上长疮的小孩们和那些疯子们练习。"阿桥说道，"我发现没有不安的音色和旋律什么的，最重要的是无声的状态，也就是说完全沉默的长短和强弱，你明白吗？沉默可以唤醒对方深埋在心里的久远记忆。西非的小河马求爱时的叫声的标准是无声的长短。无论是疯子还是残疾人，或者自认为正常的人，每个人都有自己的沉默。所谓歌声只要刺激那个沉默区就可以了。""刚才那首歌叫什么？"达雄问道。阿桥回答说："那是我自己写的，歌名是舞蹈病人叙事曲。患舞蹈症的病人听了可以感到欣慰，而正常人听到会做噩梦。"

"市场"的入口处有一个秃头外国人站在电缆线轮轴上传教，扩音机里播放着宗教圣歌，他穿着开襟衬衫黑裤子，脚穿长筒雨靴，脖子上套着绞刑用的绳索，头戴木槿枝条编成的花冠。他操着流利的日语对进入“市场”的人们喊话，只是有一个字母的发音不准。身旁的标语牌上大字写着“悔过”，旁边用小字注明要在霍瓦尼达教堂洗心革面。“诸位，不应该走进这里，用金钱购买性欲。你们会变得更加孤独，你们看，看一下市场里面，这里的女人是你的亲戚姐妹，是你们的母亲，你们用金钱买什么？不觉得羞耻吗？不觉得惭愧吗？忧郁的人妖为了向你们讨一根香烟而扭动腰肢，人妖很漂亮，但是主从来都不承认人妖，就像罪恶之城那样，上天的惩罚终究会降临在这个市场。”

三个人走进市场，市场是一条四车道的公路，中间潜入地下。据说警戒的卫兵被金钱收买，药岛和外界有一条秘密通道。市场上熙熙攘攘，但人们都默默无语，说话都凑到对方耳边低声细语。路边上有几个摆放着桌椅和板凳的大排档，客人刚刚坐下，妓女和男妓便默默地端来酒水，那是低度啤酒和黑瓶装的雪利酒。街上拉客的男女摆出各种姿势，但都沉默寡言，几乎没有人主动搭话。随着公路潜入地下，妓女骤然增多，有的女人倚靠在隧道的墙壁上，嘴里叼着香烟，翻起裙摆露出大腿，隧道顶部破旧发黄的荧光灯映照着女人的下身，深陷在嫩肉里的银环闪烁发光。站在灯下嚼着葡萄的黑女人摘下较大的葡萄，放在舌头上吞进口中，然后灵巧地吐出果皮。绿色的果肉在湿润的舌头上不停地闪亮滚动。长裙后背绽开，一直伸到臀部，显露出光滑淌汗的肌肤。道路中央，一个女孩正在跳舞，舞蹈鞋上缠着白色的丝带，大腿上描绘着水中飞船的图案，脖子上的蛇皮饰物带着一只银锁。一对双生子的臀部画着彩绘，他们将点燃的蜡烛夹在屁股上摇动着火焰。

隧道的两侧是药店，出售的都是镇静剂。妓女和嫖客都喜欢没有嗜药性的镇静剂，兴奋中和剂内陀罗发挥着维持市场秩序的作用。温和的低声细语，缓慢而流畅的动作，没有焦躁和怒火，也不需要顾虑人际关系。因此，潜入地下的公路只有低语、叹息和轻咳声，就如同从感恩节游行、化妆舞会、马戏以及芭蕾舞中抹去了音响一般。那并不是单纯地降低了音量，而是只有某种效果音响，比如在化妆舞会上听到的长裙绸子的摩擦声、光脚走在水泥板上的声响、舌头舔牙缝的声音、叹息声、肌肤摩擦声、透明的酒液滑过酒杯内侧的声响、装饰羽毛在微风中震颤的声音。初次涉足这里的人都异口同声说简直就像踏入黄泉一般。

深夜零点，阿菊他们三人坐在大排档的一个角落。达雄在裂开的耳朵上涂着薄荷脑软膏，疼得龇牙咧嘴。“如果感染就会化脓，脑袋如果烂掉就会嘴歪眼斜，年轻轻的如果瘫痪就找不到女人了，即使找到惠美子，她也不会理我，如果治不好怎么办？如果一只耳朵坏了，怎么听立体声广播呀？这和脚趾裂开差远了，耳朵和脑袋离得太近了。”

地下隧道在前方一百米的地方和另外一条路交叉，汽车有时经过这个十字路口。汽车从不停下，而是缓行通过。汽车一出现，妓女们便走到车旁，于是男女钻入车内，有时汽车送回的男女在那里下车后原地拉客。达雄仔细地观察从汽车上下来的妓女，低声叹息道："唉，果然是惠美子。"惠美子朝汽车飞吻之后，连续做了四次侧身后空翻，来到阿菊他们身后的桌子旁。一个叼着烟斗留着胡须的男人好像在叫她。达雄避开惠美子的视线，小声说："果然她在做野鸡，真是混帐！怎么办？今天要是耳朵不疼身上带着霰弹枪的话，我硬拉也把她拉走。"在阿菊他们的座位上可以听到留胡须的男人和惠美子的交谈。达雄站起身来。"今天说什么也要把她从这里拉走，让她过正常生活。赚了钱，我们俩一起回宿务岛。"达雄走近惠美子，她见到达雄便想跑，达雄一把抓住她的胳膊，两人操着他加禄语争吵起来，突然，达雄打了惠美子一记耳光，她也回敬了一个耳光。惠美子的手掌碰到达雄裂开的左耳，达雄发出一声惨叫，市场上的人们纷纷回头张望。达雄捂住耳朵在地上打滚。惠美子来到阿菊的面前："你们是达雄的朋友吗？""是的。"阿菊答道。"我现在正在攒钱，准备和达雄一起回菲律宾，达雄答应我不再私造手枪了，我现在带他走。有件事麻烦你，能不能帮我处理掉达雄现在的手枪？随便扔掉就行。"阿菊思索了一下，便说："我可以保管。你知道代代木公园吗？从公园的西门进去有一个田径场，从门口数右边第三个长椅，你就埋在那下边吧，别忘了子弹。"

阿桥满脸狐疑地看着阿菊。“阿菊，你要手枪干什么?”

阿菊笑着说：“将来也许有用。”

阿菊将达雄和惠美子送到隧道的中央，然后走进一间药房，询问有没有加巴尼阿基德。一个长着一张老鼠脸的年轻人挥了一下手，低声嘟囔道：“三年前就全卖光了。即使有存货大概也卖不出去，现在只有内陀罗最好卖。信不信由你，最近买兴奋剂的人少了。大家都想睡安稳觉。”药店里镇静剂内陀罗的包装箱堆到屋顶，地上还摆满了民族服装、乐器、装饰品和烟具等。墙上贴着照片，是镶在镜框中的植物照片。阿菊目不转睛地看着。“有兴趣?”老鼠脸的男人问道。阿菊盯住的是一张红色喇叭花从枝条上垂下来的照片，上面标注的是珊瑚钟。“那个照片是红曼陀罗花。”老鼠脸的男人低声说，“旁边的是帕劳的槟榔子，最边上的是斐济的卡瓦果汁，几内亚的可乐果种子，仙人掌佩奥特，秘鲁的可卡因叶子，还有妖扑，都是好药。不过这儿没货。”阿菊面对老鼠脸的男人问道：“曼陀罗是不是还有其他意思?”男人点了一下头，从放药瓶的架子上取下一份旧刊物递给阿菊。那是普林斯顿大学神经外科教授会月刊，日期是 1988 年 7 月刊。“你读一下这个，背面是我翻译成日语的，送给你了。”阿菊读了起来。

〈超级兴奋剂曼陀罗〉18 世纪初，在印度阿萨姆邦，一只猛虎窜入驻扎在当地的英军营房。通常，像老虎那样的猛兽都有一个攻击距离，也就是说具有一种习性，即敌人接近一定的距离时便开始攻击，而且在人们开枪后几乎都拔腿逃脱。可是，这只獠牙沾满鲜血的猛虎一出现便扑向哨兵，接连咬死了二十八个士兵。那只猛虎嗜杀成性，似乎在等待人们击毙它。经过解剖，发现老虎染上了传染性骨髓坏死症，全身的骨头已开始腐烂，大概轻轻挪动前爪便可引发难以忍耐的剧痛。老虎不会自杀，可以想象，事实上这只虎咬断人的喉咙的目的只是为了维持生存的愿望。这只虎在被宰杀之前，通过不间断地猎杀敌人而得以维持生存的愿望。我们的同事，尊敬的脑生化学家舒别茨别克博士所阐明的神经武器“曼陀罗”是一种可怕的超级兴奋剂，服用该药的人几乎和患有骨髓坏死症的猛虎处于相同的精神状态。该药的成分目前尚不清楚，但可以肯定其中含有吲哚核。据说引起精神异常现象的主要原因是血清素代谢紊乱。这种药只要极少量便可产生作用，是酵素（酶）学的水平。它的效果要比 LSD - 25 高几十倍，和麦司卡林相比效果要高出一百万倍以上。海军生化武器研究中心曾经做过“曼陀罗”的人体试验，对象是战俘。现存十三份试验报告。有的生物化学家指出“曼陀罗”可以销毁人体内自制力的传导物质（米勒，1985）。服用了“曼陀罗”的人比起迄今为止地球上所有残暴的人都更具危害，他们是一种无法治愈的疯子。精神异常患者所犯下的罪孽几乎都是源于恐惧，他们无法忍耐妄想症所引起的恐怖，为了逃脱恐惧铤而走险。而服用了“曼陀罗”的人则是在一种精神恍惚的状态下想要参与现实而犯罪。他们体验到的精神恍惚并不是鸦片带来的那种“濒临死亡的幸福感”，而是一种爆发性的精神亢奋。也就是说它和精神分裂症以及重度狂躁病人常见的“要对失去的现实复仇”的心理完全不同。服用“曼陀罗”后，首先完全丧失记忆，处于一种无法想象的精神恍惚状态，有人说这和晚期狂躁病人相似（特留内尔，1986，索邦），但是正确地说是出现了一种披着人皮的新型动物。服用该药的人在一种极大的快感中开始实施暴力。据人体实验报告，服药后瞳孔扩散，口吐绿沫，肌肉如同“钢铁一般”坚硬强壮。据说俘虏中还有人能用手压碎皮质足球，毁坏进入视线中的所有物体，杀死一切有生命的动物，不到自己被杀死决不停止，制止他们杀戮的唯一办法就是杀死他们。1987 年的科隆协议规定必须销毁地球上所有的曼陀罗，但实际上仍有三吨的成品，包括固态、液态和气态，并没有被销毁而是被封存起来。所有的曼陀罗都沉入海底，1978 年，南美圭亚那发生的人民圣殿教集体自杀事件中，“曼陀罗”受到世人的瞩目并被公布于世。有关人民圣殿教事件的详情，请各位参阅上上个月的教授会月刊。

深夜一点，一辆黑色劳斯莱斯缓缓驶进市场，地下隧道中没有暗影和黑暗，这是因为照明的缘故。墙壁和屋顶上的旧荧光灯的灯光折射在混凝土上，之后照在众人身上，市场上的灯光都是余波，如同无数的发光软体动物飞落在人们的肌肤表面，黄绿色的色素照亮了整个隧道，就像浮在海面上的光藻一样。光的余波飞散成细微的光点漂浮在空中，人的轮廓十分模糊，隧道中失去了距离感。据说漂流在黑暗的汪洋之中的渔民见到海港的灯火时会焕发出勇气，而这个地下隧道恰恰相反，身披微弱灯光的男女争相寻求黑暗。聚集在黑色劳斯莱斯周围的妓女乞求投身于那金属构成的黑夜之中。银色保险杠的车体是可以移动的黑暗，昆虫为了照亮自己而聚集在火焰和灯光的周围，而妓女和男妓以及乞丐们在微弱的灯光中疲惫困乏，围聚在喷吐黑暗的劳斯莱斯周围，身着艳装的男妓、裸露肌肤的妓女纷纷停止化妆和舞蹈，走向黑暗。劳斯莱斯的车窗是墨绿色，从外面看不见里面，仅歪斜地映照出贩卖干花的女乞丐们的脏脸。

阿菊对阿桥讲述了“曼陀罗”的故事：“那是伽泽尔告诉我的，你不觉得那是很厉害的药吗？阿桥，我很兴奋，我可以将这座城市变成废墟，将这个乱哄哄的城市变成从前我们一起玩耍的地方。”阿桥紧盯着劳斯莱斯，他没有注意到阿菊在说什么。“阿桥，你听我说呀，我们可以像从前那样在这个大城市里两个人一起玩儿。可以去看野狗，去无人的电影院和舞厅探险。你喜欢这个让人生气的城市吗?”

劳斯莱斯的车窗打开了，一个女乞丐探头将干花伸进去，随着一声尖叫又缩回了头，好像里面的人用打火机之类的东西点燃了她的头发。周围男妓们的哄笑声、烧焦头发的声音和气味传到阿菊和阿桥这里。

“我喜欢这个城市，阿菊，我喜欢化妆，喜欢热闹和唱歌，我是同性恋。你总是很强壮，我很羡慕你，因为你不像我那样软弱。你记得吗？我们小学最后一次运动会，我没有参加赛跑而只是观看，我一个人一直呆在教室里。其实那是装病，我跑得太慢，不想被大家嘲笑。我一直是那样，总是装病逃避现实。你很潇洒，撑杆跳很潇洒。我在你身旁感到很难受，自己觉得很惭愧。”

一个男人从劳斯莱斯下来，身穿白色西装，系着红色蝴蝶结。一个高个子白人妓女拥抱住男人。他抬起女人的双臂，嗅着腋下的气味，他的身高只到女人的肩头。“阿菊，我是同性恋，是不是很恶心？可是我自己也没办法。”

从劳斯莱斯下来的男人懒散地摆动着手脚，他双手插入女人的裙子里托起她的臀部。女人低下头，他从裙子里抽回一只手，掰开女人的嘴拉出了她的舌头。女人的舌头通红，细长而且很尖，不停地在男人的手指间游动，舌头要比他的手指还长。蝴蝶结男人不用音乐伴奏和女人跳了一会儿舞，转眼盯着阿桥，扬了一下手。

“他是我的赞助人。”阿桥说道，“大家都叫他D先生，很有钱，D是导演Director的D，他自己讲是吸血鬼Dracula的D。他是我的第一个客人，那时我还没有穿女装。到东京后我便决定来这里，但是有铁丝网，不知道怎么走，身上又没有钱，便去清洁公司打工，身穿蓝色工作服收集垃圾。白天在酒店回收垃圾的时候，一个同性恋偷偷告诉我去市场的通道，他说要从地铁站进去。我穿着清洁公司的制服站在地下隧道，那个人，就是D先生打开车窗看着我。我马上就明白了他想要我，因为想要我的男人的眼神都很害臊。司机走过来让我过去，于是我拨开抹着香水、涂着白粉、戴着假头套的人群钻进去。男人见到我便笑着说你的演出服很特别呀，司机和其他要饭的也都笑了起来。他带我来到一个宾馆，就像新干线车站一样的宾馆。”

阿桥饱餐了一顿中国菜，饭店在宾馆的最上层，天花板、墙壁和窗户上映照出的夜景十分耀眼。阿桥吃了熊掌、炸田鸡和炖方肉。肉块是三厘米见方的肥肉，十分可口，他一口气吃了八块儿，肉汁中的醋使人感到肥肉一点都不油腻。三十分钟过后，他感到反胃，这是因为他空腹吃下了许多从来没有吃过的东西。阿桥精神紧张，不知如何是好，便一口吐在地板上，他不懂应该跑到厕所去呕吐。阿桥想到大概会挨骂，出乎意料，D先生却十分赞赏，笑着说他很像罗马贵族，十分优雅。

床单是奶油色的，闪现着光泽。D先生问他做什么职业。“是吗？是清洁工？你喜欢收拾垃圾吗？”阿桥回答说：“不喜欢，但我想会习惯的。”丝绸床单发出了细微的摩擦声，阿桥觉得十分害羞。D先生听着床单的响声，问他最喜欢什么？阿桥坦白说喜欢唱歌。D先生十分高兴，让阿桥唱一首给他听。阿桥觉得很害羞，张不开口。D先生用手掌不停地抚摸着阿桥的脸，嘴上说道：“你肯定长得像你妈，你妈一定长得很漂亮，男孩子都像妈。”阿桥脱口讲出了自己的身世，寄物柜、九重葛的花瓣、孤儿院以及废矿岛，一古脑儿全说了出来。D先生劝阿桥在电视节目上表演。“你的身世一定能得到观众的同情，也许能出名。”

完事后阿桥准备离开，D先生一把攥住他的胳膊，将他按倒在地板上，嘴上嚷道：“你化一下妆，你化妆肯定很美！”他拿出剃刀刮去了阿桥的眉毛。阿桥照镜子看见自己的面容，开始觉得很不舒服，觉得镜子里是另外一个人，那个人贪婪地注视着阿桥，目光和想要阿桥的那些男人相同。D先生从口袋中掏出口红交给阿桥，见到阿桥拒绝，便按住他的脸涂在他的嘴上。口红碰在阿桥的牙齿上，他感到一股油腻，差点儿呕吐出来，他见到镜子里涂着口红的脸，觉得十分奇异。剃掉眉毛时，他感觉自己变成了另外一个人，而涂上口红时，他却感到自己的面容十分自然，甚至认为是天生的，他觉得这才是自己的本来面目。一股奇特的力量在全身泛起，就像喝醉之后那种无所畏惧的感觉。

“我现在可以唱支歌吗？”阿桥说道，“你想要听什么感觉的？

我可以根据人的心情和身体的情况改变歌的旋律。”D先生说先是惴惴不安，然后转向焦躁，最后要非常紧张。于是，阿桥先十分准确地哼唱了一首理查德·施特劳斯的《莎乐美》间奏曲，然后唱了一段将《午夜时分》倒放时形成的旋律，最后又唱了一首《今世之花》。D先生十分惊异，对阿桥说：“你肯定能成为歌星，你有天分，你自己不知道吧？你是天才！”

“不久我就会登台表演，我就要成为歌星，阿菊，我的愿望就要实现了。”从劳斯莱斯下来的D先生站在阿桥和阿菊的身后，看不出他有多大年纪，额头已经谢顶，但肌肤光滑油亮，细眼厚唇，戴着一副玳瑁框的墨镜，身上的丝绸衬衫渗出了汗水，红色的领结上沾着女人的唾液。他的手指和指甲都很短小，手指上戴着一个猫眼戒指，口中散发着薄荷的气味，他抬手抓住阿桥的下巴，亲吻着他的嘴唇。两人就像是父子一般，看上去是在生日晚会或聚会上自然地欢快拥抱。“这是你的朋友吧？怎么不给我介绍一下？”阿菊觉得D先生的表情似乎要说出这种话，不由得打了一个冷战，他感到一种被人撇下的失落感。阿菊对于眼前的两个人产生了强烈的嫉妒，见到阿桥找到一个像父亲一般的靠山和全力支持他的人，阿菊十分妒忌。同时他又特别恼火自己会产生这种念头。D先生终于放开阿桥的嘴唇，说道：“我们去吃饭吧。店里新进了肥鸭肉，据说已经用葡萄干和黄瓜拌好，就等我们去吃了。走吧，很好吃。”阿桥看了一眼阿菊，说道：“我朋友在这儿，我跟你讲过从小一起长大的阿菊，你还记得吗?”D先生点了一下头。“啊，记得，当然记得。不就是和你身世相同的吗?想让我帮忙的那个?一起去吧，你的朋友也和我们一起吃鸭子不就可以了吗?”阿桥口中道谢着朝阿菊微笑了一下。阿菊一脸怒气瞪着D先生，他从椅子上站起身来。“你也喜欢吃鸭子吗?如果不爱吃，点寿司也可以。”

“谁吃你的臭饭!”阿菊厉声吼道。阿桥平生第一次听到这种声音，那声音里带着哭腔。阿菊双手按住桌子喘着粗气，努力使自己平静下来。“阿桥，我走了。你想干什么随你的便，但不要随便把我的事讲给外人听!”阿菊转身就要走，D先生一把抓住他的肩头。

“你给我站住!你说谁是外人，是说我吗?”

“你放手!”

“阿桥好心好意关照你，如果不愿意，客气一句不就完了吗?太没礼貌了!”

阿菊拨开D先生的手。

“少碰我!你以为别人都愿意让你碰吗?你想错了!”

“看来你是存心找茬!你没看见阿桥为难吗?我并不想碰你，不过你说话要看地方。你睁眼看看这是什么地方，这是男女贩卖自己的神圣场所，我很讲礼貌，你别在这儿找茬!我特别讨厌有人在这种地方惹事，想逞能的话去酒店大堂，或者在你自己家的大理石门口那样的地方。这里的人都是自愿的，我也是高兴才来这里花钱的。不是随便花钱给要饭的，那样的话，年轻人就没了上进心。你明白吗？我告诫你不要乱逞能，人在外面行为举止要看身份，身上脏兮兮的说什么废话！小瘪三！”

阿菊抓起桌上的雪利酒瓶，扬起手来，D先生吃惊地倒退了一步。他的司机抓住阿菊，拧住他的胳膊，白手套攥着阿菊的手腕，嘿嘿地笑着。“拧断它，打断它，让他知道点疼。”D先生叫道。阿菊想道：这帮家伙在我们刚出生只会哭的时候就随心所欲地拿我们取乐了，这帮家伙将我们关起来。阿桥，别信他们！这帮家伙只会让你伤心！阿桥正在向D先生道歉：“我朋友嘴笨，不是故意的，求你原谅他。”D先生一边点头一边抚摸着阿桥的面颊，随口说道：“是啊，阿桥，你也一样，自己娇惯自己。你们从来都没挨过饿，是吧？小瘪三，被人扔在寄物柜，那算什么！这世上这种孩子有几十万。保姆和养母对你们不是挺好吗？”阿菊用脚向后蹬去，脚跟踹在司机的小腿上，他松开了阿菊的手腕，阿菊举起拳头打向D先生，阿桥站在前面挡住了阿菊。“住手！阿菊，这个人是我的恩人。”阿菊急得找不到适当的语言，他盯着阿桥的眼睛，想要说你上当受骗了。他从来没有见过阿桥那种眼神，这时他终于明白阿桥真的已经变了。阿桥将手搭在阿菊的肩膀上说：“你还是练你的跳高吧。最好还是回海岛去。”阿菊感到全身无力，差点儿跪在地上，他觉得这样自己也许会哭出来。他攥紧拳头举过头顶，但不知打谁才对，如果不挥起拳头，他会哭出声来。他扑向D先生，动作很迟钝，拳头还没有到位就被司机踹在肚子上，阿菊倒在路上，脸埋在水泥地面上。“你伤着没有?”阿桥跑过来，阿菊没作声，只是默默点了一下头。

10

“探照灯的光这么暗吗?”阿莲莫莲看着一片漆黑的照片低声嘟囔着。从那个晚上以来，阿菊多次出现在她的梦中，但醒来以后又记不起那张脸。影像模模糊糊浮现在眼前，只能见到头发和额头，眼睛和鼻子则分辨不出，焦点模糊不清，不知不觉变成一些无聊的男友或杂志、电视上见过的明星的面孔。她的记忆深处清晰记得阿菊的面容，只是无法形成完整的图像。几乎每次都是这样，不过哪怕只记得阿菊的面容的记号，阿莲莫莲也会很满足。“为什么会惦记着那个人呢?”阿莲莫莲心想。梦中的阿菊总是在腾空飞跃，不是像超人那样张开双臂飞行，而是撑开极具弹性的跳杆高高地腾跃，比楼房还高。在大脑记忆的深处，阿菊的记号在讲述着什么，就像那天晚上躲避卫兵藏在树丛深处时候低声细语一般，叙述着蹩脚的台词，“我飞上天，俯视着你们，仿佛感觉自己好像是蝴蝶，飞翔在亚马孙的沼泽里”之类。梦见阿菊的早上，心情总是十分舒畅。

下午，阿莲莫莲出门去看望住院的朋友，她叫幸子，是一起做模特的伙伴。她长发垂肩，外国人很喜欢。幸子经常请阿莲莫莲吃饭，还带她去海边，平时对她十分关照，曾对她讲："你很会调整自己的心情，大眼睛的女孩大概都是这样吧，眼睛大视野也开阔。"幸子和外国人结了婚，丈夫是意大利的外交官。她曾经寄来两三封信说外交仪式刻板俗套，十分辛苦。最近听说两年前她离了婚，回国后患上肺病住进了医院。阿莲莫莲在医院附近的糕点店买了蜜饯栗子，在洁白的病房里见到的幸子比以前胖了。

"我还是那个时候最漂亮，你觉得呢?"

"那时候?"

"我们一起在天亮的时候吃寿司，光着身子打台球，穿着夜礼服跳进游泳池，就是那个时候。"

"我觉得你现在也很漂亮啊。"

"那个时候更漂亮。靠化妆去装饰面容实在无聊，虽然有点儿晚了，但是我终于明白了。当时我不懂这些，很自卑也很烦恼，找男人寻欢，用短暂的美丽青春去换取梦想也无法解决问题。能够换取梦想的只有血、泪和汗水。你觉得呢?"

"我不太清楚。"

"是啊，你还太年轻。"

"梦想，我只有晚上才有。"

"我明白，人都有这个阶段。不过，阿莲莫莲，我见到像你这样的年轻人，有时会感到很心烦。我做过许多傻事，把身体搞垮了。我去过许多国家，体验过各种各样的恋爱，当时渴望寻求刺激，十分疲惫。而你呢，不轻易流露出自己的感情，也不知道你在想什么，只满足于每天过得开心，我不太喜欢这样生活。”

“其实，过得开不开心无所谓。幸子，你怀孕过吗?”

“有过啊，还有孩子。”

“有孩子是什么感觉？听说会恶心的。”

“不只是恶心。很自然，人是哺乳动物嘛。”

“我嘛，不管做什么事，有时候会感到一种全身血液被抽空的虚脱感。身上的血液一下子流到肚子，集中在像血囊一样的内脏里。像肝脏什么的，和其他的皮囊一样，大概像胎儿渐渐长大一般，总有一天会破裂，那时会明白很多事情。”

“唉，我能理解，不过，血流到肚子里只不过是一种错觉。明明是欲望很强烈，却不愿付出血汗去努力争取，这种时候会有这种错觉，于是会为自己找借口。”

“错觉？即使是错觉也无所谓。”

“对，即使是错觉也无所谓。”阿莲莫莲心里想道。病房四面密封，窗外的一切在 8 月末的阳光下蒸腾着。夏日即将逝去，阿莲莫莲的第十八个夏天就要终结。幸子不会明白自己在等待什么，幸子经常和自己讲述各种各样的晚会、男人和宝石，她说过为了得到玻璃柜里的银狐皮衣，可以忍受痛苦的减肥和夜间外景拍摄，她还说我是天生就有银狐皮衣的那种人，不懂得东西的珍贵。肺结核患者的病房的窗户是双层玻璃，走在外面林荫道上的人影修长，夏末的夕阳映出了大厦的楼影。病房被笼罩在那巨大的阴影中，幸子，你被封闭在里面，并不是因为你现在生病，只是到目前为止你一直没有察觉罢了。阿莲莫莲突然想出了阿菊的面容，每一个细小的部位都清晰地在脑海中描绘出来。远方浮现出十三座塔楼，夕阳没入楼间，阿菊说过他喜欢那巨大的摩天楼，我也喜欢。

伽俐巴有时在“天王星”中怒吼，每个月都有一次不吃任何东西，在房间里暴跳，用粗大的尾巴拍打钢筋混凝土墙壁，决不停歇。即使尾巴开裂，淌出鲜血也不会停下，巨大的声响震动着整幢公寓。伽俐巴的牙缝间喷出泡沫，低声呻吟，发作持续一昼夜，然后浮现出悲伤的表情。这是伽俐巴体内原有的热带血液对于这个虚假的地方产生的反抗，大概总有一天伽俐巴会停止发作，那一天并不遥远。东京会变成一个巨大的沼泽，自己和阿菊之所以喜爱新宿的摩天楼，是因为预见到东京终有一天沉入沼泽，整个东京惟有那个楼群露出地面。幸子，记得你从前经常说我整天无所事事，怎么仍然会感到悠闲自得？还说世界上有成千上万个城镇，每个城镇都有独特的夕阳，只要看到晚霞就能体验到涉足那个城镇的价值。在亚马孙河口，巨大的淡水鱼在波光中闪闪发亮，在葡萄牙的乡村，曾经连续倾听吉卜赛人演唱四个小时忧伤的宿命歌，这些故事都听腻了，旅行、恋爱，都和伽俐巴的发作一样，只是在敲打围困住自己的钢筋混凝土墙壁，无论如何发泄，如何释放出能量得到满足，都距离热带十分遥远。

“喂，阿莲莫莲，难道你没有欲望吗？你就像出生在超市，什么都有，不知道自己想要什么，想吃什么。你是不是觉得大声喊叫表现自己的欲望很难为情？”

“我也不清楚，我在等待。”

“等什么？你在等待什么？再怎么等，什么也不会来的。你说在等，只是在为自己辩解，是错觉，就像在炎热的沙漠中迷路的孩子错把沙子当成水咽下去一样。”

没错，是错觉。我在观看海市蜃楼，自己心里十分清楚。不过，我早就厌倦了，厌倦了水，厌倦得要死。啃噬沙砾，即使喉咙绽开喷出鲜血也比喝陈旧的积水要好，呼吸无聊的空气只能使人恶心，自己拥有的无聊时间覆盖着大地，在阳光中曝晒。幸子，你为了缓解恶心，像老人假日垂钓那样，不知不觉地去欣赏无聊的歌曲，我的恶心被阳光灼烧，形成上升气流，成为厚厚的云层。积云总有一天会撒下大颗的雨点，你的肺不会停息，湿滑的路面会爆裂开来，水洼的积水会不断扩散，汇成小溪，在楼群中流淌，水位每天上涨，令人窒息的潮湿催生了钢筋混凝土裂缝中的红树芽，路边的树倒在水中开始腐烂，从未见过的毒虫聚集在此筑巢，毒虫不断产卵，化作幼虫。沉浸于酒精和精液中的你的恶梦其实已经开始，你早已腐烂，毒虫吮吸着你的身体和食物。幸子，你的病房将会变成毒虫、蝴蝶和爬虫的巢穴。不过，我等待的是不久的将来，雨过天晴，膨胀数十倍的太阳再次出现时，我在那塔楼屋顶上和伽俐巴一起生活，周围布满了沼泽、妖艳的花朵、热带的丛林，还有流淌的汗水、染上热病的人群，其他则没有任何奢望。

“阿莲莫莲，你变了。”幸子吃着蜜饯栗子，双颊鼓胀，点心渣零乱地掉落在胸前。“变了，我自己感觉不到。”

阿莲莫莲走出医院，转瞬之间，衬衫便贴在背上。

回到公寓，阿莲莫莲突然发出惊喜的尖叫，原来阿菊倚在房门上在等她。阿菊无精打采地说了一句：

“我来看鳄鱼。”

D先生经营的唱片公司决定起用阿桥为歌手，阿桥的身世将成为宣传推广的重点，他们制作了一部纪实影片，片名是《诞生于寄物柜》，包括孤儿院、废矿岛、市场的男妓生活，并决定在圣诞前夜在电视上播放，其中最吸引人之处是安排阿桥和抛弃自己的生母相见。D先生已经请专家帮助寻找那个女人，而阿桥还蒙在鼓里。

阿桥为了收拾最后的行李回到药岛的工厂废墟，他已经搬进了D先生准备的公寓。阿菊和达雄都不在，阿桥把纸箱里的杂物拿出来，一件件摆放在榻榻米上。咖啡杯、烟灰缸、纸团、坏打火机、可口可乐的空瓶、生锈的汤匙、指甲油瓶、用过的口红、发卡、苹果种子、鞋带和皮筋，记得从前经常这样玩。在孤儿院的寝室，摆了满地玩过家家。记得当时想摆出一个院子，还想过要做一个城市的模型。记得清清楚楚，当时全身燥热，但现在阿桥已经忘记每件杂物都代表什么。仅记得的一点是线轴和锥子，线轴是消防署，锥子是军队的大炮。阿桥拿起可乐瓶端详着，觉得自己的脑海里已经不再胡思乱想了。空瓶已经不代表其他东西，眼前的物体已经不再在脑海中变形，成为其他巨物的象征。他感觉自己已经结束了那种游戏，想到这儿，失去的记忆突然在脑海中苏醒，他记起可乐瓶是水塔，汤匙，对了，是小型飞机的跑道。发卡是持枪的士兵，皮筋是卡车，盘子是棒球场，水果种子是蒸汽船。阿桥回顾着往事，注视着眼前的杂物，这时，他的目光停留在一个滚落于房间角落的东西。刚才一直没有注意到那是什么东西，一开始没有明白过来。这时，那个东西的形状在脑海中开始融化，逐渐形成一种莫名的形状。在变化的过程中突然凝固起来的东西使阿桥感到十分不愉快，他抓起那件东西匆匆走出房门。

昏暗的走廊上，一个孕妇正在剪指甲，透过薄薄的衬衫能看见鼓胀的肚皮上的妊娠纹。她见到阿桥，随口说道："下雨了，要不要带把伞？"孕妇身上散发着天花粉的气味。阿桥答道："不用了。”他伸手摸了一把女人肥胖的脖子。“怪痒的，傻瓜!”孕妇天真地笑道。孕妇盯着阿桥的左手，阿桥很宝贝似的握着一个白色的东西。“喂，那个石头是什么?”“不是石头。”阿桥边下楼梯边说，“不是石头，是人的骨头。”

11

阿菊看着鳄鱼嚼碎鸡头，锋利的牙缝中流出鲜血。“天王星”中始终保持着摄氏二十五度，安装在八个地方的加湿器连续不断地释放出蒸汽，房间六十平方米左右，一半是水池，水面上漂浮着从来没有见过的浮萍，细小的浮萍叶子周围长着透明的茸毛，在阳光映照下闪烁发光。水池底部是柔软的泥土，下面是厚塑料板。板上排列着许多规则的小孔，水管连接着净化器。水池周围各种着三株树，分别是橡胶、九重葛、红树，不是栽在花盆里，而是植在颗粒粗大的土中。墙壁上用洁白的水泥涂抹着粗糙的图画，画上描绘的是太阳、飞鸟、花豹和土著人。天花板上，二十个红外线照明灯射出耀眼的灯光。

“电费很贵吧。”

听到这话，阿莲莫莲便带他去看安装在另一个房间里的巨大工业发电机。

“我想等你来一起帮我出个主意，我想养一只鸟，但不知养什么鸟?”

“那种大鹦鹉很漂亮，不过如果是那种给鳄鱼剔牙的鸟的话，可能更好。动物片里经常出现的那种，大概对鳄鱼也好，电影里看上去它好像很舒服。”

“我每个星期都用螺丝刀给它剔牙，那是我和伽俐巴唯一的感情交流，如果让鸟代替了，我会很寂寞的。”

阿莲莫莲想给阿菊做他最爱吃的菜，听阿菊说想吃蛋包饭，她有点儿失望。如果和自己一样喜欢吃奶油炖肉、拌菠菜和糖醋鱼子的话，可以不看菜谱就做，但阿莲莫莲从来没听说过蛋包饭。“那是什么菜?”无奈，阿莲莫莲只好问阿菊。阿菊翻着印有阿莲莫莲照片的杂志，告诉他说是薄鸡蛋皮卷着的番茄饭。

“番茄饭是什么?”

“就是番茄汁拌米饭。”

“你喜欢吃那个呀?”

“嗯，如果再有蛤蜊酱汤就太棒了。不过要求不高，有蛋包饭也够了。”

阿莲莫莲洗干净了两个月没用的电饭锅，煮了一大锅饭，然后将米饭盛在菜盆里，拌上番茄汁。她心里惴惴不安，心想世上真有这种菜吗?会不会阿菊在拿自己开玩笑?

“阿菊，米饭全是通红的。”

“那就行了。”

“喂，只有米饭和番茄汁，真的没错吗？只是红饭噢。”

“什么？没放青豆吗？”

“你没说嘛，你一个字也没提什么青豆嘛。”

阿菊走进厨房一看，阿莲莫莲端着菜盆，哭丧着脸站在那里，盆里湿乎乎的，就像血红的海里漂浮着一座冰山。结果阿菊重新煮了意大利面条，放上通红的番茄饭，然后撒上鸡蛋丝饱餐了一顿。饭后阿菊便躺在地毯上睡着了。大概是累坏了，阿莲莫莲为他脱下袜子，盖上毛毯，阿菊也纹丝没动。

阿莲莫莲毫无倦意，便拿起一本书来读，阿菊有时说梦话，有时脖子和脚尖突然抽动。“‘牛奶’，那里危险，‘牛奶’，别动！”阿菊在说着梦话。阿莲莫莲喝了一杯甜香酒，熄灭电灯。就在她昏昏欲睡的时候，阿菊突然大喊一声，翻身坐起，喘着粗气。在黑暗处，阿莲莫莲看不清他的表情，但他似乎很紧张，踱来踱去，十分惊恐。阿莲莫莲想大概他做了噩梦。真正的噩梦即使惊醒，坐在床上深呼吸也无法驱散，噩梦会飘出脑海，如同幽灵一般占据整个房间，噩梦会不断繁殖，隐藏在家具和窗帘背后，使人无法安眠。阿菊走到床边，阿莲莫莲假装入睡，阿菊抚摸了一下她的头发。阿莲莫莲睁开眼，低声说了一句：“右猪右猪左猪，右猪右猪时钟蝴蝶。”她告诉阿菊这是驱赶噩梦的咒语。“右猪右猪左猪，右猪右猪时钟蝴蝶。”阿菊反复念叨着。

阿莲莫莲将阿菊叫到身旁，阿菊大汗淋漓，仍然在发抖。床上弹簧绷紧，床垫倾斜，阿莲莫莲紧靠在阿菊的身上。阿菊的肌肉像鳄鱼皮一般坚硬，她能感觉到阿菊身体的震颤。阿莲莫莲感到喉咙十分干渴。“我在一座小岛上，是我长大的地方。我弟弟在海边打死螃蟹，是用石头砸死的，而且还嬉皮笑脸。我让他住手，他不听。于是我说不住手也行，但砸死螃蟹时不要嬉皮笑脸。他仍然不听，我很恼火，就大喊了一声。他说了句对不起就哭出声来。我走到他跟前对他说：‘大声骂人，是我不好，别哭了。’这时，他却扬起脸，吐出舌头，又嬉皮笑脸地用石头砸螃蟹。螃蟹身上散发出一股怪味儿，我发现自己上了当，便轻轻打了他一巴掌，很轻的。这次他真哭了，跪在地上向我道歉。他哭着问我为什么不能打死螃蟹？我说砸死可以，但不要嬉皮笑脸。他又问我是不是可以哭着砸，我点了一下头。阿桥便哭着敲打螃蟹，哭声越来越高，像警报一样响彻整个小岛。我一看阿桥，他的脸在嬉笑，表情在笑而哭声却震耳欲聋。我有点儿害怕，因为害怕就挥拳猛打了他一顿，我浑身颤抖，捡起砸螃蟹的石头打在阿桥身上。阿桥的脸肿大了几倍，笑着站起身来，叫喊道：‘你打完了吗?’我吓得跑出了沙滩，阿桥笑着在后面追赶。他变成巨大的气球一般的婴儿要压死我，十分沉重，压得我喘不过气来，实在沉重。”

阿菊一口气说完，捂住阿莲莫莲的嘴不让她插话。“求你听我说，我觉得应该还有更多的办法，大家如果都能忍耐一些，大概会更圆满。”阿莲莫莲轻轻咬了一下阿菊的手指，追问道：“忍耐是什么？阿菊你清醒一下，说什么梦话呢！我不知道你在讲什么，不过你错了。我最讨厌了，我讨厌忍耐，大家都太忍耐了，我觉得大家都过于谦让了。我搞不懂，我还没长大。我一直都在忍耐，你也一样，阿菊，我现在脑子里是模糊模糊模模糊糊，特别模糊，我们都是从小时候就过于忍耐了。”阿莲莫莲越说越兴奋，大睁双眼推开了阿菊的手。阿菊的眼睛逐渐适应了黑暗，见到阿莲莫莲白皙的脖子细微地颤动，她的脖子上留着红色的指印，他想起了那天晚上，在铁丝网旁边，探照灯映照出的也是这样的指印。阿菊点亮了床头灯，阿莲莫莲紧闭双目，扭曲着肢体，眼帘上淡蓝的血脉清晰可见。阿菊掐住她的耳朵，用力捏了一下，听到阿莲莫莲叫了起来，便放开了手。耳朵变得通红，阿莲莫莲想要挣脱，阿菊趴在她的身上，用肘压住她的肩膀，双手夹住她的面颊，看着她通红的耳朵逐渐恢复成白皙的肌肤。他用指尖按住她的下巴，逐渐下滑，直到脖子、胸脯、乳房，手指下出现了两道红线。阿菊想要染红阿莲莫莲的全身，从额头直至指尖，如果在腋下插入发卡，这个女人就会消失，自己的手掌里只留下如同番茄汁一般的血水。

阿菊揪起阿莲莫莲的睡袍衣襟，她趴在床上，躬起身体，用脚压住衣襟不断地摇头。阿菊抓住她的头发，扬起她的脸想看一下她的表情。他犹豫着如果她在流泪，自己该如何是好，没想到阿莲莫莲只是紧咬牙齿。阿菊想要从胸口撕开她的睡袍，但纤维很结实，不但没撕破，反而嵌入他的手里。阿菊背上和脸上淌出汗水，滴在阿莲莫莲身上，浸湿了睡袍，显露出她的肌肤。阿菊用牙撕开衣角，一把扯开了尼龙布，牙齿触到了她的脚，阿莲莫莲躬起后背，翘起屁股。阿菊顺势抓住她的屁股将她的身体翻转过来。阿莲莫莲紧闭着双眼，一动不动。阿菊想镇定下来，但他越是焦躁，身体越是抖个不停，床也随之摇动，弹簧吱呀作响。阿莲莫莲睁开眼笑了起来，舔了一下阿菊汗津津的侧腹，抬起身搂住阿菊的脖子笑出声来。阿菊的双手支撑不住，和阿莲莫莲一起倒在床上，两人的鼻子碰撞在一起，疼得不约而同地叫出声来，然后又开心地笑了起来。阿菊都不懂得如何和女人做爱。大概不必脱光衣服，撒尿就从来不脱裤衩。“喂，阿菊，你亲我一下。”阿莲莫莲翘起嘴唇。阿菊吻住她的嘴唇，她伸进了自己的舌头，似乎在乞求阿菊的舌头。阿菊闭上眼睛，将缩着的舌头探出去，阿莲莫莲亲吻着阿菊的舌头，突然一口咬住舌尖。阿菊一瞬间不知发生了什么事情，疼得按住嘴从床上滑落下来。阿莲莫莲睁大眼睛看着满嘴流着鲜血的阿菊，阿菊用手接着嘴里淌出的鲜血，突然想到变成番茄汁的应该是自己。阿菊站起身，抓住尖声高叫四处逃窜的阿莲莫莲，揪住她的头发，将她推倒在地。“我，我真高兴，你其他地方都绷硬，只有舌头特别柔软。”“住嘴！”阿菊刚想喊出声来，鲜血流了出来，滴在阿莲莫莲的脸上。阿菊一掌打在她脸上，高举起她的双脚，分开她的双腿。

阿莲莫莲热水淋浴时，阿菊走了进来。他在阿莲莫莲的身旁洗了手，抹了一把镜子上的蒸汽，伸出舌头检查伤口。舌尖绽开，血流不止。两人都默不作声，阿莲莫莲围上浴巾走出浴室，阿菊没擦身体便穿上了裤子。他穿好衣服，低声说了一句："我回去了。"阿莲莫莲脖子抽动了一下，她不知该如何是好，但她不想骗自己。"你别走，阿菊，你留下，别走！"阿菊站在那里，说了一句："我是……"便咽下了后面的话。他深深吸了口气，走到窗边，打开窗帘又说了一句："我是……"声音比刚才略高。他把额头贴在窗户玻璃上，眺望着窗外。他向阿莲莫莲招了一下手，那动作就像招呼狗一样。阿莲莫莲踮着脚尖走过来，脚背上浮现出纤细的青筋。红色趾甲每次没入地毯的绒毛，脚背的青筋便随之绷紧。"我出生在寄物柜，可是，我喜欢你，像你这么漂亮的女孩子……"阿莲莫莲用手指捂住阿菊的嘴唇，低声说："你别讲了。"她双手搭在阿菊的肩上，踮起脚尖将脸贴住阿菊的面庞，水珠从她湿漉漉的发尖上滴落下来，溅在泛起鸡皮疙瘩的后背上。

12

阿桥在地处伊豆高原的D先生的录音棚里录制了唱片，这个录音棚是用银色铝合金制成的方舟形建筑物，人们称之为宇宙飞船。透明的圆形屋顶里架着天文望远镜，D先生的爱好是观测天象。

D先生出生在一个教师家庭，父母是体育和世界史教师，家教非常严格。他是最小的孩子，上面有五个哥哥，两个姐姐，他同最年长的哥哥年龄相差二十多岁。他是父母四十多岁时才出生的孩子，但父母对他管教十分严厉，即使是三九天也要赤足，不能吃零食，父亲吃饭以前不准动筷子，庙会上不能买小摊贩的东西吃，不能把朋友带到家里等等，诸如此类。D先生变成了一个神经质的孩子，在父亲制订的家规中，有一条他始终无法理解，那就是不许吃肥肉。父亲说肥肉和内脏都是出身微贱的人吃的东西，他甚至连火腿上的白色部分也要切掉才拿到餐桌上。D先生总是琢磨母亲切下的肥肉究竟是什么味道？有一次，他见到厨房的水池里扔着从咸肉上切下的肥肉，便生吞了下去。肥肉带着咸味和香气，滑溜溜地穿过他的喉咙。由于过于紧张，他差点儿尿裤子。D先生十分激动，肥肉经过喉咙滑入胃里，比从前吃过的如同干巴巴的稻草一般的肉要美味得多。D先生背着母亲，不断地偷吃肥肉，有一天，他在煤气炉上烧烤猪肉，被父亲发现了。“你简直就是畜生！”父亲怒吼了三声，打了他四个耳光，还罚他不许吃饭。这是他第二次挨打。

D先生上小学后得了近视眼，但父亲责备说这是精神软弱的缘故，让他每天打坐一个小时，眺望远处的高山，说这样可以治疗近视。他在偷懒的时候平生第一次挨了父亲的揍。以前父亲总是训斥，很少动手，这不是他怀疑体罚的作用，而是孩子们总是小心翼翼，处处不惹他生气的缘故。D先生感到巨大的屈辱和精神打击，患上了精神衰弱，经常请假不上学。D先生并没有头疼脑热却早退回家，又被父亲骂了一顿。母亲只是在旁边说了一句：“快向爸爸道歉。”只有比他大三岁的姐姐庇护着他，其他的哥哥姐姐则漠不关心。

小学四年级的时候，D先生曾经上吊过，但自杀未遂。他父亲看着脖子上包扎着绷带躺在病床上的D先生说：“人一生总会经历许许多多的挫折，我们必须努力克服。我有件礼物送给你。”枕边放着一个天体望远镜。“不开心的时候，你就用它看星星，当你发现自己是如此渺小的时候，心情就会感到舒畅。”从那之后的三年间，直到他父亲患心肌梗塞去世，D先生一直在观测天象。上中学时，他撰写的天体观测日记《银河之变迁》获得了县里的嘉奖。D先生停止观测天体并不是因为父亲去世，而是在整理父亲遗物时发现了春宫画，描绘的是男人同性恋，而且全是剃着光头的男人大汗淋漓搂抱的画面。D先生把这些画藏在自己的房间里，询问比自己早熟的朋友："同性恋能生孩子吗?"朋友回答说："为了掩盖自己是同性恋者而结婚生孩子的事，我好像在哪儿看到过。而且，如果妻子怀孕，就可以不必做那事了。"接着D先生又提了一个问题："同性恋会遗传吗?""不知道。"朋友回答说。D先生已经有了同性恋的兆头，同时他也有与异性恋爱的经历，但对女人产生性欲时有一种食物必不可缺，那就是肥肉。将猪肉放在眼前，先凝视良久，然后嗅闻气味，最后滋润嘴唇，送入口中，细嚼慢咽，凭舌头的温度将其融化，滑溜溜地吞入食道，在胃里灼烧。于是，他便想和女人做爱。但完事以后，分解的肥肉完全冷却，贴在内脏上吸收着体内的热量，却使他感到难受。

D先生发掘并培养了两个摇滚乐歌星，一个是他还在唱片公司工作时发现的，他力排众议，使其登台演出并大获成功。另一个是他独立创办公司之后发掘的，这个歌星在进入英国歌坛之前共发行了八张专辑，都是超过百万张的流行唱片，给D先生带来了巨大的财富和声誉。这两个人最初都不被看好，人们嘲笑说这种歌不可能流行，但在D先生看来，他们却是真正的巨星的料子。

D先生是发掘“男歌星”的天才。

D先生一周有五天在饭店专吃肥肉，吃饱以后仍然是找有魅力的年轻人搭讪，而且约他一起吃饭，询问对方的兴趣爱好。如果对方回答不喜欢音乐，寻欢作乐之后便不再联系，如果回答喜欢，则约他再次见面。约会那天D先生会先吃大量的肥肉，找个女人上床之后再测试那个年轻人的演奏水平。这种方法十分准确，阿桥就是第三个被录取的。D先生第一次听到阿桥的歌声时刚刚抱过一个肌肤白皙的肥胖女人，当时感到非常恶心，在聆听歌声的过程中，他一直想在房间的地毯和床上呕吐，但歌声结束，紧缩的内脏却舒展开了。阿桥的歌声纤细婉转，略微沙哑，有一种刺耳的感觉。那歌声撕开肌肤，挤进汗毛孔，揪扯内脏和血管，然后汇集到喉咙。就如同晕船一样，不久，晕船的感觉消散了，堵塞在喉咙口的东西也消失了，D先生突然感觉自己无法忍受房间里的宁静。尽管他的大脑拒绝阿桥的歌声，但内脏却强烈地渴求着它。D先生对阿桥说：“再来一首。”第二次听到的歌声震撼了D先生的每一根神经，让他体验到了从未有过的陶醉和感伤。

D先生暗自寻思道：这小家伙是个难得的歌手，可是乍听起来，一般人会感到不愉快。一旦感到厌恶，人们便不会对他的歌声敞开胸怀，因此必须事先攻克听众的心灵。于是D先生决定在阿桥的身世上做文章，以此作为卖点。

阿桥的录音告一段落，当晚，D先生告诉他可以随意挑选自己喜爱的东西吃。阿桥让女厨做了蛋包饭。宇宙飞船的顶楼是俯瞰大海的餐厅，墙壁上悬挂着铜版画，画中描绘的是日暮黄昏时分身穿黑色僧衣的男人和双性儿童骑着蝴蝶在天空飞行的场面。这幅画是D先生出版的两本书的插图，书的内容是有关星座的古代印加人的神话。壁纸深红色，带有光泽，地板是金属材料，高跟鞋走在上面会发出莫名其妙的响声，好像倒立的女人在踢打巨大的铜钟。D先生的厨师是一个身高力壮的女人，她问阿桥蛋包饭里是放蟹肉还是放虾肉。阿桥回答说："放蟹肉吧。"然后又问道："你是奥运会排球选手吧？我在电视上看到过你。"女人笑着说："那是我妈吧。我是投标枪的。"她露出了镶在门牙两边的金牙。D先生正在吃鸭肉馅饼和黑葡萄冰激凌。

"你昨天为什么吵架？是不是和鼓手争吵来着？你说了什么？鼓手那么暴跳如雷。"

"我对他说太吵了，因为声音太大了。"

"是鼓声吗？"

"嗯，我很讨厌那样咚咚的敲个没完！"

"他可是一流鼓手啊。"

"我不喜欢打击乐。"

"为什么？真是少见。"

"闹得慌。"

"你这家伙很特别。"

D先生的眼睛总是眯成一条缝，阿桥从没见过他的眼珠。他的嘴唇和牙齿上沾满了鸭油。

“你说过与美空云雀相比，你更喜欢岛仓千代子，是吧？”

“是啊，我喜欢听岛仓千代子的歌。”

“为什么？”

“没什么理由。”

“总有点儿原因吧。”

“我嘛，比起卡门·麦克雷更喜欢海伦·梅芮尔，而且觉得克拉拉·努内斯的歌比艾莉萨·卡多索的好听，比起施瓦茨科普夫更喜欢玛利亚·卡拉斯，这么说你应该明白了吧。”

“是不是小妞要比上年纪的女人好？刚出生身边就有个像老娘一样的女人。”

这时蛋包饭送上来了。阿桥只吃了包在饭外面的鸡蛋，红色的蟹肉在饭里十分醒目。阿桥将叉子扎进饭里时刺中了烧熟的番茄。布满皱褶的番茄表面绽开，散发出刺鼻的酸味，阿桥脑海里浮现出踩烂番茄的情景。是一只小孩的脚，没有穿袜子的孩子的脚和阴影，番茄滚了过来，黑色的小运动鞋要踏上去将其踩烂。番茄裂开，番茄汁四处飞溅。酸酸的气味飘散开来，这种味道使他产生了降生以后初次呼吸到空气的感觉。

“我能成为歌手吗？”

“快把饭吃了。”

“真高兴啊。”

“我知道了，把饭全吃掉。剩饭对不起农民呀。”

“你知道为什么我这么兴奋吗？”

“是因为自己会成为歌星吧。”

“现在嘛，心情就像刚蹦跳完似的。”

“我不懂，怎么样？你不觉得现在很好吗？我不懂，这个可能会流行。”

“哎，我曾经觉得自己一直都在原地踏步，左顾右盼。上高中时，体育课我什么都不会，总是被同学嘲笑，只能看着人家。阿菊，阿菊是我哥，就是上次那个愣头青。他是个明星，跑得快跳得高，我只能躲在操场角落里看，大家都穿着运动裤，而我呢，只能穿学生服。我那时想，学生服怎么像腰缠锁链的囚服一样沉重？我只是原地踏步，左顾右盼，我想那是因为身边没有亲人，那时虽然左右观望的方向十分朦胧，但我相信那里一定有自己喜爱的东西。于是，我纵身跳跃了，告别了无聊的操场。唱完歌喉咙嘶哑，回家独自一人躺在床上，于是我感到自己身在从前梦想的地方，超越了过去的一切障碍，在自己想象中的朦胧地方歇息。就像小时候被扔掉的小猫一样，到处徘徊想回家，被人拣回家去还是心绪不宁东张西望，终于克服重重困难回到了原来的家。我呢，就是被扔掉的小猫。”

“被扔掉的猫，也许是吧。你快把那个茄汁拌饭吃下去，我不是经常说嘛，不要浪费粮食，我不喜欢看见饭粒，那是可怕的基本形状，你不觉得那个形状很让人讨厌吗？就像橄榄球一样。橄榄球抱着奔跑和按在地面时十分稳定，但一旦踢飞就不知道它会滚到哪里。米粒也一样，也就是说农业也一样，属于农耕民族的我们自己以及日本这个国家也都一样，你懂我的意思吗？”

“我听不太明白。”

“你刚才说到猫，我想起来一件事，我从前拣过一只野猫。我爸爸是个不苟言笑的人，有时因为一点小事，比如说我看电视连续剧激动得流出眼泪，他也会骂，总之动不动就吼叫。不过他很喜欢动物，因此准许我在储藏室里养猫，那是一只名贵的猫，我想大概是从宠物店里跑出来的。身上是长毛，毛色是黑色、茶色和奶油色的杂毛，很漂亮，色泽光滑。因为是小猫，所以很快就熟了。猫这种动物有漠视对方的习性，你懂得心理学的基础知识吗？假设有A和B，假设两者交往，漠视对方的一方掌握主动权或者具有更强的发言权，你明白吗？将A和B假设为男女可能比较容易理解，A很崇拜B，如果B十分轻视对方，那就可以随意摆布对方。猫也是这样，漠视对方，也就是说，人花高价买来名贵的纯种猫，如果死了会蒙受损失，于是对它十分宠爱，决不让它挨饿，这种感觉代代遗传，于是猫对什么都漠不关心，是不是？但我是从街上拣来的，这回猫可受罪了，死了我也无所谓，双方互相比赛谁更漠视对方，最终我赢了。它凑过来我不理不睬，它感觉寂寞抖动肩膀，我就趁机给它一盆牛奶，这样猫便十分顺从，不论我走到哪里都跟在身后。可是，有一天猫突然失踪了，回来时已经有了身孕。大腹便便快要生产的时候，我想看生小猫，一直守候在身边。它一次生了五只猫仔，猫仔刚生下来时就像老鼠一样，我见到猫仔挤在一起，非常感动，特别高兴，生命实在神秘，我兴奋得在猫的周围唱着歌，手舞足蹈。这么一来，猫大概误会了，以为我要杀死猫仔，便一口吞下刚出生的猫仔。我以为这是正常的，猫仔身上有黏乎乎的胎盘，大概要用舌头舔下胎盘，但是不对，它吞吃了猫仔，一口咬死了，满口是血。喂，阿桥，你听见没有？猫吃了自己的孩子！我大吃一惊，想要教训它，本想打它的头。我伸出手去，没想到被猫咬了一口。我吓哭了，十分害怕，猫瞪着眼吞吃自己的孩子，那场面很吓人。不久，它吐出了第五只，看样子好像咽不下去了。可是，猫仔已经被咬得浑身是伤，身体冰冷，心脏也停止了跳动。我哭着叫来了姐姐，跟她讲了前后经过，求她救救剩下的最后一只猫仔。姐姐将猫仔放在温水里，为它按摩，但姐姐说已经晚了，全身已经僵硬了。她将猫仔递给我，让我埋在树下。我用报纸将猫仔裹好装进塑料袋里，挖了一个坑，大概经过了一个小时，坑大致挖好的时候，我听到小猫的叫声，是从塑料袋里传出来的，我嘴里念叨着阿弥陀佛，正要将塑料袋放进坑里，里面动了起来。小猫体温恢复了，它又活了过来。那是只公猫，非常厉害，是附近猫群的首领，即使和高大的狗打架也没输过，有很多只狗都被这只猫挠瞎了眼。”

“你这个故事是什么意思？”

“没什么意思。我只是说那只活过来的小猫叫了，告诉我自己还活着。”

“你是什么意思吗？是不是想说我也一样？”

“你这家伙怎么这么不可爱呢。你妈扔掉你并不是她不喜欢你，可能也像猫那样，出于本能想要保护你才那么做的。”

“噢，是那么回事吗？真无聊！”

“有什么无聊的？我讲的不是很感人的故事吗？”

“那是什么时候的事？是冬天吗？”

“夏天。”

“那只猫叫什么名字？”

“哪只？”

“母猫。”

“叫佩子。”

“小猫呢？”

“小猫成了野猫，没有名字。”

“为什么复活的野猫会很厉害，你知道吗？”

“那是因为它们闯过了逆境吧。”

“你太天真了，那是因为它们心里憎恨一切。”

阿桥手心出汗，攥在手里的餐叉掉在地上。D先生将视线移向地上的叉子，阿桥的双眼如同吃掉自己孩子的母猫一般。女厨端来柿子和冷水，将一把干净的叉子放在桌上，见到阿桥俯身要拾地上的餐叉，她在背后说："过一会儿我来拾。"见到掉落在深色地板上的银餐具放射出冰冷的光泽，D先生吞下了已经涌到嘴边的话。他本想告诉阿桥，电视上将要播放你和抛弃你的生母再会的节目。

"那是理所当然的，不光是猫，鸟和鱼也一样，一次生下几十只，只有很少几只能够活下来，没有被父母咬死而复活的家伙心里都十分憎恨，首先恨自己的父母，这并不是用头脑考虑的，它们的头脑还很柔软，根本不能思考，它们是用身上所有的细胞来憎恨。你没听说过人死后指甲和头发还会生长吗？即使是在假死状态，动物身上仍然保留着一部分体力，你不是说那是夏天吗？太阳曝晒，天气炎热。身上冷却的血液在阳光的曝晒下重新沸腾，无法忍耐才叫出声来，于是便活了下来，憎恨自己的母亲和周围的一切。"

"嗯，你讲得不错，这是你自己想的吗？"

"是的。"

实际上这个回答并不正确。这是阿菊说过的。阿桥突然想起来了，他回忆起刚才那股刺鼻的番茄气味。那是他们在孤儿院时，有一次去郊游，在旱冰场里发现了寄物柜，就好像是蜂箱一样。他们说："原来我们是蜜蜂的卵，这里面可能有弟弟和妹妹。"一个染着红头发的女人打开了一个柜门，从里面掉出了一个番茄。那时阿菊一脸怒气一脚踩在上面，里面飘出了一股酸味。

“那么说，你是充满憎恶地在唱歌吗?”

“不是。”

“不是的话又怎么样？你是为了忘记憎恶吗?”

“我也不知道。”

“你自己娇惯自己，还是个孩子。听你们说话我会感到浑身恶心，如果这里不是我自己的餐厅，我早就吐出来了。你们什么都不懂，你们出生的时候，世界上就已经有空调了，你们不知道挨冻是什么滋味。你们无论在孤儿院还是在养父母家里都受到爱护，也就是说，你们只是刚出生时挨了一点儿冻，其他的家伙连这一点儿也不知道。也就是说，你们刚出生时着了一点儿凉，可是从那以后一直都有空调，周围很暖和，你们只挨了一点儿冻，便整天在暖和的屋里唠唠叨叨。你以为这样就能打动人心吗？傻瓜!”

阿桥一口喝光了杯子里的水，他想反驳D先生，但想不出适当的语言，如果是阿菊的话，他一定会反驳而且挥拳打去。他用新换的餐叉挤碎烤熟的番茄，努力去忘记阿菊那强健的肌肉。阿菊大概很讨厌自己。番茄里塞满了绿色的粉末，阿桥吃了一口，脸长得如同金鱼一般的女厨得意地笑了起来，说：“我在番茄里放了欧芹和紫菜，好吃吧?”D先生切开开始融化的冰激凌，将较大的一块放入口中，紫色的冰块在舌上融化时发出了清脆的响声。

回到东京后，阿桥被介绍认识了一个女人。她是D先生指定的服装师，名叫妮芭。

妮芭准备了十几种发型、化妆和服装的设计图，她和D先生商量之后，亲自开车带阿桥来到发廊。发廊坐落在青山三丁目一个黑色玻璃建筑的八层。一个女人站在门口迎接他们，她脸上画着蜥蜴图案的眼影，显示着店名的霓虹灯闪烁发光。发廊名叫Marx，墙上贴满了照片，都是光顾这家发廊的社会名流的快照。店内的装饰不像一个发廊，而像一间19世纪西洋风格的客厅。室内只有两张剪发椅，紫红色的柚木架上陈列着腰身极细的紧身胸衣。房间中央放着一个灰色的珐琅澡盆，里面放着雕塑作品和水。雕塑装饰是布满尖刺的观赏植物、小人鱼、三只海豚和肥皂泡，分别用不同的大理石雕成。

妮芭走进店，四个美发师停下手里的活儿走上前来向她问候。“经理呢?”妮芭问其中的一个。“外出了。”一个前留海上扎着蝴蝶结的女孩儿回答道。妮芭面不改色地说：“叫他马上来。”说完便坐在躺椅上。阿桥站在妮芭身后，过了不久，一个身着棒球运动服的肥胖男人擦着额头上的汗水跑进店里来，头上的帽子绣着P字，脸上留着胡须。经理洗了脸，点燃一支香烟，朝妮芭挤了一下眼说：“是他吗?”妮芭应了一声，从躺椅上站起身，双手拉起阿桥的头发，将设计图展示给胖男人看。男人从里面拿出一本厚厚的旧书翻开，手指着其中一张照片。妮芭点了一下头，阿桥问照片上的人物是谁？肥胖的男人高声回答道："那是十七岁时的布莱恩·琼斯。"

他们首先为阿桥洗了头发。在洗发台上，肥胖的男人更换了淋浴的喷头。他使用铁锈斑斑的金色淋浴喷头为阿桥洗了头发。"这是鲁道夫·瓦伦蒂诺曾经住过的酒店房间里的浴室设备，是我从那里偷来的，很吉利。头发是艺术家的天线。D先生说你是乞丐王子，那是什么意思啊?"阿桥在剪头发时感觉无聊，便从镜子中仔细观察妮芭。她长着一张鸭蛋脸，眼睛和眉毛修长，嘴唇很薄。阿桥觉得她的整体印象像是战争时期的女人，深蓝色的普通西装，矮跟皮鞋，有些皱褶的肉色长筒袜，沉重的皮包，短发，如果额头扎上一条毛巾，挺胸抬头行个军礼的话，简直就是战场上的一个画面。想到这里阿桥独自微笑起来，不觉和镜中的妮芭眼光碰在一起。她正在用尼龙丝线剔牙，阿桥看见她的手指没有涂指甲油，发现她的手像老太婆一般粗糙。

在一个有喷泉的酒店的地下服装店，妮芭为阿桥挑选服装。店员是个同性恋。她分别选了五件黑缎子茄克衫和镶嵌着花边的裤子。她说马上要去照相，让店员当场修改丝绸衬衣的尺寸。那个同性恋店员不停地和妮芭讲一个月以前的事，他和一个男影星一起去南太平洋岛国旅游，钓到了一条箭鱼，那个男影星过于兴奋脚抽了筋，差点儿掉进海里，受到当地人讥笑。他们举办狂欢晚会，围着制成标本的箭鱼，吃着熏鱼肉，晚会上店员要把霓虹灯管插在屁股上模仿深海鱼，以此为晚会助兴。妮芭一边点头听着对方的故事，一边巧妙地和对方讨价还价，最终让店员打了九五折。

“今后要学会穿衣打扮，要穿得漂亮一点。”在车上，妮芭对阿桥说。阿桥看见妮芭握着方向盘的手背布满皱纹，觉得十分纳闷。“要学会穿衣打扮，穿衣打扮是世界上最没用的游戏，所以才感觉到乐趣。你知道人为什么穿衣服和化妆吗？衣服是为了让人脱下来才存在的，让人想象自己的那里才有意义。如果人被脱光衣服，受到鞭挞，被泼上水，像狗一样爬行的话，所有的一切都将失去。所以穿衣打扮是个乐趣。”妮芭说着第一次露出了笑脸。

广告宣传用的照片是在一个摆设着巨大的东京塔模型的摄影棚拍摄的，阿桥听说距开拍还有一段时间，便参观了其他摄影棚。他见到一片塑料制成的西瓜地里电灯在不断闪烁，相扑选手和孕妇在跳华尔兹。阿桥问手持扩音器的年轻人，他说是正在拍摄安眠药的广告。在旁边的一间摄影棚里，一只猩猩悬挂在坦克炮塔上挥舞着星条旗，摄影机开始转动时，猩猩便从坦克上跳下来。驯兽师在一旁手拿方糖试图让猩猩跳回去，但无济于事。“大概是灯光太耀眼，猩猩有点儿兴奋。”驯兽师抱歉地说道。于是导演叫关掉所有的照明，等摄影机开拍时再一齐点亮。摄影棚内一片漆黑，猩猩开始低声吼叫。驯兽师费尽九牛二虎之力想让猩猩抓住坦克炮塔。猩猩右脚抓住炮塔，左脚拿着星条旗，阿桥不觉开怀大笑起来，这时妮芭走过来告诉他准备工作已经完成，让他赶快回摄影棚。一对双胞胎女孩头顶水果篮，浑身涂着油脂，抽泣着走了过来。其中一个嘴里叼着体温表，她们的经纪人跟在身后叫着："只露奶子呀，傻瓜蛋，只不过露奶子嘛。只是奶子，就只有奶子嘛。"她们两个穿着游泳衣，阿桥擦身而过时嗅到了强烈的狐臭，他回头望去，见到香瓜从少女头上的水果篮里掉落下来，砸在她的脚上裂开，香瓜的果肉里露出鲜红的趾甲。少女停下让人帮她擦拭脚上的水果汁，她发现阿桥时咧开叼着体温表的嘴笑了起来。阿桥没有笑。

当天晚上，阿桥平生第一次喝了酒。广告摄影比计划延长了三个小时，直到深夜才结束。饭后，妮芭带阿桥来到一个坐落在摩天楼顶的酒吧。"听摄影师的摆布，一直要挤出笑脸，实在累坏了。"听到阿桥这么说，她劝阿桥不要喝果汁，而为他点了酒。阿桥讨厌喝酒，在废矿岛时，桑山每天晚上都喝酒，然后便喋喋不休，而且小便散发着一股异臭。他不停地唠叨自己如何辛苦，如何可怜又如何幸福，总是高谈阔论，最后肯定高唱矿工的劳动号子，有时还会哭出声来。阿桥认为酒就是那种令人讨厌的东西。妮芭一直在独自抿着威士忌，侍从端来了一杯放着柠檬片的透明鸡尾酒，这是妮芭为阿桥点的，她说这个可以镇定神经，阿桥抿了一口杯中的酒，舌头顿时麻木。

眼前的烟灰缸里堆满了妮芭吸过的烟头，过滤嘴上颜色通红，其中一根只吸了几口，烟头还青烟缭绕。妮芭伸手夹住香烟，她的手指十分纤细。阿桥突然想起，不觉想问为什么她的手肌肤粗糙，像个老太婆的手。“我有个问题想问你，可以吗？”阿桥有点儿紧张，一口喝干了杯中透明的酒液。“你的手……”刚说到这里，他便剧烈地咳嗽起来。他感到像灼热的沙子滑过喉咙，像铁锹在胃里挖掘着什么。妮芭咯咯笑着为阿桥揉后背。咳嗽停下之后，阿桥感到一股醉意，周围的嘈杂逐渐远去，妮芭比原先更靠近自己。他又点了一杯相同的鸡尾酒，也是一饮而尽，这次他没有咳嗽。妮芭鼓起掌来，阿桥头脑昏昏沉沉，他决定不去问妮芭的手。

阿桥盯着妮芭光滑的小腿，奇妙的曲线消失在黑色的瓷漆中，他心里寻思道：多美的线条啊。阿桥的目光转向妮芭叼着香烟的嘴唇，嘴唇的轮廓在天花板照射下来的微弱灯光里闪烁着光彩。侍从走来更换烟缸，这时阿桥发现妮芭故意掩盖手背不让侍从看到。这也许只是偶然，不过阿桥意识到了。突然他感到十分悲观，觉得这个世上根本不存在什么幸福，不由眼角潮湿。他使劲忍住泪水，不觉中一股怒火涌上心头。他想道：这个照顾我整整一天的漂亮女人，这个在发廊、摄影棚和服装店都备受尊敬，始终面不改色，却为我跟店里讨价还价，一直关照自己的女人，这个能喝威士忌，有着柔软的嘴唇，有着一双平时十分锐利、微笑时却十分善良的眼睛的女人，我决不会让她只因为手背粗糙得像个老太婆而感到不幸，但眼下我无法拯救这个在寂寞中痛苦发抖的女人。如果我能治好她的手，如果我能怀着感激之情治好她的手的话，啊，如果我会魔法的话，我会给她所有的一切，这件丝绸衬衫、和代的骨灰、我的声带都可以给她。一股自己也无法控制的怒火涌上心头，由于过于激动，阿桥暂时处于一种虚脱状态。

妮芭见阿桥的情形有些不妙，便让他喝口冷水，阿桥将杯子里的水洒在地板上，握住妮芭的手抽泣起来："我帮不了你，真对不起，对不起。"阿桥哆嗦着思索应该如何发泄心里的哀伤，当他发现无处发泄时，目光转移到了伴奏钢琴手的身上，那个钢琴手一直弹奏着蹩脚的乐曲。阿桥握着妮芭的手，面向钢琴手小声咒骂道："就因为你把一个好曲子弹得乱七八糟，这个人的手才变得粗糙，人生也不幸福。作曲家用毕生精力才写出优美的旋律，是为了让大家快乐，脑子里思念着朋友才苦心孤诣创作乐曲的。"阿桥在脑海中想象自己使用达雄霰弹枪打碎钢琴手脑袋的情景。他觉得自己能为妮芭做的只有这些。阿桥猛然站起身。"好吧，我来保护美丽漂亮的妮芭！"他走向钢琴手。妮芭想阻止他，阿桥一把推开妮芭，手里紧紧攥着威士忌酒瓶，猛然朝钢琴手砸去。听到尖叫声，钢琴手转过头来，急忙躲闪开去。阿桥手里的酒瓶猛砸在钢琴键盘上，随即发出巨大的声响。酒瓶碎裂声、钢琴的不和谐音、酒洒在地上的声音、阿桥剧烈的呕吐声混合在一起。店内一瞬间鸦雀无声，随后嘈杂一片。阿桥见到妮芭和侍从跑上前来，厉声高喊：“别碰我！”然后瘫软在地。客人们怒气满面，纷纷离开酒吧，侍从擦着地上的污渍向客人道歉。钢琴手愤愤地嘟囔着，妮芭则呆立在那里。这时，妮芭突然察觉到，钢琴手也发现了，侍从们停下正在擦拭地板的手，客人们也纷纷停下了脚步，人们停止交谈，全场静如止水。阿桥正在歌唱。

阿桥趴在地上，闭着双眼在歌唱。开始时，他的歌声如鸟鸣一般纤细婉转，随后便变换为在耳边低声细语一样的奇异旋律。那是一种前所未闻的旋律，那就是阿桥自己创作的舞蹈病人叙事曲。

妮芭听着浑身泛起了一层鸡皮疙瘩，阿桥的歌声如同透过动物纤细的皮毛编织的薄膜传来的声音，那歌声并不是回荡在空气中，而是充斥在店内。婉转纤细的声波荡气回肠，紧贴在肌肤表面。那歌声并不是从耳朵，而似乎是从汗毛孔挤进体内，混入血液之中。空气凝固在店内，逐渐加大密度。妮芭感觉到店内的空气如同果酱一般的凝重，她使劲拒绝这个使她唤起往事的歌声。她努力消除脑海中的记忆，但一幅画面仍然浮现出来。其实不是浮现，而是被连接记忆的神经通络揪扯进去。她似乎突然被拉进眼前放映的电影之中。那是一幅夕阳城镇的街景，天空的边缘泛出一道橘红色，周围则沉浸在昏暗的夜幕之中，一列电车驶入夜幕。妮芭摇头巡视店内，所有的人都纹丝不动。钢琴手以手掩面哆嗦不停。妮芭想应该制止阿桥。她鼓起勇气走近阿桥，伸手捂住阿桥的嘴。阿桥一惊，一口咬住妮芭的手，在地上打了一个滚，嘟囔道："我是个懦夫。"说完便昏倒在地。

13

阿桥不想回D先生为他准备的公寓，他走在湿漉漉的大街上，酒已经醒了。妮芭三十八岁，为了治疗乳癌而割去了两个乳房，现在只有下半身是女人。对于阿桥来讲，妮芭是他初次体验到的女人，他觉得十分奇怪，不知道自己为什么会兴奋。大概是因为没有乳房的缘故，也可能只是因为喝醉了酒。阿桥走在路上，心里盼望天降透雨。在妮芭的房间时，外面下过小雨，但不久便停了，夜空中云层断开，乱云飞舞急速飘向东方，阿桥知道这样的天气不久就会云散天晴。

上中学时，操场上如果积水，体育课便暂时停课。每到上体育课那天，阿桥就等待下雨。他特别讨厌上器械体操课，班里只有阿桥一个人不会单杠倒立悬垂引体。他感觉没脸见阿菊，便在书中查找中美洲印第安人的求雨术偷着做，希望单杠课停课。那个求雨术据说要把死老鼠挂在房檐下。阿桥在废墟街放了一个捕鼠器，结果抓了满满一匣子老鼠。他将匣子浸入海水杀死老鼠时，想到这下如果天不下雨了该怎么办，突然心里感到十分害怕。阿桥觉得自己是个坏蛋，但不知道怎么才能变成好人。他更讨厌上单杠课，便在房檐下用铁丝串起十二只死老鼠，串完之后紧张得浑身乏力。他一边串老鼠，一边想如果被阿菊和和代发现该如何解释。他决定撒谎说这是理科试验。阿桥看着并排悬挂的老鼠，觉得似乎任何心愿都可以成就，也许这下可以做倒立悬垂引体。他交替凝视着天空和死鼠，期待着天空乌云密布。不久，听到鸟的鸣叫声，翅膀的阴影在地面上回旋，原来是鹰。十几只聚集飞旋，落在房顶上。阿桥两次想投掷石头赶走鹰，但马上放弃了。鹰从房顶飞起，在空中瞬间停顿后径直俯冲向猎物，一把将老鼠撕碎。鹰飞走之后，铁丝上只剩下老鼠尾巴随风飘荡，如同没有降落在地上的灰色水珠。

雨水可以模糊所有的轮廓，雨后的街上没有鲜明的身影，只有水洼中摇曳的反光跟随着路上的行人。

“每到下雨都会使人想起过去。”细小的雨点敲打妮芭房间的窗户时，阿桥说道。妮芭起身，背对着阿桥戴上了塞满海绵的胸罩。

“阿桥，现在还没关系，如果成名了，记住不要想起过去。你会不理解自己究竟是谁。失去自由的人不可以想起自己的孩提时代，精神会崩溃的，我见过好几个这样的人。”

阿桥不知不觉来到通往药岛的地下隧道。黎明前的“市场”，大排档已经关门闭户，地上散落着纸屑、金属、玻璃碎片、烟头，没拉到生意的男妓们疲惫地坐在地上。两个妓女双手按在膝盖上在做屈身运动，没拉到客的妓女回去之前肯定要做双腿舒展运动。一个外国妓女换上运动鞋在慢跑，这是因为站立一个晚上的大腿肌肉睡眠时会抽筋，让人做噩梦，感觉麻木似乎来自身体内部，让妓女们在睡梦中惊醒，那时，阳光从窗帘和窗户的缝隙间射入，照在她们的腿上。一个妓女滑倒在地，好像是一只鞋跟折断了。她裙子掀起，裸露出没穿内裤的下身。妓女坐在地上露着大腿开始修理鞋跟，不久便觉得不行，于是扔掉高跟鞋，瘸着腿向前走，随即传来单只高跟鞋敲打地面的清脆响声。她摇摇晃晃地走到隧道的出口附近，终于发现单只鞋反而碍事，于是回过头，好像要预测明天的天气似的，抬脚甩掉了脚上的高跟鞋。光脚的女人走出隧道，伸开双手仰面朝天。雨已经停了。女人消失在夜幕中，一个少年骑着自行车飞快驶入隧道，车架上驮着瓶装酸奶，是卖给做完体操的妓女的，当她们抹去从化妆粉脱落的嘴边流出的酸奶乳液时，市场迎来了黎明。阿桥正准备离开隧道，一个从前认识的男妓上前打招呼，他不会说话，用手势比划着夸奖阿桥的丝绸衬衫。

药岛充满了令人留恋的气息。忘记关掉的电灯扭曲地照射着泥泞的路面，小巷和房屋仍然和以前一样。阿桥离开药岛还不到两个月，根本不会有什么变化，不过阿桥希望这个铁丝网环绕的胡同和房屋从世界上销声匿迹。不仅是这里，废矿岛、桑山的家、盛开着美人蕉的夏日坡道、“牛奶”的狗窝、海岸、孤儿院、樱花树的林荫道和沙坑、礼拜堂等等，他希望这所有的一切都消失得无踪无影。为什么呢?“我是歌星，我成了歌星。准确地说并不是成为歌星，我本来天生就是歌星。以前的自己已经死了，那是一个任人摆布的焦点模糊的照片中的人物。追溯自己的过去，看见的只是一个胆怯哭泣的赤裸着身体的婴儿，那个婴儿躺在狭小的箱内，身上洒着药粉，被人抛弃，处于休克状态。以前一直如此，自己成为歌星才迈出了寄物柜。我十分厌恶处于休克状态的自己，那时自己住过的每一处，现在都想用炸药炸成碎片。”阿桥漫步在小巷中，回忆起妮芭舌头的感觉。自己的后背、屁股以及脚趾铭记着那种感觉，非常粗糙，宛如其中包含着软骨一般的坚硬的舌头，湿润油滑，前端尖利。妮芭说她是第一次。“喂，阿桥，告诉你一个要紧事。跳贴面舞时，男方要挺胸，不能像你那样弯腰驼背。”阿桥差点儿说出这是他初次和女人跳舞。“妮芭把我当成一个男人看待，我已经不再是同性恋了。”阿桥突然停住脚步。前面有个人影正在朝这里走来。

“果然是你?我觉得像你，从窗户看一眼就认出是你。”

那是同住一个楼里，每当地震都大声喊叫的那个老人。

“你回来了吗?”

“不是，我来转转。”

“太寂寞了。人都走了，很寂寞。夜里吓得睡不着觉。”

“是吗？我要走了。”

“不吃碗面条吗？我买的面条剩了很多。”

“谢了，不过我要回去了。”

老人穿着一件褪色的法兰绒睡衣，脚上是女人的拖鞋，身上散发着一股酸臭味。阿桥心里泛起一种不祥的预感，他想尽快离开这里。就在他要走回小巷的时候，老人一把抓住了他的衣袖。

“有件事求你。”

“我有事要赶快回去，下次再来。”

老人怀抱着纸箱。

“谁都指望不上，只有求你了。帮我把这个埋起来行吗？”

老人说着双手托出了纸箱。

“是什么呀？”

“你隔壁不是住着一个大肚子的野鸡吗？她离开这里时留下的。”

“你拿去不就行了吗？”

“那可不成。里面是死尸。”

不祥的预感果然变成了现实。老人将纸箱放在地上，说了一句“求你了”便想走掉。阿桥一把抓住他的睡衣脖领。

“那可不行！为什么要我去埋？”

老人脖子冰凉，阿桥松开了手。老人跪在地上，颤抖着身体，突然号啕大哭起来。他用手指抓着地上的泥巴胡言乱语，对着阿桥破口大骂，红肿的眼睛里流出眼泪，泪水沾满了布满皱纹的脏脸。“你这个不是东西的，你就等着老天报应吧！你们这帮混蛋！你们不善待死人，上帝一定会惩罚你们的！你们知道《约翰启示录》吧？等到天塌地裂之后再求上帝饶恕已经晚了！”小巷的房间里点亮了电灯，随即响起了不耐烦的骂声。阿桥隐身在汽油桶后面，只见有人打开窗户，一对赤裸上身的男女探出头来。老人浑身泥泞趴在地上，扯开如同破话匣子一般的嘶哑高音不停地叫骂。他仰天长叹，反复叫喊着：“主啊，惩罚我们吧。”对面窗户里飞出一只饭碗，在老人脚下摔成粉碎。从他背后扔过来的一只威士忌酒瓶，打中他的脑袋后破裂成碎片：“没瞧见吗？你这个笨蛋！老天爷这不是给你惩罚了吗？”老人瘫倒在地，人影散去，窗户重新关上，小巷又恢复了寂静。

阿桥慢慢走近老人，只见他在低声呻吟。阿桥搀起老人，扶着他走回房间。房间里遍地扔着各种干面、药品、固体燃料和矿泉水。阿桥让老人躺下，为他擦拭了伤口，取下架子上的薄荷脑软膏涂在伤口上，然后撕开毛巾缠在上面。阿桥回到小巷里拾起纸箱，缠上胶纸带，又绑上几道绳索。他摇晃了几下，僵硬的婴儿尸体碰在纸箱上，发出阵阵声响。

阿桥来到报废汽车堆放处找铁锹，没有找到，便拣了一根前头扁平的钢筋，开始在空地上挖坑。他全神贯注地在撬着土，汗流浃背，衬衫贴在肌肤上。阿桥将钢筋用力插在地上，用手刨土，指甲里填满了泥巴。挖得不深的话会被野狗刨开，鹰会飞来啄食婴儿的尸体。阿桥没有停手，他感到腰酸胳膊疼。干活或运动阿桥总是比不上别人，马上就会疲劳，他曾经认为自己体内多了一个名叫疲劳的浮游内脏，在他运动时贴在肌肉和心脏上，所以他要比别人疲劳。阿桥现在没有时间考虑这些，他像发疯一样挖掘着，用手脚和木棒刨着土，嘴里不断嘟囔着："我再也不求老天下雨了，决不再吊死耗子了，天不要再下雨。"泥土浸湿的话，婴儿会腐烂的。

当他的手被玻璃碎片划破时，阿桥发现天亮了。玻璃碎片在周围摩天楼的灯光映照下闪烁发光。阿桥感觉自己好像变成了波光的一部分，和泛着银光摇曳不停的铁丝网、远方的林荫道、高楼和地平线相连的巨大波光的一部分，在黑夜中灿灿闪烁。

"你这家伙和我不一样，你这家伙只是微生物腐蚀的对象。"阿桥将纸箱放入坑底，一边填土一边对着死去的婴儿说道，"你这个胆小鬼，我那时就活过来了。"

14

〈上根湾海底洞穴之谜——小笠原群岛中的唐木岛地处硫黄岛南四十公里，是一个面积仅四点六平方公里的火山岛。四年前，即1985年，美国正式将岛交还给日本，此时已是小笠原群岛回归后的第十七年，其间，不论是岛上的居民还是还乡扫墓团都无法登岛。美国政府没有说明禁止登岛的原因，不过岛上存在着美国海军小规模的通讯设施是无可否认的事实，风闻那是间谍卫星的信号接收基地，但是据驻扎在硫黄岛上的自卫队报告，那只不过是一个远程无线电导航基地。美国海军在全球各大海洋区域都设有远程无线电导航基地，这只不过是其中之一。不过，交还海岛之后，美军撤走了用于远程无线电导航的冲击波通讯设备，木制的美军营房现在作为中小学校舍继续使用。

唐木岛的人口仅一百八十四人，岛上有菠萝田和气象观测站。大约一半人是战前岛上居住者或其后代，其余则是从都市迁来的年轻人。每周从小笠原的父岛有两班轮船过来，交通极为不便，居民渴望的吸引游客的旅游计划进展缓慢。岛上海岸线优美，自然生长着亚热带植物，珊瑚礁将海岛的北面染成淡绿色。小笠原群岛的珊瑚由于东南亚渔船的滥采，已经濒临灭绝状态，因此这个海岛可以说是现今日本仅存的海上乐园。

有月渡（三十三岁）在海岛回归时便辞去了商社的工作，移居到此开设了一间出售潜水用具的商店。最初只是凭借一张潜水教练资格证书和微薄的资金进行营业，逐渐岛上迎来了澳大利亚和德国游客，直到该事件发生时，总计有一千多人次的潜水爱好者来岛上观光，其中不乏著名的水下摄影家，他们绝口称赞这里的珊瑚礁是世界上最美丽的。现在，有月关闭了商店，在菠萝农场打工。他说即使北面海岸全部禁止游泳也不愿离开这里。他如此形容现在的心情。

“非常遗憾，像这么美丽的大海已经很少了。如果大公司在这里投资，海滩就会被人破坏。这里的居民抱怨说渡轮航班太少，不过我觉得没什么不方便。如果这里开设了飞机航班，马上就会兴建宾馆，这里就会变成第二个冲绳。这个岛对潜水爱好者来说简直就是天堂，是梦幻之岛。这里有直径八米的巨大圆形珊瑚礁。非常遗憾。什么？你是问出什么事故了吗？我一直想忘记，那对我的精神打击很大，如果只发生一次的话，还可以认为是偶然事故，但是接连发生了三次，实在没有办法。”

唐木岛的北面大约有三十一处潜水观光景点，不论是初学潜水的游客，还是职业潜水摄影家，这里有适合所有潜水爱好者的各种景点。其中，上根湾是难度较高的地方之一，背后是断崖绝壁，通往海滩的小道只有一条，而且陡峭狭窄，汽车根本无法行驶。山路大约八百米，能够身背氧气瓶攀登的只限健康的青年男子，从上根海滩进入海里，仅走几米便是垂直的峭壁，此处水深十八米，有珊瑚礁，但数量不多。海边的峭壁缓缓伸向海底，只有浅处生长珊瑚礁，岩石最深处的海水深达八十米，距海岸一点五公里处有一个巨礁，一部分突出于海面，人称上根礁。这个岩礁周围有急流，在不同时间里方向也有变化。急流在海岸和上根礁之间的一个地方回旋形成漩涡，人如果卷入便被拖入深处。岩礁周围布满珊瑚、热带鱼以及海豚、鲨鱼。

这个潜水观光景点在唐木岛是最美而且充满惊险的。有月和潜水同伴们测量了水流的方向，制作了上根礁周围的水流图，而且只允许老练的潜水爱好者在这里潜水。所谓老练的人不仅是指技术熟练，而且要遵守向导的指令，不擅自行动。

1986年9月，法国著名的水中摄影师 J. E. 克洛岱尔曾在唐木岛逗留了三个月，他盛赞上根礁水下的景色。“海水的透明度是马尔代夫的十倍，鱼影是塔希提兰基罗岛的百倍，珊瑚礁举世无双。我在这里经历了许多惊险，获得了极大的满足，我相信自己的感受和库斯托发明水中呼吸器、潜入人类从未涉足过的海底世界时的兴奋同样巨大。”

克洛岱尔留下的水下摄影作品充分表达了他的兴奋程度，现在，这成为了上根礁唯一珍贵的记录。

1987 年 11 月 4 日，唐木岛南方二百公里的海底火山爆发，海面上海水喷发。唐木岛经历了几十次余震，上根礁周围的水流也发生了变化。有月重新测量了水流，发现了地震形成的巨大海底洞穴。洞口很窄，是一个细长的裂缝，只有一人宽，里面逐渐宽阔，像迷宫一般纵横交错，中间有一个十分宽大的岩石阶梯，这里是海虾聚集的地方。有月的探险至此为止。因为岩石阶梯处伸展出去三个狭窄的洞穴，他感觉前行会有危险。水深表在岩石阶梯底部显示是二十九米，这个深度需要减压。从开始直接潜入洞穴，到达岩石阶梯大约需要八分钟。有月认为即使使用十二升的双氧气瓶，也只能到岩石阶梯为止。如果要继续纵深探险，必须有大量的装备和人员的支持。有月认为这个洞穴肯定有另一个出口。

1988 年 1 月 19 日发生了第一次事故。那是有月引导德国的潜水爱好者弗朗茨·梅尔夫人和她的朋友潜入洞穴时发生的。他们沿着通往岩石阶梯的绳索前行，周围一片黑暗，三人手持的电筒是唯一的灯光。当他们到达中间时，有月听到了一种异样的声响，是一种咻咻作响的柔软金属声。他想一定是海豚，正在飞速冲向这里。海豚不会袭击人类，有孕在身的母海豚偶尔攻击人类，但一般只是威胁。有月指示她俩俯身在洞底，他想大概是海豚受到灯光的惊吓，便让她们关掉电筒，等待海豚从头上游过去。海豚游过来，似乎只有一头，它飞速游过去之后，又急转身撞向梅尔夫人，她位于三人的最后。听到夫人的惨叫，有月打开了手电筒。只见海豚浑身是血，发疯一般地用鼻子顶撞夫人和她的朋友。夫人在惊慌之中脱落了氧气嘴。

“总之，我从来没有见过那么凶猛的海豚，也许是离群走散了，我刚见到它时，它已经遍体鳞伤，异常，没错，只能用异常这个词来形容，异常兴奋。梅尔夫人在冲撞之下丢掉了氧气嘴，十分危险。我想引开海豚，但洞里海水混浊，漆黑一片。海豚仍在不断攻击，我想告诉她们尽快出洞，但她们已经不能动弹了。我拼命划水才游出洞穴，而且必须减压。我抓住潜水绳，见到海豚从洞中闪身出来，大概是来追我。不过，我安然无恙。海豚发现我之后游了过来，口吐大量鲜血便仰腹浮上海面，一命呜呼了。

“警察和德国的保险公司为夫人和她的朋友的死因对我产

生怀疑，他们不相信海豚会袭击人。可以理解，我如果没亲眼看到也不会相信。这是首次事件。”

第二次事故发生在1988年2月2日，有月没在现场，当地的渔民尾轮哲二和两个儿子潜入洞穴中捕虾，全部死亡。尾轮的妻子胜江没见他们游上来，十分担心，便向渔业协会求助，有月和众人下海搜索，发现三人已经身亡，贴在岩石阶梯的洞顶。警方公布的死因是急性心脏病，但三人生前身体健壮，心脏没有任何不适。岩石阶梯的宽与高和普通家庭的房间差不多，有可能是因为快速上浮引起空气阻塞，但令人怀疑的是其中的一个儿子大腿上扎着手叉，另一个肩上有刀伤。手叉是尾轮哲二的，匕首是被手叉刺伤的儿子的。尸体已经僵硬，但三人都牢牢地咬着氧气嘴。结果显示三个人是父子自相残杀。为了解开这个事件的谜团，一个纪录片公司的水下摄影师及其四个助手于1988年3月访问了有月。这时发生了第三个事件。

“我劝阻过他们，东京的潜水协会明令禁止在洞穴内潜水，我自己也觉得有些害怕，可那个摄影师，他名叫大崎，说我不带路他们自己也要去，根本不听我的劝阻。我没有办法，只好为他们做向导，我也是万般无奈。为了不出事故，或者发生事故也能互相联系，我们各自随身携带了防水耐压的步话机。为了慎重起见，还在潜水绳上绑了十个备用氧气瓶，在洞穴的入口留下一个助手，让他拉住拴在我们身上的绳头，如果发生意外便将我们拉出来。水下摄影灯十分明亮，我得以观察到以前没有见到过的洞中各种生态，发现了十分奇特的海虾幼虫，还见到了黑纹裸胸鳝的巢穴。

“我们十分顺利地潜到岩石阶梯。当我们接近通往深处的裂缝时，摄影师大崎突然扔掉摄影机，痛苦地挥舞手脚，抓挠前胸，然后便一动不动了。我记得当时大崎为了拍摄裂缝的特写，曾短时间拔掉氧气嘴，大概只有十秒钟左右，之后他便发生异常。我认为比较危险，便发出信号让外面拉我们出去，岩石阶梯上的三个助手不听我的劝阻游向大崎，摘下自己的氧气嘴要塞在大崎的嘴里，大概他们认为大崎的氧气嘴发生了故障。摘下氧气嘴之后不久，距大崎最近的一个人便发出莫名其妙的尖叫，你们可能认为水下听不到声音，确实听不到对方在说什么，不过可以听到声音，那是非常大声的尖叫，他用手里的鱼叉发射枪击中了另一个手持摄影灯的人的胸部。摄影灯脱手之后缓慢地沉入岩石阶梯底部，灯一直亮着，不停地旋转，灯光射向四方。那时，我一瞬间看到一个裂缝的深处，因为只是一瞬间，所以有可能看错，裂缝深处好像有一块平面灰色的石板，看上去似乎是水泥，但应该不可能，大概是我看错了。

“那个用水枪击伤人的助手拔下腿上的潜水匕首冲向我和

另外一个人，洞中十分黑暗，血污和飞扬的沙尘遮住了视线。我抓住绳索拼命逃跑，想起来和遭遇海豚时一样，背后响起了尖叫，和我一起逃生的那个人被刺中了，我感到十分害怕，以前从来没有那么恐怖过。黑暗之中不知道周围发生了什么，但有人从背后追赶我。我终于逃出洞穴，告诉守候在那里的一个助手赶紧逃生，但他晕头转向不知所措，而且连接着尸体的绳索缠在身上，动弹不得。我想用匕首帮他割断绳索，这时那个男人赶了上来，手握巨大的潜水匕首，虽然看不清他的面部表情，但可以感觉到他十分愤怒，因为他戴着潜水镜，我只能看到他脸的一部分，虽然看不清楚，但我感到他既愤怒又兴奋。等在洞口的助手不知内情，伸手想去救他，被他用匕首割断了喉咙，那只是一瞬间。那个男人用匕首反复扎着，鲜血喷出来，我感到十分危险，当然也包括那个疯狂的男人，因为血会引来鲨鱼。我觉得非常恐怖，便顾不得减压就上浮了。男人紧追不舍，如果直线上浮会患上严重的减压症，于是我斜线上浮，途中被手持匕首的男人抓住了手腕。我感到十分吃惊，不知该如何形容，那感觉就好像被黑猩猩抓住一样，力大无比。不过水中的动作十分缓慢，我避开他的匕首，割断了他的氧气管。即使那样，男人仍然屏住呼吸，不停地挥舞匕首，长达三十秒，实在厉害，一般的话，憋住气三十秒钟并不难，但在那种水压下剧烈运动，超过五秒就要喘息。三十秒之后，他便口吐水泡一动不动了。不过，他死死抓住我不放。这时鲨鱼来了，它们先围住助手的尸体，他仍在不停地喷血。我想掰开他的手指，那简直就像铁棍一样坚硬，没有办法，只好和他一起上浮。鲨鱼追上来，一口咬断了男人的一条腿。我好不容易游到船边，被人拉上船，死里逃生。”

有月和男人的尸体一起被人拖上船，警方的验尸官检查了尸体，发现那人的肌肉曾经处于异常紧张和兴奋状态，但血液和内脏却保持正常状态，和普通的溺水死亡者完全一样。有月用铁丝网亲手封死了上根礁洞穴的入口。据说海上自卫队的潜水员曾经下水调查，大概因为比较危险，中途停止了，当局发布公告宣布唐木岛北面的所有水域为禁泳区。那是去年5月。谜底一直没有解开，社会上流传着各种传说，还有作家撰写了有关此事件的小说。有的说是海神在作怪，有的说是被新型的海蛇咬死的，还有的说只不过是恐怖造成的精神错乱，真相掩藏在茫茫的大海之中，无人知晓。巴哈马群岛曾经相继发生过人在海中失踪的事件，所以人们只好接受教训——大海神妙莫测，与大海相比，我们实在太渺小，这一点要牢记在心里。大海仍然是不为人类所知的神秘世界，所以我们热爱大海，同时要牢记大海充满危险，不可掉以轻心，要遵守基本规则进行潜水运动。〉

阿菊合上杂志，他已经读过几十遍，那页纸已经肮脏褶皱，这是阿莲莫莲书架上放着的一本潜水爱好者杂志。他口中念叨着在市场里得到的那份广告上的文章，那已经背得烂熟，“几乎所有的曼陀罗都被沉入海中”。阿菊和阿莲莫莲一起去出售航海地图的公司，买了两张航海图，那是小笠原群岛分图和唐木岛全图。

晚上，阿菊参观了阿莲莫莲的工作现场。那是东京都内的一个工作间，如同一个仓库，里面潮湿昏暗阴冷。房顶上是格子形状的钢梁，悬挂着几百个照明灯。地面和墙壁是雪白的石灰，照明灯点亮之后四壁辉煌，站在巨大的白色房间里，四周没有一丝阴影。

人们开始布景，白色的房间变成了保加利亚的牧场。工作人员搬来了巨大的背景画，安放了凹凸起伏的人工草坪、围栏、带烟囱的农舍、羊群、长毛牧羊犬以及蒲公英的花丛。阿莲莫莲穿着镶满花边的白色上衣、花格子围裙，手提装满酸奶的提篮，面带微笑走在人工草坪上。开拍后阿菊感到十分无聊，便到其他场景参观。那里布置了各种场景，有热带孤岛、南极冰山、沙漠战场、游乐场、宫殿大厅、小杂技场、火星、没有温度的立方体的仙境。阿菊登上照明用的楼梯，坐在可以眺望全景的天花板钢梁上，远远地看着摄影现场。

“完事了，完事了。”阿莲莫莲穿着剧装微笑着走到阿菊身旁。

背景从右边开始逐个被拆除，灯光逐渐调暗，人影在匆忙晃动，植物、家具、武器、玩具、乐器、喷泉以及石墙不断被搬走。转瞬之间，仙境便还原成白色房间，就好像用白色油漆喷在背景上一般。“真有意思。”阿菊嘴里嘟囔道。阿莲莫莲摘下金色的假睫毛，不住盯看阿菊。“什么真有意思?”阿菊手指漆黑的舞台：“那里刚才还在开舞会，是个富丽堂皇的宫殿，而现在只是一个白色的房间。”

在回家的路上，两人来到西新宿的十三座摩天楼周围兜风。灯火通明的窗玻璃就像镶嵌着的巨大宝石一般伸向夜空，楼顶闪亮的红灯显示着巨塔正常的脉搏跳动。“咱们到唐木岛找曼陀罗去吧!”阿菊对阿莲莫莲说。“曼陀罗是什么?”阿莲莫莲把汽车停在高楼之间。阿菊的眼里映出巨塔顶端闪亮的红灯。“那是把东京染成白色的药。”他答道。

15

D先生的公司在西新宿摩天楼群之间的一个九层旧楼里。他发掘出第一个摇滚歌星后独立创业，在这个旧楼里租赁了第七层开办唱片公司。第二个歌星走向世界大获成功，之后他便买下了整座楼房。地下是停车场和仓库，一至四楼分别是经销、会计、广告、制作等办公室，五、六楼是大小录音间，七楼是制作广告插曲和电影音乐的录制放映间、胶片剪辑室，八楼是出版数种音乐杂志的另一家公司的办公室，顶楼是会议室和D先生的私人房间。

D先生经理室的室内装饰十分奇特，广为人知。他喜欢20世纪40年代的美国电影，尤其喜爱鲍勃·霍普。鲍勃·霍普主演的电影里有一个憧憬狩猎猛兽的面粉公司经理的故事，D先生将其中的经理室的道具全部搬入自己的办公室。整面墙壁上张贴着丛林和热带草原的照片，地上铺着斑马和狮子皮毛的地毯，还有黑猩猩和鸵鸟的标本，象腿制成的椅子，房间中央是一个配有喷泉的桃形水池。D先生每周一上午都在这个房间里按摩。敞开面对十三座摩天楼的窗帘，让身穿泳装的黑女人为他按摩。他觉得这样可以让摩天楼里的人们垂涎三尺。“你们等着瞧，早晚我会买下其中的一座。”这是D先生的口头禅。

阿桥的首张单曲唱片制作了三万张，卖出了九成，这对新人歌星来说算是成功的，D先生原认为卖出一万张就算大功告成。阿桥的身世产生了出人意料的反响，他的故事在周刊上登载了十一次，他还七次在电视里登台演出。D先生训练阿桥如何回答记者的采访，他吩咐三个剧作家撰写了几种采访模拟问答卷，让阿桥挑选并记在心里。

——据说你是被抛弃在寄物柜里的孤儿？

“是的。”（听完提问后要思索片断，然后表现出一种不耐烦的表情，短暂应答。要直视对方，不是长时间的凝视而是短暂地一瞬间盯视对方，但不能瞪眼。）

——是不是受了很多苦？

“看得出来吗？”（对方提问后马上回答，可以面带善意的微笑，从心底里坦率地表达出“外表上看得出来吗”的心情。回答后对方提任何问题都低头不语。）

——据说你小时候就喜欢唱歌，你喜欢什么样的歌曲？喜欢哪个歌星？

“岛仓千代子和施瓦茨科普夫。”（在回答中要列举两个不同风格的歌星，最好是每次举不同的人名，要速答。例如米克·贾格尔和日本传统歌手，一个是著名歌星，另一个则是对方不熟悉的歌手，如果对方追问这个歌手，要尽可能详细叙述，直到对方打断你的谈话。）

——你当歌星的动机是什么？

“因为觉得很寂寞。”（在此注意不能故意博得对方的同情，要开朗地、有力地以现在丝毫不寂寞的感觉回答。可以略微面带笑容，但任何情况下都不可以自嘲式地微笑，回答以后不可多语。）

——你想见生母吗？

“我经常……做梦，都是些噩梦。”（表情要严肃，但不能面带痛苦。最好说话时深呼吸，但注意不能叹气。说完“经常”一词要停顿片刻，说完“做梦”要深呼吸一次，不能笑，在回答的过程中要缓慢地调整三次目光。）

——如果你见到生母的话会说什么？

“你好！好久不见。”（回答完之后很重要，要直视对方，如果对方笑出来的话，要用一种痛苦的轻蔑的眼神直视对方，如果对方表情严肃，可以朝对方略微浮出笑脸。如果是前者，对方收住笑脸的话，应该向对方微笑一下，如果对方大笑不止的话可以起身离座。如果是后者，对方陪笑的话应该立即收住笑脸，对方一直表情严肃的话可以慢慢收住笑脸。）

——你憎恨抛弃你的生母吗？

“有一点儿。”（这样提问的大多是意志坚强的记者或者感情浪漫的女主持人，无论对方如何，都要用大方的、不屑一顾的表情回答。）

阿桥表现出了高超的技巧，他并不厌烦记者采访，能够受到世人的瞩目总是令人心情愉快的。D先生指导他要显得自己是一个“不令人讨厌的奇特的少年”，阿桥十分完美地执行这个方针，他每次做出出乎对方意料的回答或表情时都会感到一种快感。每当他让对方惊奇，或使对方愤怒、赞叹、同情时，他的心里都油然产生出一种平生没有体验的感觉，那就是自信心。电视就是一面镜子，出现在屏幕上的自己和以往不同，不会胆怯更不会哭泣，恰恰相反。

阿桥非常喜欢D先生为他设计的人物性格，他努力去扮演屏幕和照片中的自己，那并不困难也不痛苦，只要改变自己的思考方式即可。“我以前就是一个奇特的人，和周围的人不同，外表装出一副胆小鬼的样子，害怕成年男人，懦弱，哭泣，那是因为那样的话大人们就会高兴。自己不会体育运动，曾经装病，为此烦恼过。自己曾经用奇特的方法磨炼自己。”

阿桥对于出现在屏幕上的另一个充满自信的自己感到惊奇，他能够操作自我，甚至改变头脑中的记忆。手握玻璃纤维杆腾空跳跃的阿菊已经不再是英雄，而是一只可悲的黑猩猩。阿桥觉得那些曾经嘲笑他身穿学生服站在体育馆里观看体育课的女生都是一些头脑简单、不知人生痛苦、更不懂得人生激情的白痴。如果将那个像机器人一般的桑山带到电视台接受采访会怎么样？大概他会吓昏了。就这样，阿桥在心里逐个改变着过去的记忆。

仔细地回想过去，他发现经历了那件事之后，自己完全改变了。那个事件发生之前，自己一直是个受害者。自己不知道自己的作用和使命，埋没了自己的能力，受到与己无关的价值观的约束，被认为是个胆小鬼。自己不会单杠，仅仅就因为这一点原因，周围的人都欺负、嘲笑自己，使自己也产生自卑感。自从经历了那个事件之后，自己了解到自己身上潜在的欲望，知道自己的愿望，开始寻找声音，这些都是从那天自己用砖头砸了那个白痴开始的。

寄物柜中铺满天花粉的滑溜溜的感觉。身上涂着的软膏的气味。从体内涌上喉咙、从口中流到脸颊和耳边的药味。在百货店的屋顶催眠术唤醒时周身不能动弹的恐怖感。那个使自己联想起去除眼角皱纹手术失败的红头发歌手。自己跑下楼梯，沿着河边奔跑，来到公共厕所。潮湿的空气，从窗户可以眺望到阴云密布的海港，港口里，海面、天空、建筑物和轮船都在灰色中融合在一起。阴云密布的黄昏里，景色一片模糊。刚刚点亮的街灯、轮船上的灯火照在岸边、军舰、海面上，使这些和周围的背景更加模糊。巨大的油轮缓缓离开海港，随拖船驶向远方，逐渐消失在暮色之中。

流浪汉躲在厕所的角落，身体肥胖，身材高大，头戴草帽，蹲在地上。他见到阿桥便低声哼叫着。他身材高大，但体重似乎很轻。阿桥想，他身体里流动的大概不是血液而是空气，如果用针刺在他喉咙上，他也许会缩成一团，从窗户里飞出去。他简直就是烟气形成的人影，主人遇难时冒出来为主人解围，实现主人的梦想，然后消失在灯影之中。他嬉皮笑脸脱下阿桥的裤子，嘴里不停地唠叨着："求你了，求你了，求求你！一点儿都不害怕，求求你！"阿桥丝毫不害怕。那个白痴嘴边流着口水，赤着脚，阿桥觉得他就像一条忠实的狗，从烟雾中现身的魔术师。阿桥闭着眼睛，任他摆布。类似尿意的信号波汇集在阿桥的脑海里，不停地摇荡，断断续续地刮削着眼底通向脑海中的软骨。埋没在他心头的意识开始蠕动，阿桥感到全身在颤抖。它轻声跟阿桥耳语，让他不要乱动，阿桥觉得全身虚脱。当反复收缩和膨胀的、鲜红的亮点出现在脑海里时，阿桥大叫一声，缩回了腰。他大喊道："我明白了。你快滚！赶快变成烟雾滚开！"高个子男人流着口水在地上爬着，仍然要抓住阿桥不放。在阿桥眼帘的背面里，清晰的记忆形成鲜红的红点开始蠕动。"我不是说了吗？这没你的事儿了，快滚回灯影里去！"高个子男人吐出长舌头，把草帽碰落在地上。他脑袋尖长，阿桥觉得他的头顶上有开关，便抓起身旁的砖头用力砸去。砖头陷进了头皮，男人头上喷出红色的烟幕，摇摇晃晃地消失在夜幕之中。阿桥将沾着血迹的砖头扔进马桶。沾着血迹的砖头搅拌着脑海中的记忆，回旋在耳底的男人尖叫声中传来了一个声音，是一种声音。

“没错，我想起来了，声音回旋荡漾，包裹了我的全身。我闭着眼，沉入梦乡之前，一瞬间看见了游动在热带珊瑚礁之间的鱼群，飞奔在黄昏热带草原上的长颈鹿，以及滑翔在冰山上空的滑翔机的图像，阿菊和修女以及精神科医生的脸庞，灰色的建筑物以及墙上镶着橡胶的房间，还有渗入血管回荡在全身的声音，我又重新遇到了那个声音。是什么使我的记忆变得如此清晰？是那个性变态吗？我自身在那天产生了巨变。那天，现在的我自己的胚胎发芽了。我是否应该感谢那个性变态呢？没有那个必要。可能更重要的是我用砖头砸破了那个男人的尖脑袋。有时，有必要砸破忠实、喜爱自己的人的脑袋。为什么呢？为了再次邂逅自己的欲望。”

阿桥的表演大获成功。他现在是一个古怪的、但令人不由产生好感的少年，阿桥有时会产生错觉，认为自己真正变成了那个少年，他真的表演得炉火纯青。而且，阿桥将活跃在屏幕中的另一个自己的记忆完全扭曲了，他要将自身的屈辱感一扫而光。

“两万九千一百零十一张，对于一个刚出道的新人来说不算坏。不过，阿桥，你听着，只有这点儿的话，连那个高楼的窗户玻璃也买不下来。”

D先生全身被黑女人涂满了羊脂油，油光闪亮。阿桥被叫到

D先生的办公室，D先生说是要商量第二张专辑的制作问题。黑女人穿着比基尼泳装，脚蹬长筒皮靴。

“知道阿桥这个歌星的听众应该有三十万人，即使不知道阿桥这个名字，大概听说过有个寄物柜婴儿现在比较出名的也应该不下百万。你听好，重要的是第二首歌，你马上录音，歌词就在这儿，你看看。”

有关阿桥身世的纪实报道已经播放，如果阿桥在节目中和生母见面，数百万的观众将关注阿桥的身世。D先生对此确信无疑，但没有明说。阿桥的歌声就像毒品，开始人们会感到反感，于是要让人们了解阿桥出生的秘密，告诉人们他的身世，让人们对他产生同情。阿桥出生在寄物柜，他和那些只会唱歌的歌星不同，如果让他们反复听上三次，就可以赢得他们的心，他们就无法脱离阿桥的歌声。

“故事开篇”

食指冲天

击中太阳

为了使世界昏暗

太阳纷飞落下

聚集碎片磨成金刀

穿透你的胸膛

在你耳边细语

沉闷的时刻已经过去

我要让你疯狂

故事刚刚开篇

叹息撕裂夜空

世界在我脚下

破碎呻吟

披上破烂天鹅绒的斗篷

溜进你的卧房

唤醒酣睡中的你

沉闷的时刻已经过去

我要让你疯狂

故事刚刚开始

我要让你疯狂

故事已经开篇

“怎么样？你喜欢吗？这个歌词可是花了大价钱的，中意吗？”

“不太浪漫呀。”

“能唱吗？”

“比较难，不过我想试试。”

D先生站起身，用浴巾擦拭着身上的油脂，抬头仰望着摩天大楼。“就靠你买那个楼了，阿桥。”

黑女人收下钱，离开正在摸她屁股的D先生，脚蹬长筒皮靴，穿上毛线织的连衣裙。“熬夜之后，活动活动脖子和肩膀很舒服。”她将假发收进手提包，用日语说着走出了房间。

D先生对阿桥笑道：“怎么样？去找个小白脸玩玩，好像市场里又来了个新手。”

“我有件事想求你。”

“什么？想要吃蛋包饭可没有，这儿的食堂只有荞麦面条。”

“我想让妮芭做我的经纪人。”

“为什么要那个老太婆，怎么啦?”

“她很优秀。”

“那是没错，可以呀，妮芭的事没问题。我们还是去市场找两个年轻的热闹热闹，怎么样？好久没热闹一下了，女人哪点儿好？你那里湿乎乎的，不觉得恶心吗？女人那里有什么好的?”

“我已经不想同性恋了。”

“怎么那么一本正经的?”D先生穿上衣服，抓起电话吼道，“快点儿把面条端来!”

女职员端来了炸虾面和素面。D先生打开桌子抽屉，拿出蓝色罐头，开了盖子。罐头里装着肥鸡肉，皱褶的鸡皮下是黄色脂肪，和菠萝拌在一起。D先生取出三片鸡肉放入荞麦面汤里。

“吃吗？台湾产的，很好吃。”

他舔着粘在手指上的肥油，阿桥摇了一下头。阿桥并没有吃面条，他看着满嘴流油的D先生，当他们对上眼神的时候，阿桥害羞地低声说道：“我呢，想和妮芭结婚。”

妮芭的理想是设计天使的服装。她的父亲曾是音乐家，据说学生时代学过钢琴，为了维持生计在音乐茶座拉手风琴。她的母亲是经常出入那间茶座的女学生，两人不顾父母的反对毅然成婚。

妮芭出世不久，母亲便患上肺病，据医生诊断大概是服用预防难产的新药产生的副作用。拉手风琴的收入十分微薄，住在狭窄的斗室里对婴儿和病人不利，于是经过商量，母亲硬着头皮带上妮芭回了娘家。娘家是冈山一家历史悠久的旅馆，对她们娘俩的态度并不太好，家里人多次劝妮芭母亲离婚，但她就是不肯。妮芭在那间空旷阴森的旅馆里成长到十四岁，母亲在昏暗的房间里不停地咳嗽，经常画水彩画，妮芭很愿意为母亲做模特。母亲因为害怕肺病传染，从小不能抱妮芭，妮芭每当端坐在椅子上，双手放在膝盖上让母亲端详，她就感到格外高兴。母亲总是把她画得特别漂亮，而且边画边和她聊天。“总让你受委屈，真对不住你，这个家和我们格格不入。”母亲说道。

父亲每半年来一次，每次都带来乡下很少见的娃娃和玩具，而且不停地抱起妮芭，用自己的脸在她的脸上摩擦着，吃完晚饭便为母亲和家里人拉手风琴，高歌一曲。但妮芭很讨厌这个瘦弱的男人，因为每次他走母亲都会伤心流泪。

妮芭上小学的时候，父亲不再来探亲了。母亲的病仍然是老样子。妮芭在班里个子最高，功课最好，但不苟言笑。小学五年级时，她平生第一次拿到了针线学裁缝。妮芭想做一件雪白的晚礼裙，因为母亲为她画像时总是画上一件雪白的晚礼服。妮芭将布带回家，每晚挑灯夜战，终于完成了一件晚礼裙。缝好以后，她最先拿给母亲看。母亲见到雪白的小裙子，说了一句："啊，简直就像天使的衣服。"然后一把抱住了妮芭。

妮芭还缝了几件雪白的衣服，每次母亲都紧抱住她。有一次，母亲抱住她哭了起来。记得那是一个夏天，母亲身上汗水冰冷，这使妮芭感到十分害怕。她突然预感到如果母亲死了的话，再没人疼爱自己，她自己也不知道为什么突然这么想。母亲从来没有抱过她，现在突然抱起她来，也许是异常兴奋的原因。她突然想到，世上谁都不会理自己了。这个幻想在学校里逐渐变成了现实，跳团体舞男生害羞不愿意握她的手时，她想起了这个幻想，不觉浑身起了鸡皮疙瘩。妮芭买来裁缝书，又缝制了几件白色衣服，母亲见了每次都高兴地拥抱她，但她的幻想却愈来愈强烈，觉得世上其他的人不会碰自己了。

妮芭不顾母亲的反对，进了东京一所私立教会女子高中，之后又升入大学。她在校园文化节期间出售自己做的连衣裙，一个男生走来和她搭讪。那个男生高个子，肌肤晒得黝黑，他对她说："天气真热，我们去喝杯汽水好吗?"妮芭和他一起去喝了汽水，心想一定要和他结婚，这时她连这个男生的名字都不知道。当天晚上，妮芭献出了自己的一切。她真想结婚，但决不从自己口中说出，而是巧妙地和对方周旋。那以后，她拒绝和他上床，拐弯抹角地暗示说自己将来能够获得瑞士高级服装奖，那时自己的丈夫就不必在外面辛苦挣钱，自己的老家是冈山的一家大旅馆等等。这些十分奏效，一年后，两人结婚了。

那个男人只是一个四肢发达的平庸的商社职员，妮芭对他丝毫产生不了感情，只因为他是第一个拥抱自己的男人罢了。新婚生活没有任何欢喜，每天都令人沉闷，但妮芭从那种幻想中解脱了自己。妮芭不愿生孩子，她没有资金开设自己的服装店，便做了一名服装师，不过，幻想解除后，缝制天使裙子的热情也随之消失了。

妮芭在这种麻木不仁的婚姻生活中度过了十年光阴，她发现乳房里有一个细小的肿块。是癌症。医生告诉她必须切除。妮芭哭了，她感到十分悲伤，但同时发现了自己在企盼什么。她想到这样也许可以离婚，摘除乳房后可以和那个男人诀别。不知道为什么她心里有一个预感，生出一种淡淡的欣喜，她自己也觉得很奇怪。

住院期间，他们的婚姻结束了。妮芭又一次和过去的幻想重逢。“是啊，谁会想摸我这个伤痕累累的平板的胸脯，和现在只剩下一点儿肉的乳房。反正不会有人想碰我的!”可是，她的这种念头并不苦恼，不会有人碰她的这个想法已不再是幻想，现在已经变成了事实。人没有必要害怕现实，只要低头承认，痛哭几天就过去了。

阿桥勾起了妮芭深埋在心里的“遥远的记忆”，端坐在旅馆一角任母亲端详的那个女孩撕开了记忆的伤痕。阿桥要坐出租车送妮芭回家，他靠在后座上紧握妮芭的手时，她在心里决意要听凭自己的欲望。她将阿桥带回公寓，为他脱下衣服，吻遍他的全身。她欲火烧身，很想让阿桥抚摸自己的前胸。妮芭打开灯，亮出自己的上身。“求你摸摸我。”见到妮芭十分真情，阿桥环视了一下四周，看到自己和对方的那里时，他突然笑出声来，笑声十分愉快。“是不是很难看?”妮芭略带哭腔地问道。阿桥探过身来紧紧抱住她，轻轻地抚摸她那平坦的胸脯，用舌头亲吻着，用手指抚摸着，用牙轻轻咬着。“太好了，绝妙。”阿桥嘴里说道。

当妮芭被指定做阿桥的经纪人时，D先生嘲讽她说：“你正合适，作为他的第一个女人再理想不过了。那家伙从来没抱过女人，他是个同性恋。”妮芭明白了阿桥看见自己平板的前胸时笑出声来的原因，她并不感到伤心。阿桥过去是个同性恋，这些都无所谓，那次做爱非常愉快。阿桥吻遍了自己的全身，他的唾液和舌头掩埋了自己心里的“遥远的记忆”。妮芭现在负责设计阿桥的舞台装，她打算让阿桥穿白色缎子的茄克衫，那大概就是天使的服装。妮芭同时获得了两件宝贝，她感到很幸福。一件是可爱的天使，另一件是实现了为天使缝制服装的梦想。

16

阿桥中途下了出租车，他想走着去。和妮芭约定的吃饭时间还早，他也忘了买花。妮芭喜欢兰花。花店门前装饰着一棵巨大的圣诞树，店内十分暖和，散发着绿叶的荫湿气息。一个敞开衬衣前襟露出胸毛和象牙项链的男人向阿桥打了声招呼，他正在修剪玫瑰枝。阿桥要了一束兰花，一共五枝，白色的花朵周围渗出淡淡的红色。

店主用银纸和缎带包装花束时，一个身穿皮毛大衣的同性恋走进店里。“喂，老板，给我来一大把带枝的九重葛。”店主放下手里的兰花，从里面的橱窗双手抱出一大把九重葛的鲜花。“做什么用?”“圣诞节时，我要插在头发上跳红鼻子驯鹿舞。”“小心别摇晃枝条，花瓣很容易掉下来。”

阿桥第一次见到色彩鲜艳的九重葛，他珍藏着的是已经变成茶色的压花。“九重葛代表什么意思?”阿桥低声问。店主笑着摇了一下头。“大概是同性恋的忧郁症吧。”同性恋说着挤了一下眼，阿桥也笑了。九重葛的花瓣很薄，即使微风吹来，花瓣都会在枝条上抖动，似乎马上就会落下来一般。抛弃自己的那个女人为什么要在寄物柜里撒上这种花瓣呢？那个女作家说过，那时这种花是花店里最名贵的花。同性恋银狐皮大衣的肩上落着几片鲜红的花瓣，他从阿桥身旁擦肩而过。

一个牵着狗的瞎眼老人拉着小提琴，大概是手指冻僵的缘故，寒风一吹琴声就会走调。狗鼻子喷出白色的气息，一个醉汉停下坐在狗的眼前，同伴劝阻他，但醉汉打开手提的纸包，拿出寿司伸到狗鼻子前面。那是一条脱毛的杂种狗，它嗅着寿司的气味，抬头看着主人。老人仍然拉着小提琴，用沙哑的声音问道："怎么啦？"醉汉说："没怎么，我只是想喂它寿司吃。""对不起，它不吃生食。"醉汉抓住狗脖套，想把寿司塞进狗嘴。"这家伙怎么啦？你这个笨蛋。这是高级寿司。"狗卷起尾巴，尖叫着想要逃走。老人替狗赔了礼，应醉汉们的要求演奏了一首《流浪者之歌》。醉汉们心满意足，将剩下的寿司塞进空罐里走开了。老人蹲下抓起饭粒，摔在地上。

年轻的乞丐们聚集在六本木的路上，他们将箱子摆在地上，兜售饰物、绘画和诗集。一群人聚在一起用手抓着吃圣诞蛋糕，大概是从哪里拣来的。一个女人冷得缩着身子，脸上插着一根别针，挂着一张纸条。纸上写着："庞克万世长存！"别针已经生锈。天黑看不清楚，但大概她脸上的肉已经化脓了，有时她拿出药膏涂在脸上。女人吃着蛋糕，拿出塑料袋，吸着里面的稀料。一个男人在贩卖丘比娃娃的绘画，脸上涂着和法国国旗一样的三种颜色，坐在地上打坐。他在12月份的严冬里只穿一件T恤衫，光脚穿着胶皮底草鞋。一个男人在兜售吹筒箭，他示范给众人看，表演似乎很精彩，围观的人很多。他所用的材料是一米长的铅管和用纸卷成的圆锥形洋灰钉。吹筒箭威力很大，箭头轻松地扎在距离十米开外的厚木板上。广告牌上写着“可以杀死人”几个大字。阿桥挤在人群里观看时，听见有人从后面叫他。一个卷头发的人正朝他憨笑，那个人没有门牙。

“是我呀，阿桥。”男人嘴上漏着风说道。他是达雄。达雄站在脸上插着别针的女人身旁，正在兜售诗集，标题是“蜜蜂的遗骸”。

“这不是我写的，是一个怪老头写的，他白送给我的。阿桥，你现在风光了。”

阿桥不想要，但他硬把一本诗集塞进阿桥的口袋。

“我在听你的歌，别人都说不太好听，但谁说我都揍他。”

达雄看到阿桥手里的花束。

“真漂亮，是南方的花吧？南方的花和鱼都很漂亮。”

“达雄，不好意思，我有急事。”

“啊，是吗？我猜就是，你是大忙人。”

“惠美子呢？”

听到阿桥的话，达雄像突然想起什么似的捂住缺少门牙的嘴。

“我成没牙佬了。那帮家伙不打麻药就给我拔掉了。你记得吧，那个运动员不知道把霰弹枪藏在哪儿了。他们拷问我藏在什么地方，我没说。阿桥，不打麻药用钳子拔牙特别疼，比拉断耳朵还疼，你懂吗？是没有牙医资格的家伙拔掉的。即使是牙医拔的也很疼，何况他们不是医生。”

“真不好意思，我有急事。”

“阿桥，和你住在一起的那段时间很愉快，现在想起来好像是几年前的事，其实就在前不久。阿桥，你现在阔了吧？你去宿务岛了吗？好像有钱人都去宿务岛，你去了吗？”

“不好意思，达雄，下次我们再聊。”

阿桥刚要走，达雄抓住他的大衣衣袖。

“对不住，我知道你很忙。有件事想求你，实在对不住。如果你去了宿务岛，如果能见到惠美子，求你把我的事告诉她。我现在没牙了，但活得很好。我保证再不动手打她。你会去宿务岛吧？你现在阔了。买礼物最好是吉他，手工做的，听说很便宜。贝壳雕塑和别的礼物日本国内也有卖，只有吉他是真正的旅游纪念品。坐新加坡航空的飞机去最便宜，阿桥，印度航空也便宜，但飞机上的餐饮是咖喱饭。全是咖喱饭，人会吃腻的。从马尼拉坐国内航班只需要五十八分钟。从日本坐飞机，即使算上换乘时间也就六个小时二十九分钟。吓死人呀，六个小时二十九分钟，一眨眼就过去了。我站在这儿已经四个多小时了。”

阿桥沉默不语，达雄仍然抓着他右手的衣袖，于是他将兰花换到左手。达雄从口袋里掏出一个玻璃球，是个戒指。

“我在杂志上读到的，听说你订婚了。这个不是什么好东西，送给你。没关系，你别在意，咱们是朋友，交朋友就是要礼尚往来，不必介意。”

阿桥将玻璃戒指揣进衣兜，达雄咧开嘴笑着松开了手。阿桥说了声再会，拔腿便走。当他回头望去时，只见达雄在人群里蹦跳着，不停地朝他挥手。

妮芭说抽烟过多，感到喉咙疼。阿桥让侍应生把兰花摆放在餐桌上。

“你觉得九重葛的花漂亮吗？”

“为什么？”

“刚才在花店里见到。那种花漂亮吗？”

“没有香味。”

“扔掉我的那个女人在寄物柜里撒满了九重葛花瓣。”

“是吗？可能她是个喜欢花的人。”

“她为什么那么做呢？”

妮芭低下眼睛喝光了餐前酒，阿桥看了她一眼，笑道：“不提这些了。”妮芭觉得左右为难，一个星期之后的圣诞节，阿桥将和那个女人重逢。那个女人现在的住址和姓名都调查清楚了，但阿桥还不知道。D先生告诫妮芭不要跟阿桥讲。“如果你有自信说服他，那你可以说出来。我也有好几次想告诉他，但说不出口。如果你能说的话，可以告诉他，如果你能说的话。”妮芭不敢说。

阿桥在思索见到达雄后感到不愉快的原因。屏幕上的自己已经重新修改了记忆，如果见到过去的熟人，记忆就会崩溃。小心翼翼构筑的、充满自信和希望的过去记忆如果遇到熟知自己过去的人，就会一举被摧毁。想到这里，阿桥不觉打了一个冷战。他希望知道他的过去的人都死去。达雄那张缺少门牙的脸浮现在自己眼前，阿桥拼命想赶走它，这时阿菊又闪现出来。阿菊的影像无论如何都无法消除。

“你没事吧?”

妮芭问他。她穿着一件开襟的天鹅绒连衣裙。阿桥伸手插进连衣裙的前胸。“别在这儿胡来!”阿桥的手碰到海绵垫和镶着钢丝的乳罩。这是做爱前的晚餐，妮芭的裸体回旋在脑海里，她那如同男人一般的前胸，女人的下身，真酷！照片上见到过的那种肥大乳房到底是什么东西？自己只摸过母牛的奶。也许会出乎意料地兴奋。如果有人长着女人的乳房和男人的东西，那就绝了，大概那种人背上还会长翅膀。

前菜和汤端上来了。汤里放着一个乌龟的背壳。喝上一口，味道十分鲜美，阿桥已经忘记了阿菊和达雄。

17

两人坐着阿莲莫莲驾驶的 87 年型号的福特野马车前往西新宿，健身俱乐部坐落在外国银行中心的分馆里，周围环绕着摩天塔楼，银色的拱形屋顶在夜光中闪耀。阿莲莫莲是俱乐部的会员。两人每天都来俱乐部学习潜水技术。阿莲莫莲将汽车停在地下停车场里。

阿菊拿出崭新的潜水器材。阿莲莫莲做电视广告、照片和海报广告赚得的签约费除了留下鳄鱼饲料费之外都存了银行，阿菊拿出其中的大部分，购置了去上根湾海底洞穴探险需要的特殊潜水器材，有可以在海中灵活运动的节氧型水下摩托，有为避免曼陀罗泄漏时喝进海水而使用的全封闭式密封罩，还有平衡救生衣、减压电脑等。

他们在健身俱乐部的前台出示会员证，拿到寄物柜的钥匙。在更衣室换上训练服。阿菊和阿莲莫莲先在铺着人工草坪、略有起伏的四百米跑道上慢跑。这条跑道宽三米，环绕一周可以看到俱乐部的所有设施，就像游乐园的过山车一样。阿莲莫莲慢跑了两圈，阿菊则变速跑了五圈。四个壁球场、网球场、四个游泳池。两人慢跑完毕，来到三楼宽大明亮的健身房。

负重训练器材、蹦床、自由体操的垫子和鞍马、单杠之类的体操器械。滑雪训练器的传送带上铺着人造雪。冲浪练习器使用沙子泡沫塑料和原油混合液振荡后产生波浪。阿莲莫莲在蹦床上跳了十次，走向真人弹球机的登记处，经过简单的心肺检查以后便可以拿到打孔的塑料板。在日本，真人弹球机只有这间俱乐部有，出发地点摆着三个球形金属网。阿莲莫莲钻进其中的一个，金属网是双层的，中间装着钢珠轴承。金属网外侧包着胶皮，形成一个无极轨道旋转体，内部安放着一个透明塑料座位。阿莲莫莲坐了上去，椅子的形状和拖网渔船的船员座位很相似，拉动扳手可以前后左右倾斜。金属网的内部直径二点五米左右，里面有各种附有弹簧的把手和铁管。阿莲莫莲按下座位旁边的按钮，将塑料板插入脚下的插口里，分数显示器开始闪亮，跑道门打开，金属网开始缓缓转动，速度不断加快。微微倾斜的巨大弹球机展现在眼前，中间有背肌孔、上肩肌壁、腹肌沟、颈肌皮带、胸大肌带、股内肌孔、跟腱壁、三角肌桥、臀大肌沟等各种障碍。比如，如果落入背肌孔这个胶皮底的圆洞，金属网内的椅子就会倒向后面，阿莲莫莲要支撑住上身进行背肌运动。安装在椅子内部的仪器自动测量穿过运动神经纤维的兴奋信号的量，三分钟后，金属网弹出圆洞重新旋转，机器会根据背肌的运动消耗量的不同而自动改变程序，每条跑道的地面上都埋设着光控重力仪，数值自动加算在金属网内部的分数显示器上。游戏在金属网经过所有的障碍之后结束，根据性别、年龄的不同测定综合运动量，满分是一千分，阿莲莫莲得了八百十三分。

上午健身房里女士较多，弥漫着涂有脂粉和香水的脂肪的气味。女人肥胖的躯体上穿着白色健身衣，站在人工草坪上，就像芋虫一般，简直就是蜜蜂的幼虫。用高压泵往肛门里灌满牛奶的新生婴儿正在做健身体操，脖子上流淌的汗水散发着甜味，屁股和腹部的肉在晃动，似乎切开他们身上的肉也不会有血。混合着淡黄色的黏汗，各种东西似乎都会流到地板上，米粒、碎意大利面条、发霉的豆腐块儿、发酵的大油、冷冻的酸奶、未消化的鸡蛋和黏乎乎的乳酪蛋糕会撕开健身衣，从女人们的屁股里一古脑儿流到地上。“喂，小伙子，听说做仰卧起坐可以治疗便秘，是真的吗?”一只芋虫爬着问阿菊。“不知道。”阿菊应了一声便走向阿莲莫莲。

去游泳池的途中，阿莲莫莲手指着一个老人说：“那个人是不是有点儿不对劲?”老人在人工草坪的跑道上摇摇晃晃地跑着，经过两人面前时嘴里低声嘟囔着什么，脸色铁青，腿已经有些痉挛。阿菊叫来教练，让他去制止老人。教练和老人并肩跑着劝老人停下来，老人摇着头继续向前跑。教练跑到老人前面拉住他的肩头，老人想躲开时失去平衡摔倒在地。阿菊跑上前帮助扶起老人，他和教练固定住老人的头，小心翼翼地抬起老人的身体。老人身上的汗水已经干透，渗出了盐粒，他张开嘴，吐出白色的舌头。教练咂了一下嘴，看着阿菊说："这是奔跑过度，真不明白究竟想干什么？这个月这已经是第六个了，怎么劝也不听，不制止就会跑死的。"他们将老人抬进医务室，为他戴上氧气罩。老人对教练辩解说："我患上了失眠症，如果不使四肢疲劳就睡不着觉。我感到血管干枯，肌肤里冒出虫子，你们能理解吗？"然后看着阿莲莫莲说："我感觉自己身上血液循环停止了，开始腐烂。令人恶心的虫子啃噬着我的骨头，那是一种腿上长着毛刺的讨厌的虫子，腿上和腰上到处都是。如果我跑死了，虫子也会一起死去，那样就舒服了。跑得精疲力竭就能睡个好觉。"老人不好意思地笑了一下，拉住阿莲莫莲的手，那手就像是一只有红斑的泄气皮球。老人紧握住阿莲莫莲的手不放，进入了梦乡，阿莲莫莲一个个掰开他的手指。

"在水中为了保持呼吸要供给加压氧气，十米深处是两个气压，二十米深处是三个气压。根据波义耳定律，两个气压的空气压缩为一个气压，其容积增大为两倍。在水深二十米处吸入肺中的三个气压的空气上升到水面时要膨胀为三倍。因此，如果不排出肺部空气上浮的话，其结果会如何呢？肺中的空气会膨胀，其容积如果超过肺活量和残气量的话，进行空气交换的肺胞细胞就会产生裂痕，于是肺就破裂了。空气泄漏在胸腔内引起气胸，结果是胸部剧痛，呼吸困难，口吐血泡。空气栓塞更危险，肺部破裂后空气进入血管，经过心脏后排入小动脉阻塞血流，从而引起心脏血管和脑血管栓塞，导致急性心肌梗塞和急性脑阻塞，会有生命危险，这一点一定要记住，进行潜水运动不可以屏住呼吸上浮。”

阿菊认真记着笔记，阿莲莫莲游累了，在打瞌睡。阿菊用铅笔头捅了一下阿莲莫莲的嘴唇，她一动不动，只是睁开了双眼。早上的化妆已全部脱落。“刚才那个老大爷年轻时据说是滑冰运动员。”阿莲莫莲伸出舌头舔着嘴唇，半合的眼皮微微颤动着。

晚饭后打开电视一看，阿桥正在接受采访，一个吊眉长眼的高个子女人和他坐在一起回答主持人的提问。阿桥恢复了以前的面容，剪了头发，脸上也没有涂脂抹粉。他好像要和那个比他岁数大一倍的女人结婚。画面上映出了女人左手的特写，她有些害羞，不停地摆弄着手指。细长的无名指上戴着一块宝石，阿菊见到那只没涂指甲油、布满皱纹的细长的手，似乎理解了阿桥喜欢这种女人的手。屏幕上映出阿桥的脸部特写，阿菊喊来阿莲莫莲说：“喂，我弟弟上电视了。”阿菊还自豪地跟她介绍说阿桥歌唱得好，懂各种音乐。

主持人低下头，迟疑地说：“有人说你是同性恋者，这属实吗？”阿桥面不改色，望着远处沉默了良久，然后突然开口，连珠炮似的说道："同性恋者，是喜欢男人吗？是我？我是同性恋？是说我在那个臭名昭著的红灯区的市场化妆卖淫吗？谁说的？有证人作证吗？嗯，那又怎么着了？没错！真让人恼火，当然没错。我喜欢男人，上床的次数数不清。不过我也喜欢女人，如果想和人上床，男女老幼都无所谓。年纪大的也不在乎，动物也没关系，只要对方让我感兴趣，狮子狗也没问题，鸡马羊都无所谓。如果和火星人生出混血儿的话，我一定最先带到这个演播室给你看，你不是又能采访了吗？就像现在一样去傻呵呵地提问，你可以去问火星人的混血儿，听说你是同性恋者，对不对？"主持人呆在那里，不知如何应对，他摆弄着耳塞，向摄像机旁边的导演发出求救信号。高个子女人向他道歉，说道："对不起，他有时感情用事随口乱讲，并没有恶意。"阿桥凝视着远方，额头上渗出汗水，眼圈里浮出晶亮的泪珠。

阿菊感到很惊讶，因为阿桥充满着一种奇妙的自信，他说话的样子简直就像另一个人。见到他的眼神和动作，阿菊突然想了起来。阿桥从前只有两次是这个样子，一次是在孤儿院摆弄废品玩具的时候，另一次是被催眠之后闭门不出在家看电视的时候，他的眼圈里总是充满泪水，眼神不定，总是凝视远方。他在孤儿院寝室的地上摆放莫名其妙的模型，只给阿菊讲解其中的意思，现在就和那时一样。"那是坦克，阿菊，旁边的护栏是机场，寄物柜就是那里的自行车尾灯。很漂亮吧，就像是放人卵的窝吧。"阿菊朝着在画面上微笑的阿桥低声说道："你到底怎么了？这次你做了什么？被谁给催眠了？是谁又让你发病了？"阿桥看上去十分痛苦。他受人欺负吓哭的时候，阿菊去为他解围，他总是笑着对阿菊说："谢了。""谢了，阿菊。"阿菊又想听到这句话了。

采访阿桥的节目刚结束，刚洗完澡的阿莲莫莲便伸出湿漉漉的胳膊关掉了电视。"你干什么呀？"阿菊大声叫道。

"没什么，只是关掉电视，节目不是完了吗？"

阿莲莫莲将头发束在脑后，编成蝴蝶形，扎上发卡。

"阿菊，你在想那个同性恋的事？"

阿菊摇了一下头。

"你撒谎，你肯定在想。"

"我在想自己的事，不是阿桥。"

"你最大的优点是不思考问题，真的。"

"有时也会思考的。"

"不要去想，没必要思考。你跳高的时候想什么了吗？当你助跑以后，你思考过自己成功还是失败吗？不会吧？我讨厌的类型的人有很多，其中最讨厌的是又苦恼又不断反省自己的那种人。让我说，反省自己的那种人实际上已经没有希望了。"

"你……"

"什么？"

"很正常。"

“什么呀？”

“你是那种正常家庭的孩子。”

“那又怎么了？”

“没怎么。你是那种正常家庭出身的孩子。我和阿桥是被人抛弃的，是生我们的女人扔掉的。没有用才被扔掉的！”

“你说过好几次了，我知道。所以你才恨，对不对？想把这个城市变成废墟，是吧？你做不就是了吗？有什么好想来想去的。”

“我和他一起长大，他是我的好伙伴。他是第一个，你知道吗？是第一个，是世上第一个需要我的人。”

阿莲莫莲慢慢走近阿菊。他一直不肯离开电视前面。阿莲莫莲从后面双手抱住阿菊。

“阿菊，你错了，世上没有需要别人的人。你说得不对，那个同性恋和你没有任何关系。听你这么讲，就好像是一个小孩养的鸽子飞跑了一样，让人觉得很不舒服。重要的是寻找你自己想干的事情。我，还有我的父母脑子都不太好，不是有一个叫做‘思想者’的雕像吗？我很讨厌那个，见到那个雕像就想炸飞了它。对了，身体里不是有个地方存着尿吗？那里有了石头会生病，会尿血，总之很疼。那个雕像就是那种石头，有病的石头。我真想炸碎它。我喜欢活鳄鱼，我就是那种像鳄鱼一样的女人。阿菊，告诉你一个吓人的事吧，我是鳄鱼国的使者。就像迪斯尼乐园里有四个主题一样，我脑子里有三个区域，运动之国、欲望之国、思考之国，欲望之国的国王是鳄鱼，运动之国的国王是海七鳃鳗，思考之国的国王是死人。我住在鳄鱼国，我的脸长得很可爱，既不胖也不是穷人家的孩子，身体健康，没有先天性梅毒症，不认识的人们不喜欢我，我也不觉得痛苦。没有便秘，双眼的视力是二点〇，跑得也很快。鳄鱼神仙让我不必胡思乱想，你懂吗？我是使者，为了将这个城市变成鳄鱼王国才被派来的，让我来帮助一个男人。那人就是你。我一直在等你，你来到世上就是为了把这个城市变成废墟，你和我相识就是最大的证明。”

“鳄鱼国在什么地方？”

“在我嘴里，幽暗而柔软的舌头下面。”

“是吗？让我看看。”阿菊说着将阿莲莫莲抱在膝盖上，伸出两个手指掰开她的嘴。湿漉漉的头发触到腿上，感觉有些痒。阿菊用手指抓住阿莲莫莲的舌头。“哪儿是鳄鱼神仙？”说着将自己的脸贴近她。阿莲莫莲咯咯地笑着，随即转动舌头咬住阿菊的手指。她吐出舌头，一把抓住阿菊的头发，舔了一下他的耳朵，随即将舌头伸进他的耳朵，低声耳语道：“鳄鱼国和我都需要你。”

阿桥小时候在自己的周围撑开一张薄膜，以便躲到里面封闭自己，只有阿菊能穿过那个薄膜，那是一张令人愉悦的薄膜，阿桥在密封的薄膜里为阿菊唱歌。阿菊将阿莲莫莲湿滑的舌头按在自己的腹部，他想：阿莲莫莲就是那个空气薄膜，湿乎乎、凉簌簌地不停颤动。

18

那个男人是什么都干的大能人。他是 D 先生打麻将的朋友，自称是古董商，实际上什么都干。D 先生告诉他有个叫桑山桥男，人称阿桥的孤儿，让他去找出扔掉孤儿的生母，但不能让阿桥或那个生母知道内情，而且今年圣诞节前要搞清楚那个女人的住址和职业。

大能人只有三个月零两天的时间。他做了一个假设，认为如果这个假设有误的话，那么再花几十年也无法找到。如果假设正确，也许还来得及。扔掉阿桥的女人一定也抛弃或杀死过其他孩子，这就是大能人的假设。他彻底调查了有过杀死婴儿、遗弃婴儿、遗弃婴儿尸体等前科和被捕过的女人，线索不太多。

国铁根岸线关川车站的 309 号寄物柜，阿桥赤裸着身体被装入纸袋。据发现的警官的调查报告记载，阿桥全身涂着天花粉，口中吐着黄色的液体，据说液体散发着药味。经警察医院鉴定，黄色液体是未在市面上经销的婴儿止咳糖浆。婴儿出生后大约三十个小时。1972 年 7 月 19 日，那个女人肯定在关川车站，而且在三十个小时之前，她应该在一所医院里。包裹阿桥的纸袋是横滨市中区元町经营进口商品的杂货店“方格布”的专用包装，是装大衣和西装的那种大纸袋，外表还是崭新的。还有九重葛的花瓣，这个也还没有枯萎。据大能人调查，包括东京，当时在横滨附近出售九重葛的花店仅有十一家。根据以上事实分析，那个女人不是外来的，而是本地人。大能人认为可以确定那个女人当时住在横滨附近。适合这个条件，而且有弃婴和杀婴前科的女人只有三个。

国崎千代子当时是二十三岁，在横须贺和一个男人同居。男人在一家二手车贩卖行工作，半年后两人分手了。千代子从 1973 年 2 月起在郊外的一个饭店里做服务员，同年 7 月结婚。男方是再婚，是高尔夫俱乐部会员证经纪人，带着一个未满周岁的孩子。千代子二十岁的时候经人介绍开始炒股，这成了她唯一的乐趣。婚后她暂停了一段时间，不久便背着丈夫买了半导体公司的股票，没想到股票暴跌，损失了将近二十万元。丈夫发觉后，两人大吵了一通，她一气之下掐死了睡在隔壁房间的孩子，以杀人罪被判处八年徒刑，六年后从枥木的监狱假释出狱，如今一个人住在横滨市保土谷区的公寓里，靠清扫楼房为生，今年四十岁。

大能人带了一个地痞去见那个男人，他如今住在横滨市绿区的公营住宅里，推销汽车上光蜡，他就是和国崎千代子在横须贺同居的那个人。大能人闯进男人家，谎称自己是国崎千代子的哥哥。那是一个星期天，他正在吃午饭。男人和妻子以及两个孩子正吃着方便炒面，他听到大能人说出千代子的名字时，炒面呛在喉咙里。他似乎是个胆小怕事的人，大能人做了一个手势，让地痞先回避一下。那个男人在附近的公园坦白出了国崎千代子的事，甚至包括她性交时喜欢后座位，不过他肯定地说千代子没有抛弃过婴儿。她曾经两次打胎，但没有扔过自己的孩子。大能人交给他五万元，嘱咐他不必在意。

丝谷典子当时是二十岁，还是个大学生，住在横滨市中区。她和一个年龄同自己父亲差不多的兽医有来往，1970 年 9 月因遗弃婴儿被捕，被判处两年八个月徒刑，缓期五年执行。因为她将婴儿扔进了路边的水沟里。

“他不肯认领那个孩子，我高中的时候做过雕塑模特，那是在东京的补习学校上课时的事。当时还是个什么都不懂的乡下姑娘，但喜欢上了那个雕塑家。我很向往他的作品，最初约好是穿衣服的，但雕塑家说想看看我的子宫。他说这个作品为了表现女人的坚强，一定要亲眼看看女人的子宫，并说不是想看性器，而是子宫，绝不下流而是十分高尚。我给他看了，后来才知道他是一个令人讨厌的人，便痛哭了一场，但没有办法。上了大学想忘记这事。我认识了先生（指兽医）以后便完全忘记了过去。怀孕之后，先生不肯承认，我几次想打掉，但又想如果堕胎会重新想起过去。

肚子一天天大起来，有一天孩子突然出生了。我带去给先生看，因为我撒谎说已经堕胎了，先生十分惊讶，骂我是个可恶的女人，是不是想讹诈他。我被他赶了出来，也许患了神经衰弱。在回家的路上，觉得抱着的婴儿很像雕塑家，心想这不是先生的孩子，也许是那个男人的孩子，因为当时那个雕塑家很恶心，他用一根棒子在我身上乱捅。于是我一气便将孩子扔进了路边水沟里。好像过路人见到了，他们感到很吃惊，想喊住我，但我跑了。”

她将扔掉的孩子寄存在娘家，令人吃惊的是，那以后丝谷典子和兽医仍有来往，并长达三年。1973 年 1 月，她和兽医分手，经法院仲裁得到了赔偿，回到地处熊本县人吉市的娘家生活。现在未婚，在家游手好闲，今年三十九岁。

大能人在兽医回家的途中将他绑架，拉进汽车。“丝谷典子在 1972 年 7 月是不是将你的孩子扔进寄物柜了?”“你们是什么人?是地痞流氓吗？你们别想蒙骗我，大概你们也调查过了，她家里没什么人了，只有一个上年纪的老爸，如果你们替我杀了他，那就帮我大忙了。”“我们不想动粗的，只要你告诉我们真话。”“你们是哪个帮的？我是土佐犬协会的专职兽医，和大部分的黑道头目都是朋友，你们最好别惹我，我不会把今天的事说出去，你们赶紧放我下车！我老实告诉你，我记住了这辆车的牌照。”大能人按照地痞的指点将车开到品川一个大工厂里，那是一个连锁餐馆的加工中心。地痞有工厂的钥匙，门卫认识他，为他打开了工厂的大门。大能人带着兽医来到一个巨大的漏斗形机器前面，地痞解释说这个机器可以将肉轧成汁，无论是牛还是象，整个扔进去，出来时都是茶色的液体，冷冻起来两三年后就会做成肉饼。兽医说了实话。“典子是我最理想的女人，床上的技巧超群。用拳击打比方，她是兼具重量型和技巧型的出色女人。不过我不想和她结婚，因为她头脑简单，而且我又喜欢单身生活。我听说孩子出生之后非常震惊，这个世上有一个我的分身，光想到这一点我就浑身起鸡皮疙瘩。所以从那以后我就使用分解卵子阻止受精的药物，一般是用在羊和马身上的，但对人也有效。那是一种酸性的外用液体，能刺激阴道发热和收缩，如果想要的话可以送给你们。所以从那以后，典子就没有怀孕，也不可能怀孕。”

吉川美树当时是二十一岁，住在横滨市港北区，家庭主妇。丈夫是区政府的职员，她犯案被捕后，丈夫辞去工作，走街串巷回收废品。吉川美树如今正在枥木的监狱服刑。

1974 年，吉川美树因遗弃尸体而被捕，原因是她的孩子在棉被里窒息而死，她将孩子放入垃圾袋，丢弃在垃圾堆里。因为是初犯，而且在失去孩子的精神打击之下，处于神经错乱状态，所以免于追究法律责任。虽然如此，由于报纸报道了该事件，丈夫只好辞去区政府的工作。两年后即 1976 年有了第二个孩子，但这个孩子胎死腹中，吉川美树认为这是上一个孩子在诅咒，她觉得如果埋葬了这个孩子，上一个孩子会嫉妒，于是扔进了产院燃烧垃圾的锅炉里，再次犯了遗弃尸体罪。但警方认为她是失去孩子精神受到打击，是突发性行为，决定不予起诉。四年后即1980年，吉川美树第三次怀孕。她的丈夫在法庭上陈述说："妻子在妊娠初期精神处于不稳定状态，我已经失业，生活不稳定，这也是其中的一个原因。她经常说肚子里的孩子已经死了，肯定已经死了，前面两个孩子在诅咒自己。我想到了妊娠中期，妊娠反应消失，她会好转的，所以也没采取什么措施。果然像预期的那样，过了第五个月，妻子的状况稳定了。可是，生活十分艰难，我在海港从事体力劳动。孩子快出生时，妻子又不太正常了，说胎儿像石头一样不会动，好像已经腐烂了，肯定已经死了。于是我带她去看精神科医生，她说这个孩子即使活着生下来也要掐死，不能只偏向这个孩子。精神科医生劝她生完孩子后住院治疗。她生了一个女孩。然后妻子住院，我终于找到了工作。生活有所好转，妻子也逐渐恢复正常。女儿长到四个月的时候，妻子出院了。她微笑着向我招手，抱起女儿反复亲吻着脸蛋。那时女儿痒得哭出声来，于是妻子将女儿摔在地上，那是一瞬间的事，来不及阻止她。孩子头朝地摔下去的。"吉川美树供认自己故意杀死女儿，陈述说憎恨那个孩子，自己治愈神经衰弱后回来，孩子见到自己就哭，十分可恨，所以才杀死她。经过鉴定，吉川美树的精神正常，于是判决成立。吉川美树如今正在服刑，年龄四十二岁。

大能人去了她丈夫的工作单位，他没有离婚，正在等待美树获释。丈夫在一家饲养出售热带鱼的商店当司机，他听说大能人在打听美树，便笑着说："她是个善良的女人，心地十分善良。"他指着在巨大的水槽里游动的淡水鱼说："这是异耳鱼，值二十万元。每当看到这种鱼，我都会想起美树，她有个愿望就是要养这种鱼。我从前去她娘家时，看过她小时候的笔记本，里面满满地写着异耳鱼的饲养方法，那字很可爱，她小时候是那种孩子。我看后很感动，她喜欢动物，那个笔记本是认识我以前记的，也就是说，是她小时候的真实的过去的记录。美树在笔记本里写下了对异耳鱼的爱，我相信她，俗话说个头大的心地善良，美树是心地善良的杀人犯，她心地过于善良了。"

大能人听着丈夫天真幼稚的谈话，觉得没希望了。吉川美树在十七年前不可能生下并抛弃阿桥，这对夫妇当时住在区政府的职员住宅，如果怀孕和生孩子的话，同事不可能没人察觉，如果她抛弃了孩子，犯案后不可能瞒过警察。他本来就觉得自己的假设有些牵强，实际证明还是行不通。D先生保证找到的话将付给比以前多五倍的报酬，但自己的尝试似乎还是失败了。大能人用手指捅着异耳鱼的玻璃鱼缸，自嘲地微笑着问道："有个女人将自己的孩子扔在寄物柜，你知道那个女人吗？"

"知道。"丈夫答道。大能人吃了一惊。"知道？你认识那个女人吗？"

"那是我回收废品时的事，熟人里有个叫八木的人，他左手没有小手指，喜欢赌麻将，原来是贴瓷砖的泥瓦匠，总是向别人炫耀自己睡过的女人。八木交往的大多是中年女招待，或者是妓女，有一天，他吹嘘又勾搭上一个在桑拿浴室做按摩的女人，说那个女人按摩特别舒服。据说那个女人醉后讲述了自己年轻时的经历，她好像是高知县还是什么地方出生，来找小时候的朋友，但那人已经结婚了。因为美树也怀孕了，所以我记得很清楚。两个人睡了一次便怀上了孩子，于是就扔掉了。据说是确认孩子死了之后才扔掉的，扔在寄物柜里了。”

大能人将五千元塞进丈夫的前胸口袋里，上了汽车。他来到废品回收公司找八木，但他已经辞职了，同事告诉说他如今在宠物美容学校当司机。

青柳宠物美容学校地处川崎市多摩川沿岸。八木确实在那里工作，学校从一般家庭借来猫狗给学生做实习材料，免费为猫狗洗澡、剪毛。八木的工作是接送那些猫狗，大能人打听到八木送货的地址，随后赶去了。八木在路边停下汽车，手提长毛狮子狗的笼子正在转动。狮子狗抓住铁笼不停地狂吠，但他毫不介意，继续转动着笼子。狮子狗停止了吼叫，嘴里吐出白沫，于是他停住手，将笼子放进卡车车厢，站在电线杆前撒了一泡尿。大能人和地痞走了过去，用小刀和现金软硬兼施，打听出了女人所在的桑拿浴室。八木脸上被划开了一个口子，收下了五千元后说：“在川崎车站的背后，名叫‘天满’的桑拿浴室，不过已经过去十年了，如今在不在我不知道。”八木不知道女人的姓名，只知道她个头较高，手很粗大，身上有盲肠手术痕迹，眼睛细长，头发染成金黄色。果不其然，现在“天满”已经没这个女人了，经理说这里的按摩师都有执照，询问工会可以打听到地址，还特意为他们打电话问讯了一番。

一个星期之后，大能人收到了 D 先生的五倍报酬。女人的名字是沼田君枝，四十四岁，如今在东京立川市的桑拿浴室工作。已经查明她在 1972 年 5 月肚子大了起来，6 月至 7 月间休息了一个半月，她至少和四个人讲过将婴儿遗弃在寄物柜里的事，其中两个是按摩的同事，一个是八木，另一个是和她同居过半年的年轻的酒吧招待。据招待说，沼田君枝扔掉孩子那年是二十七岁，也就是 1972 年的夏天，婴儿是个男孩。据送乳酸饮料的女人证明，1972 年夏天，沼田君枝没有出外旅行，据说她每天都要喝乳酸饮料。由此可见，沼田君枝在 1972 年夏天，将一个男孩儿扔在横滨市的寄物柜里，这就是事实。而且，那年夏天在横滨市寄物柜里发现的男孩只有两个。

19

鳄鱼趴在人工水池里，水面上仅露出眼球，盯着摇晃的肉块。阿菊将两块婴儿脑袋大小的马肉拴在绳上，吊上长竿，在伽俐巴的头上晃来晃去。这是为了将鳄鱼从水池里引诱出来，让它在“天王星”中散步，然后再给它喂食。鳄鱼不运动会过于肥胖支撑不住身体，患上致命的齿骨枯乱症。

平时都是阿莲莫莲喂食，今天她为了准备两个人的圣诞晚会，从早上起来就下厨做菜了。巧克力蛋糕、烤火鸡、整条加级鱼的汤、虾和马铃薯色拉，好像还要做栗子甜食。阿菊说：“栗子甜食不是正月吃的吗?”阿莲莫莲道：“这个菜是中学家庭课学的，是惟一受到老师表扬的拿手菜，反正都是过节吃的吉利菜。”她买了一大堆栗子。

阿菊将肉晃动了很久，伽俐巴却趴在水池里纹丝不动。吊肉的长竿是把晾衣竿切断做成的。马肉一块是五公斤，摇晃一会儿胳膊就酸了。阿菊刚想对厨房里的阿莲莫莲说这家伙不肯吃食，说时迟那时快，突然鳄鱼跳了起来。它的尾巴猛烈击打水面，跃上空中将近一米左右，一瞬间就吞下了马肉。阿菊来不及缩回长竿，巨大的水花飞溅出来，他顿时变成了落汤鸡。

阿莲莫莲扎着围裙从门缝里探出头来，问道："怎么了？"阿菊晃着手里剩下的一块肉块，道："肉被抢走了。"阿莲莫莲将手里的栗子甜食盘子递给阿菊，接过长竿说："我做给你看。"鳄鱼吃完一块马肉又躲进水池里。阿莲莫莲将肉块在鳄鱼的鼻子前晃动，观察它尾巴的颤动。"鳄鱼行动之前尾巴的根部会紧张。"池水泛起微波，阿莲莫莲摇动了长竿。伽俐巴以惊人的速度拨开池水浮出水面，扑向肉块。鳄鱼的动作是不连贯的，它用尾巴保持平衡，快跑五六步就会停止，停下时像石头一样纹丝不动。"阿菊，你明白吗？鳄鱼那么趴着并不是在思考问题，只是在积蓄体力，从人和墙壁天花板以及空气的压力中积蓄力量，准备下一次攻击。它在忍耐，将被囚禁的屈辱转化为斗志。"鳄鱼转动了一下身体，就在下一个瞬间，它铁一般的尾巴击打在肉块上，打断了绳子。阿莲莫莲翻过护栏，差点儿跌进"天王星"，阿菊急忙扶住了她。鳄鱼将肉块拖入水池，肉块上的油和血迹在水池表面上扩散开来。

饭桌上装饰着塑料板组合而成的圣诞树，半透明的塑料板上镶嵌着比头发还细的细管，里面装着发光液体代表树叶。发光液体本身是白色的，但改变角度的话可以产生出各种颜色。如果吹进空气摇动发光液体，就会出现各种新的颜色。如果从树根至树顶依次吹进空气的话，就会形成像晚霞里飘浮的三角形云彩的颜色，也就是说下边是白色，中间是鲜艳的多种橘红色，上边是暗红和淡蓝的线条。阿莲莫莲准备了大量冰块，冰镇了五瓶波美丽香槟酒。她从柜橱里拿出两个刻着福寿草花纹的酒杯。她去美容院做了头发，扎上一个雕金头饰，上面是一个裸体女孩骑着大蜻蜓。今天是圣诞前夜。

阿菊想起孤儿院时的下午，孩子们穿着套头的红白相间的衣服，袖子和胸前拴着夹心糖。他们在礼拜堂高唱赞美歌，窗户上窗帘紧闭，每个人手上都拿着烛台。天气很冷，手指冻得发僵，为了不让烛台脱手，孩子们只好大声唱歌，那样可以暖和身体。祷告完毕，圣诞老人吹着长号走来，孩子们收到一份礼物。礼物装在纸做的长筒靴里。阿菊记得是糖果、可可粉、塑料橄榄球、橡皮泥、熊猫气球以及坦克形状的橡皮。

刚才阿莲莫莲交给阿菊一个礼包，嘱咐他不要打开。阿菊也送给她一份礼物，里面是书，书名是《煎蛋卷大全》，书里有蛋包饭的做法。阿莲莫莲正在烤巧克力蛋糕，其他的菜好像都准备好了。阿菊换上阿莲莫莲为他买的黑色西装，这时电话铃响了。阿莲莫莲接听之后，满脸狐疑地将话筒递给阿菊。“阿菊，你的电话。”

“还记得我吗？上次抱歉了。”

是D先生。那声音听过一次就不会忘记，像喉咙里堵着砂糖。

“你怎么知道我在这里？”

“你就甭管这么多了，你现在是不是和一个非常漂亮的女孩住在一起？你也很有本事呀。”

“我挂啦！”

“你等等！阿桥没在你哪儿吗？”

阿菊突然产生出一种不祥的预感。

“不可能在我这儿。阿桥怎么了？”

“是吗？那就算了，打扰了。”

D先生正要挂电话。

“喂，你等一下！阿桥出什么事了？”

“你没看报纸吗？”

D先生说了一句便挂上电话。阿菊捡起掉在地板上的报纸，从第一版开始寻找阿桥的名字。他觉得不祥的预感将会变成文字、声音、气味和现实出现在眼前。他看到电视节目表时不觉跳了起来。上面登着阿桥的名字和照片。“被遗弃于寄物柜的歌星，事隔十七年与生母重逢”。阿菊一把捂住阿莲莫莲的嘴，她正要说什么，阿菊说了一句：“我马上回来，别打开我的礼物。”说完扯下盘中冒着热气的火鸡腿，咬了一口跑出了屋。“阿菊！”阿莲莫莲在背后叫道。电梯降到一楼开门，阿菊走出大厅，到外面拔腿便跑。他啃着火鸡奔跑。“阿桥，你等着，我来帮你！”阿菊跑进代代木公园，找到标记，挖开长凳下的地面，打开沉重的油纸包，将子弹装入四把霰弹手枪，藏在西装里，然后便消失在夜幕中。

周围响起了水鸟拍打水面的响声，随风飘来了鸟鸣声。阿桥呼出白色气息，他是第二次穿过这个公园。一对恋人在长椅上热吻，男人右手指上夹着香烟，两人身上发出细微的响声，好像是女人的头发烧焦了。两人仍然在热吻，又响起了一声细微声，烟头的火熄灭了。大朵轻盈的雪花在飘落到地面之前就纷纷落在树枝、女人的长发、街灯和水鸟的羽毛上，踪迹皆无。牵着狗散步的少女从对面跑过来，狗突然朝阿桥狂吠，少女拉住绳索不住向阿桥道歉，然后又跑了起来。她经过身旁时，阿桥似乎觉得少女朝他微笑了一下，不由得想叫住她，差点喊出声来，他想和少女说几句话，想问她，如果你见到了扔掉自己的生母会说些什么，会怎么想？

阿桥三天前从妮芭那里听说了。“这件事已经决定了，不可能改变，只有去做。我早跟你说过，不能拒绝，你和我还很脆弱。我考虑过了，我也苦恼过。我想你一定很痛苦，所以我想和你一起体验痛苦。于是我考虑了，我们只有两个办法。一个是做戏。那个女人当然是你母亲，但你只需要去想仅仅借用过她的子宫，告诫自己和那个女人没有任何关系就行了。无论那个女人如何反应，是愤怒还是哭泣，你只需要表情忧伤地望着对方，三十分钟一晃就过去了，看电视的观众不久也会忘记，而且你也尽可能忘记那个女人。另一个方法是听任自己的感情。这虽然危险，但比较容易，不过，你见到那个女人大概不会产生任何感情。她和陌生人一样，和陌生人没有什么不同。阿桥，如果感情激昂无法控制，就用第二个方法，如果能够冷静对待，那就做戏，好吗？不过，即使见到那个女人，你也应该是无动于衷的。”

阿桥想：妮芭并不懂。她并不知道，想象生自己的女人是什么样的人非常痛苦，不可能想象对方是个优雅的女人，那个女人决不可以露出愉快的笑脸，她要为抛弃自己孩子的罪过而一生惶恐不安，要时常后悔并责备自己。阿桥总是想象，那是一个沿街乞讨的疯老太婆，长相极为丑陋，肌肤黝黑干裂，身穿腥臭的破烂衣服，她全身抱病，内脏已经开始腐烂。那个女人死了连狗都不屑一顾。他总是想象，是那样一个女人，在自己的脑海里自由地想象，让那个女人呕吐、流血、恐惧、哭泣、小便失禁，随心所欲地折磨她。他心满意足之后便浑身泛起鸡皮疙瘩，产生出无法忍耐的恶心。那个女人十分可怜，令人同情，自己会治愈她的神经病，让她返老还童，去除她脸上的皱纹，将摔倒在垃圾堆里的她扶起，为她梳理头发，为她穿上新鞋，为她洗澡，为她换上新衣服，让她重新行走。还要带她去医院，为她做手术摘除身上的脓包，还要为她抚平手术的伤疤，安慰她不要哭泣。还要让她逛街，和男人挽手而行，让她脱光衣服，身上的肉有些松弛但没有斑点，要让男人安抚她，她在笑，那个女人在笑。于是一股不可名状的怒火重新涌上心头，他又将那个女人变成乞丐，一点点变回到乞讨的疯老太婆。妮芭不懂自己心里的痛苦。不过直到昨天，阿桥仍然想上电视，他有自信圆满做戏，什么样的女人出现在眼前都会神情自若，并且多次告诫自己对方那是与己无关的陌生人。他从没考虑过在节目开演前临阵逃脱。昨天，阿桥从远处看见了沼田君枝，是白天D先生带他去看的。他们坐在车里不让她察觉，看见沼田君枝在市场里买白萝卜和鲜鱼。她是个身材高大的女人，脖子粗壮，天气寒冷却没穿袜子，提着一个脏兮兮的简易塑料袋，买了白萝卜和用白菜腌制的咸菜，拿起一只脐橙问了价钱，又摇了一下头放回货架，阿桥想到大概她生活艰难。她染了头发，没涂指甲油，脸上施了淡妆。她走进鱼店，买了一片晒干的大头鱼，只是一片。大概她孤身一人生活，没有丈夫也没有孩子。她和鱼店老板聊天，老板大概说了一句什么笑话在哈哈大笑，她没有笑。看到这里，阿桥浑身颤抖，热泪几乎涌出眼眶。他兴奋得几乎要发疯，拼命抓住车座，忍着没有喊出声来。他忍耐不住想跳下汽车，被D先生制止了。D先生捂住他的嘴，阿桥几乎要喊叫起来，不停地在车里扭动身体。抛弃他的女人并不是疯子，也不是沿街乞讨的老太婆，而是一个普普通通的女人，贫穷，孤独，寂寞，而且不苟言笑。阿桥冷静下来之后感到有些害怕。想到那个理想的母亲可能会拒绝自己，他感到一种异常的恐怖。自己肯定会流着眼泪扑进那个女人的怀抱，大概希望她紧紧拥抱自己。那时，如果那个女人愤然推开自己该怎么办？他想到这些便不知所措。他躲过D先生指派的人的严密监视，从厕所窗户跳出来，赶到了女人的住处。女人不在家，于是阿桥来到这个公园。

公园外面是寂静的住宅区，阿桥来到一所房子的门前时，雪下大了。阿桥按响了门铃。一个年轻妇女走了出来，问道："您有事吗？"阿桥像喉咙里藏着另外一个小人似的开了连珠炮："我叫桑山桥男，是歌手，十七岁。我是十七年前被扔在横滨寄物柜时被人发现的。据说寄物柜里撒满了九重葛花瓣。一年前，这儿的作家在电视上说，曾在监狱里遇到过一个女人，那个女人在扔掉自己孩子的地方撒过九重葛花瓣。我想问一下那个女人的详细情况，那个女人也许是我妈。深夜打扰，实在抱歉，我现在必须问清楚。"年轻妇女满脸狐疑，细看像个护士，她像背书一样答说："作家现在生病，不见任何人。"阿桥还想说什么，房门已经关上了。锁门的声音响起后，女人说了一句："请回吧。"

阿桥没走。雪花并没有积在地面上，只是弄湿了道路和头发。阿桥多次偷窥房子里面，有灯光，但没有人影。阿桥数着街灯照亮的雪花在门外等待，雪花和聚集在街灯周围的飞蛾不同，不会汇集，静寂无声。周围静悄悄的，刚才听到的水鸟的细微叫声停止了，远处行驶的汽车声也是断断续续的。雪花不断在灯光中闪现。阿桥倚在门柱上，身体湿漉漉的，感到十分寒冷，他在慢慢体验着牙齿打颤、手脚冰冷麻木的感觉。耳后响起了关窗的声音，阿桥慢慢转过头去，昏暗的灯影下，一个老太婆站在新雪之中。她背对着灯光，看不清脸。“并不太冷呀。”那个灯影说道。阿桥头发上积了一层薄薄的雪，护士走出来，打开了门。阿桥转到院子里，朝白色影子走去。院子里有个巨大的圆笼子，笼子里养着两只孔雀，一只在窝里睡觉，一只在雪地里张开翅膀。孔雀的羽毛在窗缝泄漏出来的灯光映照下闪耀着鲜艳的绿色，飘落的雪花逐渐融入羽毛的花纹之中。“请进。”老作家招呼阿桥进屋。

女人按摩完客人的太阳穴回到休息室，点燃一支细长的薄荷烟。同事已经换过衣服，吃着蛋糕手指窗外。天空飘着雪花。她脱下短裤，又用毛巾擦了一遍脚。穿长筒袜时，指甲挂住了袜子，小腿上现出了一点跳丝，女人咂了一下舌头，她想起今天是穿长筒靴来的，真是不走运。长筒靴的分期付款只交了三个月，鞋店老板说下雨下雪的日子最好别穿，特别是雪天，穿着上街的话皮靴寿命会缩短一半。女人忧郁地端详着窗外，路面现在只是湿滑，而楼房的屋顶已经开始积存细小的雪花了。同事从翻阅的杂志后探出头来，问道：“窗外能看见什么吗？刚才有几个戴帽子的人拿着相机和闪光灯在外面转悠，大概是拍电影，现在还在吗？”女人摇了一下头，心想今天回家要马上用鞋油擦皮靴。吃完晚饭会很疲倦，懒得做事，进门一定要先擦皮靴，沼田君枝心里盘算着。

桑拿浴室所在的建筑被四架摄像机和十二只五瓦摄像灯一声不响地包围着，五十米开外的空地上停着电源车、器材车、转播车和记者的车辆。D先生坐在转播车上，望着漆黑一片的监视器的画面，反复瞅着表。妮芭坐在他身边，头埋在双膝之间说："我希望阿桥别来。"转播车里的电话铃响了。妮芭跳起来抓起话筒叫了一句："找到了吗?"然后失望地将话筒递给D先生。D先生点着头，久久没有说话，最后说道："别，那个不必!"便挂断电话。电话是留在办公室的大能人打来的，大能人说一个穿黑西装手持自制手枪的年轻人闯进来嚷着要见D先生，告诉他不在，想赶他出去，他用手枪逼着问阿桥和生母会面的地方。大能人想他只是吓唬人，没有作声，于是他朝天花板开了一枪，威力十分巨大，办公室的女职员吓懵了，说出了会面的地点，年轻人听后便跑了出去。大能人问要不要报警，D先生回答说："别，那个不必!"然后用步话机通知部下说："如果有个穿黑西装的年轻人找来，带他到这个转播车来，就说阿桥在这儿，不要动手，只管带到这儿来。"D先生又看了一下表。

电视播音员在妮芭旁边看着剧本反复练习台词。"各位，令人感动的瞬间，真实的一幕就要开始了。各位还记得吧，以前发生过多起抛弃孩子杀死孩子的事件。今天，在这大雪纷飞的夜晚，被抛弃在寄物柜里的孩子和抛弃他的母亲相隔十七年重逢了。当然，母亲犯下了不可饶恕的罪，但当年的婴儿经过千辛万苦终于成长为当代的歌星，面对这个场面，我们没有必要使用更多的语言。我想起了法国一位青年哲学家的话，大海和母亲相同，既能伤害也能保护孩子。现在，让我们静心观看这真实的一幕吧。”

妮芭想起了昨天晚上阿桥的表情，他坐立不安，辗转反侧。阿桥神经紧张睡不着觉的时候总是要求妮芭为他口交。昨天晚上妮芭主动去问阿桥，但他说：“还是说说话吧。”妮芭说起了新年后就要出发的新婚旅行，按照妮芭的提议，两人准备去加拿大和阿拉斯加旅行两个星期。妮芭不停地讲着滑雪如何简单如何有趣，阿桥默默地听着，脸埋在枕头上小声说道：“喂，妮芭，你觉得可以爱或恨一个根本没见过的人吗?”妮芭没有说话，她默默地爬上阿桥的床，紧抱住他。“我没事!”阿桥反复说道，“我没事，见到那个女人也会打招呼问好的。”妮芭有些后悔，昨天晚上应该认真回答阿桥的话就好了。“父母对于自己的孩子有抚养义务，你可以憎恨那个女人，即使从来没有见过也可以憎恨。”当时这么跟他说就好了。突然，转播车的后门打开了，一个男人叫道：“女人出来了，请过来一下。”D先生和妮芭跳出车外。电源车的开关打开了，发电机轰轰作响。D先生吼道：“女人出来了，马上拍摄，如果要跑，用灯光和摄像机堵住她，有人拍照也没关系。增加把守路口的人数，别让刚才说的那个穿黑西装的年轻人进来！其他看热闹的和汽车都不准过。如果阿桥回来了，五花大绑都无所谓，给我拉到镜头前面来。”

阿菊下了出租车，他没有付钱，说了一句：“你在这等着！我带个人马上回来，你在这儿等一会儿！”司机想抱怨一句，但阿菊已经跑开了。一条胡同深处突然灯光大作，那一角宛如回到了白昼。一个牵着售货车的老人嘟囔道：“如果是煤气爆炸，怎么没有声响？”阿菊跑向那个灯光明亮的建筑，胡同口站着四个男人把守，他们解释说：“这里正在摄影，对不起，请您绕道。”阿菊喘着粗气喊道：“我是阿桥的朋友。”“上面交代谁都不能放行。”阿菊又喊道：“阿桥是我弟弟。”胡同口涌来了许多围观的人。发电机的轰鸣声震颤着地面和空气，巨大的灯光映照出飘舞的飞雪，传来了人们的怒吼和喊叫。“让我见一下D先生，他认识我。”四个男人摇着头。胡同在前面二十米的地方拐弯，右边是灯光照射的楼房，人们纷纷跑过拐角，几乎都是怀抱相机的男人。围观的人越聚越多，阿菊站在最前面。胡同深处响起了一片喊声和女人的尖叫声。有人喊道：“他来了！”人们跑来跑去。“阿桥！”传来一个女人的喊声。这些都是从发电机的轰鸣声中断续听到的。阿菊不觉喊出声了，只见阿桥穿过拐角，在几个摄影师的包围下走了过去，看上去似乎在微笑。阿菊想要从堵在路上的男人中间挤过去，前面的一个人抓住了他的胳膊。阿菊一拳打在他的下巴上，那人倒在积着一层薄雪的路边。其余几个人从左右夹住阿菊，抓住他的衣领和肩膀，将他推了回来。阿菊拔出插在腰带上的霰弹枪，朝他们的脚下开了一枪。雪花溅起，男人们倒在地上，捂住脚满地打滚。阿菊用枪口指着最后一个人叫道：“让开!”那人见状慌忙跑开了。阿菊跟在他身后，转过拐角。路上挤满了踮着脚、按着快门的人，人墙的另一边是巨大的照明，传来了播音员的讲话声。阿菊想分开人群挤到前面去，但被弹了回来，于是他从皮带上拔下另一把霰弹枪，朝天放了一枪。所有的人一齐转过头，嘈杂声戛然而止。阿菊握着手枪，向前走去，人墙分开了。“阿桥!”阿菊叫道。只有阿菊的声音在周围回荡。“快过来，阿桥!外面停着汽车，快跟我走!”阿桥出现在人墙的缝隙里，背对着灯光看不清表情。阿桥在朝他招手。“阿菊，你过来一下，我介绍给你一个人。”所有人都看着阿菊，阿菊走进巨大的灯光之中，那里如同白昼一般明亮。周围竖着几根铁棍，上面有黑色的匣子，从匣子里射出灯光。如果直视灯柱会产生晕眩，视野会变成黄色，眼前一片漆黑。D先生在场，和阿桥一起接受电视采访的高个子女人也在场。播音员点燃了一支香烟，另一个不认识的女人用毛衣遮住脸蹲在地上，裙子和皮靴沾着泥水，身体颤抖着不肯抬头。黑匣子的灯光照在女人身上。有四台摄像机，脚手架上有两台，播音员身旁有一台，另外还有一台手提式的。D先生盯着阿菊，低声说道：“的确长得很像。”阿桥走过来，眼圈湿润。阿菊等着他的那句话。“谢了。”阿桥会那么说的。阿桥张开嘴，手指着用毛衣遮住脸蹲在地上的女人。

“阿菊，她是你妈。”

阿菊没有听清阿桥在说些什么。

“阿菊，我见到那个上年纪的女作家了。我今晚去见的，听她说扔掉我的那个女人已经死了，好像是前年病死的。所以，这个人是你妈。”

播音员跑到蹲在地上的女人身旁，说道：“沼田女士，您的孩子来了，这回可是你真正的孩子。快起来说句话，就在这儿。和你长得一模一样，高个头很健壮，是个好青年。快抬起脸看看，听说还是撑杆跳运动员。你看他一眼，你扔在寄物柜里的孩子就站在这儿，他一定会原谅你。”肩扛摄像机的人凑到阿菊的眼前，阿菊推开摄像机，想从亮如白昼的人堆里走出去，几十架照相机按着快门将他顶了回来。“让开！我要回去，让开！”阿菊想回阿莲莫莲的房间，已经忘却的记忆在头脑里蠕动起来，深埋于脑海的乌亮的金属发出响声在颤动。阿菊感到一阵恶心，闭上眼睛，眼帘里浮现出一个口吐红色液体的胶皮玩具，接着又浮现出和代僵硬的大腿。“别看我，不要围住我，让我走，把灯关上。”阿菊睁开眼，雪花飘入眼眶，视野顿时模糊。他看到在耀眼的白雪和污泥上，一个女人在颤抖。那就是扔掉我的女人吗？那个女人的外表汇集了所有可恶的预感，头上蒙着毛衣、身体僵直蹲在地上的那个女人就是自己出生后体验到的所有令人厌恶的感觉的综合，那不是人，好像是块金属。阿菊感到眼睛生出刺痛，黑匣子里的灯光射入了眼中。眼球表面干燥，右眼和左眼的视线开始错位，错开的地方闪现出一种颜色，那是鲜艳的原色，颜色在不断扩大。围绕阿菊的人们的眼睛、脸颊、嘴唇和脖子都沾着那种颜色。“阿桥，我明白了。你用破烂堆了一座山把我推了进来，你装出一脸哭丧欺骗了我。”阿菊的视线里是一个耀眼发光的白色金属环，金属开始飞旋，甩出光的碎片，刺在肌肤表面的白光碎片。回旋愈来愈快，传来了轰鸣声。手提式摄像机又一次凑近失去血色的阿菊，几乎触到他的脸。阿菊大叫一声，举起霰弹枪用力扣动扳机。D先生高喊道：“别胡来！”摄影师在刹那间缩回了身体。随着一声轰鸣，镜头炸得粉碎，和雪花混杂在一起。阿菊喘着粗气，扔掉手枪，从腰中拔出最后一把。

“住手！”

阿菊回头一看，蹲在地上的女人抬起头，又喊了一声：“住手！”

“你打我吧！”

女人站起身，慢慢走近阿菊。她的脸庞冒着热气。“我被关在里面，记住！一直被关在这个巨大灯光照射的地方。毁灭它！毁灭关闭你的地方！”阿菊朝着散发光亮的碎片的地方扣动了扳机。一瞬间，眼前站着身材高大的女人。女人的脸正伸向枪口。霰弹撕碎了女人的面庞。女人张开双臂飞出去倒在地上，姿势和刚才一样，看上去像蒙着红色的毛衣。女人的五官和头发都炸飞了，面朝阿菊，她那红色的模糊的脸庞融化了飘落在上面的雪花，冒出阵阵热气。

20

阿莲莫莲整理好行李，做了最后一张煎蛋饼。她将蛋饼放入盘子，用叉子吃着，从那天起，她已经记不清做过几十张煎蛋饼了。圣诞前夜那天，阿菊离开这里以前嘱咐过不要打开圣诞礼物，但她忍不住打开看了，从那天晚上以来，她每天只做煎蛋饼。

阿莲莫莲被警方传唤了七次。“他究竟说过没有是如何搞到手枪的？圣诞前夜，他离开你的房间时拿着手枪没有？离开房间时说过要去干什么吗？他说没说过要去杀人？他走之前在你的房间里干了什么？你和他是什么时候认识的？你们是什么关系？睡过没有？你多大了？你叫什么？阿莲莫莲是真名吗？”阿莲莫莲始终没有张口回答问题，不过，审讯并不十分严厉。警察很同情她，当她表情惆怅地微笑时便立即改换话题，而且，阿莲莫莲并不是重要证人。

D 先生请的律师曾多次登门，要求她在法庭上作证。“阿莲莫莲小姐，桑山桥男说阿菊一定是为了救我，他看见我在电视镜头前和生母会面，想为我解脱。你怎么想？阿菊说过这样的话吗？‘我去救阿桥’，你有没有听到阿菊这么说？如果你作证说听他这么讲过，那么对桑山菊之将十分有利。”阿莲莫莲回绝了他，律师问她理由，她回答说讨厌上法庭。据说阿菊被送进精神病院治疗了两天，开庭那天，阿莲莫莲觉得阿菊可能在医院做了大脑手术。

阿菊来到法庭时显得惴惴不安。他面颊浮肿，眼神无光，躬着背四处张望。阿莲莫莲身穿素装，略施淡妆，坐在旁听席的角落。检察官朗读了起诉书，指控阿菊犯下非法携带枪支罪、胁迫他人罪、损坏他人物品罪、伤害罪、杀人罪。阿菊正要对法警说什么，庭长制止他说：“安静，认真听起诉书的内容。”就这两句话，阿菊便吓得缩回头去。

事件发生后，阿菊成了家喻户晓的人物。由于他还未成年，名字和照片都没有公开，不过他是在电视实况转播中开枪的，电视屏幕上他的特写长达十三分钟，播音员也多次高声介绍说这是和阿桥一起长大的撑杆跳运动员桑山菊之。阿菊是世界上第一个在实况转播里杀人的少年 A。阿菊现在赫赫有名，阿桥的专辑在事件后一个月里骤然畅销。

审判是在事件引发的喧嚣平息之后才开始的，阿菊对于被起诉的罪状全部供认不讳，这时法庭上响起了阵阵嘈杂声。律师慌忙跑上前劝说他否认故意杀人，阿菊开始接连摇头，不久便不耐烦地站起身，像背书似的说：“我没有想故意杀人。”听了他的话，旁听席、律师、法官甚至连检察官都明显松了一口气。

辩护方的证人传讯持续了三天。律师否认阿菊故意杀人，承认余下的指控，强调说阿菊是阿桥最要好的朋友，从小在一起长大，亲如兄弟，他不忍见到阿桥在电视上受人捉弄，不得已才犯下胁迫他人、伤害等罪过，为了得到法庭的宽大量刑，他让多位证人为阿菊作证。律师的见解和大多数媒体的报道相吻合，阿菊受到社会舆论的同情。从海岛赶来的桑山和孤儿院修女讲述了两人是如何情同手足，旁听席上的人们听后不觉潸然泪下。D先生坦然出庭作证，低声说："这都是我的错，该受惩罚的是我，是我想借阿桥的身世做宣传，推销唱片。那不是人应该做的事，我们关西人把这种人叫做黑心鬼，我的盘算就是黑心鬼干的事，一心想的是唱片的销售量，才做出了这种残酷的事，拿别人的痛苦当儿戏。从小就很要好的被告来解救阿桥是理所当然的。"

阿菊供认了霰弹枪的出处。阿桥作证说是从一个名叫达雄·拉克鲁斯的菲律宾人那里得到的。律师最后传唤了法医，询问了有关沼田君枝头盖骨弹痕的验尸报告。法医作证说："检查弹痕的角度，开枪时枪管的角度是十四度以上二十八度以下，应该高于水平位置。也就是说阿菊由于过于冲动而朝天射击，身材高大的沼田君枝将头伸向枪口才中弹的，因此阿菊并不是故意杀人。"阿菊的枪口朝天，并没有瞄准周围的摄影师，所以这个事件是意外事故，这就是律师得出的结论。法医出示受害者的头盖骨X光照片做说明时，阿菊痛苦地扭动身躯不断哆嗦，听到脸部和霰弹之类的词语时不时捂住耳朵闭紧双眼，最后终于哭出声来。庭长指示法医中断作证，休庭三十分钟。阿菊被法警带出去时躬着背，双手像女人一样捂住脸，法庭内的所有的人从而了解到阿菊因受到良心谴责而痛苦。公诉人在传唤证人时似乎并没有想证明阿菊故意杀人，也无意推翻辩护方证人的证词，只是力促当事人反省自己。公诉方的证人传讯只花了半天的时间，只是证明阿菊所持的霰弹枪具有足够的杀伤力。包括阿菊，所有在场的人似乎都对此次审判感到满意，只有阿莲莫莲例外。

律师在最终辩护时说："本人知道谈及本次事件中所涉及的文学性的一面并不妥当，我们不应过于注重人的经历和心理所编织的故事，而应该严格运用法律。但考虑到法律存在的理由是保护人的生命尊严，本人不得不意识到我们众人所构成的社会应承担的责任。十七年前，被遗弃在寄物柜中的被告无疑是受害者。当然，这一点并不能构成本案被告行为的任何正当理由。但是，事实证明本案中被告所采取的各种行为均出于对同是受害者、而且自幼同甘苦共患难的兄弟的同情，不忍见到对方陷于困境。被告使用枪支的原因绝不是想玷污人的生命尊严。"

检察官在最终公诉词中讲道："本案审理的内容并不是事件之特殊性，而应该是判断犯罪的本质。我们必须在此明确表示，被告过去的身世无法弥补被告所犯下的罪过。但是，满足部分人想偷窥他人隐私的欲望从而攫取某种利益的行为往往会引发严重犯罪的恶果，审理本案的目的是要对此类行为敲响警钟，本官员对此不持任何异议。”

宣判那天，阿菊的态度仍然和以前一样，表情惴惴不安，眼神无光，躬着背四处张望，而且一直浑身哆嗦。庭长宣判道：“法庭对于所指控的非法携带枪支、胁迫他人、损坏他人物品、伤害等罪认定有罪，对于所指控的杀人罪认定并非故意杀人，但过失致死罪无可赦免。因此判处被告五年徒刑。”人们起立，D先生和律师握了一下手。检察官苦笑了一下，向周围人显示了此次公审是如何的艰难。阿桥和妮芭互相拥抱，妮芭抚摸着阿桥的头发安慰他说：“三年就可以出来。他出来之后，我们可以住在一起，阿桥。”阿菊躬着背，在法警的押送下正要走出法庭。阿莲莫莲感到喉咙发痒，最初她以为是法庭内的空气不好，便轻轻咳嗽了一声，打算清除堵在喉咙中的异物。她张开嘴，手指轻轻按在脖子上，奋力挤压舌头和牙使劲想拽出异物。发痒的东西滑出喉咙膨胀开来，不是咳嗽，而是随着唾沫一起冲出喉咙的尖叫声。

“阿菊!”

阿莲莫莲从旁听席上探出身，挥舞着头戴的白色贝雷帽，高声叫道：

“你忘记曼陀罗了吗？曼陀罗！你不要上当受骗!”

她身穿白色西装，脚穿长筒靴，插着玻璃细管编织的玫瑰花胸针，短短的鬈发尖染成彩色，简直就是一个完美无瑕的玩具娃娃，正在走出法庭的人们一齐注目阿莲莫莲。阿菊慢慢转过头，当听到曼陀罗这个词的时候，他不觉肩膀颤抖了一下。

“一切还都没完，阿菊！”

阿菊朝阿莲莫莲微笑了一下，只有这时他才伸直了后背，不久便在法警的催促之下走出了大门，后背又缩了回去，像淹死的猫一样。他仍然穿着为圣诞晚会准备的黑西装，纽扣已经脱落，肘和膝盖摩擦得油亮，袖口撕破了，垂下几根线头。阿菊走出去之后，阿莲莫莲漠视着周围的人走到门口。阿菊现在正在受苦，而背后却传来阿桥的声音。阿莲莫莲站在门口，回过头来瞪着每一个人，她的目光停留在妮芭消瘦的面颊上。

“总有一天我会让你们全都去喂鳄鱼。”

那天晚上，阿莲莫莲打开了阿菊送给她的圣诞礼物。礼物是一本书，书名是《煎蛋卷大全》，第 182 页有蛋包饭的做法。阿菊在那里圈上红线。阿莲莫莲买来两百个鸡蛋，开始学做蛋包饭。除了材料用完上街去买以外，她一直将自己关在房间里，从早到晚不停地做蛋包饭。房间里摆满了鸡蛋，除了床下，阿莲莫莲在房间的所有地板上都摆了煎蛋饼和番茄酱炒米饭，然后望着这些，嘴里嘟囔着骂自己是傻瓜，放声大笑，不久又哭出声来，直到全身痉挛。

哭泣停止了，她举起距床最近的盘子，摔向贴在墙上的唐木岛海图，在盘子摔碎的声音中，她回忆起了阿菊的裸体，就像在肌肉表面上粘贴着一层薄纸那样的裸体。阿莲莫莲心里抱有一种恐怖感，也许自己再也不能抚摸阿菊的身体了。她身体颤抖，又要哭出声来，眼里的泪水已经干枯，她觉得自己可能发疯。阿莲莫莲用尖利的指甲久久刺在臀部的肉上，直到身体的痉挛停止。阿莲莫莲从阿菊脱衣服开始，回忆起他胸部的长毛、肚脐附近的皱纹、腰部侧身隆起的伤疤、脚背上钉鞋磨成的茧子。当她将手伸进胯下时，突然发现自己忘记了阿菊的面容，便尖叫一声从床上跳起来，脚下踩着地板上的番茄酱炒饭，穿过房间找到镶着阿菊照片的像框。阿莲莫莲盯住照片凝视了三十秒，暗自思索道：还是去找阿菊！

第二天，阿莲莫莲卖掉了自己的公寓，而且将珠宝、网球拍之类的所有杂物都变卖了。她将现金分别存入七个银行，开设了总额超过两亿元的活期存款账户，对父母撒谎说要去伦敦，并且打电话给模特俱乐部的事务所，通知自己希望立即解除还剩四个月的合约，要求对方收下自己下个月该领到的去年下半年的酬金，做为解除合约的违约金。事务所同意了。然后她整理了行李，吃完了最后做的煎蛋饼。阿莲莫莲改造了汽车的行李厢，将鳄鱼装了进去。她犹豫了很久，最后还是决定带鳄鱼一起去。伽俐巴卷着尾巴沉在简易水槽中。“伽俐巴，忍耐十个小时就能见到阿菊了，你也想阿菊吧?”阿莲莫莲带上换洗的衣服和两个人的潜水器材，深夜三点开动福特野马牌轿车出发了。

她沿着东北高速公路北上，走到终点，然后再渡过狭窄的海峡就能到达阿菊所在的城市。那是名叫函馆的海港城市。阿莲莫莲脚穿平底中国绣花鞋，红缎子鞋帮上用金线绣着白菜的图案。她的脚踩在油门上，保持着一定的速度，每分钟四千五百转，福特车以一百三十公里的时速飞驰在公路上。阿莲莫莲吹着口哨，她还没有感到已经远离东京，东京所有的窗户放射出的灯光依然凝聚在阿莲莫莲身穿的金银锦缎衬衣表面，编织成闪亮的纤维颗粒，贴在她的背上。

阿莲莫莲讨厌旅行，至今她只有过一次旅行，就是上中学时的修学旅行。她们在关西的古都观光，行程一共四天。在第一天住宿的旅馆，阿莲莫莲彻夜未眠，话比平时多了三倍，饭量也猛增了三倍，而第二天和第三天则在大客车上蒙头大睡。虽然看了古老的建筑和庭院，但并不记得。全身只记得经过了许多地方，她靠在座位上昏睡，在汽车的震动和嘈杂声中有时醒来，每当她微微张开眼睛，窗外的景色总是发生变化。不知不觉太阳落山，远方灯火阑珊，她昏昏沉沉地意识到自己在旅行，那是她平生第一次那么想，以后再也没有经历过。阿莲莫莲讨厌只是为了看窗外的景色变化而不停移动的那种旅行。

阿莲莫莲不断地踩着油门，前照灯撕开的夜幕一瞬间静止之后便飞速抛向身后。灰色的公路蜿蜒曲折，远方闪烁着微弱的光亮，不久就要迎来拂晓。阿莲莫莲为了加油和吃饭，决定歇息一下，便将汽车开进高速公路休息站。停车后，她从座位旁边的冰柜里拿出一块马肉，看了一下密封的行李厢，将肉放进去，走向餐厅。她那彩色的头发、银狐皮大衣、黑色的皮裤、中国缎子鞋顿时吸引了在座的长途运输卡车的司机的目光。在等要的咖喱饭和酱汤时，她想去洗一下手和脸。当阿莲莫莲站起身去厕所时，正在大口嚼饭的男人的目光一齐注视在她纤细的腰身上。

厕所在餐厅厨房后面，好像刚刚打扫完，地板还是湿漉漉的。厕所里没有暖气，呼出的气息带着白色。镜子裂开了几条缝，水龙头的水冰凉，让人感到十分爽快。门缝里飘进来厨房的热气，其中散发着一股圆白菜的气味。

突然，女厕所马桶的隔扇门打开了，两个男人从里面滚了出来。一个光着下身，浑身哆嗦，嘴里嘟囔道："求你饶了我吧！"另一个则右手拿着针头，高声笑着。两个人见到阿莲莫莲，突然脸色大变。"啊，有女人！"光着下身的男人滑倒在地，双手捂住下部。他摔倒在厕所门前，阿莲莫莲无法脱身出去。手持注射器的男人身穿蛇皮西装，头戴贝雷帽，穿着马裤，脚上是胶皮底的水袜子。他身材矮小，但肩膀肌肉隆起，脖子粗壮，手脚和脸都很大。他在发现阿莲莫莲的一瞬间收住了笑脸，看见那个男人慌忙穿上内裤，拉起衬衣下襟想掩住下部，他又放声大笑起来。"喂，求你了。别在女人面前笑话我，别让我在这儿出丑。"那个男人慌慌张张地穿上黄裤子、粉红色袜子和黑色长筒靴。袜子后跟破开一个洞，他发现给阿莲莫莲看见了，害羞地低下了头。他身材比那个手持针头的男人还要矮小，不到阿莲莫莲的嘴唇，看上去大概三十岁，头顶中间已经秃谢，却用梳子和润发油将稀疏的头发梳成偏分头。“喂，小姐，我天生就胃肠不好。”男人瞪着一双牡蛎一般的眼睛接着说，“喂，小姐，肠胃不好是天生的。”他滑倒在湿漉漉的地板上，裤子四处沾满了泥水。“我肠胃比较弱，从小就屁股里插磁针，胸前口袋里装电池，就是电线的另一头连着硬橡胶电极的那种。奶奶从小就吩咐我要带在身上的，我是奶奶从小带大的，要听奶奶的话，你明白吧？喂，你听明白了吧？把我变成同性恋的其实是奶奶，不过我并不恨她。奶奶靠走街串巷卖干鱼，摆摊卖油炸货，才把我养大的。你明白吗？大冷天，奶奶不戴手套，提着装满青花鱼的篮子在河边走，那是手都冻得干裂的大冷天。我戴着毛线手套，开始我以为奶奶不喜欢戴手套，不过我想错了，是因为没钱买手套。我觉得奶奶很了不起，寻思着凡是她说的话都要遵守，她让我插电极，我老老实实照做了。当时我不知道那很舒服，小学生当然不会明白的，对吧？小姐，你明白吧？”

秃头男人喷着酸酸的气息，不停地唠叨着。他口角冒出白沫，想抓住阿莲莫莲的手腕继续对她诉说，阿莲莫莲觉得恶心。另一个男人收起针头，望着厕所窗外朝阳灿烂的风景。“喂，小姐，你是不是觉得我很讨厌？对不对？我很可怜吗？”男人还在唠叨，额头和脖子青筋暴露，只穿一件衬衫还浑身冒汗。阿莲莫莲从他身边溜过去，想离开厕所。“喂，小姐，你等一下。从前天开始，我奶奶身体不好，好像要死。就是这样，我也不能歇班，所以才注射韩国的维生素继续干活。我是不是很了不起？怎么样？你不觉得我很了不起吗？”秃头男人抓住阿莲莫莲的胳膊大声嚷着，“我很了不起吧？”阿莲莫莲想甩开被他紧攥着的胳膊，她看看望着窗外的男人，让他帮她拉开那个男人。

头戴贝雷帽的猛男皱着眉头，看了一眼秃头，咂了咂舌。“住手！看你像什么样子！”然后他对阿莲莫莲说：“你是不是想让我制止他？”阿莲莫莲点了一下头，猛男突然挥拳朝秃头打去。巨大的拳头带着风声从阿莲莫莲眼前掠过，打在秃头的鼻子上，发出了沉闷的声音。秃头捂住鼻子摔倒在地，又跪坐在厕所地板上大睁两眼，鲜血一会儿流了出来。

阿莲莫莲走出厕所，心里十分恶心。殴打秃头的那个猛男从后面追了上来，和阿莲莫莲并肩走着说：“喂，你不谢我一声？”阿莲莫莲没搭理他，回到自己的座位。咖喱饭已经凉了，她一口也不想吃，只喝了口酱汤。猛男坐在她旁边的座位上。“喂，小姐，你不谢我一声？”他的门牙是金牙，脖子上戴着链子，上面挂着洋女人口交图案的装饰，在阿莲莫莲眼前不停地摇晃。“我替你揍了他，你要谢我一声！”周围的男人们只是笑着看热闹。阿莲莫莲从手提包里拿出两张一千元的纸币交给男人，他举起纸币，在射入餐厅的朝阳里凝视了一会儿，咂了一下舌，往地上吐了一口痰，用纸币挑起冰凉的咖喱饭摔在阿莲莫莲手背上。茶色的咖喱汁溅到她的脸和银狐大衣上。“别损我，臭娘们！”阿莲莫莲将黏乎乎的纸币放回盘子，拿出手绢擦了一下手，抬起头，不觉惊叫起来。秃头满脸流血站在她面前，左手扶着桌子撑住身体，右手捂住鼻子，额头的血不停地流淌下来。“疼吗？”猛男问道。秃头摇了一下头。餐厅服务员们十分吃惊，凑上前来。“啊，不必担心，这家伙在厕所摔了一跤，没关系，只是鼻骨摔断了。”秃头不停地点头称是，坐在阿莲莫莲的对面，吃起了眼前的冷咖喱饭。他用手夹起沾满咖喱汁的千元纸币，惊奇地看了一阵，突然大笑起来。他的鼻子不停地抖动，鲜血滴在咖喱饭盘子里。“我……我头一次吃……吃一千元的咖喱饭。”阿莲莫莲走出餐厅回头望去，只见两人手指着千元纸币捧腹大笑。

她走过停车场，里面停泊着许多巨大的长途卡车。那两个男人没有追来。阿莲莫莲钻进福特车，在加油站加满了汽油。轿车在公路上飞驰了一个小时，车载收音机里传出了阿桥的歌声。“我要让你疯狂，故事刚刚开篇，我要让你疯狂。”阿桥唱着。

太阳升起来，反射在公路上，十分耀眼。她伸手去拿太阳镜，这时背后响起了巨大的汽笛声。阿莲莫莲惊慌失措，赶忙去看后视镜，只见一辆卡车紧贴在她的车后，相距大概不到二十厘米。

卡车很高，看不见驾驶室，后视镜里映出的只是厚厚的铁板。阿莲莫莲减速换挡，然后突然用力踩油门，一瞬间卡车被抛在身后，她看见了驾驶室。里面是刚才那两个人，秃头握着方向盘，脸上的血已经擦干净了，衬衣上仍然沾着血污。阿莲莫莲打开车窗，伸手打出手势让卡车先行。卡车仍然按响汽笛，更加逼近轿车。阿莲莫莲心里告诫自己要镇定，在下一个上坡道可以一举甩开卡车，如果现在急躁的话，会被卡车撞到，轿车将失去平衡撞上高速公路护栏。

高速公路是一段缓缓的下坡，阿莲莫莲放慢了车速。她不知道那两个人会怎么跟她找麻烦，但放慢车速比较容易对付些。她将车速降到三十公里，于是卡车突然减速，缓行到几乎停止，和轿车拉开一百来米的距离。阿莲莫莲保持低速行驶，突然，后视镜里的卡车高速冲来。她发现后猛然加速，但已经迟了。卡车一直鸣笛撞向轿车，前面的巨大前杠撞飞了福特车的右后部，飞驰而过。剧烈的撞击通过方向盘传到阿莲莫莲的手上，她向右边转动方向盘，反复减速换挡，多次踩刹车才控制住汽车，没让它滑向左边。汽车撞到墙上，水泥和铁板剧烈摩擦，发出刺耳的声响。阿莲莫莲咬紧牙根忍耐着，握紧沉重的方向盘，终于将汽车开回了车道。她一瞥后视镜，不觉惊叫了一声："伽俐巴！"行李厢的盖子掀起，已经不见鳄鱼踪影。阿莲莫莲紧急刹住汽车，见到后面没有其他汽车便开始倒车。发现后面出现车影，她刹住车，跳起来飞奔到路上。伽俐巴仰卧在中央隔离带的旁边，阿莲莫莲尖叫着想冲过去，但被轰鸣而过的车流阻挡在路边。鳄鱼因为摔伤和天寒，躺在地上一动不动。“伽俐巴！”阿莲莫莲喊道。鳄鱼摇晃了一下尾巴。阿莲莫莲嘴里嘟囔道：“还活着，还活着。”伽俐巴的皮十分坚硬，体重超过一吨，即使汽车压上也是汽车先坏。不过该如何解救它呢？阿莲莫莲不停地呼唤着鳄鱼的名字，鳄鱼摇动尾巴，想翻过身来。它挺起带着环节的白色肚皮，短粗的四肢不断地摆动想抓住什么。飞驰的车辆巧妙地避开伽俐巴。伽俐巴挺起尾巴，像摔跤选手挺身做出的拱腰姿势。它的侧腹裂开，流出鲜血，它高高扬起尾巴拍打在石板上，每拍打一次都扭动身体，终于翻过身来，看着周围。它爬上中央隔离带，想钻进花坛里，大概那里散发着青草的气味。伽俐巴在隔离带的草坪上爬行，来往的巨大卡车群轰鸣而过，高速公路微微颤动，卷起弥漫着汽油味的热风，轰鸣声振荡着鳄鱼的腹部。阿莲莫莲感到有些疲劳，停止了喊叫鳄鱼的名字，这时，她感到一种感情从颤抖的脚下经布鞋和皮裤涌上心头。看到伽俐巴隐藏在高速公路中央爬行时，她心头涌出一股从来没有体味过的感情。这是她平生首次体味到的感情，她不知道那是什么，只是感到十分寒冷，牙根合不上，全身颤抖。她突然希望天降暴雨，觉得现在山峦叠嶂一览无遗的晴天让人心烦。卡车的数量在不断增加，卷起风尘飞驰而过。阿莲莫莲不停地惊叫着，她觉得卡车十分可怕，自己好像变得蚂蚁一般渺小，感到比卡车还要巨大的东西要压扁自己。她哭了起来。“妈妈，救救我！求你快来救救我！”对面的车道上传来一声沉闷的声响，鳄鱼弹起来飞舞在晴朗的天空里，在跌落下来的一瞬间断裂成两半，头部挂在花坛的灌木上，身体抛向路中间，撞到飞驰过来的油罐车，又反弹回来。鳄鱼碎片喷出的血污被卡车车轮碾着，在路面上画出几道红色的平行线。

21

押送囚犯的车顶上绑着黄色玻璃纤维杆，昏暗的车内坐着四个囚犯和两个狱警。两个狱警在谈论上星期乘船出海钓鱼时钓上十几条双线鱼之类的话题。

一个头发油光锃亮的囚犯开口问道："看守。"两个狱警停止讲话，瞪了一眼那个男人。"对不起，我在拘留所习惯了叫看守这个词。我想问一下监狱里的米饭是不是掺着麦子？我，不习惯闻麦子的味道。"两个狱警互相看了一眼，大笑起来。提问的那个头发油亮的男人也随着笑了起来，见到狱警一言不发又板起脸，咂了一下嘴，耷拉下脑袋。

少年劳教所的院子里栽着铁树，还有一个铜像，雕刻着两个男人高举铁锤，底座上雕刻着"希望之像"四个字。大门和入口打扫得一尘不染，灰色的建筑物窗户很少，如同午后的加工厂一般。

"喂，桑山。"一个狱警手里拿着那根玻璃纤维杆，叫住了正要走进门的阿菊，“这根跳杆我们保管在所里的仓库，如果你领到随身携带物品登记单，别忘了将跳杆也登记上。记住啦?”阿菊点了一下头。

“好好回答，桑山!”

阿菊小声答了一句：“是。”

四个囚犯走进楼房。头发油亮的那个男人嘟囔道：“是不是有股医院的气味?”谁也没理他。他们穿着鞋走上楼梯，被带进标着“所长室”的房间。那是一间大约三十平方米的朝阳的房间，里面的沙发上坐着三个人，其中一个戴着眼镜身穿双排扣西装的消瘦男人正在翻阅文件，对面坐着一个身穿蓝色制服叼着烟头的老人，还有一个胖子倚在沙发角上，脱下皮靴正在搔着脚痒。带路的那个刑警双脚立正，高声叫道：“新入所人员四名现在报到。”身穿双排扣西装的男人慢慢抬起头，穿制服的胖子随口应了一声，穿上皮靴。

“你们从今天起依照判决在本所服刑，我是所长，名叫土佐。本所的基本方针并不是要惩罚你们，而是教育你们改邪归正，能够回到社会上正常生活。你们都是初犯，本所对于失足犯罪的年轻人进行各种职业教育，通过普通学科教育、函授教育、兴趣小组、体育和文化活动，对你们进行指导教育。我希望你们尽快适应劳教所的生活，和其他在所人员相处和睦，争取成为模范的无事故人员，努力工作，早日和家人团聚。讲话完毕。”

身穿双排扣西装的男人训话后，头发油亮的那个囚犯低着头大笑起来，好像并不是因为有什么觉得可笑，而是过于紧张的缘故。身穿制服的胖子走上前，站在头发油亮的男人面前，瞪着他说："你是不是头脑有病？"胖子厚厚的胸膛和肥胖的脖子散发着汗臭，威严可怕。"你有没有搞错？啊？是不是天生就梦想进监狱，现在心里特别乐？怎么着？现在是不是特别高兴？"身穿制服的胖子的皮靴比头发油亮的男人的鞋大两倍。头发油亮的男人脸上的肉不停地颤抖，嘴里反复嘟囔道："对不起，对不起。"所长笑着安慰胖子说："算了，田所教官，他们过一阵就会明白了。"

名叫田所的胖子是辅导部长，他两只耳朵已经变形，大概练过柔道，走路时总是八字脚，身体摇晃着。他虽然很胖，但身上的肉似乎非常结实。田所领着四个人来到一间教室模样的房间。两个狱警拉上窗帘，那个窗户可以看见大海。阿菊他们坐下后，电影便开始了。那是一部介绍劳教所历史和设施的短篇纪录片，模糊的画面上最先映出的是大海，海平面上夕阳映照着海岸，一个男声开始解说："这部纪录片是为了让大家了解劳教所生活的概要而拍摄的，请大家参考。"在夕阳映照的海面上，浮现出两个男人塑像的剪影。"这个雕塑表现的是劳教人员为了重返光明的社会而努力接受再教育的身影，是雕塑家住友政长先生花费一年零三个月才塑成的。"

高举铁锤的男人塑像慢慢消失后，一个正在给汽车喷漆的劳教犯出现在屏幕上。“本少年劳教所施行的职业训练的种类、内容、释放后的就业率都在全国名列前茅。木工、铅字印刷、服装、板金等各个科目毕业后都会得到一份由劳动省职业训练局长颁发的结业证书。”接着画面中介绍了各种职业训练内容和车间工作的场景。“木工科的高速木材干燥机、超精度刨床，活版印刷科的电子石板印刷机，服装科的锁扣眼密针机，板金科的全自动脚踏切割机，焊接科的气割机，汽车整修科的汽车起重机、超高速充电机，船舶科的四十四点八九吨钢船‘少年勇洋丸’，无线电通讯科的超短波无线通讯设备，美容科的人体解剖树脂模型，洗衣科的回旋储水室，烹饪科的剥皮机，锅炉科的一百立方米克尼修卧式锅炉，这些都是本劳教所引以自豪的先进设备。”画面中的犯人都满脸微笑，在写着“娱乐室”的房间里，犯人们正在玩牌弹吉他唱歌，画面上出现他们肩膀的特写镜头，上面缝着金色和银色的布线。“如果六个月安全守法，就会领到一根银线，银线达到四根时，也就是说两年无事故，就可以领到一根金线，所长会在早训话时点名表扬。有两根金线的模范犯人可以搬入高级单人间，高级单人间的窗户比普通房间大一点七五倍，还有窗帘、花瓶、镜子和吊橱，非常舒适。”为了保护犯人的人权，画面上很少出现犯人的面部，万不得已时面部涂成黑色。犯人有的练习柔道，有的在操场上跑步，有的画水彩画，有的烧制陶器，还有的在聆听宗教教诲。“春秋两季举办运动会，教官和看守都会参加，还有各楼之间的乒乓球对抗赛。每年还各举办一次橄榄球、垒球、排球、足球、柔道和剑道比赛。每到秋季还会召开美术、书法、吟诗、合唱、文艺、戏剧表演等俱乐部的表演会，邀请普通市民参加。”医务室、厨房、澡堂、理发室、宗教忏悔室、普通监房、禁闭室、厕所，还有会面室。“会面室分一级和二级，收容人员根据模范表现程度使用会面室。”二级会面室有看守的监视和金属隔离网，一级会面室有圆桌和椅子，还有红茶和花瓶。后面的电影内容主要介绍普通监房的生活，点名的方法、起床和就寝、打扫卫生，甚至被褥的铺法都作了详细说明。电影以出狱的画面结束，只见犯人换上便装，在大门前向所长和职员告别，和前来迎接的家人拥抱，大口嚼着女人带来的饭团，那个女人似乎是犯人的母亲。画面上是脸部特写，涂黑的地方流出了泪水，最后的配音说道：“希望你们努力争取早日回到光明的社会。”

当画面上映出“完”字时，不知是谁叹了一声气。窗帘打开后房间变得明亮，两个犯人站了起来，是头发油亮的男人和皮肤如金属一般光滑油亮的高个子男人。

“不许随便站起来！”

正在整理放映机的狱警大喝一声。

“刚看完电影，你们好好看了没有？电影里不是讲不许随便行动吗？要等命令！你这个笨蛋！”

头发油亮的男人慌忙坐下，白肌肤的高个儿仍然站着。

“你想站到什么时候？你是老外啊？眼珠是黑的吧，听不懂日语吗?”

田所低声说着，眼睛瞪着高个子犯人。

“还没有让坐下的命令。”高个子一本正经地回答。田所托着下巴，低声嘟囔着走近高个子。两人的身高大致相同，看上去比阿菊高十厘米，大概超过一米九。田所让白肌肤的高个子坐下，询问了他的名字。

“我叫山根素彦。”高个子面不改色，十分镇定地回答道。阿菊和山根一瞬间对视了一下。只见他柔软的头发贴在雪白光滑的额头上，眉毛和睫毛是灰色，细长的眼睛是单眼皮，眼球几乎是透明的，鼻子的曲线如同塑料玩具那样圆滑，没有一丝阴影。嘴唇很薄而肉质似乎十分坚硬，没有一根皱纹。山根的脸看上去就像戴着假面具，如同贴着灰色塑料薄膜一般。

四个犯人走下楼梯，通过昏暗的走廊。走廊尽头是一扇铁门，田所挥了一下手，狱警打开了铁门。铁门发出了吱呀的摩擦声，里面是十平方米左右的狭小房间，有两个手持警棍的看守，其中一个拿出一个上面标注着“进出记录本”的本子交给田所。田所填写了日期、姓名和目的。“三月二十九日，田所，率领新入所人员。”看守拿起拴在腰间的巨大的钥匙捅进铁墙。小房间的两面墙壁是铁门，两个看守合力打开。阳光照射进来，阿菊他们在刺眼的光线中闭上双眼。铁门的里面异常明亮，田所让他们进去，眼前是一个转门，门柱上布满了铁刺，如同铁笼一般。一个人走进去之后，随着门铃的响声，铁笼转动，里面的人被送到对面。铁笼转动时发出铁与铁的撞击声，田所手指着说：“这就是你们的家。”

天窗上镶嵌着铁格子，两侧整齐排列着笨重的牢门，从天窗上射进来的阳光将水泥墙壁和地板染成黄色，走廊很长，笔直伸展着看不见尽头。看守在背后关上铁门，头发油亮的男人嘴里嘟囔了一句坐在地上，缩着肩，耷拉着脑袋。田所抓住他的衣领将他拽起来。悠长而明亮的走廊让人感觉晕眩，走廊打扫得一尘不染，地上甚至没有一只小虫。眼前见到的是铁锁、笨重的木门、墙壁上细小的污渍和裂纹，还有天窗铁格映在地板上的平行四边形的黑影。

“用机器打比方的话，你们都是出了故障的次品。一般来说，修理坏机器的人要从顾客那里收取修理费，是不是？洗衣机坏了拿去修理要花钱，但监狱却相反，国家花公款修理你们，你们要感谢才对，首先要从心里这么想才对。”田所说道。新入所人员检查室有二十五平方米左右，里面用支柱和布分隔。四个犯人分别站在中间，脱光衣服，高举双手抬起一条腿原地蹦跳十几次。他们分别领到一件汗衫和囚服，那是一套灰色上衣和裤子，裤子上没有皮带，只缝着两条短绳。鞋是软布做成的，脚背上固定着胶皮，没有袜子。犯人所有的个人物品都被装入标注着号码的木箱，逐一在寄存物品明细表上登记了物品名称。阿菊在其他物品栏中写上“美国制跳高玻璃纤维撑竿”。

换完衣服，四个人在理发室剪了头发。头发油亮的男人见到湿漉漉的头发纷纷落在地上时，起先颤动着肩头，后来终于忍不住哭出声来。理发师也是囚犯，他左手抓住他的头发，摇晃着说：“你不老实呆着，再哭的话，剪破头皮别怨我。你他妈的混蛋，抹了这么多臭东西，黏乎乎的！”

“原来你是弗兰肯斯坦啊。”

听田所那么说，所有人的脸都转向山根。山根的秃头上现出一条粗线，从前额发际直到后脑有一圈手术缝合伤疤，头皮上有几条花纹，那是连接头顶和手术伤疤的红色波纹。头发油亮的男人看了一眼山根的脑袋，止住哭声咽了一口唾沫。

“我做过手术，头盖骨里镶着硬塑料。”

每个犯人都有一个号码，用墨水写在白布上。田所高喊犯人的姓名和号码，如果回答的声音小，便要重复回答。平山邦夫、418号，工藤巧、477号，山根素彦、539号，桑山菊之、603号。

单人牢房大约六平方米，地上铺着变色的榻榻米，配有一床棉被和一条毛毯，另外还有一个手巾裹成的枕头，除此之外一无所有。房间内三面是奶油色的水泥墙，没有窗户，房门是笨重的木板。门上有两个小窗口，只能从外面打开，上面的窗口是巡回监视用的，下面的窗口用于传递早晚饭。房顶上镶着荧光灯，跳起来也摸不到。厕所和饮水处都在房间外面，除了指定的时间，想上厕所或喝水的话，必须等看守巡回时报告。新入所人员在接受监狱生活说明和各种检查期间暂住单间。全封闭的房间遮住了外部世界的声音、气味和景色，犯人短时间会陷入封闭恐怖症。这有利于监狱管理人员，因为单间的压迫感会让犯人产生想和他人接触说话的要求，可以比较容易掌握犯人的性格。而且，这作为最初的守规训练可以发挥良好的效果。由于必须保持沉默，犯人在做体操、自慰和打坐时需要反复深呼吸，消磨神经，于是从心里渴望早日转入杂居的普通牢房，那样可以参加职业训练和业余活动。几乎所有的新犯人都会请求早一点参加劳动。相反，能够忍耐单间的压迫感、心理状态没有产生任何变化的人，将被作为“要注意人员”标注在辅导部的名单上。

阿菊似乎比较喜欢单间，一整天背靠在墙壁上，并没有向教官和看守诉苦。夜里，他在梦中喊叫，看守多次跑来查看，但他白天的态度并没有任何变化。也就是说，他不愿意和他人接触，讨厌说话，精神消沉，对周围任何事情都不感兴趣，虽然服从指示和命令，但似乎放弃了自己的意志和判断力。“桑山，你想干什么活?”负责审查职业训练适应性的教官问他，但阿菊总是支支吾吾。教官接着督促他说：“每个人都要找一份活儿。”但他仍然低着头，小声回答说：“干什么都行。”专职精神科医生诊断说这是犯罪后发病并需要住院治疗的孤独症还没有痊愈，也就是说他杀害了自己的生母，无法摆脱精神痛苦，因而仍然逃避在病中。

新犯人要接受触诊、X光透视、身高体重、视力听力、汉克尔职业适应性、克雷佩林氏心理测试等检查，结合犯人的成长经历、受教育经历、犯罪经历等，通过专门教官的面试才能决定职业训练的科目。不过像阿菊那样犯罪后精神病尚未痊愈的人，或者入狱后由于悲观失望而出现精神不安的人，可以延期半年再决定训练科目，先在监狱中做些杂务。阿菊被分配在第三炊事配膳班。少年劳教所的起床时间是早上六点四十分，炊事班为了准备早饭，要提前两个小时起床。

单间生活期间结束后，阿菊搬到第三炊事班入住的普通牢房里。肌肤洁白光滑如同戴着假面具的高个子男人也同时分配来这里，他是山根素彦。阿菊和山根跪在牢房门口的地板上，向同房的犯人们行礼。原来的犯人有四个人，分别姓福田、林、佐岛、中仓。阿菊和山根行礼完毕，看守走了，看上去年纪最大的福田搔着头皮开腔道："有件事要问清楚，是这里的规矩，新来的要讲清楚自己犯了什么案才进来的。虽然没有什么意义，不过这是规矩。顺便说一下，为了以后方便，你们也最好记住一些暗语行话。"

"我是因为杀人。"

福田话还没有讲完，山根仍然保持着跪坐的姿势回答道。林和佐岛对看了一眼，低声重复了一遍。“原来是杀人呀。啊，没什么，知道前科，以后在一起生活方便一些。你呢？桑山，你干什么了？”

“我也是杀人。”

中仓笑着说：“原来都是杀人啊。”福田和林也随着笑了起来。阿菊和山根低着头，默不作声。“没什么，我们也都是杀人。嗯，这么说来，我们六个人为日本减少了六个人口。”

“我杀了四个人。”

听山根一说，福田等人止住了笑声。“是四个啊？”中仓探身凑过来，用手比划着手枪的姿势，问道：“是用手枪吗？”

“不，是空手。”

“是空手道还是拳击？到底是哪个？”中仓饶有兴趣地看着山根的手。山根回答说是空手道。中仓又问：“你判了几年？”

“十年。”

“怎么？只有十年？你应该不是未成年少年吧？怎么这么轻？杀了四个人，只有十年太少了。”

“因为我自己也负了重伤。”

“啊，是脑袋上的伤疤吧。算了，总之你很厉害。就是开玩笑你也别打我啊，在这里被宰了可犯不上。”

据说中仓原来是肉铺店员，在练习切排骨肉时奶奶来看他，年长的店员们见到奶奶后哄堂大笑，他就用尖刀捅了站在旁边的一个。“我当时并没想捅他，只是想警告他，便用切肉刀顶了他一下，没想到刀捅进去了。人肉比猪肉还软。”佐岛是渔民，那天从一大早起便乌云密布，每当这种天气，他的右槽牙总是隐隐作痛。槽牙疼得心烦，午饭却是煮鱼，鱼刺塞在牙缝里。当他心烦意乱想拔出鱼刺时，一个讨厌的钓鱼客晕船呕吐了。“我本来牙就疼，还要去打扫甲板，心里一肚子气。这时一个客人埋怨我舵操得不稳，我一气便踢了那人一脚。我只是轻轻踹了他一下，于是就变成杀人了。那家伙被螺旋桨卷了进去，本来该去找螺旋桨算账！”福田是造船厂的锅炉清扫工，上中学时打过棒球，是投球手，上高中时守外场，臂力很强。他在造船厂就业后结婚，有了一个儿子，他想在孩子长大成人以后给孩子显示一下自己的臂力。他的工作是用铁锤敲碎堵在锅炉里的废油块，干了两年。他挥舞铁锤多达几万次，导致肩膀肌肉劳损。他听说自己再也不能远投棒球了，几天后喝得酩酊大醉卷入斗殴，抡起椅子打死了对方。“唉，我过去能把垒球投六十五米。是垒球，比柚子还大，能投六十五米，不赖吧？很厉害的！”林原是滑水教练，因缺钱闯入理发店抢劫，一个老头吓得尖叫，他捂住老头的嘴时被咬了一口，于是掐住了老头的脖子。“我讨厌洗发露的气味，我掐死的那个家伙散发着洗发露的气味。我还讨厌看人的舌头，你们不知道吧，人被掐住脖子快死的时候会吐出舌头。舌头很长，耷拉在下巴上，我已经对别人说过了，山根和桑山，你们记住，不许在我面前吐舌头。”

炊事班的六个人有一个共同点，就是都有小型船舶驾驶证。佐岛是渔民，林是滑水教练，他们俩当然会有，中仓去肉铺之前在船舶打捞公司工作过三年，在铺设海底电缆的工作船上驾驶过打捞艇。福田曾在一个港口城市生活，那里有个造船厂，他喜爱出海钓鱼，撒网技巧高超，因为花钱雇人驾船比较昂贵，他和钓鱼伙伴就一起考下了小型船舶驾驶证。山根上大学时在高年级同学的游艇上训练过，脑袋受伤以前玩过自带氧气瓶的潜水。阿菊的养父桑山买过一条即将报废的小渔船，阿菊为此去长崎学过船舶驾驶。除了阿菊，其他五个人都没有通过船员训练科目的考试，他们是定额为十五人的编外人员，现在在炊事班干活，等待半年之后重新考试。辅导部希望阿菊在其他五人的影响之下也能报考船员训练班，这样也许可以改变他的孤独症。

少年劳教所具有一套完整的管理体制，它并不使用暴力压制犯人，而是事先铲除所有造反的机会。环绕牢房的是高大的水泥墙，牢房出入口有双重铁栅栏，有个犯人说如果没有这些的话，这里和寄宿学校完全相同。这里设备先进，犯人的待遇也十分平等，例如伙食，平均两个月对所有犯人进行一次饮食调查，主食米饭和面包的分量分五个档次，饭量按照各种劳务的身体疲劳程度供给，也就是说从事繁重体力劳动的人可以多吃。

但在每周两天的体育运动中尽情锻炼之后，在适当的劳作之后，饱餐一顿经过营养师设计的饮食，在娱乐室里欣赏电视和音乐之余，在晚间入睡之前，所有犯人脑海里浮现出的仍然是出入口的双重铁栅栏和高大的围墙，独自思索时想的是高墙外的世界。每当想到出狱和家人共进晚餐，所有的人都按捺不住心里的激动，搜寻着逃脱的机会。他们在寻找促使自己逃跑的原因和惹怒自己的对象，但这时他们会发现找不到丝毫线索。他们虽然受到束缚监视，但如果忽视这一点的话，他们找不到任何引发自己逃跑的因素。他们在现有的条件下可以尽情享受愉快的生活，努力参加职业训练、俱乐部活动以及各种体育活动，但身心获得满足之后，就会想到如果这里没有高墙和铁栅栏该多好，如果这里有家人该多好。每个犯人经历了这样的几个反复过程之后便能忍受刑期，忍耐时间的煎熬。他们会意识到分隔外界和自己的并不是高墙和双重铁栅栏，而是时间，于是努力缩短刑期，为了获得金线银线、成为模范而自觉克制自己的欲望。能够忍耐自己的时间的犯人不会考虑逃跑，沉浸在轻度的冬眠状态。

这种管理方式十分理想，但要建立在微妙的平衡基础之上。出现一个失败者就有可能打破平衡，监管方最担心的是犯人自杀。将所有犯人置于慢性的静态忧郁症，这种手法和养老院是相同的，一旦出现自杀现象，必定会引发连锁反应。出现数个自杀现象会加重劳教所内的紧张气氛，犯人会心绪不安，忍耐在心里的时间概念有可能瞬间爆发。辅导部将阿菊安排在炊事班的普通牢房的目的，就是让他置身于准备参加船员训练班考试的集体，这样可以防止孤独症的恶化，这种症状恶化会导致自杀。

锅炉轰鸣，米饭蒸好之后，厨房里的热气和吼叫混成一片。炊事配膳班由三组十八人组成，一日三餐要供应一千两百份伙食。三班交替，工作两天休息一天，两个专业厨师负责监督工作。阿菊依照厨师的指示，切葱和圆白菜，洗米，搅拌堆积如山的咸菜，浸泡红小豆，称食盐的分量，从油锅里捞取油炸物的碎渣。每当做好四百份伙食便分装在配膳用的桶里。为了均匀分配沉在锅底的菜，从锅里盛酱汤时要使用长柄的大铁勺。配膳结束等待餐具交还洗涤期间，炊事班可以短暂休息。

“桑山，习惯了吗?”中仓擦着汗水问道。阿菊靠在微波炉上默默地点了一下头。中仓比阿菊大三岁，左臂上刺着樱花的花瓣。

“你也真怪，从小就不爱说话吗?”

阿菊又点了一下头。

“有件事想问你，行吗?”

阿菊一脸不高兴的样子，但中仓毫不介意地问道：“杀自己的老娘是不是感觉不舒服?”

阿菊皱着眉头，抖落粘在手上的白菜帮。

“还是别问了，听了会做噩梦。”

听阿菊这么说，中仓点了一下头。“是呀，我明白。不过，到现在还会做噩梦，可是不杀又心烦。但这种事又不能试。谢了，值得参考。”

阿菊盯着湿漉漉的地板。洗碗池旁边堆放着纸箱，里面应该装着鲸鱼肉。洗完几百个铝制餐具之后，厨师要用电锯切开冷冻的鲸鱼肉，冰渣和肉块四处飞溅。阿菊的眼底有一个影像时隐时现，那是一张女人的面孔，是生下自己的那个女人的面庞。那张脸转眼变成没有五官和头发、血肉模糊的一团肉块，两张面孔交替闪现。当第四发霰弹击中女人的面庞时，肌肤和人肉四处飞溅，女人炙热的面孔缓慢地陷入积雪之中，从那时起脑海里便出现幻影。自那个大雪纷飞的圣诞夜起，两个女人的面孔便持续不断地合着脉搏交替闪现，比纷纷闪亮的闪光灯还要强烈。女人的脸很像阿菊，那天晚上第一次见到女人的脸时，阿菊便觉得她好像是自己的一个部分突然膨胀形成的一个畸形的复制品。那个女人低声叫道：“住手!”当枪口顶在她面前的那个瞬间，她的嘴唇颤抖着，似乎在喊：“住手!”那张脸十分严肃，她那微弱的声音在面孔闪现时反复出现。“住手!”那种幻听不住地在脑海里反响，不知应该停止什么，但阿菊仍然依照那个声音，停止了所有自发性行为。

“桑山，你总是在发呆。”山根凑上来说道。他大汗淋漓满脸通红，头上的手术伤疤也胀得通红。有一次，在中仓和福田反复央求之下，山根讲了做手术的经过。他在团伙斗殴中挥拳杀死了四个人，自己也身负重伤，是被人用公共汽车站的标牌底座打伤的，头部左侧的头骨塌陷了，因为脑膜没有受到损伤，所以出乎意料地保住了性命。医生清除了破碎的头盖骨，镶上了一块硬塑料。据说山根和医生一起用煤气灯将硬塑料板加工成头盖骨的弧度。

“我过去也像桑山那样。”

镶嵌硬塑料板的手术成功了，但伤口化脓，脓液流入右额叶。为了清除这些脓液，山根先后做了六次手术，总计一百小时。在一次做手术的夜晚，他听到了两个医生的对话。他们说山根大概没有希望了。麻醉还在持续，氧气棚里还放着手术工具。山根头上有一块八面镜，可以看见自己的大脑，只见里面插着各种颜色的塑料管。“那就像是块豆腐。”山根想道。那形状酷似豆腐，谁伸出筷子夹进嘴里也丝毫不奇怪。医生仍然在交谈，他知道是在谈论自己的病情，但听上去就好像与自己无关。

“一直看着自己那如同豆腐一般的大脑，感觉自己就像变成了另一个人，什么都无所谓了。一看到自己思考和感觉的地方是这块豆腐，好像自己也变成了豆腐，那时就像你现在一样，一直都在发呆。”

阿菊和山根负责午饭的验食。所谓验食，就是犯人吃饭之前，按照总务部长、辅导部长、看守所长的顺序品尝检查。他们两人将午饭摆在红色的托盘里，盖上玻璃防尘罩，然后端到各个房间。主食是大米和小麦按七比三的比例混合煮熟，菜是烤青鱼、煮豆和水菜、裙带菜的汤。所长每样菜各尝一口之后，让阿菊给花盆浇水，让山根更换文鸟的食饵和笼底的报纸。

阿菊提起水壶去洗手池打水。一会儿，所长走开了。山根正从文鸟的笼里取出盛水和食饵的小罐，阿菊为五盆天竺葵浇完水，然后看着山根干活。文鸟开始用新换的水清洗翅膀上的羽毛，山根手指着鸟叫了阿菊一声。趁所长还没有回来，他在手掌里放上食饵，伸向鸟笼中的另一只文鸟，先让鸟啄食手掌里的小米粒儿，不久便突然抓住了文鸟。他从笼里缩回手，用另一只手抚摸着文鸟头上的羽毛。文鸟胆怯地鸣叫着，不停地啄着山根的手指。“你摸摸它。”山根将文鸟递给阿菊。文鸟在阿菊的手掌里站着没有飞跑，山根将阿菊手掌里的文鸟胸脯按在自己耳朵上，对阿菊说：“桑山，我从小就淘气不听话，做了头骨手术之后更厉害，现在神经不正常了。大夫曾经对我说，你知道人为什么睡觉吗？恢复体力是一个方面，另一个方面是让大脑休息。大脑需要休息，如果不让大脑休息，人就会变得狂暴。我就是那里出了毛病，有一阵儿很厉害，自己记不得了，总之每次发作都暴跳如雷，还摔坏东西，用护士椅打人，其实并不是自己想打人，而是觉得自己体内塞进了很多怪物，不打开一个洞口就会憋死。身体不听自己的指挥，当时我一直被绑着，如果放开，大概早就杀死几十个人了。从那以后，每当我感觉要发作了，便想出各种忍耐的方法，有时数数儿，有时打坐，有时唱歌。我老婆带着儿子来医院时，儿子还是四个月的婴儿，心脏有节奏地震颤着，我不知为什么非常激动。现在我会想起儿子的心跳声，不知不觉也就忍耐住了。”

阿菊将耳朵贴在文鸟的胸脯上，鸟的体温传到耳朵上。文鸟的心脏跳得很快，就像飞驰的摩托车一般。

22

“你能赛跑吗?”睡觉前的自由活动时间里，福田问阿菊。他想让阿菊参加春季运动会的班级接力赛跑。“你不是运动员吗?撑杆跳的。”阿菊低着头，沉默不语。

“如果你跑得快，形势就绝对不同。”对于犯人们来说，班级接力赛跑是屈指可数的赌博对象。他们将一星期分发两次的甜食和内衣、麻布鞋等日用品做赌注。“最有实力的是体育课的教练队，三年连冠。汽车维修班里也有一个飞毛腿，原来是自行车选手，去年秋季比赛以分毫之差屈居亚军。我们呢，我、林，还有中仓和第二班的家伙组成一队，要是你跑得特别快的话，那就厉害了。别人都不知道，爆个大冷门。赢了之后，什么大福饼啦，巧克力啦，吃得撑死你!你能不能跑?真的很快吧?”

“非跑不可吗?”阿菊抬头问道。

“我在问你跑得快不快?”

“我跑不跑都无所谓。”

中仓有些不耐烦，探过身来。

“你真是头脑不清，阿菊，这可是下赌注的接力赛。要是你有飞毛腿，我们说不定就能吃上二十多个大福饼，你懂吗？”

山根制止住中仓的喊叫，问阿菊百米赛跑的纪录。阿菊回答说一年前测的，曾经三次跑出十秒九。所有的人都发出惊叫，福田立即将阿菊的名字填入了接力赛名单里。阿菊觉得有些麻烦，但没吱声。中仓铺着被褥嘟囔道：“阿菊这家伙真怪，实在怪。跑得那么快，从一开始就痛快地说参加不好吗？你知道看守都在说你是什么吗？脑叶，是脑叶！”脑叶就是脑叶切除手术的简称，劳教所里有几个做过脑叶切除手术的重度癫痫病患者，这是给毫无反应的植物人取的外号。

少年劳教所的操场铺着细沙，那是五十五年前开山整地时从海边运来的。沙砾非常细小，随风飘舞，任凭雨水冲刷，但决不流失，因为四周有高墙环绕。

阿菊捧起地上的沙子抛向空中。福田走来说：“接力预赛就要开始了。”阿菊点了一下头，开始做准备活动，蹲起、活动身体、高抬腿、冲刺、活动脚腕、按摩跟腱。中仓在旁边嘟囔道：“果然厉害！”肌肉唤起了过去的记忆。一共有六个队参加预赛，一队有四人各绕两百米跑道跑一圈。顺序是福田、中仓、林、阿菊。一个熟悉的看守嘲笑阿菊说：“喂，桑山，是你跑啊？小心别发呆把接力棒掉了。”

第一棒站在起跑线上，信号枪响，接力赛开始。福田起跑后跑在第二位，和第一名差距不大。汽车维修班和教练队参加下一组预赛，如果进入前二名，决赛中就会和他们相遇。福田第二个将接力棒递给中仓，中仓跑得不如福田那么快，眼看就要被后面的木工班超过，中仓慌忙之中伸出脚想绊倒对方，对方在超越他时反而踩了他一脚。中仓拼命想保持身体平衡，但被木工班的选手推了一下肩膀，不由自主摔倒在地。林和福田叹了一口气。中仓立即站起身继续赛跑，但和第一名相距二十米，落在最后。中仓恼羞成怒，将接力棒递给林之后便想挥拳打木工班的选手，但被福田和阿菊挡住了。“混蛋，是你先伸腿想绊人家的！”林超过了一个，升到了第五位，但和第一名的差距丝毫没有缩短。

阿菊来到跑道上，做了两次深呼吸。林距终点还有五米的时候，阿菊开始助跑。“原来炊事班的最后一棒是脑叶，迷迷糊糊的还要摔倒呢！”阿菊开始全力奔跑，操场上的哄笑戛然而止。阿菊一瞬间便超越了前面的选手，甚至没有超过一秒钟。中仓和福田屏住呼吸，低声说道：“这下有戏看了。”阿菊上身稳定，姿势优美，毫无表情地又超越了一个人。四周响起了嘘声。阿菊的灰色制服在风中飘舞，似乎要撕裂了。如果眼睛盯着阿菊，其他的选手就好像静止不动一般。在最后的直线跑道上，阿菊跑在第二位冲过了终点。中仓他们兴奋地冲过来和他拥抱，其他的犯人开始还惊呆着，其中一个站起身喊道：“喂，脑叶，跑得好！”于是众人围了上来。“你怎么跑得这么快？是不是参加过奥运会？你原来是专业运动员吧？”围观的人兴奋地问这问那。阿菊的呼吸十分自然，他抹了一把额头上的汗水，皱了一下眉头，扭头看了一眼周围的人群。山根跑来，轻轻拍了一下他的脑袋说：“你真了不起！”

这时一阵大风吹来，操场上尘土飞扬。阿菊闭上眼睛，感觉汗水发冷，身上泛起了鸡皮疙瘩。他微微睁开眼睛，细小的沙砾遮住了视线，周围的人群一瞬间变成了黑暗的阴影。沙砾粘在冰冷的汗珠上，沙土形成的白色尘埃映出了人群的阴影，遮盖了背后的景色。周围的黑影注视着阿菊，指点着他，议论着。阿菊渐渐冷静，低头看着自己的脚，感觉白色的尘埃之外好像有人在蹲下，不觉浑身一颤。他想起那个肌肤剥落、五官、头发都不见了的血肉模糊一团的女人跌倒在自己身旁的情景，那个女人的面庞又开始在他眼前闪现。“怎么了？阿菊，不舒服吗？”山根问道。阿菊脸色铁青。“怎么了？是不是突然赛跑感觉不舒服？”

“为什么大家都围着我？”阿菊从喉咙里挤出了一句。由于气氛有些异样，围观的人群越来越多。山根抓住阿菊的肩膀摇着说：“大家都吓了一跳，阿菊。大家从来没见过像你这样的选手，所以都吓了一跳。”

“别看我！我什么都没干！”阿菊朝着人墙的缝隙走去，犯人们挪动着脚步，缝隙被堵塞了。“喂，你大概是上过电视的运动员吧？”一个犯人抓住阿菊的肩头摇晃着说道。阿菊推开他的手，突然蹲在地上，躬着背，抱住双腿，头顶在地面上，拉起制服的衣角想遮住头。教导员走来，赶开围观的人群，摇着阿菊问道："桑山，你在这儿干什么?"阿菊一动不动。"唉，那家伙怎么了？原来还是脑叶，大概是他妈的又触电了。教导，这家伙脑袋触电麻木了。触电的脑叶没救，嘴里冒泡四脚朝天了。"

阿菊弯曲着身体被抬到医务室，浑身颤抖直冒冷汗，一言不发。医生想给他注射镇静剂，但他的胳膊和腿脚十分僵硬，针头都折断了。阿菊抖得牙齿格格作响，护士怕他咬伤舌根，将毛巾塞进他嘴里。山根、中仓、林一起走进医务室，中仓问道："阿菊能参加决赛吗?"医生听后笑道："你净问傻话，他能不能醒来还不知道呢。"山根走到医生和教导员面前说："我过去在精神病院呆过半年，曾用空手道的苏醒术治好过这样的病人，现在能不能在桑山身上试试?"教导员和医生商量了一阵，听到山根反复说没有危险，便同意了。山根抓住阿菊颤抖的脖子，用拇指按住头部和脖子之间的地方确认穴位，猛然发力捅了一下。阿菊的身体弹了起来，上身弯曲，仰面躺在床上，手脚伸展，微微睁开眼睛，动了一下嘴巴。山根蹲在阿菊的耳边，伸手拉出塞在他嘴里的毛巾。"阿菊，听得见我说话吗？听见了就闭一下眼睛，我会帮你的。听见了吗?"阿菊闭了一下眼睛。

"你害怕吗?"

阿菊又闭了一下眼睛。山根对阿菊说："你喊出声来，使出吃奶的劲儿大喊，会感觉舒服些。”山根用一种奇怪的声调缓慢地和阿菊说着，和念书一样每个单词的发音都没有高低，声色均匀，如同透过墙壁传来一般。阿菊闭了一下眼睛，发出一声震耳欲聋的吼叫，嘶哑的声音回荡了好久。喊声消失，阿菊突然颤抖着肩膀抽泣起来。“你害怕什么?”山根在他耳旁问道，“你说呀，全讲出来，不痛快说出来以后还会害怕！你全说出来吧。”

阿菊猛烈地摇着头。

“阿菊，你好好想想，你现在还是个小孩儿，不能绝望！如果输给那个让你害怕的东西就完了。如果绝望了，一切都完了。当你绝望的时候，周围的一切都会变成地狱。如果你害怕什么，就全说出来!”

“我……我……”

阿菊伸出脖子，像狂犬病患者一样喘着粗气。

“是的，你在害怕，吓得哭了。那就是现在的你自己。不必硬撑着，我在你身边。你现在看见什么了?”

“是一张脸。”

“谁的脸?”

“女人的脸，她在盯着我。”

“是谁呀，那个女人?”

“我不认识。”

“你认识，你应该认识。”

“不认识，真的。”

“说出来，你认识。”

“混蛋！我真不认识。她一闪一闪的，妈的！那是生我的女人，不过我不认识，是生下我的女人，不过我真的不认识。我只见过一面，不可能记得。她穿着大红色的毛衣，脸也是通红的，满脸是血，那张脸没有五官和头发，血肉模糊，是一团肉块，我不认识那个女人。对不对？那张脸老是出来，满脸血污的一团肉块，对我大喊‘住手！住手！’我不知道应该停下什么，我怎么会知道？一点都不知道。”

山根擦掉阿菊额头上的汗水，也为他擦干净了嘴边的泡沫。“阿菊，明白了，你听得见我的声音吗?”阿菊闭了一下眼睛。“你听着，一定要按我说的做，从你的脑子里赶走那个图像，赶走那个声音。你只听声音，记住，听声音。你现在听到什么了?”

“听见你的声音。”

“只有我的声音吗？你仔细听!”

阿菊闭上眼睛。

“能听见喊声。”

“现在操场上正在玩骑马砸骆驼，其他的呢?”

“汽车的声音，好像是大卡车，听得见喇叭声。”

“其他的呢?”

“鸟叫声。”

“是的，外面树上有鸟。应该还有吧？应该还有其他声音。”

“脚步声，拖鞋和光脚走路的声音，这个床的声音，你的呼吸声，还有谁咽唾沫的声音，其他人的喘气声，玻璃杯在桌子上摔倒的声音，风声，旗帜在风中飘扬的声音，小孩说话声，踢皮球的声音，好像是在踢一只泄了气的皮球，打钟的声音。大概是我耳鸣，山那边在敲钟，对，是在敲钟。”

“你现在感觉怎么样？”

“啊，听到你的声音感觉好多了。”

“那就好。”

“有雨点声。”

外面并没有下雨。

“是雨点声，就落在耳边，那声音很大，温柔地按一定间隔落下来。”

“真是雨点声吗？”

“没错。从前我有时也听到过。好像是小时候听到过。”

“啊，是吗？我明白了。阿菊，你想睡觉吗？睡一会儿怎么样？”

山根向医生示意给阿菊注射镇静剂。医生将针头快速扎进阿菊的大腿。阿菊浑身抖动了一下，不久便瘫倒在床上。

阿菊感到自己似乎变成了一只小昆虫，在地面上爬行着，听着巨大的水滴落下的声音，不知不觉自己便被吸进水滴之中。声音越来越大，女人的面庞出现在眼前，不停地喊道：“住手！住手！”阿菊停止了所有的动作，回到自己五秒前的状态，沉浸在那种状态里。当自己淹没在水滴里时，水变成了红色。几道亮光划破红色的水滴。阿菊依然沉浸在自己五秒前的状态里，飞速地沉入无法形容的湿淋淋的凝重的红色水底。

突然，阿菊想起来了。他大喊一声。医务室里的人们都大吃一惊看着阿菊。阿菊从床上一骨碌爬起来。医生跑上前说：“刚给你打过镇静剂，你怎么了？”阿菊用力揉着眼睛，用拳头捶了几下太阳穴，晃动了几下脑袋。他摇晃着从床上下来，推开了想阻止他的医生。他感到全身的骨头都折断了，血液也凝固了，瘫倒在地板上。山根抱起他说：“你还是躺一会儿吧。”阿菊扶着山根勉强站在那里，吃力地说了一句：

“我，现……在，要去赛跑。”

山根说服了医生和教导员。“反正他不可能赛跑，这是他第一次自己想做的。”阿菊在山根的搀扶之下来到操场。“山根，你放开手，我自己能走。”阿菊摇摇晃晃地站在地上，仔细地揉搓起大腿来。“中仓，到决赛还有多长时间？”中仓回答说还有七八分钟，阿菊低声说道：“时间还够。”

“阿菊，你能跑吗？”中仓问道。“你瞧。”阿菊说着挺胸立正全身用力，胳膊和大腿的肌肉绷紧，撑开了灰色的制服，身体就像一根棒子。阿菊原地不动，突然倒向前方，快要跌倒伸出一条腿支撑住身体，拉开一副全力冲刺的前倾姿势。“为了避免摔倒，人要不停地伸出左右腿，这就是奔跑。全力奔跑就不会摔倒，猴子最初用双脚站立时肯定是全力奔跑。伽泽尔，我就要赛跑了。”

福田是第一棒，成绩是第三。教练队有压倒优势，第二名是汽车维修班。阿菊活动着手脚，从头上浇了几次凉水。山根来为他加油。“你能行吗?”中仓接过接力棒。“看好，别摔倒!”林吼叫了一声。第一和第二之间的距离拉大了，中仓仍然保持在第三名。汽车维修班的最后一棒原来是职业自行车手，身材不高，但大腿比阿菊还粗壮。林已经起跑，阿菊站起身走向起跑线。林只缩短了一点距离，和第一名教练队相距七八米，和第二名汽车维修班相差三米。站在身旁的原职业自行车手凑过来对阿菊说：“你会使出全力跑吗？我不会全力跑的，反正又没有奖金。所以你即使超过我也别逞能，反正我不会卖力跑的。”

教练队的最后一棒第一个跑出去，第二个是原职业自行车手，阿菊也抓住了接力棒。自行车手爆发力很好，马上赶到教练队的身后，但教练队的选手绝不让他超过。阿菊一点点缩短差距，但手脚沉重，姿势也有些走形。阿菊拼命想抓住清风，如果保持住平衡，便能捕捉住气流，从裂缝中钻入气流，体液的密度增大，堵塞住汗毛孔和细胞的缝隙，脚上带风，会感到自己不是在跑而是被风托着，从肌肉摩擦冲破的空洞里吹出风来，体液震动掀起的风托起了他的身体。

转过第二个弯道，阿菊的身体向左边倾斜，差点摔倒在地。阿菊伸出后面的左腿，在跌倒之前使出全身之力蹬踏地面。脚尖上的反弹力传遍全身，阿菊捕捉住了坚硬冰冷的疾风的漩涡，唤醒了过去的感觉。在直道上，阿菊赶上了前面的两人，当他全力奔跑置身于空气的裂缝时，他觉得周围在飞速地收缩，景色丧失了远近，混成一片白色，一瞬间凝固在一起。速度搅乱了周围的景色，融化了周围，在自己的体内拌和在一起，这就如同在黑暗的房间里突然点亮电灯一样，黑暗飞速收缩，一瞬间凝固成了自己的身影。操场上的沙砾，跑在自己身前的两个人，加油助阵的犯人，排列整齐的房舍，柔软的树叶，摇晃着的树木，环绕四周的灰色高墙，后方升腾起的油烟，还有阿菊自己，所有的一切都在收缩。点亮电灯，压缩黑暗，眼前出现了一个巨大的光源。那是一个红色的湿漉漉的奇怪动物，毛色发光的动物，操场是那个动物的脾脏，细沙纷飞的跑道是海绵状淋巴结，而赛跑的选手就是白血球和细菌。阿菊回忆起来了，他清楚地想起了过去，为什么自己的生母要喊住手？为什么要喊停止所有的一切动作，返回到五秒前的状态？那个女人五官飞溅血肉模糊，她牺牲自己一定是想告诉阿菊返回母胎倾听那个声音。那个声音，就是和阿桥一起在贴满胶皮的房间里听到的声音，阿桥，那不是窗外的雨点声，阿桥的推理没有错，那是经过折射和过滤的声音，永远给人安详的声音，那就是心脏的跳动声。在那个精神科医生的房间里听到的是心脏跳动声，某一天突然被自己所生的孩子枪杀的那个女人，那个不幸的女人的心跳。阿菊在想：那个女人肯定是自己的母亲，生下自己后抛弃在炎热夏季的铁箱里，她变成血肉模糊的红色肉块，想要告诉我，在一瞬间向我传达独立生存所需要的一切。那时候，她不顾周围人的视线，为我挺身而出，来到我身旁，对我低声倾诉。我尊敬那个女人，她是一个伟大的母亲。

阿菊进入最后的直道，闪身跑到前面两人的外侧，然后在一瞬间超过了那两人。当阿菊身上缠着彩带冲过终点时，他没有停住脚步。山根和中仓他们欢呼着跑来，阿菊还想奔跑，他觉得身体轻盈，环绕四周的高墙没有跳杆也可以跳跃过去。他随着脚下升腾起的惯力一口气跑到操场边，眼前是高墙，阿菊将手里攥着的接力棒猛然抛向远方。接力棒高高升起，反射着阳光，旋转着消失在高墙的另一侧。

23

阿桥的唱片惊人地畅销，尤其是第五张单曲和第二张专辑创下了新的销售纪录。许多唱片专销店缺货，店主们纷纷跑到D先生的事务所要求紧急添货。

阿桥将户口从废矿岛迁出，和妮芭正式登记结婚。D先生举办了豪华的婚礼，还将高层住宅楼一个层面的所有居室送给阿桥和妮芭做新房。D先生准备向所有和阿桥有关的人发送婚礼请柬，招待孤儿院的修女们、桑山、废矿岛上的同学、药岛的人、过去的男妓们。阿桥坚决反对，把准备好的请柬统统撕烂。“你怎么了？你看看人间这个词，是不是写成人与人之间？你正因为接触了这么多的人才有了今天，如果你认为只是凭个人能力活下来的，那就大错特错了。”

“不对。”阿桥反驳说，“我变了，以前的人生全都是虚伪的，我很讨厌以前见到的那些人，浑身会起鸡皮疙瘩。”

盛大的婚宴会场装饰了几百个冰雕作品。在妮芭的提议下，两人举办了一个小仪式，参拜了新房旁边的神社。

原定去加拿大和阿拉斯加的新婚旅行延期一年，因为要灌制新唱片，参加电视、电台的专题节目演出，拍摄广告，还要举办为期六个月的巡回演唱会，日程排得满满的。妮芭安排了日程，D先生劝他们休假，但妮芭认为最好不要让阿桥出外旅行，不要给他时间去思索最近几个月的巨大变化。妮芭对D先生说现在的阿桥就好像不会水而被抛入急流的孩子，与其拉上岸让他喘息，不如让他在急流中学习游泳，如果他被急流冲走，那么证明他本身就没有跳入急流闯荡世界的资格。

巡回演唱会十分辛苦，音乐家都是在巡回演出中锻炼成长的，在旅行途中，每一座城市都变得平淡无奇，歌手要唱相同的歌曲，重复相同的舞蹈动作，疲劳过度时连观众的狂热和兴奋也失去了新鲜感。在极度的体力消耗之中，流行歌星要不停地问自己："你真的喜欢这个职业吗?"

伴奏乐队的人选很重要，阿桥向D先生提出了伴奏的形式和人选的条件。他想要20世纪60年代前期的法国流行乐队伴奏的形式，即镶着宽松响弦的简易鼓、沉闷的低音吉他，吉他不要吉米·亨德里克斯而要接近强哥·莱恩哈特的音色，萨克斯，还有中曼陀林。这个编排方式和1963年约翰尼·哈里戴在丹麦举办巡回演唱会时的伴奏乐队完全相同。

阿桥对每个乐手都提出两个要求，一是经济条件宽裕，二是同性恋者。D先生询问理由时，阿桥没有回答。妮芭想大概是阿桥想让他们喜欢自己，而为了赚钱参加乐队的年轻乐手可能会和阿桥发生冲撞。阿桥的音乐观比较独特，在灌制唱片的时候也遭到很多乐手的反对。阿桥不相信可以用音乐表达人的感情，他甚至厌恶感情这个词，他总是告诫乐手们乐曲要与乐手分开并独立出来，不要附带乐手的个性。如果乐手们不是为了赚钱，他们大概会和阿桥的音乐产生共鸣，而且同性恋者不会讨厌阿桥，阿桥熟知掌握同性恋者的技巧。

鼓手是三十一岁的约翰·斯帕克斯·下田，一个日裔美国人，他的副业是经营一家有关中国清朝文物的古董店。下田从八岁开始打鼓，十几岁时曾在美国西海岸参加过李·科尼兹的九重奏乐队，六年前和一个钢笔公司的日本分公司经理相好，于是来到日本，偶尔作为乐手参加录音间的演出。低音吉他手是个名叫亨的二十九岁的摄影家，原来是美容师，为了学习发型摄影而留学美国，在那里学会了同性恋、爵士乐低音吉他、注射可卡因。六年前曾因违反禁毒法而被捕，受到暂缓起诉的处分。亨也和女人上床。吉他手名叫松山裕二，今年二十二岁，他是保安公司经理的独生子，他父亲的公司负责千叶沿岸地区所有化工联合企业的夜间保安，他从上小学起便接受吉他专家的个别辅导，他所尊敬的吉他手是威斯，蒙哥马利，在女人方面，如果身材苗条没有狐臭即可上床。萨克斯手名叫北见广，二十一岁，生于医生世家，因红绿色盲无法报考医大，为此父母离婚，他和母亲生活，母亲靠经营东京都内的三所房产生活。他曾在音乐大学单簧管专业学习，中途退学后作为流行歌手的伴奏乐手刚刚巡回演唱旅行归来。中曼陀林手名叫德丸静也，六十二岁，是个著名的作曲家，发表过十多首流行歌曲，靠著作权就可以悠闲自在地生活，他从学生时代起加入一个阿根廷探戈乐队，自己编曲兼指挥的《嗨，漂亮姑娘》是载誉战后探戈史上的名曲。他还以寻找美貌男妓而闻名，是药岛市场的常客，还每年一度前往里约热内卢寻找美貌少年。阿桥称这个乐队为“幻想”。

幻想乐队来到位于伊豆高原的D先生的录音棚进行为期五周的彩排，从和声开始，五个乐手便表现出同性恋者特有的细腻。阿桥对他们的演奏技巧发出惊叹，D先生许诺要组建一支超级乐队并不是撒谎。阿桥像以往灌制唱片时的那种焦躁情绪消失了。序曲要像夹杂着春天夜晚的雷鸣一般的阵雨，只要如此形容一番，五个人便能理解乐曲的内涵。“你们都是诗人，太棒了!”阿桥连日来十分兴奋。五个人各住一个单间，起床时间是上午十一点，最早起床的是吉他手松山裕二。前一天晚上即使熬夜，他也总是九点起床，练习空手道体操，有时骑上一辆大摩托车兜风。松山不大讲话，录音棚的前面是一个平缓的草坪，隔着道路延伸至海岸，松山从参加彩排的第二天起便在草坪上放一只木箱，然后在上面摆上切开的苹果。他一边看着鸟啄苹果一边品尝红茶，直到其他乐手起床。亨总是最后一个起床，其他人围坐到餐桌旁，做饭的女人才去叫醒他。他总是哼唱着这首歌出现在餐厅：“嘿，宝贝，我给你挤柠檬，直到柠檬汁流到脚下。”他身穿丝绸衬衫和法兰绒裤子，飘散着一股须后水的清香。亨特别爱说话，总是和别人聊天。“喂，北见，主旋律的二拍三连，今天可别再搞错啊。哦，又是煎鸡蛋。谁有1979年格莱美奖的录像带？你们记不记得福音歌的获奖者是谁？你们知不知道只有环球航空公司允许带猫进入客舱，其他航空公司不管是猫还是狗，还有鸟什么的，只要是动物一概不准进入。”

吃完早饭休息三十分钟便开始练习，直到开晚饭，中途不休息。北见广负责检查乐队整体的音色，使之整合而不扩散。并不是他有这方面的才能，只是因为其他成员对于掌握乐队的主导权漠不关心，明显可以看出最年轻的北见敬佩比自己更年轻的阿桥，于是他自愿充当阿桥和其他成员之间的联络员，大声复述阿桥的指示。“吉他的主旋律要更加有金属感，第二小节中曼陀林加入时，低音吉他要略微降低音量，鼓在结尾的短小连击时要使出全身气力击打。”演奏时要抹杀乐手的个性，其他四个人都非常忠实地按照阿桥的要求演奏，在冷静演奏出的、音色近似精巧的八音盒的乐曲中，只有北见广有时脱离集体，吹奏出略带激情的萨克斯曲。其他人嘲笑他时，北见憨笑着向阿桥求助，阿桥拍着北见的肩膀安慰他。

彩排开始一个星期之间，妮芭给D先生打过三次电话。乐队的伴奏按照阿桥的计划已经基本形成，但她心绪不安，感觉缺少什么。合奏非常圆满，但如果是这种音乐的话，来听演唱会的观众可能兴奋不起来，要么睡着，要么走掉，阿桥从来没有在成百上千的观众面前演唱过，他不懂得那是什么感觉。D先生的回答总是一样的，不要多嘴，等阿桥自己醒悟，他不是那种任人摆布的歌星。

晚上七点开晚饭，总是高个子女厨做饭，成员们可以单独点自己喜爱的饭菜，但必须在前一天说明。除了约翰·斯帕克斯·下田之外，其他人都没有抱怨过吃同样的饭菜。下田参加彩排时自带了两打葡萄酒，他是个美食家，虽然看上去像日本人，但头发是银灰色的，肌肤雪白，看得出血管。他天生洁癖，见到松山的指甲里有污泥便差点吐出来。下田吃晚饭要花费一个小时细嚼慢咽，陪他吃到最后的只有妮芭一人，能够耐心听他高谈阔论清朝的屏风、陶器、象牙雕刻和漆制品的也只有妮芭一人。

晚饭后休息两个小时，阿桥通过录像考虑照明系统：球面镜和弯曲镜，以及投射水泡的激光，投射立体电影，五万勒克司的残像灯，轮廓反射装置。阿桥选择了将解剖猪的放大图像投影在圆形屏幕上的投影机，和释放发光金属片的装置，为此询问了照明组。

每当休息，松山裕二总是出去散步，有时还在傍晚的海边游泳，北见广练习萨克斯的基本音程，下田独自一人下中国象棋，亨跟情人打电话聊天或看电视，有时为妮芭改变发型。其他人都不打麻将，亨感到十分无聊。德丸静也看园艺书，有时从附近的旅馆叫来按摩师按摩，排练重新开始之后直到深夜三点才结束。

卧室里，妮芭曾多次向阿桥提出忠告："也许你很喜欢这个乐队，但要是像现在这样，幻想乐队最终将是一盘散沙。这个乐队组建才十天，气氛就已经像一起演奏了二十年，毫无热情，死气沉沉，如同僵尸在演奏！"

"我知道。"阿桥说道。和彩排之初相比，他的心情十分沉重。他坦言自己早已发现了这一点，但不知如何是好。

"他们都太优秀了，我十分吃惊。他们会不会轻视我？"

"我以为你每天都充满着自信。办巡回演唱会消耗的精力超出一般的想象，像现在这样的状态根本不行！"

"我们需要一个气氛和谐关系融洽的团队，不是吗？"

"不对！你要在演唱会上调动观众，明白吗？你要调动成百上千的观众，要拥抱他们推倒他们，要像一块巨大的磁铁吸引住他们决不放开。那就像魔术一样，连伴奏乐队都不能支配的人根本不可能调动所有的观众。"

"妮芭，我感到很害怕。"

"害怕什么？"

"我就像被带到了高山悬崖边，一个人看着下面。实际上我经常做这样的梦。”

“在山顶上干什么?”

“想飞，不停地挥手。”

“能飞吗?”

“开始还行，不过一会儿就累了，最后肯定掉下来。掉下来时大家都笑话我，我觉得很不舒服。”

“你如果退却就全完了!”

“是的，我有时也觉得自己全完了。妮芭，说真的，我怕得要死。”

“你怕什么?是不是因为突然出名了?”

“不是，我觉得自己成名的方式有些虚伪。你看其他的名人，无论是歌星还是拳击手都是花费几年才成名的。我不是，我不是凭个人拼命努力才出名的，而是用直升机吊起来的。这不是我的实力，我之所以成名是因为出生在寄物柜，并不是因为我的歌声，是因为阿菊杀死了那个女人，我觉得自己好像只是在混。妮芭，我今后能唱几十年吗?我能行吗?我没有那些努力成名的人的实力。”

“你在乎今后几十年的事?真是傻瓜!就好像神经病从现在就担心死，怕得每天打哆嗦一样。”

阿桥起身钻进妮芭的被窝，说出了堵在喉头许久的心事，感觉心绪安定了许多。妮芭吻着阿桥的眼帘。“喂，阿桥，从前斯拉夫有个名叫弗莱克萨斯的国王，他是放牛人的儿子，但凭着智慧和勇气接连战胜敌人，终于当上了国王。成为国王之后，他指挥灌溉工程，打造畜牧业基础，征服周围的国家，功绩卓越，精力旺盛。有一次，被征服的邻国的王妃问他，你想干的都已经大功告成了，今后的目标是什么？你猜弗莱克萨斯怎么回答的？他回答说：如何活过今天所剩余的时间。”

妮芭的故事阿桥只听了一半，他抚摸着妮芭的肋骨。她身上的肉已经失去弹力，变得瘫软，薄薄的肌肤像明胶一样贴在骨头上。阿桥突然想起亨两天前讲的话。“男人是爬虫类动物而女人是水果，如果啃上一口刚摘的水果，就会感受到果树的根茎、黑土、空气以及太阳的气息。年轻女人赤裸的肢体富于弹力，就像水果一般，挂在枝条上时，用手一按就会出现一个红色的凹陷，像跟什么地方相连一样。老人赤裸的身体不美，用肉来打比方就是火腿，用水果打比方的话就是桃子做成的蛋糕，沾满明胶和砂糖，软乎乎的。你也真了不起，能和那样的老婆上床，如果是我的话早就恶心了。”

妮芭弯下腰把头伸向阿桥胯下，明胶和砂糖凝固成的屁股在阿桥眼前不停地摇晃。阿桥突然想起阿菊公诉判决那天在法庭上尖叫的那个少女，贴在身上的白西装显露出丰满的乳房，他想抚摸那个少女的肌肤，如果用指甲划一下的话，会浮现出红色的条痕，如果不能在那个少女赤裸的身体上按出一道红色的凹陷，自已就不算完全战胜阿菊。

“算了，对不起，我退出。”

彩排开始之后第二周的一天，吉他手松山裕二突然中断演奏，扔下拨子说道。北见广劝他再从头练一遍，松山关上吉他的麦克风，指着阿桥说：“你太让人失望了。”说完便走出了录音棚。谁也没有阻止他，包括阿桥，大家都认为总有一天会出现这样的局面。妮芭忠告之后，阿桥也尽力修改了编曲、构思以及唱法，但幻想乐队的伴奏越来越冷静，变成了透明纤细的音乐。

“怎么办?”亨问道。“先休息一下。”阿桥示意了一下。亨擦拭着低音吉他的琴弦，对低头不语的阿桥说道：“我觉得你挺好。脾气又好，又很洋气，对我们又很照顾，我想其他人和我感觉一样。我们的脾气秉性差不多，我理解你构思的音响效果，如果我们反对你的构思，从一开始就不来了，冷静的音响组合能让观众放心欣赏，一点点地释放出不协调音和微妙的旋律走调，产生出一点不快感，这样观众便不会打瞌睡。面对张开的洞穴，发现里面布满了令人恶心的毛虫却找不到出口，当你无处逃生的时候，突然那些恶心的死毛虫结晶成美丽的花朵，沿着洞中闪亮的珊瑚礁向前走，发现一个俯瞰大海的出口。你这样解释乐曲的构思，我们理解了，而且合成了音乐。我想，我们的音乐现在停留在死沉沉的洞中，你的歌声也一样，我知道你正在痛苦摸索，不过，我们大家也不知道该怎么办。”

"没那回事儿！很清楚，歌声太弱。"回到录音棚的松山大声喊道，他右手抓着一只食用蛙，下田见到后皱着眉头。松山将食用蛙的嘴对准歌手的麦克风，然后猛力挤了一下青蛙的脖子。青蛙发出明亮而嘶哑的叫声，松山笑着说道："这家伙的声音比你的歌声有魄力，你好好听着，这是致命弱点！"

青蛙嘴里流出绿色的液体，下田扭头不敢继续看下去。松山将青蛙从麦克风那里移开。

"阿桥，你的歌确实唱得很棒，你能巧妙操纵音质，创造出一种特殊的气氛，不对，并不是创造出气氛，而是形成一种真空状态，在听众的脑海里打开一个没有气压的空洞。听你歌的人会感到一种如同白日做梦的陶醉，那是因为那个空洞吸入了人的所有记忆，你作为这一类歌手算是超一流的，你的歌声可以钻入听众的脑海抚摸他们的神经，和毒品一样。不过，要想支配观众，将他们推向高潮，光靠毒品不够，需要炸弹。观众需要炸弹将沉浸在毒品里的白日梦炸飞，无论下田怎么拼命打鼓，我怎么加大吉他的音量，北见吹破萨克斯管，都没用，你的歌声太细弱了，你的极强音域还没有达到喊叫的程度，你的歌声简直就是婴儿的哭声。"

松山打开录音棚的双层窗户将青蛙扔出去。

"太清亮了，必须放开喉咙。阿桥，我们大家都一样，所以更加让人生气，不光是你，大家都一样，脱光了衣服，刮掉肌肤和血肉，晾出里面的东西一看，空荡荡的什么都没有。没有血肉模糊的内脏，只有像塑料一样光滑的薄片。我曾经听到过一个女人的尖叫，她战争期间还是个小孩儿，据说当时正在趟过一条黑暗的河，她在妈妈的背上，她哥哥不小心踩在河中间的淤泥里，脚被河底的水藻缠住了不断下沉，她哥哥只有手露在水面上，那个女孩对妈妈喊叫了一下，可是她妈妈实在太累了，走路时好像在昏昏沉沉打瞌睡，没听到女孩的喊声。她哥哥的手越滑越远，那个女孩恐怖得大叫起来。她始终没有忘记那时的尖叫，那是从女孩身体内部发出的喊声。我没有那种本事，阿桥，我以前以为你有，你不是在寄物柜里喊叫过吗？我原来以为你身体里可以发出那种喊声。”

阿桥想再听一次那种声音，那种他和阿菊一起听到过的奇妙的声音，如果能再听一次那种声音，如果能重新邂逅在精神病院听到的那种声音，那该多好。

“这和那根本没有关系。我想并不那么难，问题是阿桥的音质，阿桥的嗓音过于清亮。”演奏中曼陀林的德丸谈了自己的看法，下田点头表示同意。

“把声音弄沙哑怎么样？”阿桥说着环视了大家一眼。

“不行。下田答道，“有个德国爵士歌手原来是个女的，她想用沙哑的歌声演唱，于是做了手术，从喉咙里插入针头，在声带上植入一个人工肿瘤。她的声音确实变得沙哑了，但没过两年声带就哑了，只是呼呼作响。声带的形状是由遗传决定的。不过，可以通过锻炼增强声带，就像相扑裁判和比吉斯兄弟乐队的弟弟一样。不过，要花时间，要花好几年。”

“真是歌声的问题吗?”阿桥问德丸。德丸将中曼陀林放回琴盒，点上一支烟。

“严格地说，应该是音质。曾经有报告说纳粹第三帝国的宣传部长戈培尔和约翰·列农的声谱十分相似。歌曲和声音都带有某种狂热，不知为什么有一种人的声音听了可以使人兴奋，那种人的声音带有一种宗教的特色，下意识里包含有祷告或者诅咒的作用。因为声音是一种空气震动波，可能是刺激了空气中的某种兴奋物质。阿桥的声音并没有特意带有祷告或者诅咒，不过很坦率。有很多歌手故意在歌声里掺入祷告或者诅咒的成分，和那些虚伪的家伙相比，还是坦诚的人好，有很多出色的歌手歌声都很朴实。查特·贝克和布莱思·费里、卢·里德、维也纳少年合唱团，还有东海林太郎。虽然阿桥的歌声不太适合举办个人演唱会，但我觉得现在的和声并不坏，个人爱好不同嘛。”

德丸静也说完，咧嘴朝阿桥笑了一下。

“岁数大的人也许无所谓，年轻人可不买账，那帮年轻人就是想狂热发泄，没有人要听像葬礼一样死沉沉的演唱会。”松山大声嚷道。

“明白了，”阿桥环视了大家，“我明白了。我有个想法，彩排休息一个星期，如果下周我的歌声还不能让大家满意的话，幻想乐队就地解散，我也不当歌手了，回去做老本行。”

阿桥说完走出录音棚，回到自己的寝室反锁上房门。“喂，阿桥，开开门。”妮芭说道。“对不住，妮芭，今晚让我一个人好好想想。”阿桥让高个子女厨和三个清洁女工还有管理人放三天假，宽阔的录音棚里只剩下他一个人。

阿桥想做一个试验，从前他在一本书上读到过，那是关于滚石乐队的书。在一次偶然的事故之后，米克·贾格尔的声音发生了变化，他通过那次事故才获得了那种肉感的歌声。阿桥想试验那个事故。他首先摆放了各种工具，酒精灯、大量的纱布、芦荟叶片、杯子、一瓶伏特加酒、一把硕大的剪子。他在杯子里倒满伏特加酒，然后将舌头泡在酒里，点燃酒精灯，用灯火给剪子消了毒。阿桥看着在伏特加酒里晃动的舌头，苦笑了一下，心想：实在荒唐，到底为什么这么做？并不是为了乐队，也和妮芭无关，更不是为了D先生，个人演唱会更是无所谓。其实自己并不在乎唱片是否畅销，嗓子如果哑了就随它的便，歌星已经当腻了。只是，自己不想当逃兵，不想临阵脱逃。从前讨厌单杠，上体育课时逃过课，为了让体育课停课曾经祈祷下雨，我不想被人家笑话，临阵脱逃正中敌人的下怀，谁是敌人？是那些曾经封闭自己的家伙，他们蒙骗自己，让自己度过虚伪的人生，我决不会屈服！自己决不会逃跑，得到的东西决不能放弃，幻想乐队以及妮芭都要由我支配，我还要左右演唱会，阿菊现在正在想什么呢？如果认为我现在吃饱喝足睡大觉，那就大错特错了。阿菊，我不会再哭泣了，再不会在你面前感到自卑，如果我有左右演唱会的嗓音和能力，我一定将你的那个女友夺到手，一定在那个少女赤裸的身体上刻上自己的印记！

舌头一点儿都不麻木，轻轻咬了一下，还感到疼痛。阿桥感到下巴累了，他慢慢缩回舌头，然后猛力伸直，想用左手指拉住舌尖，舌头滑溜溜地抓不住，改用指尖抓住。他拿起剪子，剪子已经烧得乌黑通红。剪子触到舌尖，阿桥疼得跳了起来，手捂着嘴躺在地上打滚，甚至来不及喊叫。他掀翻桌子，杯子摔在地上。实在太痛了，阿桥感觉眼前一片漆黑，浑身冒出热汗，通红的剪刀烧焦了地毯。阿桥躺在地上拿起剪刀，浇上伏特加，酒精的蒸汽和金属冷却的响声顿时散发出来。阿桥泪如泉涌，阿桥想刚才剪刀如此炙热，舌头如此剧痛，不知为什么自己没喊出声来，大概尖叫是为了向他人求救才下意识发出的，这里只有自己一个人，喊也没有用。

阿桥再次伸出了舌头，感觉闭上眼睛的话整个身体都会变成舌头。他张开剪刀夹住舌尖，接触到冰冷的刀刃时，烫伤的疼痛稍有缓和。记得小时候在孤儿院生活时，修女读给他听的童话里有个故事，讲的是麻雀被剪掉舌头。老太婆剪掉了麻雀的舌头，记得麻雀后来报复了那个老太婆，但究竟用什么方法一时却想不起来了。阿桥想制止下巴的震颤，但下巴不听使唤，舌头在刀刃上不停地颤抖。在舌头静止的一瞬间，阿桥一狠心合上了剪刀。滑溜溜的嫩肉在刀刃上滑动了一下，接着喷出了鲜血。阿桥将纱布塞进嘴里，并没感到疼痛，但大量的出血却让他觉得恐怖，身体不停地颤抖。他不住地将纱布塞进嘴里，纱布过多，使他感到呼吸困难。阿桥晃晃悠悠地站起身来，吐出了通红的纱布，嚼碎芦荟按在舌尖上，但还是血流不止。剪刀落在地上，舌尖留在刀刃上。阿桥突然想起断舌的麻雀是如何复仇的：它把装满怪物的盒子送给了老太婆。阿桥用纱布捂住嘴，呆呆地站在那里，直到血止，此间他一直没有停止思考。他在脑海里胡思乱想：自己应该把装满怪物的盒子送给谁。

24

阿莲莫莲在等公共汽车。正是下班时候，汽车站排了十多个人的队伍。阿莲莫莲的前面是一个戴眼罩的老太婆，后面是领着两个孩子的妇女。老太婆交替看着时刻表和手表，扭过头来嘟囔道：“迟到了。”“电车站前面总是堵车。”阿莲莫莲答了一句。老太婆点了一下头，从茶色的布口袋里掏出香烟盒，拿出一支夹在手指上。后面的两个孩子正在吵着抢夺玩具飞机，不时碰撞着阿莲莫莲的后背。她扭头看去，手提购物袋的妇女向她道歉，购物袋里露出毛线和芹菜叶。老太婆点上烟，挪开眼罩，用纱布擦着眼睛对阿莲莫莲说：“你身上的味儿真好闻啊。”老太婆眼睛溃烂流脓，纱布上沾着黄色污渍。“有股牛奶味，你在牛奶店工作吗?”阿莲莫莲抬手闻着自己的手腕和手背。“你身上的味儿自己闻不出来。你在哪家牛奶店?”

“是糕点店，百货店旁边的糕点店。”阿莲莫莲回答道。老太婆点了一下头，将脏兮兮的纱布扔进垃圾箱。眼罩里的眼睛肿胀溃烂，阿莲莫莲想起了被碾死的鳄鱼的眼睛。

警察将收集到的鳄鱼碎片丢进了垃圾站。警局的调查结束之后，阿莲莫莲回到垃圾站，提上装着鳄鱼尸体的塑料袋找了几家火葬场，但都遭到了拒绝。她将撞坏的福特野马车卖给旧车行，给衣服和潜水器材打包，当做行李发送出去，便登上了列车。在车里，塑料袋破裂开来，鳄鱼的血和体液流了出来，她在列车员发现之前中途下了车，乘出租车来到青森，将腐烂的鳄鱼碎片抛进大海。在青森和函馆之间的渡轮上，阿莲莫莲看到报纸上登出的新闻标题“高速公路上被碾死的大鳄鱼”，气愤得浑身颤抖。

到达函馆的那天夜晚，阿莲莫莲住进了酒店，她怕得要命，预约了第二天的机票。她想即使呆在这个城市，也不可能和阿菊厮守在一起，还是回东京去。她一夜没有合眼，第二天去机场的途中看见了高大的灰墙，司机告诉她那是少年劳教所。阿莲莫莲下了出租车，沿着灰色的高墙走了好长一段时间，弯腰弓背的阿菊就在这座墙里，阿莲莫莲决定推迟一天回东京。劳教所的正门站着手提警棍的警卫，阿莲莫莲胆怯地走上前说想见犯人，警卫告诉她进去在总务科办理探视手续，阿莲莫莲鼓起勇气走进昏暗的楼里。见到值班的工作人员之前，一个手提消毒液铁桶的光头犯人和她擦身而过，犯人停下脚步盯着她看，只听得一声大喝“磨蹭什么”，犯人便走了过去。

“你目前没有固定的职业和住所，对吗?”身穿蓝制服、浑身汗臭的男人瞅着阿莲莫莲的布鞋、黑色皮裤以及修长的指甲上涂着的红色指甲油，低声说道："很抱歉，这里规定除了亲属以外，没有固定职业和住所的人不能探视。"阿莲莫莲问道："有固定职业和住所的话就可以探视吗？"对方点了一下头。

公共汽车来了，人们开始上车，队列逐渐密集。

戴眼罩的老太婆前面的男人拿着一只大皮箱，他抱起皮箱的时候有些站立不稳，腰撞到了老太婆的后背。老太婆差点摔倒，一把抓住了阿莲莫莲。老太婆点燃的香烟碰到了她的胳膊，阿莲莫莲低低叫了一声扬起胳膊。她的手打在后面的小孩脸上，小孩手里的飞机模型跌落在地，翅膀摔断。老太婆踩灭烟头向阿莲莫莲道歉。阿莲莫莲抹了一下胳膊便想上车。"喂，你等一下！"小孩的母亲叫住了阿莲莫莲。她抱起哭闹的孩子，伸出手里折断翅膀的飞机。"这是你弄坏的。"阿莲莫莲没有理会，她想上车。"你等一下，想跑吗？"后面的人一个接一个从旁边钻过，戴眼罩的老太婆看了一阵，在后面人群的推挤下不时回头观望着消失在车内。公共汽车的引擎呼呼作响，充满汽油味的黑烟迷了阿莲莫莲的双眼，胸口一阵恶心。"喂，多少钱？我赔你，多少钱？"阿莲莫莲问那个女人。"你这不是小瞧人吗？没说让你赔呀！你向这孩子道一个歉不就完了吗？"另一个没哭的稍大一点的孩子踢了阿莲莫莲一脚，她朝那个孩子扬起手，公共汽车司机抓住了她的手腕。"你想干什么？混蛋！他还是个孩子嘛。"乘客从车窗探出头来。"是我不好！是我不好！”老太婆从车门里探出头来嚷道。“这个人也太缺德了，把人家小孩玩具弄坏了还不吱声。”司机嗤笑着抓住阿莲莫莲的手不放。车里不知是谁喊了声快开车，按了一下喇叭。“别碰方向盘！”司机喊道。阿莲莫莲甩开司机的手，从提包里掏出钱包，拿出一张一万元钞票递给那个女人。“你这是干吗？”女人看着司机，“这个人怎么这样？开什么玩笑？”司机突然笑出声来，手指着阿莲莫莲说了一句“脑子有毛病”，便回到车上。那个踢阿莲莫莲的孩子对她连声喊着“道歉”，女人拉着他的手上了汽车。“喂，开车了，上不上？”阿莲莫莲没理他。“是我不好，她没有错，都是我不对！姑娘，对不起了。”老太婆从车窗里探出头来朝阿莲莫莲挥了下手。

阿莲莫莲走着回到了公寓。

糕点店休息那天，阿莲莫莲买了缝纫机和布料。那是一块印着鳄鱼漫画图案的窗帘布，她不会用缝纫机，反复缝了几次，从中午开始干了一个通宵才缝好的。

从公寓的窗户可以看见整个港口，对岸的轮廓逐渐清晰，这是她第一次见到黎明。远处的海面和天空相连，成了一片滑溜溜的灰色。小灯打出的细长阴影在防波堤外形成了船的形状，航迹摇晃着海面上的云朵倒影。船上的照明逐渐融入淡蓝的天空。

阿莲莫莲捂住双眼，云彩散开，强烈的光束照亮了半个港口。

看着空气里散发出白色的蒸汽，阿莲莫莲将刚刚缝好的窗帘挂在窗户上。线条歪歪扭扭，下边的装饰也长短不齐，到处都是皱褶，不过阿莲莫莲还是很高兴。淡淡的奶油色布料被强烈的阳光映得通亮，她想，这是天下最美丽最可爱的窗帘。她想展示给别人看。她真想让阿菊看上一眼。风吹开了窗帘，港内的银色屋顶十分耀眼。

那天，阿莲莫莲施了淡妆。从公寓到少年劳教所只有十五分钟，她想下午一点四十五分出门。早到的话要在那座昏暗的楼里等待，她不喜欢那样。犹豫了很久，阿莲莫莲还是决定穿白色丝绸衬衣和红色喇叭裙，外面套了一件薄风衣。脚上穿的是灰色矮跟鞋。这些都是在糕点店打工之后，参照其他女店员的衣服式样而新买的。阿菊从前不太喜欢阿莲莫莲的衣装，说她太时髦太华丽。阿菊最喜欢银行女职员上下班穿的衣服。阿莲莫莲穿好衣服站在镜子前，心想：这回阿菊会满意了吧。

一点四十三分，闹钟的铃声响了。阿莲莫莲又梳理了一遍头发，在脖子上淡淡地喷了一点香水。

年轻的看守领她来到接见室，房间十分昏暗，中间有一道生锈的金属网，放着两张折叠椅。“这是二等会面室。”看守难为情地说道，“再过一年就可以在一等会面室见面了，那里没有金属网。这种地方，连亲嘴也不可能啊。”看守为了缓解阿莲莫莲的紧张情绪，说完便噗哧笑了一下。看守走出会面室，阿莲莫莲从提包里拿出一张纸条，上面这样写着："如果阿菊微笑的话，要说精神挺好的嘛。如果阿菊不高兴的话，要说你好。如果阿菊表情显得寂寞的话（默默地将手搭在他的肩上）。"因为没有想到房间里有金属网，阿莲莫莲拼命在设想阿菊表情寂寞时该说的话，浮现在脑海里的台词都觉得很别扭。她想到阿菊可能马上从对面的铁门里闪出来，觉得很紧张，胸口怦怦地跳，喉咙干渴手掌冒汗。她赶忙抓住了手帕，这么紧张的话不可能安慰阿菊。阿莲莫莲脑海里只有那个弯腰弓背惊恐慌张的阿菊。

她深呼吸了一下，让自己镇定下来，打定主意不管阿菊微笑还是不高兴都说"快打起精神来"。她想象阿菊坐在对面的椅子上一副垂头丧气的表情，小声地反复练习。"快打起精神来！"有点做作，要说得平淡一些。"快打起精神来！"这样可能有些冷淡，好像学校的老师。"快打起精神来！"这简直就像训话一样。对了，只要温和自然就可以了。"快打起精神……"突然铁门被推开，一股熟悉的汗味布满了房间，闪现出一个人影。"阿莲莫莲！"阿菊叫着扑到金属网上摇晃着。铁锈四处飞溅，金属网噼啪作响。"住手！别弄坏了！"监视的看守喝道。"真没想到，真没想到！"阿菊嘴里嘟囔着，好容易才坐在椅子上。阿菊的脸贴近金属网，他咧开嘴朝阿莲莫莲微笑，阿莲莫莲也笑了起来。阿菊想说什么，张嘴却说不出话来。

"精神挺好的嘛。"阿莲莫莲忍住泪水说道。阿菊微微点了一下头。

"我缝了一条窗帘。"如果不说句什么会哭出来，于是她随口说了一句，"我在一家名叫函馆古德摩根的糕点店打工，古德摩根是德语，意思是早安。草莓蛋糕最畅销，不过最近顾客好像吃腻了，有时猕猴桃和桃子蛋糕也很受欢迎。我和一个叫典子的女孩很要好，她人特别好，我们一起去看过两次电影。典子喜欢看书，经常借给我，不过，我一看书就困，那些书都是有名的作家和画家的太太写的。阿菊你觉得怎么样？你觉得该不该读这种书？"

为什么自己会说这种傻话？阿莲莫莲这么想着，嘴里仍然说着。阿菊微笑着端详阿莲莫莲的脸庞。默默地凝视对方的话会控制不住喊叫起来，于是阿莲莫莲喋喋不休地说着。

"糕点店在百货公司旁边，不过百货公司五楼钟表店的儿子经常来我们那里没话找话。走路都不要十秒钟，却总是开着一辆扎眼的外国车来买蛋糕，那家伙是个傻瓜，不是说自己有他爸爸公司的一半股份，就是说自己养着三条德国杜伯曼猎狗，经常受到警察的表扬，要么就是说他和散打选手是朋友，总是没完没了唠叨一些废话。因为实在烦人，有一次我在咖啡店里对他说，我的男朋友是杀人犯，现在还在监狱，如果你碰我一个手指头，那就吃不了兜着走。那是典子让我那么说的。于是那家伙脸色铁青，你猜他说了一句什么？原来你是个小女流氓啊。我一听就噗哧笑了出来。"

阿菊沉默着盯住阿莲莫莲，似乎没有听她在讲。

“鳄鱼怎么样了？长大了吧？”阿菊问道。

阿莲莫莲舔了一下嘴唇，低声说道：“死了。”

“是吗？太可怜了。”

“嗯，很可怜。不过，已经过去了。”

“什么已经过去了？”

“就是已经忘了。”

阿菊又陷入了沉思，默默地看着阿莲莫莲的发型、手背、指甲以及胸口。“桑山，还有五分钟。”看守脸冲着侧面说道。“知道了。”阿菊目不转睛地看着阿莲莫莲回答道。阿莲莫莲瞥了一眼手表，这才发现转眼已经过了二十五分钟，心里焦急地想：还什么都没讲呢。“喂，阿莲莫莲，”阿菊小声说道，“把舌尖从铁网中间伸过来。”阿莲莫莲伸出舌头插进金属网的缝隙里，阿菊飞速舔了一下，退回来时唇边留着透明的唾线。“我正在接受乘船训练。”阿菊刚说了一句，看守告诉他时间到了。阿菊求看守再等一分钟，他飞快地低声问阿莲莫莲：“你有钱吗？”阿莲莫莲点了一下头。“阿莲莫莲，你听好！我马上就要出海实习，我会写信给你告诉停靠的港口，你在陆地上随着我走，明白了吗？”看守走近阿菊让他站起身，阿菊就要消失在铁门另一侧时，阿莲莫莲喊道：“阿菊，这么说你没有忘记曼陀罗啊！”阿菊点了一下头，阿莲莫莲双目闪光，一口吐出嘴里的铁锈渣。

25

又有人将玫瑰花送到了化妆间。“是谁送的?”亨大声问送花的小伙计。“是螃蟹和金枪鱼罐头公司的公关部。”小伙计回答道，不过亨已经忙别的事去了。松山裕二站在房间中央正在进行第十七次调音，他从头到脚都染成暗紫和粉红色，头发也分开染成这两种颜色。约翰·斯帕克斯·下田坐在皮沙发上转动着手里的小棒，看上去似乎在敲击空中的铙钹。有人送来了奶油蛋糕，松山让小伙计取来餐刀，说了句“来吃蛋糕”，便胡乱切成几块。“吃那么甜的东西舞台上会吐的!”亨说道。“吐了也没什么了不起。不管是吐还是昏倒，我都不会影响弹吉他!”松山笑着说道，然后交替着大口嚼蛋糕，喝香槟酒。德丸则让两个肌肤滑嫩的少年为他系蝴蝶结。

“我的歌声可以拯救世界，挽救那些饥饿的、丧失思考能力的人们，只有这一点。”阿桥的周围聚集着摄影记者和音乐报道记者，他满脸通红，踱着步嚷道。他十分兴奋，个人演唱会开始前总是这样。他想掏空自己，将自己完全掏空之后再重新充电。充电的方法有多种多样，像今天这样对记者胡乱吼叫一通，让他们随便发问激怒自己，也是其中一个方法。“这么说，你的歌声并不是单纯让这里的年轻人得到一时的精神发泄，而是为了拯救世界上的所有饥饿的人们?”阿桥的眼睛闪闪发光，不安地来回踱步。两个美容师紧跟着他，用鸡蛋清加固他的头发。“这么说阿桥的音乐是一种宗教吗?”摄像机支着两个照明灯，想要拍摄阿桥的珐琅鞋。北见广用萨克斯从降 Si 开始吹起了升调颤音。“就像发情期的一百匹牝马一齐嘶叫的声音，对不对?阿桥的音乐就是宗教吗?”

妮芭用扩音器通知距开演还有五分钟，并警告会场里有五十个保安，决不能像上次那样刺激观众。松山裕二脱手将香槟酒杯摔在地上，用彩色的头发擦了一下拨子。

“宗教?不对!不是宗教，怎么说呢?就像是地铁车站突然爆炸，有很多死人，有人的屁股被炸飞了，像桃子一样挂在广告牌上。”阿桥踱步的速度加快了。一个记者问道：“这么说，对你来讲拯救就意味恐怖主义吗?”说着拍了一下他的肩膀，想让他转过头来。“别碰我!你不知道我身上的汗好不容易才干的吗?”阿桥推开那个记者，冲到松山身旁一把夺下蛋糕摔向墙上的穿衣镜，蛋糕的飞沫落满整个房间。开演的铃声响起，听见妮芭用喇叭反复喊叫，亨叫了声“好吧，走了”，随即戴上塑料布围巾，北见用可乐轻轻漱了一下口，阿桥带头朝舞台跑去。

阿桥的个人巡回演唱会开始之后，全国性的大报副刊立即刊载了这样的报道：

低级趣味，如此低级趣味的摇滚演唱会尚属首次，就像是家里办丧事，彻夜守灵喝醉了酒，神志不清时欢蹦跳跃，然后陷入极端的自我厌恶。演唱会以垂死的节奏开场，阿桥用悠长缓慢的节奏演唱着四十年以前的《相会在有乐町》和《我最爱你》等流行歌曲，整场音乐气氛冷静，打击乐非常激烈，但并没有发挥出超越节拍器的作用。阿桥在舞台上扭动，手舞宽大的皮带支配着大音量的守灵仪式。

最应该感到惊奇的是主唱，阿桥的声音和两个月前发行的新专辑《硫黄岛》相比发生了变化，以前歌声如同刚退出唱诗班的精神病少年，而这次演唱会上听到的阿桥歌声就像正在交配的母海狗的叫声，如同黏稠的油脂粘在脖子和胸口，洗热水澡也冲不掉，询问音质改变的原因，他只是开玩笑说将舌尖切断了五毫米。

从前审判女巫的严刑拷打中，据说有一种方法是将融化的山羊油灌入耳朵。阿桥的歌声和乐队伴奏就好像让听众体验这种感受，飞快的节奏，吉他和电子萨克斯的合奏中，中曼陀林奏出令人恶心的哀调，那旋律就像在吮吸我们最敏感的神经。那情景就如同用铁球、炸药和机器拆除高层建筑，旁边是汽车高速飞驰的立体交叉高速公路，在这种环境下有一条小道，一条胡同，一个老人带着一个少年乞丐伸出帽子边唱边走。阿桥总是这样唱歌。

“等待你的时候下起了小雨，你会不会被雨淋湿，让人担心。啊，高楼旁的饮茶室，雨天也可爱。”慢四步爵士曲的歌声，打个比方说，就像是一个女人的性感屁股之间淌着诱人的体液，在阳光明媚的房间里敲打着打字机，而我们却被反绑着，只能从远处眺望。又如第二次世界大战时伦敦在遭遇V型火箭的猛烈袭击，一个盲人钢琴手演奏着甜蜜的小夜曲。在猛烈的节奏敲打声中，从远方传来阿桥演唱的小夜曲，人们听到那歌声，不觉产生出淡淡的恐怖。是恐怖，并不是空袭会波及到地下防空洞里那样的恐怖，恰恰相反，是想看V型火箭的亮光而不自觉地要从防空洞跳出去的那种恐怖。害怕自己会不由自主地干出傻事，例如杀死坐在身旁的少女奸尸，或者在座椅上放火，脑海中泛起了一种喧闹的恐怖。阿桥抓住时机掀起第一个高潮，他发出一阵比吉他的回旋还要尖利的叫声，那声音刺到肌肤时，灌进耳朵的山羊油开始沸腾，耳膜蜗牛管以及鸭蛋形圆窗在沸腾中融化，从眼睛鼻子嘴里流出来。这时，听众的情绪出现了变化，刚才还在微笑低语的人像触电一般跳了起来，目不转睛地盯住舞台。他们都中了阿桥的催眠术，那是一幅巧妙的画面，舞台上伸出一个半球形的银幕，映出生猪的内脏解剖画面。切开的内脏随着低音吉他的节奏震颤，血管和肌肉鼓胀着，不知何故令人想起沧海。那不是神仙鱼畅游的大海，而是碳元素电解、诞生最初的生物之前的远古时代，一块陨石穿过大气层，呼啸着燃烧着落入创世纪时代的沧海，海底火山不断喷发，使人联想到燃烧的火焰染红海面的情景。“快来！来到我的身边！”阿桥唱道，“你们还不够狂热，世上还有很多你不懂的东西，你以为理解了，那就大错特错，拧开头上的螺丝加上油，如果你摇晃了，那就迈开第一步，摇摇晃晃向前走，黎明前走在死狗遍野的铁道上。凉风穿过你的内脏，从没感到过如此舒畅，飞驰的电车碾死你之前自行爆炸，不必担心，翻倒在地的车窗排满了涂满头油的头发，还有戴着黄玉项链的女孩头颅。你是国王，你还恋恋不舍这每天看惯的讨厌风景吗？那是海市蜃楼，那是你的幻灯！踢飞幻灯机，点上松明火把，白色薄膜对面是布满灰尘的墙壁，那里面是生猪的内脏，那里面是大雨滂沱的果汁世界。”

阿桥对着麦克风不停地咂嘴，向观众介绍伴奏成员。演唱会接近尾声，天花板上飞落下大量闪光金属箔，阿桥在向观众最后致谢。“谢谢！感谢各位的关爱。六十八年前，横滨公园里有三个年幼的女孩被亚美尼亚货船的海员残害，海员用尖刀刨开她们的肚子。为了拯救她们的灵魂，让我们大家一起为她们祈祷。拯救世界的不仅仅是街头募捐，还有仁爱，谢谢！”保安腰挂警棍从舞台两侧跑出来，列成一排，其间还有四只警犬。伴奏成员开始演奏最后的谢幕曲。

“故事刚刚开篇！”阿桥继续挑动会场内的狂热气氛。观众们全体起立，想要冲上舞台的歌迷在狼狗的狂吠声中望而却步。松山扔下吉他的拨子，舞台骤然黑暗，阿桥他们走回后台，保安和狼狗占据了舞台，轰鸣声、猪内脏的海洋以及山羊油等等如同海市蜃楼一般瞬间销声匿迹，观众们谈笑着纷纷走向出口。

阿桥一口气奔向化妆室，和焦急等在那里的妮芭拥抱热吻，将啤酒浇在头顶，然后喝干了剩下的啤酒，用力把空瓶摔在地板上。“说了多少遍了，热闹可以理解，但不许像小孩那样胡闹!”不知是谁喝道。松山脱光上身凑到阿桥身旁，舔着他下巴和脖子上流淌的啤酒和汗水。“喂，松山，这回佩服我是天才了吧？你不觉得我的嗓子好像是铝箔做的蛇管?”北见广嬉笑着将啤酒浇在满地打滚的下田脸上，然后摔碎空瓶。另外也有人摔碎了啤酒瓶，地板上泡沫流成了河。D先生用扩音器反复叫着：住宿酒店顶楼的套房里已经准备好了酒会。化妆间的出入口挤满了手持花束和布娃娃的追星族，亨和松山、下田他们分开人群，钻进了停在会场后门的大轿车。

一个地方公演结束之后，D先生都要举办一次酒会招待当地的头面人物。酒会通常先由政治家和银行家致词。“对于中央和地方城市来说，最有效果的润滑剂非文化和体育莫属。”身穿晚宴服的老人说完举起鸡尾酒和香槟干杯。宽大的套间拆除了隔扇门和睡床，周围摆放着柔软的沙发，身着华丽服装的医生企业家的太太们手端裹着餐巾的酒杯坐在沙发上，中央的桌上摆放着各种各样的鸟形冰雕。

松山和身穿晚宴服的老人交谈着。“你是个男人，怎么将头发染得这么难看?”“这样可以在台上一目了然。”“我有很多朋友都说应该把你们这样的后生送进军队，剃成平头好好锻炼一下。”“军队是不是很有意思?”“没有意思，不遵守纪律会关禁闭，第二天枪毙!”“我没有入过伍，如果入伍做了军官，我有一个愿望。”“什么愿望?”“指挥枪毙，举枪！瞄准！射击！在电影上看到的那样，很开心。”约翰·斯帕克斯·下田和一个身穿深红长裙的陶瓷公司经理夫人谈论中国清朝的绯黄花瓶。北见广搂着经营当地电台和报社的富商的肩头，讲解着后面的两个演出。“一个大概是洋妞的脱衣舞，另一个嘛，可能就是那个，一个瘦小子在胳膊上注射肌肉松弛剂，让别人把拳头插进他屁股里。”经营电台和报社的那个戴眼镜的矮个子男人用汗津津的手掌抚摸着北见广的肩头，说道：“今天的演出获得的巨大成功，即将刊登在明天早报的地方版。”德丸和一个老朋友谈论着经济动向和拳击，还有里约热内卢一个名叫内里克普特尔的男妓院，那人是一家运动鞋公司的经理。只有亨一个人跟D先生抱怨说：“为什么要接待这些老家伙？我房间里有三个追星族等着我呢，什么时候让我走?”D先生看了一眼手表，拍着亨的脸颊说道：“马上就完了，再忍耐一下好不好?”

年轻的外国女人开始跳脱衣舞，长相十分漂亮，但腹部和大腿的肉已经松弛。三个中年妇女围着阿桥坐在沙发上，脸上涂着厚厚的白粉，往面包片上放鱼子酱，洒上柠檬汁，喝得满脸通红，她们用大腿不停地挑逗阿桥。“听你唱歌，就突然想用餐刀切掉这里的肥肉。”说着让阿桥摸自己腋下松弛的脂肪。“不过，阿桥你真漂亮，是的，简直就像女孩子，胸脯上长出乳房都一点不奇怪。”一个身穿和服刚刚做完喉癌手术摘除了声带的女人讲起在夏威夷上映的色情影片，说道：“那是纳粹的人体试验，一个漂亮少年被移植上大屁股和乳房，除了那里以外全身贴满了女人的肌肤，看上去很可怜但特别漂亮。”阿桥喝着烈酒，说道：“我总是怪地方长毛。”说着掀开衬衣襟，拉起一个夫人的手伸进下面。“怎么样？厉害吧？你盯着我的脸，我会给你一个惊奇的感觉，别松手，你看我的脸像不像一个小孩？不是小孩就是老实的伐木工。你一边盯着我的脸一边想象我身体的其他部分，没有乳房，但前胸光滑丰满，布满柔软的汗毛，按一下肌肉都会作响，骨头都在颤动。我的手指和脚趾都很细，脖子使劲一攥是不是都会断掉？肌肉很有弹力，夏天也不太出汗。肌肤是不是很白？在你的脑子里想象我瘦弱的骨头，柔软的肌肉，光滑白皙的肌肤，混合着浓密坚硬的体毛，我的那里便在你手指之间脉动膨胀，你触到之后就会兴奋。”

阿桥嘴里唠叨着，脑子里却在想别的事情。自己和这些已过中年的女人鬼混，让她们抚摸身体却一点不感到讨厌，到底是为什么？虽然D先生说为了举办演唱会和做公关宣传，要忍耐一下奉陪这些老人们，但阿桥在中年妇女之间并不感到痛苦。

注射肌肉松弛剂的青年花了一个小时将一个纯金炮弹塞进肛门，炮弹有刚出生的婴儿一般大小，表演博得了全场喝彩。午夜三点多，酒会结束，阿桥正要回房间休息，亨叫着他说道："让一个小妞陪你，一会儿到我房间来，等你们的大妈睡了之后也行，一定来。"

回到房间，阿桥一边洗澡，一边思索如果妮芭钻到他床上该如何拒绝她。"我累了，不好意思。"这么说就可以了，妮芭大概和往常一样吞下三粒橄榄球形状的安眠药先睡下了。妮芭在梳妆台前卸妆，说道："喂，阿桥，今晚想和你慢慢聊聊。"阿桥回答说："我累了，明天再说吧。"说着关掉了枕边的台灯。

"好吧，明天再说。"妮芭钻进了自己的床。

"妮芭，最近睡得好吗?"

"为什么?"

"好像没有吃那种椭圆的安眠药吗?"

"我停了。"

"晚安。"阿桥说。

"小时候，我奶奶呀。"妮芭在黑暗中讲道，"我奶奶呀，每次我说要去游泳，她总是不让我去。我一直以为那是因为小孩游泳不好，海里危险，会淹死。我以前老觉得那种担心很可笑，但最近逐渐理解了。"

“别瞎扯了，快睡吧，快睡!”

“阿桥，你为什么割掉舌尖?”

“我不是说过了吗？我想改变唱法。”

“不要干那种危险的事。我觉得你最近有些过于勉强，你做你想做的事就行了，不必听别人的话。”

“一切都是我自己决定的，我改变了唱法，演唱会才大获成功。”

“你不要迷失了方向。”

“别啰嗦了，快睡吧，你最好吃下安眠药快睡。”

“阿桥，你现在是名人，所以人们会说各种各样的话，提各种要求，比如歌声更有力一些啦，要努力抓住歌曲的核心啦，要更通俗易懂啦，多唱情歌啦。这些话都不要听，重要的是做你自己想做的事。”

“这我知道。我困了，妮芭，你今天有点怪啊。”

“对不起，我不说了。奶奶不让我下海游泳，但是我不听，你知道奶奶说了什么?”

“我怎么会知道!”

“不要去没过脖子的地方。”

“我真要睡了。”

“阿桥，你要当爸爸了!”

阿桥在黑暗中睁大了眼睛，床单模糊一片，看上去变成了灰色。

“你怀上孩子了？”

阿桥感觉好像床单上散落的棉絮堵在喉咙里。他想说句什么，但找不到合适的词。孩子？我要当爸爸？阿桥想起了埋葬死去的婴儿的情景，纸板箱里僵硬的婴儿尸体碰撞时发出声响，他不懂卵子在女人腹部发育成长的过程，肉眼看不见的婴儿似乎悬浮在半空，到了那一刻，便从女人大腿之间出来啼哭，在此之前则被自己周围一条隐形的铁丝悬挂着，如果找到那个地方摇晃空气的话就会发出声响，阿桥觉得恶心。“明天再慢慢说吧。”妮芭说完睡下了。阿桥悄悄跳下床，溜出了房间。

亨的房间没有上锁，里面一片漆黑。一个女人全身只穿一双金色高跟鞋躺在地板上，流着口水，散发出一股浓烈的酒味儿。阿桥打开电灯，女人捂住眼睛，低声说道：“太刺眼。”阿桥觉得女人的脸有些眼熟，是那个今晚演唱会上站在最前排挥舞帽子的女人。她发现阿桥后便站起身拥抱过来，个子比阿桥高出许多。她的脚腕一软，搂住阿桥的脖子的女人身体瘫软下来，阿桥支撑不住一起倒在地上。“你是……阿桥？”女人微微睁开眼睛问道，“你真是……阿桥？”阿桥点了一下头。“喂，抱抱我！我不喜欢爱抚，求你了，使劲来！”阿桥脱了衣服。她即使躺下，腋下和大腿内侧的肉也毫不下沉，十分健壮。阿桥第一次遇到这样的年轻女人。

他背着妮芭和三个女人睡过，三个人都和妮芭一样是中年女人。那些女人不愿在阿桥面前脱衣服，大概是为身体失去弹性害臊。她们让阿桥闭上眼睛，大腿内侧、小腿、腹部、腋下、胳膊后侧的肌肤似乎和身体脱离了，冰冷而且柔软下垂，就像是搀多了水的黏土，固定成形之后也感觉不到弹性，只有一种奇妙的安详。现在阿桥面前的年轻女人则不同，肌肉十分强健，身体就像演出服，叫阿桥无法兴奋。

“果然年轻的女人不行。”亨和松山站在房门口，咧嘴笑着。年轻的女人离开了阿桥的身体。“你们一直在看吗?”阿桥问亨和松山。两人笑着点了一下头，阿桥挥拳便打，亨躲过阿桥的拳头，抓住他的胳膊将他抛在床上。

“再胡说我可不饶你!”阿桥叫道，跳下床挥拳打向亨。亨没有躲闪，阿桥两拳打在比自己身材高大的亨的前胸上。亨收起笑脸，松山一把拉住还想动手的阿桥。“阿桥，你是个孤儿，还是个同性恋。”亨又一次认真地说道，“现在也许是个出色的歌星，不过以前是个孤儿，是个同性恋，对不对？你想抹掉过去的历史是不可能的！我比你岁数大，经历的事多，所以我才对你说，你不应该忘记过去。这些像猪一样的歌迷没什么了不起。”年轻女人口齿不清，噘着嘴问道：“谁是猪?”亨猛力踢了一脚她那翘着的屁股。“别插嘴！猪！老实听着！阿桥，有些家伙一有钱便不知东南西北，那种家伙是笨蛋，他们觉得自己一生下来就有钱有势。记住，你再怎么吃山珍海味，周围的人再怎么捧你，你仍然无法改变过去是个孤儿，是个同性恋的事实！我们在你身后伴奏都激情焕发，松山他们经常说这种感觉过去不太多，我们一直想保持这种激情焕发的精神状态，记住不要忘记你曾经是个孤儿，还是个同性恋者!”

“不对。”阿桥想说，“我喜欢中年妇女晃动柔软的肌肤，是因为能够感到安详，不知道为什么，特别安详，让我能够想起那个柔软的房间。我的精神支柱并不是孤儿，也不是同性恋，而是那个声音，是在那个周围装饰着橡胶的柔软房间里和阿菊一起听到的声音，我唱歌是为了寻找那个声音，我想歌唱接近那个声音的歌曲，那个声音总是在那个柔软房间才能够听到，由女人大腿内侧的肌肤铺成的地板、墙壁、家具，就像气体的量不断变化的气球一样反复收缩变形的柔软房间，只有在那里才能听到的声音。”

俯瞰眼下城市的酒店的顶楼，厚重的窗玻璃上映照出房间的情景，酒会已经结束。一个瘦弱的青年睡在中央的长桌上，是那个在晚会上表演的青年。桌上飞鸟形状的冰雕已经全部融化。

阿桥站在窗边俯瞰着街道，外面开始下雨，厚重的玻璃遮住了雨声，雨丝滑过街灯周围，如同银色的丝线一般闪烁发光。他想起高中的时候，自己经常从教室的窗户眺望阿菊跳高，当时的气味也浮现在脑海里，是一股刺鼻的气味，到底是什么气味呢？阿桥闭目思索，想起是粘在黑板擦上的粉笔末，他无声地笑了起来。阿菊跳跃横杆之后微笑着朝他挥手。“他是我哥。”阿桥手指阿菊自豪地向同学夸耀。阿桥的眼帘上浮现出废矿岛和浩瀚的大海，玻璃的外面烟雾笼罩着的街道，这些情景分别变成透明的绘画重叠在一起，一瞬间，阿桥不知自己现在置身何方。他感觉自己似乎在透明绘画的缝隙里跌落下去，他屏住呼吸，觉得流动着水滴的厚重玻璃将自己完全封闭了。阿桥猛力敲打玻璃，但玻璃纹丝不动。那青年看着脸色铁青的阿桥的眼睛，将纯金的炮弹扔给他，嘴里嚼着面包说道：“用这个可以砸碎。”

26

阿菊的囚服肩头缝上了一根银线。阿菊和山根、中仓、林四个人编入船员训练班时搬到了普通牢房。阿菊搬进新牢房当天便亲眼见识了山根惊人的臂力，山根从一早便嚷着头疼，全身泛起鸡皮疙瘩，不停地抹着额头和脖子渗出的冷汗。他对阿菊他们说："也许是头盖骨上的塑料板错位了，如果我失去知觉，不要喊我也不要动我，如果塑料板扎进脑子里，我自己也不知道会干出什么来。"阿桥问道："不知道的意思是不是会死？""死了还算好的。"山根勉强地笑了一下，"死了还算好的，我也许会控制不住自己。"

新入牢房的犯人行礼时，山根哆哆嗦嗦趴在地上说不出话来。阿菊、林和中仓不住地向老犯人解释说他现在得了重感冒，中仓则忙着为老犯人按摩肩膀和腰。那些老犯人十分不满山根行礼草率，中仓揉肩时，两个老犯人嘲笑他有腋臭。"是吗？对不起，出汗时总是这样。"中仓不动声色地说。"如果是女人，另有一番滋味。"听老犯人这么说，中仓脸色沉下来了。后来中仓说："那时我想起了老娘，老娘也味道很大，夏天在另一个房间也能闻到。平时不大在意，男人来家里时气味特别重。”老犯人趴在地上，中仓看着阿菊和林，从背后模仿掐住他们脖子的动作为自己解闷，却被背后另一个人发现了。“你他妈的，新来的还敢戏弄人。”说着轻轻踢了一脚中仓的肩头。这时，山根趴在地上低声叫着：“别吵！别吵！”阿菊想，大概他在拼命回想婴儿心脏的跳动。阿菊为避免老犯人们迁怒山根而反复道歉，但无济于事，越是道歉，那两个人越是不依不饶。他们大声怒吼，抽打中仓的脸，因过度激动碰到了山根的头。山根起先一直在呻吟，突然翻身跳起，像鸟叫一般大喝一声，出拳打在牢房的墙壁上。墙壁是五厘米厚的涂漆木板，一瞬间变成了碎片。山根大吼一声：“住口！”所有的人都惊呆了，老犯人也大吃一惊呆立在那里，沉默不语。山根重新蹲在地上，抱着头忍耐头疼。

“要练几年才能那么厉害？”中仓在模拟航海图上进行重复线船位测定，一边问山根。“什么？”山根不善于做测定船舶位置和测定航路这些案头工作，他手脚粗大，身高体胖，笨拙地摆弄着分规和三角尺。

“你装什么傻！你他妈的不是砸坏了墙吗？是不是要花五年时间？”

“砸坏墙谁都会，那种事不需要练。”

“别说废话！你他妈的谦虚什么？”

“如果用榔头的话，你能砸坏吗？”

“榔头？谁知道呢？你怎么样，阿菊？”中仓看着阿菊。阿菊正在用远隔物标方位测定法测量罗盘的自偏差。“我用榔头也不行。”

“是吗？喂，山根，榔头和练拳有什么关系？”

山根看着模拟航海图，寻找着灯塔、山顶连线与港内浮标位置的交点。山根看了一眼中仓，说：“稍微等一下。”他读着交点的经纬度，对照着阿菊测好的数字。因为数字正确，山根打了一个响指，十分高兴。

“中仓，练空手道嘛，并不是只练硬拳头。”

“那么是为了什么？”

“是速度和气势。即使拳头像铁锤一样坚硬，那也不能打穿墙壁，对吧？”

铃响了，教官示意回收答卷。山根停止说话，急忙抄袭阿菊的答案。身材矮小的老教官发现后说：“抄别人的答案没用！”教室里响起一片哄笑，山根不好意思地搔着头皮交出了答卷。

午饭后，山根展开一张报纸，攥着两角伸在中仓的眼前：“你用直拳打个洞试试。”“报纸？你逗我玩啊？”中仓试了几次都不行，报纸总是缩回去，捣过十几拳浑身冒汗。山根让阿菊拿住报纸，一声鸟叫一般的尖叫，做了个漂亮的示范动作。只见报纸纹丝不动，上面露出一个拳头大小的洞。山根说：“为打洞而出拳不行。所谓正拳出击的气势，比如说要打穿木板，如果脑子里想着打断眼前的木板就不可能。要这么想，你听好，要把自己全身所有的气力运到拳头上，一瞬间拳头便出现在木板的另一侧，拳头像刺穿空气一样穿透木板，一瞬间便出现在木板的背面。要这么暗示自己，明白了吗？”

“要全神贯注。”阿菊说道。山根点了一下头：“你们想象一下从前最危急时刻的情景。失败就没命了，用这种念头打一下试试！”“好吧！”阿菊站起身。阿菊站在报纸前面闭目做了一次深呼吸，猛然睁眼的同时打出了拳头。虽然洞口没有山根那么完美，但拳头穿透了报纸。“你是不是想起跳高时的情景了？”山根问阿菊，阿菊笑呵呵地点了一下头。下一个是林。林嘴里吆喝着，有节奏地左右摇晃上身，在静止的一瞬间打出了拳头。报纸没有洞开而只是撕裂，不过还是成功了。“刚才的动作是什么？是滑水吗？”阿菊问道。林害羞地摇了一下头，回答道：“是水球的射门。”“你打过水球？打水球赚不到钱啊。”中仓看着阿菊和林击穿报纸，露出一副困惑的表情问山根：“不会体育的人该想什么？我从前是个厨子。”“中仓你开过打捞艇，应该是潜水专家吧？”林在一旁插嘴道。“潜水嘛，那不需要全神贯注，而要有忍耐力。”山根告诉他说：“并不一定非得是体育运动，主要是将全身的精神集中到拳头上。”“好了，我明白了，来吧！”中仓仰头望了一阵天空，突然想起什么似的点了点头，舔了一下舌头转向报纸，睁大眼睛喘着粗气。“杀!”他高喊一声打出一拳，报纸上露出一个圆洞，阿菊他们拍手喝彩。“中仓，真厉害。你想什么来着?”“没想什么。”中仓摇着头，小声嘟囔道。

返回船舶训练室的路上，中仓拍着阿菊的肩头。“我嘛，刚才想的是老娘的脸。”他说，“那张报纸的背面，有老娘的脸，我集中精神就这么打过去了。”

“脸可不好哦!”阿菊把手搭在中仓的肩上说道。

“扑、扑。”中仓倚靠在牢房墙壁上，嘴里叫道。随着脖子的晃动，他不停地叫着“扑、扑”。“你干什么呢?”山根问道。“听不出来吗?阿菊，你听得出来吗?”阿菊摇了一下头。“打火机的声音，不是那种便宜货。去澳门的哥们送给我的那种，牌子是登喜路，听说过吗?特别重，这么着打开盖子，不马上点火。稍微等一下，要这么活动大拇指，扑，声音特别好听。没见过的，跟你们说也没用。那声音好听极了。特别精致的点火声，连烟都觉得特别香，我想记起那个声音，但总是记不起来，不是扑扑的声音，好像是噼啪。”

星期天和节假日没有职业训练，如果是晴天还可以打垒球或者踢足球，可是今天下雨。其他班组的人开展文娱活动，画画弹吉他唱歌什么的，还有许多犯人读书。阿菊他们船舶训练第三班的四个人没东西打发时光，只有山根一个人从图书馆借来了一本童话《栗子里跳出魔王的秘密》，他读了一会儿，中仓总是找他说话，于是便放下了。

刚才四个人掰腕子，循环赛，没想到林最厉害。阿菊从来没有输过，本来很有自信，但好不容易才赢了中仓，根本不是林和山根的对手。山根和林两人对阵时，在旁边看都会出一身汗，两人势均力敌，让人担心谁的胳膊会折断。林的胳膊只有山根的一半粗细，但肌肉很有弹性，手腕非常强壮。和山根对垒不分高下，垫在胳膊下的棉座垫都撕裂了，露出了里面的棉花。山根发起几十次突击，林都凭腕力挺过去了，最后靠耐力取胜。无论山根如何用力按下，林的手背和胳膊都不会触到台面，于是山根失去了耐心。山根仰面朝天躺在地上，久久揉搓着胳膊。他很吃惊，这是他第一次败北。“在高中时，”林涨红着脸说道，“高中时，每天用双臂游五千米，用双脚游过一万米，游泳运动员很强健，虽然不很坚硬，但很强健。”山根坐起来笑着说“厉害”，然后根据山根的建议，他们又玩了一次坐相扑，也就是对坐着双手抓住对方的手，靠腰和胳膊的力量扳倒对方。这次山根有压倒的优势，其他三个人不久便失去了兴趣。一会儿，中仓又开始“扑扑”叫着。“噼啪，噼啪，还是不对，妈的，砰砰，砰砰，砰砰。嘭嘭，嘭嘭，嘭嘭。噗噗，噗噗。扑扑，扑扑，我记得那声音的。”林唱起了儿歌《火车奔驰》，大家都哄笑起来。笑声停下时，中仓大声嚷道：“妈的，真想抽烟。”他咧开嘴想笑，但笑不出来，反而哭起来了。

山根打开窗户，潮湿的树叶气息连同合唱队的歌声飘入室内。山根想对中仓说句什么时，门上的监视窗打开了。看守探进头来，中仓慌忙止住哭泣。

“四点开锁，全体在楼道集合！”

看守说完便关上监视窗。“什么事？”林询问道。看守已经走开，门外响起了他的回答：“慰问演出。”

礼堂里聚集了全体犯人和几乎所有的职员。由于椅子不够，犯人直接坐在地板上。首先由看守所长致词：“今天，函馆商科大学戏剧部的同学们来慰问演出。每年这个阴雨连绵的季节，大家无法进行户外活动，同学们就来慰问大家。前年和去年，这次是第三次。大家一定期待着看到同学们的演出，今天大家将接触一些外面的气氛，获得心灵的安慰，希望大家尽情娱乐。”

大幕拉开了，舞台上悬挂着写有“歌舞剧——阿尔卑斯的蓝色精灵”的条幅。舞台左边走出一个弯腰驼背的老人，背景是低矮的山间小屋和树林，远处是覆盖积雪的山峦。鸟雀的鸣叫变成了音乐，老人用沙哑的声音开始歌唱。“啊，又迎来了春天。啊，山花重新怒放，积雪融化，黑熊出洞，鱼儿跳跃，我家的女儿去到何方？好像去了城里，正在城里买糖块，也许还在买大红袍。”

“那个老头儿是干什么的？”中仓嘟囔道，林看了一眼看守，用手制止了他。“没有女人吗？”中仓抱着膝盖说道。“他不是说女儿怎么怎么样吗？一定会有女人出来的。”坐在旁边的阿菊悄悄耳语道。

女演员一直没有上台。村里的警察和山村小店的客人以及伐木工、经销兽皮的商人都来访问佐平爷爷，但没有一个女人。

故事的情节是这样的。佐平哺育的女儿实际上是他的孙女，她的母亲登理江在丈夫死后和山村小店的客人私奔了，原因是山村小店的生活太艰苦。女儿长到十四岁的那个春天，一位绅士来到山村小店，他是登理江的秘书，她现在是经营四个马戏团的经理。秘书对佐平爷爷表示登理江现在想收养女儿。佐平爷爷愤怒地将秘书赶出门去。戏演到这时，山根开始打瞌睡，最认真看戏的是中仓，有时嘟囔道：“对，和男人私奔的老娘该杀！”女儿终于登场了。中仓刚要站起身，被林和阿菊拉住了制服的衣角。犯人们见到女演员穿着短裙露出大腿，纷纷鼓掌喝彩，女儿边跳边唱：“我生在山里长在山里，在这美丽的山里和动物小鸟共同生活，我喜欢山，我爱山，最喜爱这座高山，可是，那是否当真？妈妈现在什么地方？爸爸实际上是我爷爷。哎哟，我该如何是好？木瓜女王，请你指点我该如何是好？”木瓜女王身上缠满野藤走上舞台，她似乎是山中精灵的化身，一切生物的主宰。“姑娘，告诉我你想要什么？你一直善待所有动物，是个慈祥的姑娘，你有什么愿望都可以满足你。你想要什么告诉我。”姑娘十分困惑，唱道：“我不知道该如何是好？”于是木瓜女王大怒说：“不知道自己想要什么的孩子都会变成山顶的土地神。”说着便舞动身上的野藤。舞台上点燃了镁，随即升腾起一股白烟，前面的犯人被呛得猛烈咳嗽，这时女儿变成了石头的土地神。喇叭里传来姑娘的哭泣声。“太坏了。”中仓说道，“把人变成石头土地神，这个神仙也太坏了，你们不觉得吗?”变成石头的姑娘听到了亲生母亲登理江和秘书的诡计，终于领悟到佐平爷爷的慈祥之心，让木瓜女王将自己变回女儿身，戏也圆满结束。最后，姑娘唱道：“我什么都不懂，变成了石头嫉恨女王，可是我有时间认真反思了自己，观察了周围。我才知道从前的自己是多么的无知，多么的傻。认真思索非常重要，即使变成石头，只要能够忍耐，春天一定会到来。”

返回牢房的路上，中仓感动得两眼满含泪水，说道：“把人变成石头土地神也太狠心了。”“你没看明白吗，中仓？如果像石头土地神那样服满刑期，就能圆满出狱了。这个戏是在说教。”林解释说。山根点了一下头。“无聊！没那回事，不管怎么说，和男人私奔的那种老娘肯定不是好人。结局很好，能和那个老头生活在一起。”见到中仓十分认真的样子，林和山根相视而笑。中仓转向阿菊寻求支持：“阿菊，你觉得怎么样？你是不是也觉得无聊?”走在前面的阿菊回过头来说：“没有，很有意思!”“有意思吗？哪有意思?”山根问道。

“那个女儿变成石头土地神，那段很好。”

中仓显得有些意外，说：“你这家伙真缺乏感情，那段多可怜。”

阿菊笑着答道：“不知道自己想要什么的家伙应该变成石头，那个木瓜女王很聪明！连自己想要什么都不知道的家伙不可能得到自己想要的东西，对吧？和石头一样，那个傻姑娘最好是一直当石头。”

27

阿桥渐渐地开始害怕镜子、夜晚的玻璃窗、擦得晶亮的黑色大理石墙壁、汽车的金属保险杠和平静的水面。他害怕看到自己映出的影像。演唱会结束，他仍然处于兴奋状态，便向观众挥手告别，回到化妆间。化妆间墙壁上的巨大镜子映出自己的面庞，这个男人在长达两个小时的时间里支配着数千名观众和伴奏乐队。

“你是谁?”阿桥自语道。他觉得好像不是自己，要在数百个闪光灯的照耀之下不时做出微笑和愤怒的表情，并以连珠炮的速度不停说话。你到底是谁?在我身体里干什么?对了，自从那次以来，我陷入了自我厌恶，从前自己是个胆小鬼，看别人脸色行事，自己明白那样无法成为一个强悍的歌手，于是学习在众人面前如何表演。自己的表演很出色，在电视镜头面前每个人都会表演，而自己特别出色，装出旁若无人的表情，故意将提问的话题岔开，只阐述自己的意见，使用超越常识的语言和似是而非的说法，于是，周围变得看自己脸色了。不知从什么时候起，自己在身体里培养起了另外一个支配他人的生物。

在孤儿院时，修女给自己讲过一个故事，一个男人为了事业上获得成功，和魔鬼勾结吞下一个令人恶心的蛋。蛋很小，肉眼几乎看不见，粘在气管上，用唾液做茧羽化成蛹，蛹为了他的成功不停地提建议，要他挺胸抬头走路，说话直视对方的眼睛。蛹成长为昆虫在体内飞旋，傲慢地指手画脚。自己的体内的生物也是从那个时候开始发出命令的。“切断舌头！”自己豢养的这个家伙究竟是什么？好像是带翅膀的小昆虫。自己割断舌头，这个家伙丝毫不感到疼痛。自己的舌尖，拾起来一看仅仅是一块血污，用指尖捏一下会发出声响。就是那个时候，自己的舌尖飞落下来的时候，自己的体内孵化出了带翅膀的小昆虫，虫子打算改造自己，用酸融化内脏，将自己变成另外一个人，这个带翅膀的昆虫促使个人巡回演唱会成功，经常对自己讲话，命令自己，但这个家伙从不回答。所以，现在还无法对话。这个家伙总是侮辱自己：“你是个懦夫，是我使你变得强大。”

纵贯九州的演出旅行结束的那天晚上，阿桥提出想回故乡海岛探亲，妮芭同意了。她想一起去，但阿桥坚持说要独自回去。休息日规定要练习，妮芭要说服伴奏乐队的成员，不过他们都痛快地答应了，并异口同声说阿桥应该休息一下，劝他回老家探亲。大家认为阿桥过于疲劳，他在拼命缓解演唱会的兴奋，和他说话也沉默不语，除了彩排总是一个人关在房间里，连妮芭也不能进去。他好像陷入严重的失眠状态，开始服用妮芭吃过的安眠药。妊娠呕吐和阿桥的状态交织在一起，妮芭也感到精神十分疲劳，多次找主治大夫商量。“不必担心，”医生安慰她说，“连续巡回演出时，无论哪个音乐家都会患上轻度的神经症。孩子出生后就会有责任感了，没问题。要回老家探亲？那是件好事，这比什么药物治疗都好。”

阿桥乘火车前往佐世保，时间距公共汽车发车还很充裕。要回废矿岛必须乘公共汽车和渡轮。他决定先去百货公司看看，就是上中学时在屋顶接受催眠术的那个百货公司。佐世保总是阴天，阿桥从没有阴影的街道、来往的行人、建筑物以及所有景色中感受到一种波动，那是演出旅行时每次访问陌生城市都会感受到的波动。不是声音、颜色或者气味和风，而是和那些人、建筑物以及景色之间缩短或拉开距离时空气产生的振荡。城市没有变化，阿菊和阿桥喜欢这条连接车站和闹市的大街，道路两旁有窗户幽暗的舞厅，男女在翩翩起舞，有无数飞鸟在矗立的教堂尖塔上盘旋，货摊上摆放着水果和香辛料，走街串巷的商贩叫卖着干鱼，还有变成废墟以前的街区。阴暗的街区依然如旧。

阿桥走进市场，记得当时入口处放着水槽，数百条鳗鱼在水槽里游动，戴着白手套的男人站在水槽一角追赶捕捉鳗鱼的情景十分有趣，自己曾经站在那里长时间观望。戴白手套的男人将抓到的鳗鱼伸到阿菊和阿桥面前，鳗鱼滑溜溜的肚子不住地扭动，碰到了他们的脸，两个孩子吓得大叫，引起周围大人的哄笑。鳗鱼聚集在一处，头朝着同一方向重叠在一起，就好像沉在澡盆里的女人长发。那时候的确曾经这样想过。

走出市场，走过电影院前，穿过马路，横穿一个小公园，便看见了百货公司的大门。阿桥乘上电梯直接来到餐厅，点了一盘蛋包饭，很难吃。女招待看着阿桥，他低着头。女招待一直盯住阿桥看，不时揣摩着，她叫来同事，手指阿桥不时耳语着什么。两个人走近阿桥。“你说呀。”“不，还是你说吧。”阿桥没有抬头。“对不起，你是不是歌星阿桥?”女招待涨红着脸问道。阿桥想否认，但在抬起脸的瞬间脱口说出了另一句话：“啊，我是阿桥，有什么事吗?”两个女招待拍手跳了起来。“啊呀，没错!”其他客人的目光也转向这里。女招待拿来了签名用的方片纸，厨师们从厨房里探出头来议论着什么。“好像比电视上个子矮。”阿桥熟练地签着名，一个带着孩子身穿和服的妇女展开手帕。“握一下手，好吗?”阿桥握住妇女的手，并在手背上吻了一下。欢声四起，其他客人和女招待、厨师和店长蜂拥而至。“请等一下，排成一列！我不会跑掉的。”阿桥站起来微笑着说。女店员请阿桥在渗出汗水的衬衫背上签了名，问道：“你喜欢吃蛋包饭吗?”阿桥点着头，看了一眼桌上的盘子，翻过来放在桌上的餐勺表面映出阿桥扭曲的脸，那张脸笑盈盈的。一位自称是地方报社的男人递上名片并开始提问，摄影记者不停地按着闪光灯。“什么时候出新唱片?”站在后面的一个女学生想要摸阿桥的头发，一个染头发的女人要阿桥在刚买的内衣上签名。正在喝啤酒的老人喊道：“我给你们签名！我的签名不行吗?”一个孩子被后面的人挤倒在地，想要抱起孩子的母亲掀翻了桌上的杯子和调味瓶，新闻记者的西装弄脏了，杯子掉在地上摔碎了。“别挤!”不知谁大喊了一声。“那么说，这次旅行完全是私人性质的?”聚集在背后的女学生接连不断地去摸阿桥的头发。人越聚越多，响起了小孩的哭声。阿桥在签名簿、彩纸、手绢、书、皮包、购物袋、包装纸、内衣、衬衫、手掌、胸针、袜子上不停地签着名，桌子倾斜了，摄影记者在眼前按动了闪光灯。一个女学生伸手正要摸阿桥头发的时候跌落了眼镜，不知是谁踩上了一脚。女学生尖叫着要去拾眼镜。“这么说你认为地方文化和演唱会没有直接关系吗?”桌子倾斜了，蛋包饭的盘子连同餐勺一起滑下去，其表面上映着阿桥的脸庞。“你到底是谁?”阿桥嘟囔道。“什么什么什么什么什么？谁？阿桥？喂喂，你真是阿桥吗?”一个年轻的醉汉高声喊叫着。随着餐勺一起，阿桥扭曲的脸落在地面上。趴在地板上找眼镜的女学生手上沾满了黏乎乎的番茄酱。“喂喂喂喂，你真是阿桥吗?”年轻男人又喊了一声。阿桥点着头，脚下踩着眼镜的碎片、沾着鸡蛋和番茄酱的饭粒。

渡轮的班次减少了，公共汽车站旁边的商店已经拆毁，身穿黑西装的男人就是在这家商店给阿菊和阿桥买了快融化的冰激凌。原来商店的招牌上描绘着一个少女舔糖块，那块熟悉的招牌现在已经埋进了沙土。海面上露出了动物形状的海岛，自己这次返乡探亲是因为想见那只狗一面，那只阿菊送给自己的白色长毛狗“牛奶”，想和“牛奶”在海滩上玩耍。狗不懂得阿桥是畅销一百三十多万张唱片的流行歌星。“牛奶”还记得自己吗？如果自己受了长翅膀的昆虫控制，变成另外一个人的话，“牛奶”会怎么办呢？也许会吼叫撕咬，那样的话自己就甘当昆虫的奴隶，如果“牛奶”和从前一样扇着鼻子凑过来，就带它去海滩散步，一起跑一圈，那样就足够了。也许能想起什么，也许能想起长翅膀的昆虫诞生以前自己光彩闪耀时期的情景。

阿桥乘上了渡轮，每次乘船都能闻到令人讨厌的重油气味，生锈的栏杆，破裂的座椅，震耳欲聋的发动机轰鸣声，一切都仍然依旧。海岛逐渐接近，当船舱的窗户无法容纳岛上的全景时，阿桥走上了甲板。海面十分平稳，船头的飞沫也很低。风吹散了重油味，送来了海潮的清香。原来仅仅是海面远方的一个绿色小点，现在缓慢地成形，展现出轮廓，变成了遮盖整个视野的景色，那是海岛。阿桥在接近海岛时突然想回忆什么。感受着震颤缓慢接近，细小的点逐渐膨胀成为景色，他觉得，将会有类似接近海岛的幸福的事情发生。幸福的事情没有浮现出来，却想起了和阿菊一起第一次乘坐这个渡轮的往事，一瞬间，开始融化的冰激凌的黏稠感回到了嘴边，阿桥眼眶里浮出了泪水。渡轮开始减速，缆绳抛上栈桥，从港口可以看到半山腰上耸立着无人居住的高层住宅楼。“又回来了。”阿桥低声说道。

“牛奶!”一走到通向桑山家的坡道，阿桥便大声喊道。从柏油大路通往自己家的坡道要比记忆中的狭窄，坡度也很平缓。在丛生的美人蕉消失于左侧土堤的地方，有一个点着街灯的电线杆，走过电线杆三步之后一回头，便可以望见大海。眺望着大海倒退而行，右侧盛开着白色的鲜花，这种花问了别人很多次也记不住名字。白花气味最强烈的地方有一棵金橘树斜立在那里，走过金橘树之后，喊一声“‘牛奶’”，坡道的尽头就会跑来一只白毛飘舞的小狗。阿桥站在原地呼唤了几次，“牛奶”没有跑来。他想大概是拴住了，但拴住的狗也应该叫唤，阿桥心里惴惴不安，一口气登上了坡道。

听不到桑山冲压机的响声，院子里散落着瓦砾，布满了荒草，“牛奶”踪迹皆无。他和阿菊两个人做的狗窝木板已经腐烂，蚂蚁在上面筑了巢，盛水的盘子沾满泥土丢在一旁。房子所有窗户的防雨板都关着。阿桥想桑山可能搬家了，但门牌还挂着，标示煤气和电表检查完毕的金属牌还贴着，邮箱里放着通知停水日期的纸条。桑山还在，要问问他“牛奶”在哪里。房门没有上锁，打开门，阿桥吓了一跳。房间里一片漆黑，散发着酒和排泄物混杂在一起的臭味。走廊上摆满了空瓶，是威士忌和烧酒的瓶子。里面传来了咳嗽声。

“谁呀?”那是桑山的声音。“是我呀。”阿桥答道。一瞬间周围静了下来。桑山走出来，一只耳朵上插着耳机。

“阿桥？真的是阿桥吗?”阿桥点了一下头。桑山手里拿着的收音机落在地上。

“刚才收音机里还在讲你的事呢，是梦丸刚讲完你的事。你和梦丸要好吗?”

“梦丸是谁?”

“是个年轻的说单口相声的，你认识他吗?”

“不认识。”

“进来吧，站在那里干什么?”

桑山关上收音机，拉住阿桥的胳膊走进屋里。“‘牛奶’呢?”阿桥问道，桑山没有回答，嘴里说着“最近眼睛不好，走到亮的地方眼睛疼”。厨房、卧室和客厅都只点了一个昏暗的小灯泡。

“太黑了吧。开灯吧，我戴上这个就行了。”桑山戴上了焊工用的护目镜，打开电灯。卧室里铺着被子，客厅里放着和代的佛龛。

“世道不景气，可以领到养老金了，所以就把工厂关了。冲压机卖不出几个钱，就放在那里。前天，我刚去为和代扫过墓，是因为这个吧，是因为这个阿桥才突然回来的吧，是和代把你领来的吧？”

“‘牛奶’呢？去哪了？”

“送人了。”

“给谁了？”

“送给下面海边制盐厂的守卫了。他说正好可以帮着看门，就给他了。”

桑山脱下棉袍和单和服，从衣柜里拉出外套穿上了衣服。“你等一会儿，你等一会儿，阿桥，我去买点儿东西。”说着便慌慌张张走出门去。阿桥从衣柜里取出熟悉的小衣服，记忆犹新的小衬衣和小裤子，每种尺寸都有两件，为了表示没有偏向，和代给阿菊和阿桥买的都是相同的衣服。印着帆船的汗衫、黑白格羊毛衫、屁股上有一块污渍的裤衩，那是被废墟的野狗咬伤时穿着的。

外面传来了嘈杂声，阿桥拿着裤衩走到廊上探头一看，桑山戴着护目镜，正指着阿桥。“你们看，是真的吧。和电视上的阿桥一样吧。”十几个岛上的人聚集在外面。“阿桥？出名了！”干货店的老太婆大声说道，众人一片哄笑。人们一点点走近阿桥，其中有在和代美容院旁边开店的年轻鞋匠、大路上的糕点店老板、文具店主、私营出租车司机，还有他们的老婆们。年轻鞋匠握住阿桥的手，其他人也纷纷走上前来和阿桥握手。“回来得好，回来得好，阿桥，你是咱们海岛的骄傲！”桑山给人们分发了茶碗，然后从厨房拿来了酒。“真是的，说这种话不太好，兄弟俩一天一地。

阿桥，你是我们的骄傲，看到周刊杂志上夸奖你，就像是夸奖自己一样，特别高兴。”除了出租车司机，其他的人都喝了酒。房间里关着防雨板，开着电灯，外面是白天，里面却是晚上。“你见到阿菊了吗？”干货店的老太婆小声问道。阿桥摇了一下头。“进监狱了不是？好好搞体育多好。”桑山戴着深色护目镜，不知道他在看什么。他好像在听干货店的老太婆讲话。“别提阿菊的事！”他朝老太婆说道，“阿菊是我们全家的耻辱，那家伙是全家的耻辱。”桑山大声嚷着一口气喝光了茶碗里的酒。周围人都不作声，只有桑山的咳嗽声在昏暗的房间里回响。客人们互相看了一眼。

年轻鞋匠为改变房间里的沉闷气氛说了一句：“阿桥，给我们唱一首歌吧？”“让歌星在这种地方唱歌会不会没有礼貌？”干货店的老太婆在旁边担心地说道。客人们看着阿桥的反应，然后又揣摩着桑山的表情。“和代大概也想听到阿桥的歌声吧。”文具店老板说道。桑山好像比以前瘦了一圈，头发更加稀疏了，纤细的手脚和脖子上血管突出，布满斑点。阿桥觉得桑山就像是条虫子，护目镜是复眼，如果插上触角和翅膀，全身涂上鳞粉的话，肯定会朝着灯泡飞去。桑山拉开护目镜，捂住眼睛擦着不知是泪水还是汗水，对阿桥说道：“给我们唱一首。让和代听听，她一定很高兴。”其他客人随声附和，房间里响起了掌声。“我不唱。”阿桥环视着大家说道，“我累了，不想唱。”桑山听到后深深点了几下头，说道：“只要阿桥回来看看，和代也就满意了。我们在电视上都看过了，不想唱也就不勉强了。”其他客人们听了桑山的话也含糊地同意了。桑山低下头沉默不语。

阿桥走进铺着被子的卧室，打开桌子抽屉，寻找着什么东西。客人们三三两两地离开，到干货店的老太婆走的时候，所有客人都走了，只留下年轻鞋匠。鞋匠一副难为情的样子对阿桥说：“是我不好，开口让你唱歌，你别记在心上。”阿桥从抽屉里拿出几盘录音带回到客厅，随口说道：“我不会记在心上的。我只是累了，不想唱歌。”鞋匠似乎放心了，朝桑山点了一下头，走出去了。

阿桥将录音带塞进手提包。桑山一直盯着阿桥。“真不敢想象，和从前一点儿都没变，连抽屉里的东西都一样。”桑山往茶碗里倒了一杯酒，一口气喝光，“我不会动别人抽屉里的东西的。阿桥，今晚你住下吗？”

“不，我回去。”

“是吗？家里什么都没有啊。东京怎么样？有意思吗？”

“哪有什么意思。我去看一眼‘牛奶’，看完就直接回去了，渡轮也快没了。”

阿桥站起身来。桑山默默无语。阿桥走到门口，桑山大概是想送他，摇摇晃晃地赶了出来，叫住正在门口穿鞋的阿桥：“爸爸不中用，对不住你啊。”阿桥笑着回过头来：“怎么说这些？”桑山将手指伸进护目镜揉着眼角：“你有什么心事吧？”阿桥走出门时，桑山挥了挥手。护目镜里的眼睛不知现在是什么样子？他在眼前无力地挥动着纤细的手臂，就好像被摘掉触角和翅膀的昆虫掉进黑暗的洞穴在蠕动着。桑山喊道：“当心身体！好好活着，连阿菊的份儿也算上！”

阿桥走下坡道时想道：一定要买副墨镜送给桑山，戴那种护目镜眼眶会疼的。他回到大道上，沿着公路向前走，寻找着通往制盐厂的红土道。目标是那个红砖楼。那里原是煤矿的炸药储藏库，从那个楼旁边的红土道走下去便能达到海边。中途有个大猪圈，还有制盐厂泄漏出来的废石灰的堆放处。山谷间排列着无人的矿工小屋，石灰流入山谷，看上去如同白色的沼泽。白色沼泽周围矗立着铁丝网。当沼泽洁白一片的时候，阿菊和阿桥曾经想钻过铁丝网。他们想看看沼泽里那些青蛙怎么样了。“水变得混浊一片，所有的动物都会死的。”阿桥说。“如果青蛙还活着，身体一定变成白色，那种青蛙很少见，大概能卖个好价钱。”阿菊说。两个人没钻过铁丝网就回去了，并不是因为有禁止入内的警告牌，是气味太难闻。他们想，无论是青蛙还是小鱼，在这种刺鼻的混浊白水里都不可能活下去。“即使能活，”阿桥说道，“我也不想看到那种动物，我有点怕。”白色沼泽即使受到太阳直射也不会发出耀眼的反光，表面上没有任何影像。制盐厂紧靠海边，那是阿桥中学三年级的夏天建成的，他清清楚楚地记得落成典礼那天的情景，烟花升腾，每户人家都领到了一份红白年糕。那天傍晚，伽泽尔死了，是骑摩托车从悬崖摔下去的。阿菊和阿桥去看了燃烧着的摩托车，汽油流入海水，海滩上飘动着蓝白色的火焰。阿菊十分悲伤，没有吃红白年糕。

阿桥问制盐厂的门卫，守卫室在什么地方，门卫告诉他牵着狗的守卫六点才来。阿桥横穿过制盐厂来到海滩，正是落潮时分，他走在湿漉漉的岩石上，见到一个拾海藻的老太婆。阿桥吃了一惊，因为那人和以前自己猜想可能是抛弃自己的乞丐老太婆十分相像。她穿着一条男人的衬裤，裤脚挽到膝盖上面，用一根前头裂开的竹竿拣拾着海藻，她的和服放在岩石上，是一件灰色的薄薄的和服。海岛背面的狭窄海湾里停着一条船，阿桥想大概她住在那里。他见过几次那样的人，他们都穿着灰色的薄薄的和服。阿桥跟老太婆打了声招呼，老太婆歪着脸笑了一下，拉起竹竿慌慌张张地将灰色的和服披在身上。竹竿在湿漉漉的岩石上滚动了几下，差一点被海水冲走。阿桥拾起竹竿，竿头上还缠着海藻，海藻的表面像彩虹一般闪闪发光，沾满了制盐厂泄漏出来的油污。阿桥将竹竿递给老太婆。

“从东京来的吗？”老太婆问道。“你怎么知道？”阿桥反问道。“我觉得像。”老太婆说完便笑了。“我呀，”阿桥朝着老太婆的后背大声叫道，她正将竹竿插进水里。“我呀，精神不正常，是疯子。”老太婆回过头来，一本正经地说：“真正的疯子不会说自己是疯子的。”阿桥找了一块干燥的岩石躺下来，岩石上散发着海潮的气息。阿桥面朝天空又大声喊道：“我是疯子，脑袋和身体分离了。”老太婆饶有兴致地凑过来，瞅着阿桥耳语道：“你，是不是吃了苍蝇了？吃了苍蝇了吧？”

“什么？”

“我的干儿子就像你一样。”

“变疯了？”

“是啊，他什么时候说过，吃了苍蝇，吃了苍蝇。”

据老太婆说，那是万分之一的比率，有一种长着人脸的苍蝇，有人张嘴睡觉，那种人头苍蝇会寻着人的声带的气味钻进嘴里。好像声带的肉是人体器官里最甜美的。如果吃下人头苍蝇，人就会发疯，因为苍蝇在人脑里嗡嗡飞旋，那个人便受苍蝇的支配。“怎么才能治好呢？”阿桥问道。

“治不好的。”老太婆说。

“那么该怎么办呢？”

“必须处好关系。”

“和苍蝇？”

“对，和苍蝇处好关系，经常商量处好关系就行了。”老太婆说着笑了起来。

远处传来了狗吠声。阿桥叫着跳起身来。“‘牛奶’！‘牛奶’！”远处的防波堤上出现了一个白点。“‘牛奶’！在这儿！”阿桥跑了起来，差点在湿漉漉的岩石上摔倒。“牛奶”被一个矮个子男人用绳索牵着，绳索绷紧了，“牛奶”光用后腿站着，不停地吼叫。矮个子男人解开了绳索，白色的长毛随风飘舞，“牛奶”飞速奔跑过来，从防波堤跳到岩石，躲闪着海涛的飞沫，转眼便跑到阿桥眼前。美丽的白色长毛在夕阳映照下闪烁发亮，阿桥伸开双臂搂住“牛奶”，是的，一切都没有改变。

28

少年勇洋丸停泊在函馆港第二区的海上，正在进行海港内实习训练。

六名发动机班的训练生开始检查发动机，九名甲板班的训练生分成两组进行航海图实习、远程无线电导航以及雷达测量、海上法规对答。高声指点甲板班训练的是少年勇洋丸的船长江田，一个海上保安厅出身的沉默男人，身量不大，如果走在街上，看上去就像是已经领取养老金而且每天只靠流质维持生命的瘦弱老人，但一上船就判若两人。在管教所上课时，江田眼皮总是低垂着，眼皮上刻着几道皱纹，可能是因为痒，他不时用小指尖搔着眼皮。但乘船出海时，江田的眼皮就翻开了，露出锐利的眼球。他的声音也变得格外响亮，有时那衰老的躯体甚至无法适应他培养海员的热情。他平时沉默寡言，上课和训练以外几乎不说一句话。除了江田以外，机长、看守还有辅导部长田所也在船上。

少年勇洋丸抛锚后上下摇晃得厉害。狭窄的船舱里，阿菊和山根他们聚集在航海图前进行绘图实习，就是记录航线、船速，实际推测位置、方位、日出日没时刻、潮时潮汐、潮流潮速等。在上下激烈摇晃的船舱里持续做记录很不舒服，阿菊和山根不适应摇晃，山根扔下三角尺和分规，想到外面透风，便往船舱外走去。“山根，你去哪儿?”江田船长问他。山根脸色铁青，随口说道：“我想到外面看看函馆山山顶云层的情况。”“混帐！继续记录航海图！”对江田船长来说，最大的乐趣是看着山根和阿菊脸色铁青忍耐晕船恶心，“如果全神贯注在航海图上的话，就不会晕船。晕船不会死，看不懂航海图就会死在大海里。”中仓在打捞艇上工作过，不怕摇晃。“只要不去想船在摇晃就行了。”他告诉阿菊和山根，“船长说的嘛，是对的。要忘记船在摇晃。想别的事，外面的自由世界也好女人也好，总之去想别的事。要集中全副精神！那样就不会晕船了。”晕船的征兆是太阳穴麻木，口干舌燥，唾液涌上喉咙。阿菊忍着恶心看方位表，他忍耐不住便低声呻吟一声，扬起头望着远方，等待恶心消退。林在旁边计算潮时潮高，他神色镇定，不时捅捅中仓的肩头，手指着阿菊偷笑。阿菊脸色铁青望着远方，中仓道：“喂，阿菊。”阿菊扬起脸看着中仓。

“喂，阿菊，曼陀罗是什么?”阿菊皱了一下眉头，装作没听见。“你在说梦话时喊叫来着。昨天夜里吵得我睡不着觉，起先不知道你说了什么。那个词说了好几遍，曼陀罗是什么呀？是这个吗?”中仓说着竖起了小拇指，“如果是女人的话，名字太怪了。”

阿菊没答理他，又将视线转向方位表。方位表主要的作用是根据航距和航线了解经纬度的差距。“船以十八点五节的速度沿着一百一十九度的航线行驶四十五分钟，使用方位表求出经差和纬差。喂，阿菊，曼陀罗到底是什么东西?”

看到中仓的脸，就可以知道世上有一种人仅仅由于健康状况和气候的微弱变化便可以杀人。对于林的印象也相似，山根也一样。看到他们，便让人想起正从空中落下的玻璃照片。因照片的背景没有流动和支撑的东西，可以知道玻璃在下落，下一个瞬间会预感到玻璃摔得粉碎，怎么想也无法解释原因，眨眼间匕首就插入了对手的喉咙。他们就是那样一副令人捉摸不定的表情。

外面开始下雨。中午吃饭时，中仓他们刨根问底打听曼陀罗的意思，阿菊只好撒谎说是女人的名字。“那是不是她的真名我也不知道，她从前做过时装模特，大概是那时候的艺名。”阿菊这么说道。林吹嘘说：“我做滑水教练时也和时装模特干过一把。腿长平时好看，干那事一点也没用，抱着大腿觉得重，像狗一样从后边干。腿长碍事，屁股高咱那玩意够不到。”

下午开始应用实习。以前是捕鱼，因为乌贼数量锐减，四年前改为水葬。所谓水葬并不是将遗体投入海里，而是先将尸体火化，然后将骨灰放入十五厘米见方的铅匣子，将其沉入海底，买不起墓地的人现在流行这种葬法。水葬时牧师乘上少年勇洋丸。铅匣子上雕刻着号码和姓名，在海港停泊时一箱箱传递着装进船舱，然后驶往大鼻岬。由于船舱里满载着铅匣子，勇洋丸达到了满载吃水线。绕过大鼻岬之后有一个公营海中墓地，陆地上的值勤哨岗里有一个工作人员，海面上用黄色的绳索围成了一个梯形，周围有四个浮标，上面这样写着："凡是在黄色绳索内航行或投弃物品者，无论有否正当理由，都将依据市政府规定的条例予以处罚。"经值勤岗哨许可，船进入墓地。江田船长指示停船抛锚，全体训练生穿上雨衣在甲板上列队，从船舱里取出铅匣子，每搬起一箱，先放在脚下，合掌行礼之后投入海中。牧师开始祈祷："上天放射出曙光，投入母亲之海的怀抱，聆听波涛汹涌的上天呼唤，祈祷各位安然长眠。"

阿菊他们四人比赛谁将铅匣子投得更远，就像扔铅球一样。扔得最远的还是山根，阿菊觉得雨衣碍事，很难投掷。细小的雨点落入平静的海面，阴雨连绵的天空、笼罩着对面海港和海面的浓雾、两个看守点燃的线香所升起的青烟、犯人们身穿的雨衣、铅匣子都是一片灰色，只有铅匣子落入海面时掀起的飞沫一瞬间泛出白色。

所有的铅匣子都被投入海中。看守抛入花束，船准备返回海港。"启动引擎，训练生全体各就各位！"江田船长喊道。阿菊和中仓在船头拉起铁锚，船朝着港口启动。

阿菊看着对岸的防波堤，盯住一点飞速挥了一下手。中仓察觉到了，问道："什么？"阿菊竖起小拇指。"女人？"阿菊点了一下头。中仓看了一眼对岸："是那个红雨伞吗?"阿菊又挥了一下手。中仓也一起挥手。对岸的防波堤上站着一个撑红雨伞的人，一动不动，穿着雨衣用望远镜看着少年勇洋丸。那是阿莲莫莲。"怎么？阿菊的女人来到函馆了吗?"林和山根抱着缓冲用的旧轮胎来到船尾。"阿菊的女人在那儿。"中仓告诉他们。"喂，大家一起喊她的名字，女人一定高兴的。"中仓说着，林和山根点头同意。"要挨训的！"阿菊阻止他们，但他们挥着手一起大喊：

"曼陀罗！"

阿莲莫莲兴奋地挥舞红雨伞向他们示意。

阿菊写了一封信："一周后准备航海实习，日程是九天。一想到出港就十分兴奋。靠岸的港口和上次写信通知你的一样，没有任何变更。致阿莲莫莲。"

阿菊发现透过牢房窗户射进来的阳光烤热了榻榻米，他坐在地上满身冒汗，突然抓住窗户上的栏杆凝视着刺眼的阳光和浓郁的阴影。"夏天到了！"他大声喊道。"傻瓜！"横躺在榻榻米上的中仓嘟囔道，林和山根笑了起来。"你这家伙发什么呆？夏天早到了。"阿菊搔着头发，狠狠踢了几下牢房的墙壁。"别吵！撒什么欢！"山根满脸狐疑看着阿菊。"不是，我已经忘了夏天。"阿菊说道，"我喜欢夏天。"中仓翻了一个身，咂了一下舌头："你犯什么傻！劳教所的夏天最难受！你看一下窗户，没有纱窗吧？睡觉时满身大汗，被蚊子咬一身肿块，简直就是地狱！”

看守打开监视口叫阿菊。“桑山，出来，接见。”“接见？妈的，每星期都有啊。”中仓坐起来发着牢骚，“那个曼陀罗真是个靓妞儿啊。”阿菊扣上制服纽扣正要出门，看守说道：“桑山，好像是你弟弟。”

“弟弟？是阿桥？”阿菊停住脚步。看守点了一下头。“那张脸经常在杂志上见到，听说是歌星。”“我不想见。”阿菊想回牢房，看守一把抓住他的胳膊：“你见见吧。听说你弟弟病了。”

会面室里没有阿桥，只有一个眼睛和眉毛修长上挑的高个子女人，阿菊以为自己走错了房间，刚想缩回头，那个女人叫住了他。“对不起，我是阿桥的……”阿菊想起那是从前在电视上见到过的和阿桥在一起的那个女人，是阿桥娶的那个女人。阿菊没有坐下，站在椅子后面。“刚才他和我一起在这儿等着。”眉眼修长的高个子女人低声说道。她抿着涂有深红色口红的嘴唇，抬眼看着阿菊，用手掌示意他坐下。“一听到你的声音和脚步，他就说要去洗手间，我想拉住他。我想他一定是害怕，害怕见到你。”妮芭晃动着身体，香烟和香水的气味交替飘来。阿菊没有说话。妮芭双手放在提包下面，不时看天花板，扭头看门口，她觉得多亏有生锈的金属网隔栏，多少缓解了房间沉闷的气氛。“你是谁？”阿菊问道。妮芭颤动了一下肩头，微微抬起头，平静清晰地说道：“我是阿桥的妻子。”她一直是一副痛楚的表情，说出这句话后似乎恢复了镇定。“阿桥最近很疲劳，从上个月末就开始出现这种征兆，已经举办了几个月的巡回演唱会。不过他在舞台上看上去和过去一样。最初周围的工作人员说大概是无法控制演唱会的兴奋，但他渐渐变得不说话，一整天烦躁不安。去九州时他说想回老家看看，我就让他回爸爸家了，回来后精神基本恢复了，但他说睡不着觉，安眠药的量也比以前增加了。医生说最好做个仔细的检查，休息一下。演出也剩下不多了，我劝他取消演出去旅行散散心，但他好像哪儿都不想去，反而要增加巡回演唱会的日程。他说如果没有演唱会，自己就会死掉。他登上舞台还是原来那个阿桥，其他时候一整天把自己关在房里，坐在房间角落独自一人说着什么，和他说话也不回答，最近又在窗上贴黑纸，把房间遮得一片昏暗。”

“他在房间里干什么？”

“听录音带。他是歌手，听录音带也并不奇怪，但那几盘录音带全是动物的叫声、下雨和刮风的声音、直升机的声音什么的，是从老家的岛上拿来的。他又买了电影和电视上使用的音响效果录音带，光听那些。前天，他突然说想见你，不告诉我们理由，跟我也不说。”

阿菊慢慢抬起下巴，他的脸转向会面室的门口，妮芭也察觉到了人影，转过脸去。阿桥身穿一件鸵鸟羽毛做成的白色西装站在门口，他从口袋里取出密封在透明塑料板里的白色药片，撕开塑料板，把药片放在手掌里准备吞进嘴里，妮芭跑上去一把抓住他的胳膊。“不行，阿桥！”一片药片掉落下来，在会面室的地上滚动着。阿菊觉得那是椭圆形的，形状像米粒。阿桥还紧抓着剩下的几粒药片，妮芭想要掰开他的手。阿菊站起身来，椅子倒在地上，听到声音，妮芭的脸转了过去。阿菊敲了一下出口的门，呼叫看守。他没回头看阿桥他们便走到了门外。“不说句话吗？”看守问道。阿菊默默点了一下头，向前走着，想把所有的心思都抛在脑后。他想把阿桥那张苍白的面孔、那个和女人拉扯在一起的形象从脑海里抹掉，他从没见过阿桥那种脸色。“那是什么样子！”阿菊小声嘟囔道。那脸上的五官似乎要渗出血渍，大腿和胳膊就和那时的和代一样快僵硬了，令人恶心，不想多看一眼。那是一张令人恶心的脸。不过，是他自己不好，全怪他自己！阿菊拼命想抹掉脑海里阿桥纤细的胳膊，这时背后响起了叫喊声。

“阿菊！”

“混蛋！”阿菊嘟囔着继续向前走。“在叫你呢！不说句话吗？”看守说道。

“阿菊！”

阿菊觉得阿桥短促的喊声在走廊里回荡，拍击着两侧的牢门，并从里面反弹出来，好像每一个牢门里都坐着一个懦弱的阿桥，不停地向他呼唤。阿菊停住了脚步，阿桥的叫声中断了。阿菊颤抖了一下，脑海里浮现出阿桥五官流血倒在血泊中全身僵硬的影像，浑身震颤了一下。他跑向会面室，心想：阿桥，别死！他全力奔跑，看守刚打开门，他便像子弹一般冲进去。阿桥像动物园的猴子一样紧贴在金属网上圆睁两眼，大口嚼着什么东西，舌齿间露出白色的唾液，大概是刚才的药片。阿桥用下巴示意站在旁边双手捂脸的妮芭出去，妮芭交替看着阿桥和阿菊，似乎不知如何是好。

“滚！”阿桥吼道。混浊的白色唾液喷到妮芭脸上，妮芭表情悲哀地擦掉。她肩膀不停地颤抖，看了一眼阿菊。阿菊突然想起两个女人，和代和扔掉自己并被自己杀死的那个女人。他觉得那两个女人都和现在的妮芭一样露出过同样的表情。“滚！”阿桥再次吼叫时，阿菊隔着铁网打了他一拳。脸贴铁网的阿桥跌倒在墙边，妮芭大吃一惊，正要跑上前去，阿菊道：“对不起，让我们俩单独呆一会儿。”阿桥躺在地上揉着眼睛，似乎被网上的铁锈迷了眼睛。他摇摇晃晃站起身来，用西装袖子抹了一下嘴唇，坐在圆凳上，一根鸵鸟的羽毛沾在嘴唇上。

“你为什么打我？”

“你对女人要威风有意思吗？”

“我一点儿都不疼，身上已经麻木了。”

阿桥低着头。他低着头讲了起来。“看上去好像精神很好嘛。挨你打还是平生第一次，你打别人见得多了。阿菊，早想来见你。”阿桥在说完话的瞬间看了阿菊一眼，那眼神好像要倾诉什么。他低声说着话，缓慢地、提心吊胆地盯着对方，试探着对方的表情。对方是喜欢自己还是讨厌自己，是友善还是敌对，他能在一瞬间作出判断。这是自孤儿院以来，在和周围大人的交往中学会的护身法。

“阿菊，我到底是什么样的人来着？我搞不清楚了，我到底是什么样的人？”

“先别说这些，你到底来干什么？”

“我变了没有？你觉得我变了吗？和那时相比，我还是变了吧。你记得吗？我们俩不是一起去看的吗？高中考试的结果！和代想一起去，但因为血压低，早上要洗澡什么的，磨磨蹭蹭，于是就我们俩一起去了。记得公共汽车老是不来，我们是坐村公所的吉普车去的，对吧？你还记得吗？”

“好像你回海岛了。”

“嗯，你听妮芭说的？”

“‘牛奶’还好吗？”

“是啊，它还记得我。一定也记得你。对了，干货店的老太太说了，我是海岛的骄傲，你是海岛的耻辱。”

阿菊没有说话。阿桥咧着嘴角笑了。

“我以为你会更惨的，没想到你精神挺好，出乎意料。开庭的时候你一点精神都没有，记不记得？所以我想你大概很惨，一定很惨，那就我们一起想想。从前我俩不是一起听过吗？在医生的房间里，听过一种声音不是？你不知道吧？”

“知道。”

阿桥惊奇地扬起头来。

“你记起听过一种声音吗？”

阿菊点了一下头。

“是什么声音？”

“现在已经忘了。”

“什么时候想起来的？”

“打死那个女人之后！一直听得到，现在已经消失了。”

阿桥听到之后开始浑身抖动，圆睁着两眼心神不定，慌忙从口袋里拿出药片，放进嘴里嚼碎。

“我呢，很怕，有时不知道自己是谁，看着镜子也不知道自己是谁。我感觉身体分裂成两半，在分开活动。我吃了一万只里只有一只的人面苍蝇，那个苍蝇前世是个罪犯，因为干了许多坏事变成苍蝇，在我脑袋里飞旋着要控制我。‘是呀，还是得杀呀’，我嘛，在那之后听到过一次那个声音，是在佐世保河边的公共厕所里，一个变态的流浪汉要糟蹋我，我用砖头打了那个家伙的脑袋，砸死了他。那以后就没听到过。脑袋里的苍蝇命令我干一些蠢事，比如说割断舌头啦，用话筒架殴打窜上舞台的歌迷啦，不过，按它说的做了之后，我一切顺利。我身体分裂成两半，头总是疼，不知道害怕什么东西，所以我想听到那个声音。怎么才能听到那个声音呢？思考时苍蝇告诉了我。必须杀死最爱自己的人，只有牺牲最爱自己的人才能实现愿望。事实证明我可能喜欢那个变态的流浪汉，打碎那人的脑袋才听得到那个声音。对了，你不也是这样吗？那个人是你的亲妈吧？杀死那个人以后你才听到了那个声音吧？还是苍蝇说得对，要杀死最爱的人，支配这个世界的不是什么慈祥的上帝，而是罪犯们的国王，所以要想向它请教就必须干坏事。对了，没错，我必须杀死妮芭。妮芭现在怀着我的孩子，杀死妮芭就要断送两条人命，我也一定能两次听到那个声音。对吧？阿菊你觉得对不对？”

看守喊道：“时间到了。”阿桥马上站起身来准备出去：“谢谢！阿菊，我明白了！”看守又对阿菊说了一遍：“时间到了！”阿菊茫然不知所措地坐在那里。“再见！阿菊，保重身体。”阿桥走出会面室。

“等等！等等！阿桥！”

看守抓住阿菊的胳膊：“时间到了，桑山，已经超过了三分钟了。”阿菊想叫妮芭，但不知道她的名字，便喊道：“阿姨，阿姨。”妮芭走了进来，说：“阿桥非常高兴，谢谢！”看守拉住阿菊的胳膊要把他带出去。

“那家伙，阿桥疯了。怎么回事？谁把他搞成这副样子？那家伙完全疯了。”

两个看守走进会面室，拉住阿菊的双臂将他拖了出去。妮芭呆立在那里。阿菊被拖着走过走廊，嘴里还在嘟囔着："究竟是怎么了?"阿菊想其实阿桥活得也痛苦，他觉得阿桥很可怜。他感觉一股怒火冲上心头，从没见过面的家伙们随口哄骗我们，是的，一切都没有改变，自从我们在寄物柜里哭喊以来，一切都没有改变。巨大的寄物柜，里面有游泳池和动物园，有宠物和裸体的人群、乐队，有美术馆和银幕，还有精神病院，我们住在一个巨大的寄物柜里，揭开一个个盖子，顺从着欲望向前走，墙壁就挡在了眼前，攀上墙壁正要跳下来，在墙上狞笑的家伙就把我们踢落下来。我们从昏迷中醒来时，已经置身于监狱或精神病院了。墙壁隐藏得十分巧妙，墙壁就在可爱小狗的长毛、观赏植物、游泳池的水、热带鱼、银幕、展览会的绘画、裸体女人柔软肌肤的背面，看守隐藏在后面，监视塔巍然耸立，令人目眩。即使灰色的雾霭瞬间绽开，露出墙壁和监视塔，但你愤怒也罢，胆怯也罢，都无济于事，你如果在无可忍耐的愤怒和恐怖怂恿之下行动，等待你的就是精神病院、监狱和铅制的骨灰盒。只有一个方法，将眼前所有的一切化为灰烬，还原为废墟。阿菊像想起什么似的大叫一声："阿桥!"便要跑回会面室。看守拉住了他。"阿桥！那声音是心脏的跳动声。你听见了吗?阿桥！是生你的女人的心脏跳动声!"阿菊的喊声在走廊里回响。"桑山，发疯的是不是你呀?"看守说着笑了起来。

阿莲莫莲站在岸边，用望远镜看着少年勇洋丸开出港口。阿菊究竟打算用什么方法逃跑呢?

两天前她辞掉了糕点店的工作。典子哭着说会很寂寞，四个同事为她开了一个送别会，在饭店的一角，每个人都送了她一份礼物，手帕、钥匙链什么的。典子送给她一本用彩纸包装的书，说这部书的主人公很像阿莲莫莲。那是一个名叫泽尔达的女孩，嫁给了一个年纪轻轻就名利双收的作家，后来因放荡而发疯。“哪儿像我啊?”阿莲莫莲问道，“我脑子不好，但绝不会发疯的。到底那儿像呢?”典子想了一下。“首先你和泽达长得都很漂亮。你自己说脑子不好，其实你很聪明，又漂亮。不过我觉得缺少点什么，非常重要的东西。就好像蛋糕里忘记放香草精一样。”典子吃着杏仁豆腐说。“谁都有缺点不是? 不可能有十全十美的人。”一个同事插嘴道，其他人都点头附和。“我不是那个意思。”典子吃绿色洋粉时卡住了喉咙，咳嗽了一阵说，“有一种女孩，从旁边看时觉得她很傻，而且很令人讨厌，知道她往后肯定会不幸，但心底里却很羡慕，对不对? 阿莲莫莲不是那种女孩，如果是那种女孩倒好了。”阿莲莫莲觉得她似乎是在夸自己，便说：“谢谢！谢谢！不过我不会发疯。”

阿菊指示的事情全办妥了。阿莲莫莲先准备了十几件衣服，将一辆不起眼的汽车停在少年勇洋丸停泊的港口附近，放上一个标志让阿菊一看就能认出来。还有食品和饮料、摩托艇，那是一艘很大的汽艇，就停在东京附近，普通市民使用的游艇停泊处，上面有潜水器材。

少年勇洋丸驶出港口从视野里消失，阿莲莫莲从汗水浸湿的衬衫口袋里掏出汽车钥匙，在手指上转动着走向汽车。那是一辆四轮驱动的路虎SUV车，大红的车身，车体上写着“DATURA”（曼陀罗）字样。阿菊究竟打算用什么方法逃跑呢？阿莲莫莲发动引擎，开车前往勇洋丸最初的停靠港。

她打开车窗，内衣都被汗水浸湿了。路面上热气蒸腾，远方的景色看上去变得扭曲了。每到这个季节鳄鱼都很兴奋，不停地用尾巴拍打水面，初次见到阿菊也是在夏天。典子送给自己的小说就放在前排座位上，阿菊他们的少年勇洋丸离港前，她为了打发时间读过几页，但字太小，觉得头疼，就扔下了。刮进车窗的凉风掀开了小说，在等交通信号时，阿莲莫莲读了右边的第一行，她很喜欢上面的文章，便大声念了出来：认真的女孩没有魅力，所以我不想认真。

29

妮芭去了为孕妇开设的瑜伽教室。巡回演唱会已经结束，距灌制新唱片还有三周的假期，阿桥陷入了严重的虚脱状态，让妮芭感到十分疲劳。她害怕因疲劳和睡眠不足而导致流产，又不想依靠药物获得精神安定，便开始练习瑜伽。阿桥将躺椅搬进幽暗的房间，一整天躺在里面无所事事。阿桥说："有人在追赶我，不过跑也没有用，总有一天要被抓住的。"但现在阿桥还对人无害，他既不对别人施加暴力，也没有企图自杀的迹象，饭量虽然很少，但还一直吃着。妮芭认为大概是巡回演唱会过于疲劳。D先生听说阿桥的精神状态之后，劝妮芭送阿桥去精神病院，还说要在电视上介绍阿桥在精神病院的治疗过程。D先生认为最近阿桥的唱片销量开始下滑，如果有了阿桥发疯的新话题，销量定会大增。

亨和松山来看望阿桥，阿桥罕见地走出昏暗的房间迎接两人的到访。亨拿来了礼物，是一个口琴，说没精神时演奏乐器是最好的治疗。阿桥十分高兴，马上吹了起来。曲目是G爵士曲，松山弹起挂在墙上的吉他，亨敲打着扔在地上的小鼓，这即兴的爵士乐演奏让妮芭高兴得几乎流出了眼泪。阿桥闭着双眼，愉快地吹着口琴。很久没看到阿桥如此愉快了，妮芭想如果音乐能使阿桥精神恢复，还是应该早些准备演唱会。亨伴着爵士乐的旋律唱起了乘火车流浪的无名艺人的歌曲："在深夜的无人小站，我从火车顶上卸下破旧的帆布包。要轻拿轻放，否则包里的单簧管就碰坏了。就是轻拿轻放，簧片已有裂口了。单簧管要是破裂了，我就用印第安牛刀割断喉咙。如果没有单簧管，我只是一个哮喘病罗圈腿的老头儿。火车的尾灯渐渐远去，车灯有两盏，红灯和蓝灯。红灯代表我的心，蓝灯是过去情人的心，两盏灯逐渐离我远去。"

妮芭拍手叫好，亨不好意思地笑了。"阿桥，你什么时候练习口琴的?"亨问道。阿桥全神贯注地吹口琴，好像没有听到。"下次开演唱会时最好吹口琴。"松山说。阿桥点了一下头，飞快地吹起了《午夜时分》的一个片断。妮芭看着弯腰弓背吹口琴的阿桥，一直久已忘却的感觉回来了。第一次听着阿桥的歌声和阿桥拥抱的感觉，原谅自己、解放自己、善待自己的阿桥，那时的阿桥是个发光体，他的闪光不需要借助外力，妮芭被柔软的光膜包裹着。比自己年轻得多的男人能发出如此的磁力令人是不可思议的，那时妮芭忽然想到，这个年轻人也许经历过她所不知道的地狱生活，他经常发出冲淡地狱记忆的磁波惠及他人。但现在她不那么认为了，阿桥不是经历过地狱生活的人，他是在自己的内脏里豢养地狱的人。他凭借声带的震颤照亮并吞吐自身的地狱，以此保持着平衡。“啊，我有点儿累了。”亨说道，松山也点头附和。“我去倒茶。”妮芭去厨房烧开水。小鼓的声音停了，吉他也停了，只有阿桥的口琴还在继续。“他大概特别高兴。”妮芭心里想。她泡着苹果茶，松山走进了厨房。松山低着头，表情忧郁，说道：“阿桥到底怎么了？”“有点儿疲劳，不过，你们来了就好多了，他很久没有这么高兴了。”松山摇了一下头，低声说道：“他并不是高兴，很反常！你来看一下，他嘴唇都吹破了，满嘴是血还在吹呢。亨让他停下他也不听。”松山和妮芭回到阿桥那里，亨坐在沙发上举起双手，示意自己毫无办法。阿桥嘴唇通红。“阿桥！”妮芭叫道。毫无反应。“我们动手让他停下吗？”亨说，“这样的话嘴唇会烂掉，连饭都吃不了！”妮芭点了一下头：“拜托你们了。”亨走近阿桥，伸手抓住口琴，突然，阿桥踹了亨的肚子一脚。阿桥察觉松山绕到自己身后，便走到窗户边，靠着墙壁站着。亨扑上去，抓住他的头发将他摔倒在地。阿桥倒在地上，还是把口琴按在嘴唇上死不放手。松山要夺下口琴，阿桥吹个不停，发出的只是不和谐音，妮芭捂住了耳朵。那声音如同即将被宰杀的动物发出的叫声。松山好不容易从满头大汗的阿桥手里夺下了口琴，口琴上沾满了血。“混帐，你到底怎么啦？”松山带着哭腔对阿桥说，用手帕为他擦了一把嘴唇，“别弄得像个疯子似的。”阿桥蠕动着破开的嘴唇，盯着天花板说道：

“流行歌星不就是这样的吗？”

夜晚，阿桥眺望着窗外的夜景。妮芭在思索是否应该让阿桥住院治疗，松山和亨都劝她让阿桥接受治疗，只要送进国外的精神病院就行了。妮芭想不论住进哪家医院，D先生都会调查到，派来新闻记者和电视摄制组。阿桥已经无处藏身，他出卖了隐私权，成了名人，能够挽救阿桥的只有自己。自己要和阿桥怀抱的地狱打交道，要和阿桥共同抗争。自己有这个能力吗？自己现在大概要和即将被地狱吞没的阿桥对阵搏斗了。

阿桥盯住外面公路上的一个地方，路上有一个灰色的斑点，那是被汽车碾死的猫或狗的死尸。从体型来判断大概是猫。阿桥久久地凝视着，突然走出房间。妮芭知道他要去干什么，阿桥是去公路上剥下死猫埋葬起来。以前他几次埋葬过飞蛾、蟑螂、老鼠的尸体。一会儿，阿桥脸色铁青回来了。妮芭没有答理他，独自一人走进卧室，读了一会儿孕妇必读手册，不知不觉睡着了。

感到周围有些异样，妮芭突然惊醒。阿桥站在床头，妮芭吓得差点儿喊出声来。阿桥全身不停地颤抖。妮芭鼓起勇气瞪了他一眼。“妮芭，我的孩子还好吗？”阿桥小声问道，“你不觉得我的孩子还是死了好吗？我没有办法给孩子做榜样，和孩子交流。妮芭，我的脑袋里有苍蝇，是人面苍蝇。那家伙在命令我，让我杀死妮芭。你听着，有一个声音，我想听到那个声音。阿菊也说过，不杀死心爱的人就无法听到那个声音。杀死心爱的人，受到严厉惩罚，成为人面苍蝇，那样才能听到那个声音。我是为了听到那个声音才降临到这个人世的。我将死猫埋在花坛里了，对了，还将飞蛾埋在花盆里了，这样的话，杀死妮芭和孩子的惩罚就会减轻，我的孩子还是死了的好。”

阿桥脖子上泛起鸡皮疙瘩，看着妮芭隆起的腹部，不停地哆嗦。“我不想杀人，不想杀人。妮芭，我不想杀人，可不杀人我就听不到那个声音，也变不成人面苍蝇，只会变成长着苍蝇脸的人。”阿桥圆睁的双眼充满血丝，混浊不清，妮芭吓得不知该说什么。她拼死地抗拒着恐怖，想要叫出声来，但喉咙隐隐作痛，声音出不来。妮芭觉得被杀也没有关系，和腹中的胎儿一起死也无所谓。她感到自己并不爱阿桥，她发现刚才的恐怖感是不想让阿桥做杀人犯。她觉得身体突然轻松了许多，感到阿桥的面部十分丑恶。从下腹部涌上来的一股东西掠过喉咙脱口而出，妮芭大叫了一声：“你的孩子死不了!”阿桥浑身震颤了一下，呆立在那里。“你的孩子死不了！哪怕他是个胎儿，流到下水道里也活得下来。因为他是寄物柜里活下来的男人的孩子，绝对死不了！而且长大之后会来找你，来到变成苍蝇的你面前，一脚踩死你!”

30

少年勇洋丸行驶在太平洋上，沿着本州海岸持续南下。犯人有十五名，工作人员有船长、发动机长、甲板长、无线电长、辅导部长、两名看守，一共七名，总计二十二名。甲板班的九个人交替掌舵，操舵室里总是有六个人工作，即江田船长，无线电长，四名训练生，其中一名掌舵，一名负责监视雷达和其他航海仪表，两名念诵航海图。出海的第二天，阿菊负责掌舵，山根监视雷达，负责导航，中仓和林负责航海图。以前的航海实习主要是捕捞乌贼等的训练，根据和渔业协会商议的结果，现在停止捕鱼，只进行操船和航海技术等训练。

操船训练课程之一是救生训练，也就是自己船上海员落水时的救生演习。江田船长向中仓询问船位。“东经一百四十二度三十九分，北纬四十度四十四分。”突然，甲板员通过传话管传达命令，开始救生训练。“右舷有人落水！”“明白！”阿菊叫道，他将引擎换成空挡，大幅度右转舵。这是为了不让螺旋桨击伤落水者，先将船尾转开，然后将引擎换成低速前行，目视并确认海面上的落水者，抛下救生圈。必须时刻注视落水者，从上风方向救助。在距落水者二十米至三十米的地方将引擎换成空挡，依靠惯性接近，必须让落水者处在右舷，缓慢地接近。海面上漂浮着一个红色的皮球代替落水者。训练没有成功，阿菊忽视了风浪的影响。实习和港内训练不同，外海的风浪很大。接近落水者时必须用左舷挡住风浪，而阿菊错用了右舷，右舷顶风，船便逐渐远离了落水者。

"怎么了？桑山，是不是太难?"江田船长笑着问道。阿菊辩解道："我没想到风浪这么大。"江田船长让林念诵气象图，林报告说："小笠原方面有稳定的高气压，刮偏南风，西伯利亚南端有寒冷高气压，预计将南下。"江田船长点了一下头，问道："这种情况最应该注意什么?""暴风。"中仓大声答道。无线电长向船长汇报了盐釜第二管区总部发表的海上天气预报："好像刮起了小台风，预计将会在冲绳南部海面消失。"

海上十分平稳，时而有飞鱼跳出海面，甲板上微风掠过，掌舵室里十分闷热。中仓和林脖子里流淌的汗水滴在航海图上，阿菊为了不让汗水流进眼里，不时用袖子擦着额头的汗水，盯着陀螺罗盘。

第三天夜晚，船停泊在宫城县须崎港。少年勇洋丸停靠在布满灰色仓库的港口。做完停靠工作的犯人们都惴惴不安，因为今天晚上是狱外接见日。只有家属和朋友事先申请过的犯人吃完晚饭有一小时的会面时间。日落之后，来会面的人聚集在岸边。岸边的路上，两名看守和辅导部长站在那里，根据表格核查人数和姓名，他们不断呼叫犯人的姓名，除了阿菊以外，所有的犯人都下了船，站在岸边。山根身旁站着一个怀抱婴儿的女人，大概是他的太太。林的身旁站着一对青年男女，看上去像他姐姐或者哥哥夫妇。中仓的母亲来了，叫到名字时中仓有些迟疑，好像并不太高兴。在身后路灯的照射下，站在岸边低声交谈的人们留下幽暗的黑影，山根抱着婴儿。

甲板上只剩下阿菊一个人，船长走过来，见阿菊正望着岸边说笑的人群，便说道："是不是感到寂寞了？"阿菊久久盯着船长晒得黝黑的面庞，静静地说："大家看上去都很快活啊。""听说你是孤儿？"倒映在水面上的街灯摇曳着，反射在阿菊和船长的脸上。"孤儿大概尝过很多辛酸吧？"反射在脸庞上的灯影在晃动，在灯影里，表情似乎发生了变化。"我认识的人里头有两个孤儿，两人好像都是小时候走丢的，已经是很早以前的事了。那时和现在不同，仅仅因为是孤儿出身，大公司招聘都不要。我认识的那两个人都很有个性，他们说没有个性根本活不下去。听说孤儿有两种类型，一种是不听管教，另一种是看人脸色阿谀奉承。桑山，你是哪一种？"

船长的声音低沉沙哑，听后让人产生一种奇妙的安详感。清凉的海风抚慰着白天航海后的疲劳和身体燥热。“我也不知道。”阿菊回答。“是吗，不知道吗？不过还是很寂寞吧？”阿菊沉默不语。“桑山，你看！”船长手指着岸边上聚集的人群，“那就是亲人，我也有两个女儿，刚有一个孙子。你可能老是一个人，但今后可以组织家庭。桑山，你成家吧，从你自己开始组织一个家庭。”

阿菊在人影中寻找山根、中仓和林。林坐在岸边，靠着路灯的光在看一张纸片，好像是照片。山根把孩子扛在肩上，招手叫着阿菊：“喂，阿菊，你来一下。”“去吧。”船长拍了一下阿菊的肩头。“阿菊，这是我儿子。”山根自豪地举起婴儿给阿菊看，“我将来一定让他当真正的海员，你知道吗？他不到一岁就会游泳了。”山根眯缝起眼睛笑着。阿菊凑近婴儿，耳朵贴在裹着纱布的小胸脯上，婴儿吓得大哭起来。“听得见吗？”山根问道。阿菊点了点头。山根摇晃着婴儿唱起歌来：“我是大海之子，在碧波荡漾的海边松林。”歌声在四周悠扬回荡。船长微笑着听了不久，站起身在甲板上高声合唱起来，阿菊也小声哼唱着。歌声结束时响起了掌声。

阿菊发现公路上出现了两束强烈的灯光，照亮了仓库的灰色墙壁，又在岸边浓郁的黑影中消失了。鲜红的海盗牌越野车飞驶而过，一瞬间搅乱了被灰色雾霭笼罩的海港的潮湿夜幕。那大概是阿莲莫莲，阿菊心想。她一定在这附近。阿菊想起了阿莲莫莲湿润柔软、充满热情的舌尖。

船舱里搭着训练生睡的简易床，十八平方米的狭窄船舱里排着三排，每排五层，十分拥挤，根本不能翻身。工作人员在上面的客舱睡，看守在甲板上轮流放哨。差不多所有的训练生都辗转反侧不能入眠，一是和家人久别重逢，二是舱里闷热潮湿。船舱没有窗户，舱盖打开着，但一点儿也不透风。汗水浸湿了内衣和被子，十五个人的呼吸又加大了舱里的空气湿度。周围传来了轻微的呜咽声，阿菊睡在中央一排第三层，旁边的山根伸手捅了一下阿菊的肩头，指指右排最下层的中仓。中仓头埋在塑料枕头里，好像在哭泣。“听说他奶奶死了。”山根在阿菊耳边低声说道，“那家伙是奶奶带大的，刚才好像和他妈吵了一架，真可怜。”阿菊对他的话不感兴趣，示意自己要睡觉：“再怎么难受，不睡的话明天更不好受。”山根点了点头。中仓的呜咽持续了很长时间。

少年勇洋丸将以这个港口为折返点返回函馆，逃跑的话这个港口最合适。阿莲莫莲在三个前往东京的地方分别为自己准备了汽车。阿菊等待着大家睡熟。周围响起了鼾声，阿菊正要悄悄起身，中仓偷窥着四周轻轻跳下床来。中仓正想穿过船舱，阿菊一把抓住了他的肩头，中仓猛然颤抖一下，停下脚步。“去哪儿?”阿菊低声耳语道。“小便。”中仓回答。阿菊一松手，中仓没有走向厕所，却登上了舱口的悬梯。阿菊慌忙摇醒山根：“山根，快起来，中仓想跑，要赶紧拉住他。”说着阿菊跳下床，从舱口窥视着甲板。

中仓隐身在船桥的阴影里，偷偷观察放哨的看守。看守站在岸边，和路对面派出所里的警察一起边聊天边钓鱼，时而瞟一眼轮船。山根爬起身来，低声说道："中仓，回来!"中仓擅自登上甲板已经构成了企图逃跑的事实，将失去海员考试的报名资格。藏在暗处的中仓后背剧烈颤抖，逃过看守的眼睛攀上岸是根本不可能的，凑近左舷跳海的话船会摇摆，船长必定察觉。岸边响起了汽车的声音。"坏了。"阿菊想。阿莲莫莲在附近的楼里通宵观察少年勇洋丸的甲板，事先约好如果阿菊出来，由她引开看守的注意。"她一定把中仓当成我了。"海盗牌越野车停在岸边，传来了阿莲莫莲的说话声："对不起，前面的海员会馆里有人喝醉酒打架。"警察跑近阿莲莫莲，岸边响起了两个人的脚步声。阿菊犹豫了片刻，大概阿莲莫莲一会儿要跑回来，对看守这样说："警察说要你帮一下忙。"看守要叫人替换自己，而阿莲莫莲会把他硬拉到打架的地方去。"是和中仓一起逃跑呢？还是……"

传来了阿莲莫莲跑步的声音。看守从岸边跳下公路。阿菊下了决心。不管中仓了，如果放弃眼下的机会，也许再也不可能逃跑了。阿菊刚想从舱口跳上甲板，就在这个时候，中仓猛然站起身，大叫一声跳进海里。阿菊缩回了头，客舱的电灯亮了，船长和辅导部长同时奔上甲板，看守也回到岸边。中仓大叫着，双脚蹬着海面。"完了。"阿菊低声叹息了一声，攀上甲板。探照灯亮了，辅导部长用灯照着中仓。山根和林也来到了甲板。看守跑来挥舞着警棍喊道："都回船舱!"阿莲莫莲在岸边探出头，脸色铁青。她见到跳入海里的不是阿菊，便仰头朝甲板上张望。阿菊挥手示意她赶快躲起来，阿莲莫莲又跳回公路，发动了汽车引擎。辅导部长将阿菊和山根赶回船舱，关闭舱盖。岸边传来汽车飞驰而去的声音，船长怒吼道："中仓，抓住钓竿。"

第二天，由于要审问中仓并报告监狱，船晚了四个小时才出发。对于中仓的处分要返回函馆以后才能决定。中仓禁闭在船舱里，给他送饭时他对阿菊说自己并不是想逃跑。

中仓是由奶奶带大的，他很讨厌自己的生母。生母原来是护士，染着头发，浑身散发着腋臭，经常欺负奶奶。生母笑嘻嘻地告诉他奶奶出车祸死了，已经领到了保险金和赔偿费，生母和情人一起去夏威夷旅行了一趟。中仓并不是要逃跑，而是想去杀死生母再返回船上。阿菊挥拳打了垂头丧气地讲述原委的中仓："就是因为你，我也跑不成了，从今天晚上起，监视该越来越严了。"

少年勇洋丸全速行驶，一是因为出发晚点了，一是因为台风改变了路线。无线电一直固定在气象广播频道上，船长仍然准备前往预定的停泊港。勇洋丸由于性质特殊，更换停泊港的话很难确保停泊地点和宿舍。

天还没有下雨，遮蔽蓝天的乌云连接着海平面，饱含着暑热，如同覆盖在海面上的巨大金属板。乌云孕育着蒸汽，剧烈膨胀的金属板布满了灰色的铁锈和坏死的微生物，已经无法反射阳光。风吹荡在乌云和海面之间的狭窄空间，掀起波浪，传递着乌云里的热气，掠过人们的面庞，猛烈吹动着信号旗，吹落晾晒在甲板上的训练生制服。在狂风的间隙中，晕船的前兆涌上训练生的胸口，在狂风消失的瞬间，肌肤表面温热的刺激感渗入人们的体内。

海面上波涛汹涌，船长自出海以来第一次亲自掌舵，船躲过横浪向前驶去。铅色的巨大浪涛迎面而来，狂风刮过，船身严重倾斜。狂风卷着巨浪，泛出白沫流向后方。

天开始降雨，不久甲板便浸在雨水之中。雨点倾斜着落下来，在塑料雨衣上反弹，浸湿了制服，贴身击打着肌肤。每当波涛掀起船头的时候，阿菊都感到脖子根部一阵麻木。船长命令准备抛锚，接着甲板长指示训练生全部进入船舱。中仓躺在船舱的地板上打着滚呻吟，他捂住胸口正在呕吐，那气味十分刺鼻。本来命令他躺上床固定住身体，但船晃得厉害，他爬不上床。一个训练生踩在中仓的呕吐物上滑倒在地。甲板上温热潮湿的风充斥着船舱，阿菊拼命抓住床，忍耐着脖子根部的麻木。狭窄的船舱里弥漫着一股臭气，训练生呼出的气息和中仓呕吐物的气味混杂在一起，粘在肌肤表面上形成令人恶心的薄膜。肌肤逐渐失去感觉，麻木从脖子扩展到脸部，延伸至整个头部。肌肤表面和脖子以上处于麻痹状态，内脏和肌肉相反却开始兴奋。训练生一个接一个倒在地板上，抓起床单咬在嘴里，脑袋好像变成了磁铁，吸引着内脏、神经和肌肉。喉咙里堵着什么，嘴一张开，酸酸的唾液就流到脖子里。阿菊盯着天花板，如果面部朝下，倒挂的胃就会顶到嘴边。电灯在眼前剧烈摇晃，眼里的灯泡残影是暗淡的橘红色，描绘着奇妙的弧形。橘红色的曲线重叠起来，变成了星星的形状，在眼前飞速地转动、消失、再现。阿菊逐渐产生了不是船在摇晃而是后脑浮肿的错觉，头上的肉膨胀融化，和电灯光混合在一起，连接在天花板上。摇摆不定的船和自己的头颅通过一根黏稠的线连接在一起。脚边有人在呕吐，鞋底黏乎乎的，电灯光摇晃产生的花纹在眼底不停地交错，闪出黄色、绿色、橘红色的斑点。有人抓住阿菊的脚腕在呕吐，眼底闪亮的斑点像呕吐物一般开始流动，令人难受得想砍掉自己的头颅，那样将十分舒畅，只要倒在地板上，一切就结束了。阿菊浑身沾满呕吐物，已经失去了重新站起的气力。

突然听到有人呼唤阿菊，不知是谁在舱口呼叫。“桑山，山根，林，到掌舵室来一下！”阿菊死死抓住床铺，踩着趴在地上的训练生的脚和后背向舱口移动，没有倒在地板上的只有阿菊、林、山根以及两名发动机班的学员。阿菊他们爬着来到掌舵室，甲板长额头流血倒在地上。

“喂，来啦。”船长看见阿菊他们，立即命令监视雷达和利用远程无线电导航系统确认船位。海面上波涛汹涌，风浪扑面而来，浪尖上的飞沫如同摔得粉碎的玻璃渣顺风掠过小小的船。浪尖打在船头形成水烟，根本无法区分砸在掌舵室窗户上的水滴是雨水还是波浪飞沫。不过，这里比船舱好过得多，没有酸臭气味，也没有封闭在狭小空间的感觉，直接接触暴风雨的紧张感抹去了晕船的恶心。

“情况不妙。”船长嘟囔道。船几乎没有前进，看上去只是在躲避横向袭来的波涛。收音机传来要求小型渔船驶进附近港口避风的警告，船长命令林寻找最近的港口位置。“是睦郡。”林喊道。无线电长持续呼唤海上保安厅，但通讯繁忙，没有回音，他又呼叫睦郡港渔业协会总部，要求进港紧急避风，希望确保停靠地点。渔业协会总部回答说紧急避风的渔船接连不断，希望赶快进港停靠。

海面上泛起了白色泡沫，浪涛击打在船头，跌落后变成无数的白色泡沫随风飘散。山根在雷达上发现了一个停滞的小点，同时 SOS 电波传入了步话机。“八吨小型渔船遇险，现在处于东经一百四十二度十八分，北纬三十八度五十八分，无法操舵，请求救助。在东北方，距本船仅零点八海里。”船长没有理会无线电长的报告，全体人员看着船长。“准备进港，风雨正在增大，分秒必争，睦郡港要求我们在一九〇五以前通过防波堤，没有营救的时间了。海上保安厅会去营救的，赶紧和海上保安厅紧急联系，如果通讯繁忙，就请睦郡港的渔业协会用电话联系。”

“我们还是去营救吧。”山根说道。船长没有理他。“据睦郡港回讯，海上保安厅忙于气仙沼、广田、大船渡、松岛、石卷各方面的营救，睦郡港海面方向无法出动巡逻艇。”船长点了一下头，但没有改变航向。

“船长老师，我认为应该去营救。”山根敬了一个礼，又重复了一遍。“住口！”江田船长大喝一声。“再过三分钟，就要通过和遇险渔船最接近的地点。”林从航海图上抬起头。“小型渔船的联络中断了。”无线电长喊道。三名训练生从船舱里爬上来。“我们都是渔民，小渔船顶不住这种风浪，求您了，去营救吧。”三个人穿着沾满呕吐物的制服跪在地板上。“你们好好听着！”船长瞪着所有人，说道，“你们有没有搞错！你们现在都受着国家监护，根本没有能力去考虑别人。”一个训练生跪在地上，眼睛通红哭出声来：“船长老师不懂得渔民，如果我在遇险船上，我是希望有船来营救的，我会这么想的。”“你们听着，甲板长也受伤了，这么大的风浪，我要掌舵，根本没法去营救。”

“我们去。”山根说。

“看见啦。”林喊道。侧前方的海面升腾起一股橘红色的烟柱，是遇险信号。船长叫来山根，小声耳语了一番。山根不住点头，让林从船舱里拿来钢丝绳，再召集五个人来。阿菊和林先把钢丝绳缠在腰上，一头系在船桥上，分别走向船尾和船头。林成功地抓住了栏杆，阿菊则被暴风吹倒，摔在甲板上。阿菊拉住钢丝绳爬起身，在起锚机和船桥、船桥和卷扬机之间分别拉上钢丝绳。众人两人一组，分成两组分别拉住钢丝绳来到船头和船尾，每个人腹部都缠上钢丝绳，绳头系在卷扬机和起锚机上。中仓和阿菊是一组，可能是晕船缓和了一些，脸色已经恢复。阿菊手握钩竿。小型渔船已经掀翻，船员们抓着红色救生圈，在波浪里时隐时现，少年勇洋丸接近时，其中有几个人挥手示意。阿菊要用钩竿前端钩住救生衣，让他们抓住船尾的绳梯。他将钩竿伸向一个年轻男人的肩头，他正在高声呼唤着什么。钩竿快要钩住对方时，大浪突然将落水者高高托举着涌向船来。阿菊和中仓抓紧栏杆，等着大浪退去，感觉船就像一瞬间潜入了波涛汹涌的海水之中。落水者从浪顶抛下来，重重摔在甲板上，额头摔破了。阿菊用钩竿钩住他的救生衣领，把他拉了过来。那人不是日本人。“这帮家伙是违禁捕鱼的。”中仓低声说道。那些人从长相看上去是东南亚人。中仓抱起昏迷的落水者，迷彩服裤子口袋里有个硬邦邦的东西，那是一只小手枪。

宫城县睦郡港。防波堤的出入口有一个发光浮标，海角的前端有一个旋转的无人灯塔，光源只有这两个。岸边本来有两个探照灯，已经被海上刮来的暴风吹倒，灯罩和灯泡摔得粉碎。玻璃碎片散落在湿漉漉的水泥地面上，转眼被扑上岸来的巨浪冲刷着，随着旋转的狂风飘散在黑暗的空中。港内已经停电。

少年勇洋丸停泊在岸边，四个身穿笨重的蓝色雨衣的警察已经等在那里接船。渔业协会总部的人们在远处张望。警察和辅导部长花了很长时间商量训练生的宿舍如何安排。电话线已经被暴风刮断，警察用步话机联系。据说渔业协会总部里已经挤满了前来避风的海员。附近有一所小学，但听说校长拒绝让犯人们住宿。警察解释说现在只有鱼市场的仓库可以作为临时宿舍。辅导部长对警察说犯人受到国家保护，但对方根本不听。协商期间训练生不能上岸，全体关在漂浮着呕吐物的船舱里。辅导部长以借用换洗衣服和毛毯为交换条件，勉强同意让训练生睡在仓库地板上。“我们想要赶快移送训练生，他们已经十分疲劳。”“现在睦郡只有四名警察，希望你们等到县警察本部派来增援部队。”警方说道，“犯人的押送监视工作当然很重要，不过你们营救的那些外国人属于偷渡者，我们必须逮捕他们。”

被救起的违禁渔船船员一共七名，聚集在船舱的角落，大概是寒冷的关系，他们全身颤抖。几乎每个人身上都有伤，船舱因为他们而显得愈发狭小。中间的床铺因为船的摇晃以及聚集在一起的训练生的重压已经损坏，阿菊他们没有地方坐，只好全体站在那里。船舱已经进水，水位达到小腿，渗出的重油和呕吐物气味刺鼻。船已停靠到了岸边，但船舱仍在摇晃。营救遇险渔船之后，起先每个人都很兴奋。“再等一会儿，再坚持一下！”看守和船长轮番从舱口探出头来，但应声的人越来越少。船不停地摇晃着，时而大幅度倾斜。每个人都死命抓住床铺的栏杆，有几个因为疲劳而滑倒在地，倒在漂浮着呕吐物和重油的污水之中。看着众人浑身散发着酸臭味、脸上挂着黑乎乎的重油，谁也没心思打趣。船舱是与外界隔绝的，每当摇晃的时候，舱内温热的空气就随之摆动，散发出令人恶心的汗臭。

“妈的，真想回禁闭室。”山根喊叫着“头疼”。抢救渔船时，他的后脑好像碰到了卷扬机的铁棒。阿菊忍着晕船的恶心，随着船身一次次的剧烈摇动，他一点点回忆起了一幅画。那是挂在孤儿院礼拜堂墙上的画，就是那幅脸上长满胡须的父亲在海边断崖上朝着苍天双手高举刚刚出生的羔羊的画。修女说是慈父的那个男人跪在俯瞰沧海的断崖上，海面上应该是波涛汹涌。他记得画面一角有条小船。“我可能就乘在那幅画的小船上。”阿菊想，“加油，忍耐一下。出了船舱，也许那个长满胡须的人就在山顶闪烁着金光等我。”

辅导部长从舱口探出头来。“全体上甲板！现在去宿舍！”

训练生欢叫雀跃，互相拥抱。走出船舱，等待他们的是车顶上有探照灯的吉普、列成两排的警察、用好奇的眼光望着他们并不时指点说笑的渔民。阿菊他们押上卡车，每人领到一条毛毯，违禁捕鱼的那些人则用吉普车送去另外一个地方。

卡车迟迟不开，辅导部长质问警察负责人为什么没有说好的换洗衣服。“坐船出海的沾上吐出来的脏东西又不会死人！”一个围观的渔民喊道，周围的人鼓起了掌。辅导部长没有理会，仍然争辩道："犯人的身份受到国家的保护。"卡车里传来了犯人的喊声："我们不要换洗衣服！"这时狂风袭来，猛烈拍打卡车上的帆布，帆布转眼之间就吹掉了。探照灯照在犯人们的身上，一个浑身沾满污物和重油的犯人站起来，冲着警察和渔民喊道："谁要你们照顾！"所有的人都要站起来，暴雨倾泻在露天的犯人身上。警察队包围了卡车，手按腰间的警棍。最边上的一个犯人用毛毯拍打着车厢喊道："要什么威风！臭警察，谁怕你们！"他跟前的那个警察下意识地拔出警棍，他的同事见状慌忙制止了他。辅导部长、船长以及看守不断向犯人们大声喊道："坐下！"分发的薄毛毯被雨打湿了，十分沉重。

仓库在港口的外面，出入口很小，必须弯腰低头才能进出，里面很大，比体育馆还大几倍。袋装水泥高高地叠放着，直达房顶，仓库一角并排停放着叉式升降车，训练生们在角落里铺上报纸躺下。山根似乎很难受，全身起了鸡皮疙瘩，额头和脖子渗出冷汗，灰色的眉毛和睫毛微微颤抖，光滑的脸上浮现出几条痛苦的皱纹。

暴雨狂风仍在肆虐，阿菊的身体还觉得船舱在摇晃。仓库里只点了五根蜡烛，十分昏暗，如同浮在海上一样。内脏仍在不停地摇晃。有人送来了饭团和热茶，除了山根以外，所有的人都欢呼起来。山根没有吃饭，只喝了一点热茶。阿菊几口吞下领到的三个饭团，对林说："晕船的感觉真是奇怪。"林附和着点了一下头。“内脏很难受，但还是想吃，胃和肠子摇晃之后，大概饭就容易咽下了。”林说着笑了起来。中仓从旁边插嘴说道：“如果不能吃饭，人就完了。”三个人担心地看着弯腰弓背按住头部的山根。

饭团和热茶唤回了训练生对于台风的兴奋记忆，他们想起了发动机舱的进水和船舱里经历的剧烈晕船。江田船长在就寝之前召开了航海总结会，就在这时，仓库大门打开了，不是工作人员进出的门，而是叉车和吊车进出的大门。风刮进来，吹飞了报纸，熄灭了蜡烛。一辆银色面包车开了进来，车上没有车窗，车顶载着一只巨大的灯。阿菊见过这种车，那辆银色面包车和那个圣诞夜停在飞雪里的车一样。一群身穿色彩鲜艳的防灾制服、头戴黄色头盔的人和十几个警察出现在面前，一个穿西装的男人手持一根闪闪发光的细棒，那人后面跟着电视摄像机。负责人跟辅导部长交涉，说是要采访营救遇险渔船的训练生。电视台负责人拍着胸脯保证说已经得到了少年劳教所所长的许可。参加营救工作的训练生背对电视摄像镜头坐下，后背贴着号码。摄像灯亮了，整个仓库映照在黄色的灯光中。身穿西装的男人开始讲话。

“现在是从睦郡港第八仓库现场直播。正如刚才新闻报道的那样，第十二号台风高速经太平洋北上，关东、东北等太平洋沿岸地区普遍遭遇灾害。气象厅从昨晚至今晨发布的天气预测过于乐观，各有关方面对此提出了批评。不过，在此紧急情况中却发生了一件偶然的奇闻，少年劳教所的实习船在风暴中救助了遇险的泰国违禁渔船，并帮助逮捕了违禁船员，这是一个令人感动的新闻。今天晚上，各位训练生不顾身体疲劳，特意聚集在此接受本台的采访。在此特别声明一点，为了保障这些劳教犯的人权，特意请他们各位背对镜头，而且他们接受采访的声音也经过技术处理。同时，为了保护人权，各位的姓名不能公开，所以特意请他们佩戴号码。那么，我们请3号先生讲述一下现在的心情。”

3号是林。林简短地回答道：“我感觉很累。”“是吗？真是辛苦了。1号先生感觉如何?”“我也觉得很累，在暴雨里心情紧张，还没有什么感觉，进入港口以后，真的感觉很累。”“是吗？看来真正的弄潮儿上岸之后会感到很疲乏，讲的就是这个道理啊。那么请问6号先生，是不是马上就察觉到遇险船是违禁渔船呢?”6号是阿菊，他没有回答，强烈的灯光烤得他后背发烫。眼前一个年轻男人手持反光板，口里嚼着口香糖，盯着阿菊嬉笑。“是吗?好像不能回答。那么，请5号先生回答一下刚才的提问怎么样?”5号训练生害羞地缩着肩头，忸怩道：“这有点像是智力竞赛节目。”

阿菊眼前的反光板上映出了山根，山根抱着水泥袋躺在地上。辅导部长说不必送医院治疗，只要躺下休息一下就行了。山根吃了感冒药，趴在地上。几条摄影机和麦克风的电缆横放在地上，摄影机移动时，粗大的电缆也在地上滑动。一条电缆轻轻碰上山根的侧头部，山根的双脚条件反射地蠕动了一下。他按住头部低声呻吟着，然后摇晃着脑袋抬起上身，突然发出鸟一般的尖叫声，用手掌劈开了水泥袋。警察、摄影人员以及训练生一起将目光转向山根。山根在周围灯光的照射下，连续几次用掌劈开了水泥袋。“那家伙怎么了?”嘴里嚼着口香糖的摄影助手低声嘟囔道，“干什么呢？现在正在直播。”山根打烂了水泥袋，毫不理睬聚集在自己周围的警察，将手掌放在胸口上。他闭着双眼，咬住嘴唇，似乎在忍耐着什么。阿菊想，他一定是在回想自己孩子心脏的跳动声。山根说过：“当我抑止不住自己要杀人的时候，我就想一想自己儿子的心脏跳动声。”

一个警察碰了一下山根的肩头，问他说：“你怎么啦?”是个上了年纪的警察。山根睁开眼睛，合掌行了一礼，说道：“您别管我。”山根咬住牙根，又开始发出奇怪的声音。摄影负责人在脑袋旁边转了一下手指，问道：“那家伙是不是这个?”一个年轻警察见到之后，用警棍捅了一下山根的肩膀。山根双手捂住胸口，摇着头说：“别碰我。”“你怎么啦？别出声，你妨碍了电视转播。喂，你怎么啦？喂，别出声，闭嘴!”年轻的警官用警棍捅了几次山根的肩头。阿菊听到山根低声喊道：“啊……啊，不行了。”之后没有人看清山根的动作，那简直就是神速。山根腾飞而起，侧转身体的同时挥出了拳头。一瞬间，上了年纪的警察的下巴被击碎，摔倒在地，浑身沾满了水泥灰。年轻警察挥舞警棍打来，山根向右闪开，飞起一脚踢在警察的后颈，响起了骨折的清脆声音。

警察一头栽倒在地，撞倒了一个照明灯，电灯碎片四散，大概扎进了那个男播音员的眼里，他惨叫一声跪坐在地上。在他捂住眼睛身体前倾的时候，山根飞起一脚踢在他脖子上，只见播音员仰面飞了出去，喉咙已经爆裂。摄影人员四处逃窜，周围的人惊呆了，连尖叫声都没有。警察伸手去拔枪。“都趴在地上！”警察向训练生和摄影人员喊道。山根冲到那个怒吼的警察面前，警察惊惶失措拔出了手枪，但没有射击，山根两个手指准确地击中了他的双眼，手指在清脆的声响中插入了他的眼睛。警察扔掉手枪，枪在落地的瞬间走火，子弹击中了银色汽车的车身，反弹回来深深埋入水泥袋里。所有的警察都端起手枪，船长大喝一声“住手”便跳了出来。山根扭头一看，两个警察已经瞄准他的腿开枪了。山根捂住大腿倒在地上，一只脚被子弹穿透，他在地上打着滚，踢倒了两盏照明灯。他挥起铁制灯架砸向警察，警察们压低姿势，一点点接近山根。山根捂住大腿，想支撑起身子来。“别开枪！”船长喊道。一个摄影人员从银色面包车上大喊：“他是疯子，开枪打死他！”山根咬着牙，浑身颤抖，扶着灯架想站起身来。一个警察踢倒了那个灯架，山根失去平衡摔倒在地，倒地之前用没有受伤的那条腿支撑扑向那个警察，抓住了他的腰带。警察低声喊叫了一声，用手枪的枪柄砸向山根脑袋。枪柄不偏不倚正砸在山根的脸上，打碎了他的鼻骨，但就在枪柄再一次砸向山根之前，他用正拳击碎了警察的膝盖。警察跪着倒了下来，身体压在山根的身上，一瞬间压制住了山根的活动自由。“瞄准胳膊!”有人命令。三个警察一起开枪，其中一个的子弹击中山根的右臂。“畜生!”趴在地上的林低声骂道。山根还要站起身来，他流着血的左腿跪在地上，想用右腿和左臂撑起身体。一个摄影人员大概是想帮警察，抄起剩下的灯架打在山根身上。山根躬起腰，一个年轻的警察用警棍猛打他的腰部，但山根纹丝不动。年轻的警察圆睁双目，大口喘着粗气，挥起了警棍瞄准他的脖子打去。警棍走偏，打在山根的肩头，发出了沉闷的声响，但山根纹丝不动，双眼怒视着警察。警察浑身颤抖，气急败坏地猛打山根的脸部。这时阿菊跳了出来。由于周围一片漆黑，他出现在亮处时人们才突然察觉到。阿菊抓住年轻警察的衣领将他拉倒在地，背后的一个人一拳打在阿菊的耳朵边上。林、中仓和两个训练生也跳了出来。见此情景，一个警察朝仓库房顶开了一枪。阿菊飞身铲在那个警察的脚上，两人扭成一团争夺手枪。阿菊骑到警察身上时，眼前顶上了另一支手枪。突然，枪声响了。鲜血飞溅在阿菊的脸上，眼前的警察捂住腰部仰翻在地。中仓手里端着枪，而且把枪口对准一个摄影人员的太阳穴。“扔掉手枪!”中仓朝警察们喊道。

中仓开着银色面包车，阿菊和林坐在车上。汽车在暴风雨中朝着户舐港飞驰。户舐港是少年勇洋丸的一个预定停泊港，阿莲莫莲应该等在那里。在距户舐港两公里的地方，三个人丢弃了银色面包车。雨已经停了，靠近岸边的一家商业旅馆的停车场里泊着一辆绘有“DATURA”字样的红色海盗牌越野车。阿菊打电话叫来了阿莲莫莲。“我是阿菊的情妇。”阿莲莫莲向中仓和林自我介绍之后，便驾驶越野车出发了。当警方封锁所有宫城县公路实施检查时，越野车已经过了宇都宫。

第二天，阿菊、林、中仓三人作为凶恶的越狱犯受到全国通缉，关东、东北地区的主要公路设置了关卡，所有的酒店、旅馆都遭到了彻底搜查。就在这个时候，四个人身穿洁白的游艇装，驾驶着搭载有两架二百六十马力发动机的哈托拉斯快艇，穿过大岛，在八丈岛上堂堂皇皇地加了油，在台风过后一望无垠的碧蓝大海上，朝向唐木岛全速飞驰。

31

“我的羊、我的妹妹、我的船、我的公园、我被盗走的眼珠，我寻找我的眼珠。我和我的眼珠被苍蝇的翅膀声隔绝，永远不能相逢，我无法摸到看得见的东西，无法看见摸得到的东西。我的眼珠在塔上，塔始终监视着我，塔的主人是苍蝇，塔是我从未见过的父亲。”阿桥朗诵了这样的诗句之后向妮芭询问感想，妮芭在埋头设计天使的衣服，没有回答，不是阿桥的演出服，而是腹中婴儿外出时的衣服。“你觉得怎么样?”阿桥又大声问了一遍。妮芭默不作声。阿桥抓起桌上盛着薯片和咸肉的盘子扔向妮芭，盘子掠过妮芭的头发撞在墙上摔碎，咸肉和薯片粘在她的白色衬衣上。

妮芭将咸肉和薯片一片片摘下，丢进烟灰缸。她走进卧室，用纸巾擦掉污渍，换了一件衬衣。妮芭从柜橱里取出一个新提包，那是为了去加拿大、阿拉斯加新婚旅行而特意准备的。她将内衣、外套、化妆品和几本书塞进提包，摸了一下脖子，觉得还有咸肉的油味儿，便喷了一些淡淡的香水。她梳理了一下头发，围上丝巾，那上面绘着鹿踏麻雀的花纹。镜子里映出阿桥，他正望着这儿。妮芭朝他笑了一下，拿起提包，穿过阿桥的面前走出房间，一言未发。那天妮芭没有回来，第二天也没有回来。

开始阿桥觉得一个人很清净，妮芭不在也可以冲淡必须杀死妮芭这一强迫观念。但不久他就发现事实恰恰相反，妮芭不在身边的时间长了，下次见到要毫不迟疑地立即杀死她的念头渐渐萌生了。阿桥并不情愿杀死妮芭，这是他最不想做的事情之一。可正因如此，他才必须这么做，阿桥害怕的正是这一点。恐怖感笼罩着阿桥的全身，每一个细胞都记忆着这种恐怖感，不是对饥饿或死亡的恐惧，而是时间。感觉到饥饿、预感到死亡之后的悠长时间，是对这种时间的恐惧。婴儿不懂什么原因，只有细胞记忆着恐惧持续的时间。阿桥被丢弃在寄物柜里长达十三个小时，是夏季的十三个小时。狗吠声、盲人手杖敲打地面的声音、车站广播声、车票和可乐从自动出售机里落下的声音、自行车铃声、纸屑飞舞在空中的声响、远方收音机里播放的歌曲声、八个小学生跳进游泳池的声音、戴眼罩老人的咳嗽声、自来水拍打铁桶的声响、十字路口处急刹车的轮胎声、筑巢的小鸟的鸣叫声、女人抚摸肌肤的声音、女人的笑声，还有自己的哭声，木材、塑料、铁管、女人润滑的肌肤、狗舌头的感触，鲜血、排泄物、汗水、药物、香水以及油的气味，这所有的一切都会产生恐怖感。阿桥想听细胞记忆的声音，那声音这样讲道："不需要你，谁都不想要你。"

D先生在事务所的楼顶让黑女人按摩身体。楼顶上有装饰着粉色人工草坪的网球场和爬山虎藤架，D先生就躺在爬山虎浓郁的绿荫之下。

阿桥走出电梯时感到一阵晕眩，他戴上了墨镜。那是他为送给桑山而买的墨镜。楼顶被周围超高层摩天楼环绕着，左侧的摩天楼在阳光下闪耀着，如同巨大的瀑布，那是墙面上的玻璃板映出流向西边的淡淡的白云的缘故。云彩的轮廓泛出耀眼的橘红色，阿桥想：如果把桑山拉到这个屋顶的话，他的眼睛大概一瞬间就瞎了。阿桥来到绿茵下，没有出汗，苍白的肌肤干燥得表面浮出白粉，被太阳晒了仅几十秒，肌肤便灼热疼痛起来。暑热之中，一对只穿泳装的男女在打网球。

"喂，阿桥，你哥逃跑了，越狱了，那家伙还真了不得。"D先生手指着身边的报纸。阿桥只浏览了一遍大标题：凶恶的越狱犯，目前仍然去向不明，杀害警官等五人，打斗中负伤者一人在医院死亡，有人协助越狱？搜查总部断定属预谋越狱。"你再仔细读一下，里面写着他是一个名叫阿桥的歌手的兄长，多亏你哥哥，你的唱片大概能多卖一些。"

"你叫我有什么事？"阿桥问。D先生笑了起来："什么事？你别逗我了，傻瓜！录音的事怎么样了？你他妈的已经拖了一个月了，曲子怎么样了？写好没有？"D先生全身冒汗，黑女人用细长的手指抹了一把他后背的汗水，撒上灰色的粉末，开始按摩。周围散发出一股薄荷的香味。“曲子还没好，不过我正在写歌词。”阿桥从口袋里摸出一张纸条朗读起来：“我的羊、我的妹妹、我的船、我的公园、我被盗走的眼珠，我寻找我的眼珠。”“够了，别念了，没劲儿!”D先生没等念完就打断了他。

背后传来了笑声，身穿泳装打网球的两个人捧腹大笑。女人紧束头发，个子比阿桥高出许多，薄薄的玻璃纤维乳罩托起了丰满的乳房。“还有‘我被盗走的眼珠’这词，简直是笨蛋!”女人的肚脐上渗出了汗水。阿桥听到女人的嘲笑，耳根都涨红了，穿泳装的女人上下打量的目光让他觉得难为情。阿桥穿着镶金线的长袖衬衣，下穿灰色条绒裤，脚蹬蛇皮靴。男人给女人端来了一杯透明的苏打水。“阿桥，你的合同快到期了，你打算怎么办？续签吗？没有妮芭你什么都干不了吧？”黑女人骑在D先生的后背和腰上，用膝盖和肘支撑着趴下，高高翘起短裤包裹着的屁股，她的大腿淌出汗水，滴在D先生身上，顺着他的腰淌下去。

右侧的摩天楼在楼顶遮出了一个长方形的阴影。阿桥一瞬间忘记了自己为什么置身于这个炎热的楼顶，穿泳装的男女、D先生和黑女人各自聊着自己的话题。他突然感到眼前的楼顶情景令人不快，忽而陷入一种错觉，仿佛正方形的广场和对面摩天楼的巨大玻璃塔都是刚才浮现出来的海市蜃楼，似乎是自己体内的一个器官——例如中耳管——从眼睛里脱出，在空气中膨胀，形成了眼前的正方形广场。“阿桥，你怎么啦？我告诉过你让你拿合同副本来的。喂，阿桥，你听见没有？你干什么来的？”

阿桥伸手拿起陶瓷圆桌上的苏打水，将表面布满细小水滴的杯子贴在额头和脸上。杯里的苏打水不太凉，他一口喝光了。“啊！”穿泳装的男人叫了一声，“那是我的水。”苏打水已经温热，流过饥饿干渴的喉咙和内脏，扯出黏稠的细丝。阿桥一阵恶心，抬手捂住了喉咙。水杯跌落在地摔碎了，细小的水泡瞬间被吸进了干燥的水泥地。穿泳装的男女对视了一下。阿桥心想：大家都讨厌我。他嘴里叽里咕噜地嘟囔着。即使穷困潦倒，在这个世上低头爬行，自己也不是破衣烂衫的乞丐。不对，我感到很羞耻，为什么自己能够随意说出“感到羞耻”这样的话？高个子黑女人腋下的汗水大概充满了酸味。自己没在高档包厢看过戏剧，也没有参观过美术馆和竞技场，但那是个大问题吗？大家都讨厌我。

“你怎么啦？你怎么啦？”眼前，D先生腰上围着浴巾摇晃着阿桥。“啊，D，我有用吗？对你来说，我是个有用的人吗？”“你怎么啦？说什么傻话？振作起来，阿桥！”“你回答我，喂，这事很重要。你回答我，我对大家有用吗？大家靠我能得到幸福吗？我希望的就是这一点，别的什么都不要。D，我真正想要的只有这个，只要大家愉快欢笑就满足了。我不需要金钱，坐着半年前妮芭买的高级车，大家都羡慕我，可我一点都不幸福。大家为什么都欺负我呢？我只是希望大家都幸福，喂，D，大家都躲着我。

妮芭不知去哪了，阿菊也不在，桑山变成了虫子。松山和亨也离开了我，和代死了，修女们也表情悲伤，大家都讨厌我。我只希望大家都喜欢我，只希望大家说和阿桥在一起心里感到幸福，只有这一点，从没想过别的，就只有这一点。我被抛弃了，抛弃在一个很……大、很……大、很……大的寄物柜里，大家都抛弃了我。”

阿桥抱住D先生的腰，D先生的汗水粘在他干燥的肌肤上。“放开!”D先生喊道，“你快松手，让人恶心!”阿桥颤抖着抱住他不松手。“那人好像有病。”穿泳装的女人和黑女人对视了一下。“我叫你放开，你没听见吗?”D先生推开阿桥，阿桥仰身倒在地上，裤子口袋里掉出一个小玻璃瓶。装着安眠药片的瓶子在阳光下闪闪发光，在楼顶上滚动，阿桥赶过去抓药瓶，直到楼顶边上才赶上，他抓起来打开了瓶盖。十三座玻璃塔似乎马上就要倒了，视野扭曲，阿桥想回到什么地方去，他也不知道那究竟是什么地方，但他想回去。他将三粒安眠药倒在手掌里，嚼碎药片的同时感到一阵恶心。他在炙热的水泥地上吐了一口黄色的黏液，他知道D先生和穿泳装的男女正在注视自己。黑女人走向电梯，短裤里富于弹性的臀部左右摇摆。黑女人消失在阴影之中。“那家伙真疯了。”传来了D先生的声音。“我根本没疯。”阿菊嚼碎药片，咽下了混浊的白色唾液，“我没有疯，只是觉得大家都讨厌我，感到非常悲伤。”

阿桥走在夏日星期天的人群之中，公路上弥漫着融化的胶皮气味，路面柔软，感觉泥泞，如同扯出黏稠的丝线一般。所有走在路上的人都被玻璃、钢筋、水泥包围着，脚下不断扯出黏稠的丝线，编织着白色的蚕茧。

整个城市就像肥大膨胀的银色蚕茧，巨大的蝴蝶什么时候起飞呢？蚕茧包容了从地面上升起的蒸汽，总有一天要爆炸的。雌蝴蝶飞翔起来，腹部裂开，数百万只人面苍蝇覆盖了建筑物的表面。阿桥已经听到了它们翅膀的震颤声，自己为什么要努力赢得周围人的欢心呢？是不是如果得不到周围人的照顾，自己就无法存活下去呢？自从被抛弃在寄物柜里，自己就渴望得到什么东西，难道是那个声音吗？只是那个声音吗？自己什么也没有得到，自己仍然没有变化，仍然置身于寄物柜之中，身体腐烂，被封闭在铁箱之中，自己不会再等待导盲犬嗅出气味来解救自己了。那么自己现在应该怎么办？

阿桥穿过红色铁路桥，每当电车通过，红色铁路桥就在蒸汽里喘息。每次呼吸灼热的空气，热烘烘的黏膜都覆盖在喉咙上。走在前面的人头部在热气里不停地颤动，整个街区看上去就好像是沸腾的液体。公园里摆放着热带植物的模型，阿桥坐在长椅的一端，盘腿坐在旁边的流浪汉问他有没有香烟。那人一只眼通红，胡子上沾着面包渣，腰上挂着装有烈酒的牛奶瓶，大热天却戴着一副毛线手套。阿桥在他的手套上放上一张一万元纸币，然后在他的耳边低声说：“舔舔我那里好吗？然后让我用砖头砸一下你的脑袋，我再给你一万块。”

流浪汉脸朝下嘿嘿地笑了起来，点了几下头，说道：“先给我买根冰激凌。”他舔着绿色的冰激凌，走了起来，用下巴示意阿桥跟在他身后。他们穿过公园走进胡同，在胡同里东转西转，来到一条酒吧和饭馆林立的繁华街。店铺都还关着门，街道两旁堆放着湿漉漉的垃圾，汽油桶里装满鱼头，鱼眼都流了出来，倒在地上的酒瓶滴落出茶色的水滴。流浪汉走进店铺之间的夹缝，夹缝尽头有一间公共厕所。木门已经破旧，看得见一只女人的脚。流浪汉手指着那只脚笑了起来，只穿一件肉色套头内衣的女人从里面走出来，盯着阿桥和流浪汉看了一会儿，消失在胡同里。两个人走进狭窄的厕所。“稍微等一下，我去找块砸你脑袋的砖头。”阿桥说着要走出去，这时流浪汉一把抓住他的头发。“什么砖头，混帐家伙！你们都很脏，你们身上都脏透了！”流浪汉抓住阿桥的头发摇晃着，“你说十遍‘我很脏’，当着我的面说，你们这种人都把这世界糟蹋得像猪狗一样，你们不明白吗？”阿桥感到很害怕，这个满脸胡须的流浪汉并不是用空气制成的温顺的狗。“上天对你的惩罚就要降临，我们没有任何牵挂，大洪水就要来临，只有我们能得到拯救。像你们这样的卑劣家伙将横尸荒野喂老鼠，老鼠将爬满你们的头颅，你这个臭人妖！”阿桥想走出厕所，流浪汉突然踢在他的腹部。阿桥撞在板墙上跌倒在地，流浪汉翻开他的裤子口袋，抢走了钱和皮靴。“听着，你这个败类！这是清洗你肮脏身体的仪式，你要感谢我！你会下地狱，但我会向上天祷告，乞求上天免了割你舌头。你要流血，祷告上天！乞求上天解除你的罪孽根源！”阿桥平生以来第一次被人痛打，从前他既没有打过人，也没有挨过痛打。流浪汉数着手里一万元一张的钞票，回过头来又大喝一声：“祷告！”

阿桥想：那个人一定在忍受我不能想象的痛苦，也许那就是慈父，也许他要告诫我什么，告诫我如果不能独自忍受极端的痛苦，就无法克服恐怖。没错，自己从来没有独自忍受恐怖，勇敢地面对恐怖，总是依赖别人的帮助。导盲犬、孤儿院的修女、养父母还有阿菊都救过自己，所以自己总是努力希望周围的人喜欢自己，甚至想让周围更多的人解救自己、喜欢自己。但是，独自面对困难的时候肯定要到来，自己潜意识里清楚这一点，所以一个个疏远了从前保护过自己的人们。自己要变得强壮，强壮就是摆脱那些爱护自己的人们。自己要忍受痛苦，忍受最艰难的痛苦，对了，杀死妮芭，自己就能强壮。

当天晚上妮芭回来了，距出走那天已经过了四天。她跟阿桥道歉说自己太任性了。

阿桥为了完成杀死妮芭这个可怕的任务，动员了自己的幻听、耳鸣、血液流动声、脉搏、映在镜子里的另一个自我、窗玻璃放射出的幻觉，来为自己打气。阿桥走进一间完全隔绝外界声音的小房间，那个房间用一百毫米的厚玻璃和橡胶制成，是阿桥为寻找精神科医生播放的声音而定做的。橡胶里面镶嵌着喇叭，无论多么细小微弱的声音都不会和外界的杂音混合，是一间完美的隔音室。阿桥像往常那样蜷缩在这个小房间里，只是和以往不同，喇叭里没有任何声音。阿桥只想听耳鸣和幻听。“我要杀死妮芭，那十分恐怖，希望给我勇气超越恐怖和痛苦。”阿桥在黑暗里合上眼睛，他知道如果在没有光源的房间里闭上眼睛，黑暗会无限扩展，沉重的黑色天鹅绒大幕遮到眼底，逐渐离自己远去。当黑暗达到极限时，远方会出现一个灰色的小点，逐渐汇集成划伤那样的细长线条。亮点慢慢渗进颜色，逐渐增多，不是像广场上人群聚集那样的增加方式，也和卵细胞分裂的形式不同。一个点的颜色变化刺激周围产生新的小点，如同隐藏着的灯泡突然点亮，又好像是将爆炸的烟花胶片倒着播放。密度一点点增加，像田里发光的番茄，像结核菌的显微镜照片一样放大，比沾在指尖上的飞蛾鳞粉还要晶亮，像猫剖开的胸肌一样呈斑状起伏，使人联想起流过火山的河水在沸腾，沉在河底的沙金升上水面翻滚着。最后汇集成暴动前夕的人群，人群里的每一个人都因为愤怒而发光，所有的人都手持松明火把不停挥舞。阿桥想，这和以往完全相同。这以后，闪烁的人群变成了正午的海洋，只有一点不同。没有声音。类似汽笛的耳鸣仍在持续，但听到的只有这一点。巨大的喷气机横穿正午的海洋，一瞬间，阴影从海面移向断崖。阿桥从断崖上落下，在海面上漂浮了一阵，之后沉入海水。水很黏稠，越是接近海底，颜色就越红。海藻缠住了脚，把他挂在海中突起的岩石上，海藻死死地缠住他，他无法挪动身体。

突然，阿桥身体一颤，睁开了双眼，他听到了一个声音。那是自己体内流淌着的鲜血的声音，在胳膊的血管里流动着的鲜血的声音。有细微的波涛，按一定间隔泛起波浪。阿桥侧耳细听，低声说道：“就是这个声音。”为了杀死妮芭，自己还是听到了这个声音。这个声音给了自己无限的勇气。“明白了，这就是心脏的跳动。”

阿桥跳出小房间，寻找妮芭。妮芭的外衣脱下来放在盥洗室里，她在洗澡。阿桥在厨房里抓起菜刀，心脏开始奏起欢快的旋律。走向浴室，阿桥全身心地沉浸在无限的幸福感之中。阿桥攥紧菜刀，他闻到一股奇特的气味，是燃烧指甲的气味。透过浴室的玻璃门，可以看见里面挺着大肚子的妮芭。阿桥跪在地上感谢心脏的跳动。那声音震颤着地板、房间以及整个建筑，阿桥心里如同地动山摇。阿桥打开浴室的门，妮芭浑身沾满水滴。端起菜刀的一瞬间，阿桥突然想到，当时在那个精神科医生房间里听到的心脏声音到底是谁的？但他不顾一切地瞄准妮芭的下腹部伸出了菜刀。妮芭在哗哗落下的淋浴中圆睁双眼，阿桥向前伸出单薄的胳膊，突然，震颤空气的心跳声停止了。阿桥大吃一惊，强烈的欢喜一瞬之间变成了恐怖。阿桥想收回捅出的菜刀，但为时已晚，刀尖已深深扎进妮芭的肋下。

32

阿莲莫莲心想：我终于来到了鳄鱼国。出航之后在甲板上呆了几个小时，肌肤便会绽开，像蒸烤的兔子一般。

阿莲莫莲的左手无名指上戴着一个珊瑚戒指，那是阿菊在小笠原母岛上为她买的。岛上有一个美军驻扎时期使用过的小教堂，阿菊和阿莲莫莲在那里举行了婚礼。中仓代替神父为他们祈祷，然后四个人在平静的海湾里游了泳。他们一直乘快艇飞驰，这还是第一次下海游泳。林游得极快，大家都十分惊奇。从前在打捞船上工作过的中仓教另外三个人练习潜水。海里有一个台形珊瑚从岩壁上伸出来，就在那里潜水戏耍的时候，林突然大叫一声，飞快地追赶着什么。中仓和阿菊、阿莲莫莲在海底眺望着林飞速地游泳。一个椭圆形的动物迅速从水面游向幽暗深处，想要逃脱林的追赶。那是一只甲壳花纹精美的海龟。林灵活地使用脚蹼奋力追赶，几次几乎抓住了海龟，但海龟总在关键时刻改变方向躲了过去。林感到呼吸艰难，便使出了最后的手段。他先是离开海龟下潜十米左右，然后用力蹬踏海底，从后方急速上浮，在海龟发现他想改变方向的一瞬间，林奋力抓住海龟的甲壳继续上浮。由于过于兴奋，林腾身跳出海面，像水球射门一样把海龟扔在海滩上。

阿莲莫莲提议吃掉海龟，说从前听朋友讲过海龟的烹饪方法。"阿菊，你先生火。"阿菊点燃干燥的海藻，折断粗大的流木放在火里，然后将烧红的流木尖按在海龟腹部。阿莲莫莲鼻尖上淌出汗水，不停地将烧红的木棒按在海龟身上。海龟缓慢地摆动四肢，奋力伸直脖子，似乎想留下被灼烧的身体，只让脑袋逃脱。周围散发出趾甲和毛线燃烧时的气味，海龟发出海绵吸水般的叫声。"这有点残酷。"中仓嘟囔道。林点了一下头，咽下一口唾沫。"说什么呢，你们?"阿莲莫莲扬起头喊道，"这是鳄鱼国。在鳄鱼国里抓到的东西都要用火烤死吃掉。真傻!"白肚皮烤焦变软了，但海龟仍然活着，一边叫着，一边不停地张开嘴巴。阿莲莫莲又将海龟翻过来，让男人们剥下甲壳。"阿菊，快下手，这是力气活，凉了就难剥了。"阿菊拍了一下中仓的肩膀说："你来!"中仓回答说谁抓到的谁负责到底，说完看了一眼林。"你们饶了我吧。"林说道，"我从小就没杀死过活的东西，再小的螳螂、虫子什么的，都没有踩死过。打劫时杀了一个老太婆，但那是第一次也是最后一次，你们还是饶了我吧。"

阿莲莫莲焦躁地看着三个男人，突然看了一眼海龟，大叫了一声。海龟正在沙滩上奔跑，甲壳摇晃时反射出阳光，闪闪发亮。四个人一起追去，林在海水边上想伸手抓住海龟，海龟触到海水，冒出了一股热气。林缩回了手，海龟在海水里泡了一阵，悠然游向深处，谁都没有伸手去抓。“真了不起。”林低声说道，“看见了吗？被抓住烧焦了肚皮也不能死心呀。”大家都点头同意。

阿菊和阿莲莫莲眺望着巨大的夕阳沉入海里，海岸边丛生的椰子树和红树在强烈的晚霞下格外醒目。当海面上漂浮着的彩色气泡一个个消失时，躺在海岸边的阿菊和阿莲莫莲的轮廓也渐渐加深了。夏季的亚热带黄昏会在体内产生如同冰凉的结晶一般的东西，结晶比冰还要冷，随着夕阳落山在身体里飞速扩散。当结晶扩展到肌肤表层之下时，人们便会感觉到自己的身体表面是如何的温热。阿莲莫莲用舌尖舔着阿菊的耳朵，耳朵咸涩涩的沾着沙子。他们之间已经没有金属网了，阿莲莫莲想：“这是真的吗？”阿莲莫莲朝阿菊的耳朵里吹气，耳语道：“我的舌头下面有一个鳄鱼国，灼热如火，所有的一切都像冰激凌一样融化，摄影间会变回洁白的墙壁。”“我听不懂你在说什么。”阿菊笑道，一下剥开阿莲莫莲大腿上红肿溃烂的皮，湿滑的新肌肤在夜光虫和明月的照耀下微微震颤。

快艇发出轰鸣，高翘着船头，在黎明时分离开了母岛。“以我的身体为界，鳄鱼国的空气即将裂开。”阿莲莫莲站在甲板上，手指着前方。远处有一个黑点，那是北硫黄岛。临近该岛时，岛的周围出现了冒着蒸汽的岩石。那是海底火山的突出部分，岩石上有无数的裂缝，喷吐着硫磺气。气体低垂在海面上，与清晨的水蒸汽混合在一起。绕过北硫黄岛之后必须低速行驶，因为到处都隐藏着暗礁。阿菊在船头上探出身来为快艇引路，快艇周围弥漫着硫磺的气味。从岩石裂缝和海里不断升腾起烟雾，平静的海面上浮现出巨大的水泡，充满混浊气体的半球不断膨胀，随着沉闷的声音破裂。气体融化在温热的水蒸汽中，随着阳光照射的角度变化成各种颜色。阳光直射下的烟雾呈黄色，阴影则是暗红色，透过逆光则呈现出乳白色。硫磺气开始低垂扩散，形成一层覆盖热气的气膜。

为了避免触礁，快艇以步行的速度前进。周围是一股臭鸡蛋的气味，阿莲莫莲在男人们面前拼命忍耐着，不久便捂住胸口和鼻子逃进了船舱。太阳被黄色污浊的气体所遮掩，阿菊呛得无法睁开眼睛，他戴上潜水镜，喉咙隐隐作痛。他让林拿来潜水氧气瓶和调节器，感觉呼吸舒畅了一些。热气被硫磺气所笼罩，显得十分沉闷。硫磺在阳光下加热，贴在皮肤上，使人感觉如同埋在灼热的黄泥里。

突然，船底传来沉闷的响声，震颤传到了脚下。中仓大吃一惊停下了快艇。“阿菊！你干什么呢！”中仓吼道，“在这种地方触礁的话，我们全没命了！”林拿来钩竿查看船的周围。“不是岩石，绝对不是岩礁。”阿菊自言自语说道。关闭了引擎的快艇摇晃着缓慢后退，引擎声停止之后，可以听到周围硫化气体冒出水面时发出的阴森可怕的声响，那是气体在海水里上升、在水面上破裂的声音，还有沉重的飞沫以及喷发出的气体摩擦岩石的声音。

林喊道：“你们看！”右前方的海面上漂浮着一条巨大的银色的鱼，是梭子鱼。大概是熟睡之中迷失方向漂进了硫磺海域，鱼还有微弱的气息，捅一下鼓胀的白肚皮，尾鳍还会颤动，嘴里露出尖锐的牙齿。“打开引擎，是梭子鱼，不必担心。”阿菊对中仓大声喊道。螺旋桨转动起来之后，船向右侧略微旋转了一下。就在那一瞬间，银色的鱼被卷入螺旋桨之中。锋利的金属片切断鱼骨和鱼肉，声响大作，梭子鱼的碎片在黄色混浊的海面上四散飞扬，血脂的气味瞬间穿透了硫化气体，快艇的航迹上漂浮着鲜红的碎片。

美瑠璃环礁由四十多个小岛组成，所有的岛和周围两公里的海域均归一个日裔第二代侨民个人所有。那人居住在东南亚的岛国，曾经经营国内航线的航空公司，现在已经引退。他在美瑠璃环礁上建筑了净化海水设施以及一座小型火力发电站，燃料是美瑠璃三个小岛上的泥土，是将颜色类似硅藻土的泥炭精炼后作为原料燃烧。

阿菊他们乘的快艇为了补充燃料在美瑠璃靠岸，航道狭窄复杂的小岛几乎都是无人岛。环礁处在南硫黄岛和唐木岛之间，日常刮南风，降雨量充足，整座岛屿覆盖着香蕉、椰子和红树。美瑠璃没有海图，也没有公路，狭窄而错综复杂的水路很浅，海藻丛生，有时会产生行驶在热带沼泽或河流的错觉。视野被各种形状的岛屿完全隔绝，水面上是滑溜溜的海藻，泛出深绿色。穿越北硫黄岛的硫磺气喷发海域时，快艇反复停止和发动，燃料的使用量超过了预计。不知道在唐木岛还会遭遇什么事，阿菊决定在美瑠璃加油。美瑠璃的所有者好像有十几艘快艇，据说有气垫船、船底透明的游览船，甚至还有小型潜水艇。岛上大概备有燃料，但不知道对方肯不肯出卖。只有阿莲莫莲十分兴奋，说这些红树丛生的岛屿才像个鳄鱼王国。

通过硫黄岛时，自卫队的轻型飞机长时间跟踪快艇。“贵船前往哪里?”对方通过无线电询问。“去唐木岛。”快艇回答。“目的是什么?”对方又问。“旅游。”刚一答完，对方便让他们返回：“现在唐木岛上没有住宿设施，很多水域禁止游泳，不适宜观光旅游，希望你们立即返回。”阿菊没有理睬对方，高速行驰甩开了飞机。“会惹事的。”中仓和林表情惴惴不安。

环礁的中央，复杂交错的水路深处出现了一座栈桥，是从一个小海湾的沙滩上伸出的。栈桥的铁架上包裹着混凝土，十分坚固，岸上有一座小木屋，还有一条穿越密林的柏油公路。快艇驶近沙滩，沙滩上扔着一艘断成两截的独木舟。中仓将手枪插在皮带上，从船头跳上栈桥，林将缆绳扔给他。阿菊将准备交换柴油用的大米和复合维生素塞入背包，阿莲莫莲在身上喷洒了驱虫剂，然后走上小岛。

小屋里没有人影，里面的滑水板、汽油桶、救生衣、潜水氧气瓶、投网以及几根缆绳都已破损生锈，严重腐蚀，到处是破洞。周围没有人影，地面潮湿的一角有一个螃蟹洞穴。阿菊感到整个海岛散发着一股令人怀念的气息，那是在阳光曝晒之下开始干裂腐烂的金属和木材的气味，还有在混凝土的阴暗处扩散生长的霉菌的气味。

公路上的柏油不断粘住脚底，两侧的密林开垦了一小部分，似乎种植过芒果和菠萝。走上平缓的坡道，整个小岛的景色尽收眼底。岛是椭圆形的，周围比两公里稍宽，不足三公里。密林里树木伐倒的地方有几座建筑物，直升飞机场和灰色的机库，小型发电站和燃料精炼工厂，椰树叶覆盖的房屋设有露台和排球场，但没有人影，发电站和工厂也十分寂静，侧耳听到的只有密林里传来的鸟鸣声和海涛声。

“没有人吗?”阿莲莫莲小声说。“喂，你们来看一下。”中仓窥视着机库呼唤他们。他指着破碎的玻璃窗里面。机库里停着两架布满灰尘的直升飞机。“看那上面。”中仓仰望着屋顶，昏暗的屋顶上倒挂着几千只蝙蝠。背后响起了开门声，四个人吃惊地回头张望，中仓拔出腰间的手枪。椰树叶覆盖的小屋大门敞开了，被风一吹又关上了，然后又敞开了。一只黑山羊跳了出来，在铺着木板的露台上欢跳。山羊叫了几下，从露台跳到院子里，吃起草来。“妈的，吓了我一跳。”中仓把手枪插进裤腰带里。就在这时，阿莲莫莲惊叫一声，盯住了窗户玻璃。那上面有张人脸贴在玻璃上向这里张望，咧着嘴在笑。那个老人朝阿菊他们招了一下手。

室内有一个巨大的水槽，热带鱼在水里游弋，老人为他们冲了浓咖啡。房间里摆设着藤条编制的家具、展示各种贝壳的艺术架、鲨鱼的牙齿和箭鱼的标本、两只鹦鹉和手摇式唱机。“热吗?”老人问道。四人对视了一下，摇了摇头。从露台上刮进了海风，房间里没有直射的阳光，让人感到很凉爽。老人的裤子膝盖破开了两个大洞，上身穿着白色的麻布衬衫。他是斜视眼。浓咖啡非常甜。

“希望您给我们一些汽艇的燃料。”阿菊跟对方说，“我们可以付钱，也可以用大米和维生素交换。”“你们停靠汽艇的海湾正对面还有一个栈桥，那里有停船的港口，还有地下柴油库，你们可以随便加油。”老人说道，“不需要付钱，也不必留下礼物。你们去哪儿?”“去唐木岛。”中仓答道。老人点了下头，看了一眼中仓皮带上露出的手枪把。藤条编制的茶几的桌面是一块玻璃板，上面放着几本相册。老人翻开其中一本，指着坐在小型喷气机驾驶舱里的自己给阿莲莫莲看。老人自豪地说以前马来西亚国会议员外出选举游说时全是自己驾驶专机。阿莲莫莲说道：“实在抱歉，我们还要赶路。”说完便站起身。“谢谢您的咖啡，无论是香味还是口味，都非常好，正宗的浓缩咖啡。”老人遗憾地合上相册，和黑山羊一起送阿菊他们出门，在熟透溃烂的芒果地旁，他指着中仓的手枪问道：“要打谁呀？”“那些坏蛋！”中仓伸出食指对着太阳回答说。老人笑了。“自从我一个人住在这里以后，你们是第一批客人，从唐木岛回来时一定顺便来玩儿。”老人抚摸着黑山羊的背说道。

“一个人住，得了病怎么办？”林问道。

“有一次被海鳝咬伤的伤口化脓，腿肿得像汽油桶一样粗。不巧青霉素用完了，我想自己断肢。当时并不害怕，只想着自己一个人如何能够切断，我发现断头台的方法最好，问题是铡刀，我决定使用切割泥炭的钢刀。我把刀磨成斜刃，用木头搭了一个架子，设计好只要自己一拉绳子，刀刃就会落下来。剩下一些木头，我事先做好了装大腿的棺材和拐杖。最辛苦的是切削铡刀的木槽，太窄了滑动不灵活，太宽了刀刃摇晃，切割的角度不稳定。本来想星期天断肢，但因为下雨推迟了一天。止血药、绷带、消毒液之类的都准备好了，我把脓肿的大腿固定住，让铡刀刃正好落在大腿中间。当时那条腿已经没了知觉，像一条黑棒子似的，切掉一点儿也不心痛，由于是右腿，左腿横着叉开很难受。”

“你现在不是还有右腿吗？”中仓问道。

“是啊，断肢失败了。铡刀碰到骨头停下了，我本来事先都磨好了，但还是没能切断。你们大概不知道，人的骨头其实很硬，非常硬的。”

“很疼吧?”阿莲莫莲问道。

“不疼，当时脓水从伤口里喷出来，费了很大气力才没让脓溅到眼里。溅到眼里就瞎了，变成瘸子还没关系，最害怕的是眼睛瞎了。”

“为什么?”

“我是开飞机的，一只腿也能凑合着开，眼瞎了就绝对不行。”

一条黄黑条纹的蛇横穿过柏油马路，老人给他们看过右腿的伤疤，和中仓商量说想练习放枪。他朝着密林随手开了一枪，鸟群从密林里飞起。“你们一定要再来玩。”老人反复说了几遍。乘上快艇之后，阿菊突然扬起头问老人：“那个直升机还能飞吗?”老人点了一下头：“只要保养一个小时，飞哪儿都没问题。”

刚才从密林飞起来的鸟群还在上空盘旋，鸟群的阴影映在布满水藻的绿色海面上，黑色的山羊摇着尾巴追赶牛虻，不停地叫着。

唐木岛的形状如同一只女人鞋子。他们检查着潜水器材，快艇冲入暴雨之中。那以后，快艇引擎突然发出了异样的声响。林正在掌舵，他关掉了引擎。阿菊和中仓钻进机械舱，检查冷却器和润滑油的油压。周围散发着油烧焦的气味，他们调整了燃料喷射泵、吸排气阀、燃料阀、喷射压力等，原因在于混进冷却器海水管里的海藻。海水过滤器的金属网已经破开，大概是布满美瑠璃航道的海藻混了进来。他们重新开动引擎，让海水流入清洗海水管。机械舱里十分闷热，阿菊和中仓大汗淋漓，他们俩都晒得黝黑。

中仓拆开金属网破开的过滤器时问阿菊："喂，如果拿到了那个药，你打算怎么办？真打算撒在东京吗？"阿菊将钢丝刷伸进海水管里转动着。"能撒在千叶吗？我想撒在千叶。"中仓将小螺丝放进衬衣口袋，然后把有故障的零件从机器上拆下来，换上一个新过滤器。"是不是你老娘在那儿？"阿菊笑着问道。中仓点了一下头。"我不是说过让你在千叶下船吗？"阿菊的胸脯沾着油污，一片海藻顺着胸脯上的汗水滑落下来。"如果逃到千叶，马上会被逮住的。"钢丝刷上沾满了绿色的海藻。

"林为什么跟我们来呢？是没有家属的缘故呢？"阿菊将机械舱地板上的海藻从排水口清理出去。细藻上生长着纤毛，在手指间滑溜溜的。"他没地方去，早晚会被抓住的，反正没有地方逃跑，只有去海底了。"中仓额头上沾着海藻，阿菊伸手为他摘下。"我不会被抓住。"阿菊说着盖上海水管的盖子。"不过，如果没有曼陀罗的话，那该怎么办？"中仓问阿菊，他正在清理过滤器上的污垢。阿菊拍着哈托拉斯的巨大引擎，回答说："我打算去马里亚纳群岛和马绍尔群岛寻找。"

这时传来了轻型飞机的轰鸣，两人来到甲板。是自卫队的飞机，用无线电反复警告不要接近唐木岛。阿菊回应说本船机械故障，现在正在修理，修理完毕将依照忠告返回小笠原。轻型飞机在快艇上空盘旋了一阵，等飞机完全消失之后，阿菊开动了快艇。阿莲莫莲在船舱里午睡，中仓重新检查潜水氧气瓶的残压，林正在看海图。太阳已经西斜，唐木岛就在眼前。

33

上根岩礁地处形状如同女人鞋子的唐木岛的中间，也就是脚跟和脚心之间。天黑之后，快艇开进上根湾。他们把引擎的声音减至最低，没打开照明灯缓慢前行。微波冲散了海面上映出的明月，快艇在距岩礁数米的地方抛锚停下。

阿菊和中仓两人先潜水环绕岩礁一周，寻找据说是由海底地震形成的岩石裂缝。他们用手里的灯照着黑色的岩体，纤细的光柱前，各种各样的鱼游来游去。中仓反复嘱咐阿菊一定要紧跟在他身后，自己紧紧抓住岩石缓慢移动。上根岩礁周围由于水深和位置不同，有的地方有急流暗潮，卷进去就深陷下去了。岩礁和海底几乎呈直角，就像十二三层的楼房沉入海底，只有房顶露出水面。在岩石最深处查看水深表，上面的数字显示出三十八米。中仓和阿菊在水深二十米的地方沿着岩礁游动，每前行三四米便用潜水灯照射附近的岩体。周围十分黑暗，看上去似乎像裂缝的地方很多。氧气瓶的氧气快要耗完的时候，中仓用手示意前方。

一条身长三米左右的虎鲨出现在灯光中，阿菊慌忙举起手里的鱼叉发射枪，中仓制止了他。鲨鱼在他们周围缓慢地环绕游动，中仓熄灭了照明灯，灰色虎鲨的黑影突然停止回旋，改变方向逼近他们。阿菊朝着鲨鱼的牙齿扣动鱼叉发射枪的扳机，但射偏了，根本没有碰到鲨鱼。中仓夺过阿菊手里的照明灯，和自己手里的灯一起对着鲨鱼的眼睛闪动灯光。鲨鱼在他们前面仅有两米的地方突然改变方向，中仓继续闪动照明灯，鲨鱼窥视了一阵两人的动静，便离开了。

接着阿菊发现了裂缝。岩体上有一个反射照明灯光的东西，硬铝管和粗钢丝网固定在岩石底部，封闭了岩石的裂缝。氧气瓶残压表的指针指在零上，两个人在一根硬铝管上系上一个浮标，暂时返回快艇。

阿莲莫莲用船舱里的电热器煮了意大利面条，中仓一边吃饭一边安排工作程序。阿莲莫莲一个人留在船上，她吵着也要去，但听说下面有很多鲨鱼便打消了念头。中仓先潜下水，接受上面的人用绳索吊下来的器材。有三台水下摩托、海底施工用的电池和两架电动挖掘机、十二个潜水氧气瓶、六把鱼叉发射枪和绳索。在林和阿菊潜下水之前，中仓先割断钢丝网。入口处有用硬铝管组成的栅栏和钢丝网两层障碍，覆盖岩石的钢丝网十分坚硬，而且已经生锈，中仓十分吃力地用钳子的齿夹住，然后将匕首伸进岩石和钢丝网之间的夹缝，撬起钢丝网并将其割断。硬铝管的栅栏用混凝土固定着，切割钢丝网的工作进展缓慢，中仓决定使用电动挖掘机。阿菊将电线插在电池上，中仓在刺耳的机器声中开始挖掘混凝土，岩礁微微颤动，沉睡在岩缝里的鱼群一齐游了出来。混凝土层十分厚重，中仓和林交换了位置，他看了一下残压表，心想：在这种地方花费时间，氧气有多少都不够用的。

阿莲莫莲交替望着天空和海面，下面的海底传来挖掘岩石的声音，就是那种经常在建筑工地和道路工程中听到的机器震颤声，昏暗的海水吸收了机器的振荡。快艇在海风的吹拂下静静地摇动着。

海面上出现了闪亮的东西，在波涛之间时隐时现，数量不断增加。阿莲莫莲下意识地攥紧了阿菊交给她的手枪和鱼叉发射枪。光点不停地闪亮，飞速地在海面上移动，那是海豚，一群全身沾满夜光虫的海豚。阿莲莫莲刚才感觉十分恐怖，这时不觉大声自言自语道："原来是海豚啊。"闪烁发光的海豚不断出现，青白的磷光布满海面，接着向深处游去。阿莲莫莲心想：就好像游乐园的游览车一样。大概脚踩滑水板的赤身裸体的圣诞老人最后会被海豚拉着，笑吟吟地从海水中冒出来。真想让阿菊也看一看啊。那群海豚流线型的身影闪闪发光，在汪洋里遨游着，在她的眼底里留下微弱的残影。阿莲莫莲激动得快要流出泪水了，她想：要是能和阿菊一起看到这个情景该多好啊。阿菊在劳教所时，曾经想给他看一件东西，但现在忘记了那是什么。她花了很长时间才想起来，是自己缝制的窗帘。阿莲莫莲想：今后可以两个人一起看世上所有的一切。

中仓左手抱住电动挖掘机，右手操纵水下摩托。林运送用橡皮带捆绑着的六个潜水氧气瓶，阿菊搬运电池和鱼叉发射枪，水下摩托的前照灯是唯一的灯光。洞穴越往里走越宽，岩体上有五十厘米长的石斑鱼和鹦嘴鱼，由此可知，这个洞穴除了被封闭的裂缝之外，还有另外其他出口。洞穴的底部是软土，他们小心翼翼地前行，尽量避免卷起尘埃搅浑海水。洞穴里有无数的海鳝，见到灯光就露出尖利的牙齿威胁他们。他们每个人双手都拿着各种器材，受到攻击根本无法逃跑。林好像讨厌海鳝，有一次，一条人腕粗细的海鳝仰着头从岩石暗处探出身来想咬中仓的脚，但只咬断了脚蹼的尖。林见状吓得不敢向前挪步，中仓和阿菊做了几次示范，告诉他海鳝不会从洞里出来伤害人，林这才放了心。洞穴上下左右的地形都十分复杂，中仓在每一个拐弯处都放上一个水下照明做标记。洞穴变得相当宽阔，阿菊想起了废矿的坑道，当时阿桥特别害怕坑道顶部倒挂着的蝙蝠，因为蝙蝠有一双红眼睛，发出令人厌恶的叫声。中仓猛然转过头来，用手势示意他们趴下。中仓关掉水下摩托的开关，扔掉手里的电动挖掘机，趴在洞底。阿菊和林正要模仿他趴下，前面的灰色岩体突然动了起来。那是鱼群形成的一堵墙，是一大群条石鲷，它们朝着灯光猛冲过来。阿菊察觉到了危险，这群鱼并不是被我们所惊动，而是因为鱼群的另一侧有什么东西。中仓伸手让阿菊递给他一只鱼叉发射枪，三个人对着前方，端起了发射枪。鱼群里有的鱼腹部破裂，拖着肠子逃窜，灰色的鱼鳞四处撒开。

照明灯的光柱里映出一条迷彩色的鲨鱼，体型不大，张开的大口里露出的牙齿十分尖锐。中仓扣动鱼叉发射枪的扳机，击中了鲨鱼的脖子。鲨鱼痛苦地扭动身体时，后面又出现了三条，一条咬住负伤的同伴的白色腹部，另外两条径直冲了过来。阿菊扣动了发射枪，没有命中。鲨鱼龇出尖利的牙齿迎面扑来，阿菊拔出套在脚腕上的匕首扭转身体。鲨鱼的下颌擦着阿菊后背而过，牙齿似乎钩住了氧气调节器的橡皮管，剧烈地甩动尾鳍扭摆身体，想要拉断橡皮管。洞穴里沙尘四起，遮住了视线。这时听见一个声响，是谁发射了鱼叉发射枪的声音。绿色的鱼血在眼前散开，一只鲨鱼腹部波动着，一半鱼嘴插进软土不停地扭动。阿菊的氧气管被割断了，顿时大量的泡沫喷发出来。阿菊刚刚拔出脚腕上的匕首，没了氧气，他伸手去找备用氧气瓶。洞穴里十分昏暗，分别照射不同方向的照明灯光里闪现出的是飞扬起来的沙尘、鱼的内脏、鲨鱼的绿色血液，还有氧气瓶喷出的白色气泡。阿菊感觉呼吸困难，对自己说要沉着镇定。备用氧气瓶应该是林负责搬运的，他去找林，总之先要去照明灯附近。太阳穴开始疼了起来。

突然，眼前出现了一条鲨鱼，背上插着鱼叉，对着阿菊的脖子猛冲过来。阿菊抓住氧气管的断头，将喷出的气泡对准鲨鱼。

鲨鱼的喉咙微微上扬，阿菊举起匕首。匕首插入鲨鱼白色的喉咙，这时阿菊喝进了大量的海水，鼻子里也呛了水，他猛烈咳嗽，前胸痉挛，咳嗽之后，鼻子和嘴又吸进了海水。阿菊想屏住呼吸，但海水一古脑儿涌入体内，他感到非常恐惧，惊慌中想停止咳嗽，使出全身力气按住鼻子和嘴。阿菊感觉痛苦，胸脯似乎要破裂了。他想起要赶紧去找备用氧气瓶，脑海里不断呼唤氧气瓶的时候，他突然不知现在自己身在何处，在干什么，也不知自己为什么这么痛苦。体内的废气不断膨胀，想要撕裂自己的身体，眼前一瞬间变得漆黑，阿菊瘫软地耷拉下脑袋。他已经绝望了，没有氧气便只好喝下海水，喝水可以解除痛苦。海水带着声响流入内脏，体内的器官浸泡在海水之中。“会死的。”阿菊想，但丝毫感觉不到痛苦。他对于感觉不到痛苦的自身感到有些愤怒，他发现自己没有顽抗到最后一刻便放弃抗争投降了。全身逐渐麻痹，但心脏拼命在跳动。阿菊十分恼火，后悔自己为什么就这样简单地同意接受死亡。心脏仍在跳动，他重新聚集体内剩下的所有气力，想要停止喝水。但是不行，胸腔不听使唤，连举手的气力都没有。这时，不知是谁将新的氧气管插进了他的嘴里。空气一拥而入，停止喝水的同时，身体感觉十分痛苦，所有的细胞像针刺一般疼痛。阿菊下意识地挣扎着想要摘掉氧气罩，他想用匕首刺死将氧气硬塞进他体内的那个家伙。有人用力按了一下他的前胸，阿菊的肺部受到挤压，吐出了空气。新鲜的氧气又送进了他的胸膛，那是刺痛他全身的空气，他感到肺中的气泡一个个都在呻吟。他吐出海水，感觉到眼前逐渐明亮，中仓和林正盯住他的脸。“好了吗?”他们用手指示意。阿菊微微点了一下头。

阿菊在鲨鱼的绿色血水中体验了两件事。一是如果停止与死亡抗争，体内的痛楚便会消失，二是只要还能听到心脏跳动，就不应该死心，必须和痛苦做殊死的搏斗。

等到阿菊镇定下来，三个人又开始在洞穴中前进。中仓和林也用完了氧气，换上备用的新氧气瓶。三条鲨鱼死了，另外两条在掏吃死鱼的内脏。洞中只有水下摩托的声响，中仓手指前方，有两具还带着腐肉的人骨埋在沙子里，身边落着生锈的潜水匕首，头盖骨成了荷包鱼的巢穴，紫色的海藻在水中荡漾，后面便是宽阔的黑洞，那是灯光照射不到的宽大的房间。中仓加快了水下摩托的速度。

潜过紫色海藻便到达了岩石阶梯，中仓告诉他俩绝对不要松开氧气嘴。岩石阶梯上有几百只巨大的龙虾，在灯光的照耀下，彩虹色的虾壳闪烁发光。龙虾满满地贴在岩石阶梯上，一齐晃动触角，就像交响乐团器乐演奏者全体挥动指挥棒一样。阶梯一角有一群瞎眼的海鳝，还有受到灯光惊吓准备逃跑的外形如同风蝶的龙须鱼，和身上有老虎斑纹的海蛇，一种浑身长刺的深海鱼口吐黄色细丝，灯光照到立即鼓起腹部，像要膨胀爆裂一般。

岩石阶梯令人想起矗立着尖塔的教堂内部，高大的屋顶和龙虾密布的地方是祭坛，紫色的海藻是摇动的天盖，瞎眼的海鳝是神父，色彩斑斓的鱼群就是乞求忏悔的信徒，里面还有三个裂缝，就像身体修长的圣像。中仓小心翼翼地接近裂缝，用灯光照射每个裂缝的深处。看到中央的裂缝时，中仓招手呼唤阿菊和林。那个支洞从脚下急剧倾斜，中仓手指里面的一个地方，那里有一块颜色和周围明显不同的岩石，看得到一个曾经用巨大的刀片切割过的平面。中仓查看了一下水深表，现在是水下二十九米，那个灰色的岩石大概是四十米。中仓反复看着减压显示板和自动减压仪，计算了一下。“氧气够吗？水深四十米的地方能有几分钟的操作时间？”中仓竖起六根手指，示意只有六分钟。中仓和阿菊系上缆绳准备下到灰色岩石那里，林抓住缆绳的另一端，站在岩石阶梯上等待，以防危急状况发生。两个人抱着电池和挖掘机进入了裂缝。

支洞的底部不是软土，而是珊瑚虫的尸骸，其表面覆盖着一层薄薄的海苔。水压使身体感觉十分沉重，并不是一种压迫感，而是感觉水的黏度增加了，海水黏乎乎地粘在身上。珊瑚的尸骸让人联想起骨头，阿菊想起从火葬场领回的和代的骨灰，加上粘在身体上的水压的感觉，一瞬间十分恶心。那种感觉和自己杀死生母之后的虚脱感很相似，就好像血液逐渐凝固，或者被慢慢抽掉似的。“不妙！”阿菊心想。人在海底只要有一丝的不安，有时就会带来惊慌。因为隔绝了所有的声音和气味，不安一瞬间会迅速膨胀。如果氧气停止了该怎么办？想到这些，他脑里便胡思乱想起来，精神处于极度紧张状态，突然浑身颤抖，时而想浮出海面，时而意识朦胧。阿菊努力让自己去想别的事情，回忆阿莲莫莲的舌头和腋下。在他的脑海里，在太阳灼烧下爆裂开来的肌肤内侧，一碰便会流出透明细丝的鳄鱼王国的入口，和黑暗的海底重合在了一起。

中仓查看了一下水深表，是三十八米。他用灯照亮灰色的岩石，尽管覆盖着贝壳和海苔，但可以肯定是混凝土，是平面混凝土的方块。那上面到处都有裂缝，裂缝里伸出白色的突起物，像珊瑚礁一般。中仓将挖掘机的电源插在电池上，然后将挖掘机顶部按在一条最大的裂缝上，打开了开关。洞穴开始震颤，睡在珊瑚和岩石之间的热带鱼惊慌地窜出巢穴。混凝土块最初纹丝不动，中仓看着手表，耐心地扩宽裂缝。根据震动的感觉能知道混凝土的厚度吗？中仓用双手示意，大概三十厘米左右。混凝土的碎片四处飞溅，划出抛物线缓慢下沉。中仓让两条裂缝交错起来，集中力量开掘交点的地方。混凝土不断破碎，露出手掌大小的洞。中仓趴在海底用灯照着朝里面看，然后扬起脸摇了一下头。阿菊也看了里面，但看不清楚。里面长着白色的珊瑚。中仓又将洞口掘开，扩展到可以进出一个人的大小。他将挖掘机的转数提高到最大，继续挖掘。不久，混凝土平面的三分之一在破碎声和尘埃中塌陷下去，中仓也一起掉了进去。阿菊手持照明紧随其后。

里面到处是碎片和珊瑚，中仓被滑溜溜的海藻缠住了，不停地挣扎着。阿菊拉住缆绳把他扶起来，用灯照亮里面。混凝土块就像一个大型碉堡，三面有枪眼，底部是厚厚的软土。拨开碎片一看，只有两个巨大的脑珊瑚，其他什么都没有。中仓苦笑了一下，阿菊看着呈大脑形状的珊瑚，想起了山根，他曾经说过："我的头盖骨的一部分被掀开过，可以看见自己的大脑，当时觉得像块软软的豆腐。一想到自己思考和感觉的地方是这块豆腐，就好像自己也变成了豆腐，什么都无所谓了。""原来是豆腐和脑珊瑚啊。"阿菊低声嘟囔了一句，打开落在地上的挖掘机的开关，开始打碎柔软的脑珊瑚。珊瑚很轻易地折断了，四散开来。中仓制止了阿菊，用手指着珊瑚碎片的白色缝隙。那里有个闪亮的东西，中仓从阿菊手里夺过挖掘机，小心翼翼地搬开脑珊瑚，下面出现了一个银色的瓶状物。那是钼钢的气瓶，瓶体没有任何字样。气瓶大概有人的大腿粗细，一共有十六个，中间夹着厚塑料布，绑着锁链，另一头埋在混凝土里。中仓挖开混凝土，解开锁链，那堆气瓶慢慢地坍塌下来。阿菊他们用橡皮带将气瓶每三个绑成一组，决定运走六个。阿菊拉动绳索示意岩石阶梯上的林拽上去，岩石阶梯那里透来灯光，好像在暗无街灯的道路上仰望住家的窗户一般。绳索在几个地方挂上了珊瑚残骸，绷成直线。看见了林的身影，知道他正在拼命地拉绳索。阿菊将挖掘机和电池留在碉堡里，他们俩只抱着气瓶，来到碉堡和岩石阶梯之间时，两条龙须鱼惊恐地从阿菊眼前飞速游过去。

就在那之后，阿菊听到了中仓的叫声和气泡喷出的声音。他回过头来，只见中仓松开了氧气嘴，按住额头痛苦地呻吟着，突然左手抱着气瓶从斜坡上滑落下去。阿菊不知道发生了什么事，便向林示意让他放松绳索，前去营救中仓。中仓躺在碉堡上面，仍然按住额头，看见阿菊便扬起脸，手指着附近的龙须鱼，是被鱼刺中了。龙须鱼美丽的背鳍上有锋利的突起，被刺中的话全身麻木，伤口也会感到剧痛。中仓用手势示意，让阿菊往他的伤口上撒尿，因为毒素是酸性的，他想用小便中和。阿菊有些迟疑，中仓动手拉开阿菊潜水衣的拉锁，按住阿菊的大腿示意他快撒尿，阿菊拼命地唤起尿意。他看着中仓将头伸在自己大腿之间的姿势，觉得十分好笑，几乎要笑出声来，尿意反而没了。

突然，中仓放开了阿菊。阿菊瞅着他的脸，查看究竟发生了什么事。只见潜水镜里的中仓的脸开始扭曲，紧闭双眼，咬住嘴唇，下颌不停颤抖。他的牙齿咬破了嘴唇，流出一丝鲜血，紧紧抱住阿菊的大腿，胳膊像金属一样僵硬。阿菊察觉到了一点：刚才中仓被龙须鱼刺伤时，他松开过氧气嘴。阿菊看了一眼中仓抱着的气瓶，气瓶前端的嘴形阀门扭曲了，喷出了绿色的气泡。气泡冒出后，便在水的压力作用下散开，液化并混杂在海水中。中仓睁开眼睛，瞳孔已经散开，透过潜水镜，看到他的眼球如同干枯的水果，眼皮边缘充血，口吐淡绿色的泡沫。阿菊的大腿被中仓挤压得肌肉像要断裂开似的，突然中仓松开了手，喷出泡沫在喊叫着什么，像是一边咳嗽一边狞笑的声音。阿菊忍着大腿的麻木想要逃跑，中仓按住绳索拉他，阿菊用匕首割断连接着中仓的绳索，示意林赶紧把自己拉上去。阿菊奋力滑动脚蹼，大腿麻木，艰难地向前游动。水压使身体感觉十分沉重，阿菊心想，以前也做过类似的梦。那是腿脚麻木身体沉重时，朋友和亲人来追杀他的梦。中仓自己爬上斜坡，追赶上来，嘴里发出可怕的声音，一边咳嗽一边狞笑的声音。林拉着绳索，阿菊气喘吁吁地爬上岩石阶梯。在海里，身体由于水压的原因感觉比较轻，另外海里比陆地温度低，有时即使是剧烈运动也只管做个没完，直到疲劳得呼吸困难。

站到岩石阶梯的那一瞬间，阿菊眼前发黑，意识朦胧。如果失去知觉便会忘了呼吸，阿菊蹲下来，弯着后背压缩肺中的气泡，剧烈地喘息着。他强制自己呼吸，倾听心脏的搏动。他命令自己吸入氧气，然后再呼吸，如此反复不停。心脏仍在跳动，阿菊轻轻睁开眼睛，看见眼前的龙虾正在晃动触角，背后传来了呼吸声。林正向赶上来的中仓伸出手，想去拉他。阿菊喊道："住手!"但喊不出声来，只有水泡冒出。中仓抓住林的手，林的面庞在潜水镜里扭歪了。中仓右手拔出匕首，林想甩开被抓住的那只手。阿菊捡起鱼叉发射枪，端在手里，瞄准已将匕首捅进林的腹部的中仓，扣动了扳机。银色的鱼叉如同飞机一般划出一道白线，插入中仓的喉咙。

34

阿桥坐在浴室里，发觉手指已经泡胀了，便关上了一直流淌的淋浴。他手上攥着菜刀，血已经被淋浴冲刷掉了。难道刺伤妮芭的事是做梦吗？阿桥浑身湿淋淋地走回房间，呼唤妮芭，在房间里搜寻妮芭回来后留下的痕迹，查看烟灰缸、糖果纸、梳妆台上的化妆品、门口的鞋、桌子上使用过的餐具等等。阿桥将攥在手里的菜刀放回厨房架子上，觉得房间里没有任何变化。那大概是个奇怪的梦。

但深陷在妮芭那洁白鼓胀的下腹部的菜刀尖以及流出的黑乎乎的鲜血清清楚楚地留在脑海里。阿桥想起了 D 先生说自己发疯了，是不是真的疯了？他感到十分不安。如果实际见到的东西和做梦完全相同的话，那一定是发疯的证据，想到这里，他不觉浑身颤抖了一下。阿桥想起小时候在垃圾堆里见到的老太婆，那老太婆是个疯子，手指着万里无云的天空，大喊“飞机”便匍匐在地上。自己大概也变成了那种人，为什么呢？也许自己就是那个发疯的乞丐老太婆生的孩子。自己割断了舌头，那可能是老天的报应。自己看见的东西都是别人看不见的，别人看见的东西，难道在自己的眼里总是扭曲变形的吗？

阿桥从冰箱里拿出冰块紧紧攥住，直到手变得麻木刺痛。然后他点燃了煤气灶，将手伸在火焰上。他大叫一声跳了起来，手掌上微微地烧焦了一层皮。阿桥在纸上写下了几个数字，随意练习加法。他打开报纸，大声朗读死亡公告栏的文章。“行浦义雄，书法家，十一日早二时二十分，因心脏病发作死于松山纪念医院，享年八十三岁，告别仪式将在位于松山市本町九-三的行浦书法艺术私塾举办，丧主是妻子良枝，住址是松山市神入町三-四。”阿桥心想：全部念出来了，不是很正常吗？

阿桥看到厨房水槽里放着透明的垃圾袋，里面装着红色的东西，是带血的脱脂棉。阿桥全身泛起鸡皮疙瘩，刺伤妮芭并不是做梦。他处于十分惊恐的状态，也许警察会来逮捕他，如果被捕，就要像阿菊那样上法庭，然后被送到有金属网铁栏杆和高墙环绕的灰色建筑物里。自己很懦弱，不知会有什么结果，自己本来是废矿岛的骄傲，这下要变成耻辱了。

有人在敲房门，阿桥惊恐得快昏倒了，但马上想到这正是个好机会，可以测验自己是否真的发疯。外面又响起了敲门声，阿桥从窥孔往外看，是身穿制服的警察。阿桥浑身颤抖，一边哆嗦一边打开门锁，让警察进来。他已经做好了被抓住手腕戴上手铐的思想准备。两个警察见到阿桥敬了一个礼。“晚上打搅，十分抱歉。听一个老年人说的，您太太出了那种事，大概您现在很忙，非常抱歉，我们来调查一下。”阿桥不知道他们说的是什么，但还是客气地带他们进了房间。警察在房间里巡视了一遍，对阿桥说：“真是出了件大事啊。”阿桥苦笑着点了一下头。警察从架子上找出菜刀，给阿桥看后问道：“您太太是用这个自杀的吗？”阿桥又点了一下头。“不过，这种自杀方法也太传统了。上面没有血迹啊。”阿桥站起身，大声说：“我洗干净了。”“你们夫妇为什么吵架呢？是因为这个吗？”警察说着竖起了小手指。“不是，一个追星族女孩来家里，随口说和我发生了关系什么的，胡说八道，妮芭把那些话当了真，便发火了。”阿桥回答道。他的要领和接受采访完全一样，即使不知道对方所讲的内容，也要盯着对方的眼睛，只要略显寂寞、淡淡地微笑回答就可以对付过去。“啊，是吗？名人在别人意识不到的地方要花费许多辛苦啊。从电视上看，你总是显得非常愉快。听说你太太怀孕了，因为你说的话刺激了她，她才要自杀的，你说要打掉孩子什么的。”

阿桥从冰箱里拿出橙汁，为他们倒了一杯，拉出椅子，警察应声坐下了。他们好像对演艺界名人的生活很感兴趣，阿桥为他们介绍说有个著名的女歌星为了使自己精神镇定，排练时总是放屁。听了这些，警察非常高兴，阿桥也一起笑了起来，一边笑着，他觉得这些都是在做梦，他确信自己一直置身于梦境。说笑完了，警察又各自吸了两支烟，当他们起身准备回去时，阿桥问道：“这些都是做梦吧？你们这些梦里的人来到我的梦里之后要回哪儿去？会消失吗？”警察们搔着头笑了起来，说：“没错，我们都想做个好梦呢。”警察敬完礼准备关上房门，阿桥突然叫道：“等一下！”警察惊慌地回过头来，阿桥摸了一下警察的面颊。“你们跟我说真话，这是在做梦吧？在梦里，我刺杀妮芭也不算犯罪吧？”警察突然变了脸色，两个人互相看了一眼，“是你刺伤了你太太吗？”说着便抓住了阿桥的胳膊。阿桥害怕了，他摇着头，小声说道：“不是我自己不知道才问你的吗？”两个警察小声耳语了一阵，阿桥又去摸警察的脸，脸上的肌肤沾着汗水和油脂，滑溜溜的。阿桥心想这么精巧的警察模型该怎么做才能消除掉呢？“喂，阿桥先生，已经深更半夜了，我们没有时间陪你开玩笑。万幸的是好像肚子里的孩子没有受到影响，你去医院探望一下怎么样？”

两个警察消失在电梯里，阿桥关上了房门。他用手掌抚摸金属门，没有质感。他又摸了一下地毯，手指之间沾满了灰尘和毛绒。他摸着桌面，抓起橙汁瓶，在另一只手背上滴了一滴，舔了一下黄色的酸橙汁。他想起了鹅，那只将碰到的所有东西变成黄金的鹅，大概那只鹅十分寂寞。伸手碰到的所有东西一瞬间都失去了质感，那只鹅最后孤零零的，在这个地球上只剩下自己。阿桥觉得胸口发闷，可能是因为暑热的缘故。他打开空调开关，响起了一种令人烦躁的杂音，带着油味的风迎面扑来。他将脸贴在窗户玻璃上，凉丝丝的，感觉十分舒服，玻璃上出现了一层雾气，不久便和体温一样了。

阿桥想起了小时候，还是在废矿岛的事，那时候自己身体的轮廓十分清晰，身体表面总是火辣辣的疼，好像擦伤的伤口和夏天曝晒之后剥去一层皮露出嫩红色的肌肤，总是火辣辣的，连风和阳光改变方向都能感觉到。而现在，自己的身上贴着薄膜，现在自己的身上贴着几层薄膜，隔断了外气，就像薄薄的塑料薄膜，或者粉末油脂那样。自己不能确认自己所触摸到的东西，自己的眼球、耳朵、鼻子都从身体上脱落下来。阿桥想要让自己的身体重新感到火辣辣的，他想要从梦中清醒。要想从这里逃脱，必须先在这里死亡。阿桥攥紧了左手，用桌上的菜刀划开了手腕的血管。手腕上出现了一条红线，一瞬间，血液喷了出来。他十分恐慌，因为丝毫没有感到疼痛，心想：如果在这个梦境中死亡，便再也不能回到那个肌肤感到火辣辣的世界去了。

阿桥跑出房间，穿过走廊跳进电梯，开动之后立即按下紧急通话用的电钮。电梯停下，听到了里面有人讲话。“喂喂，喂喂，出什么事了？是停电吗？”小塑料盒子里传出男人的声音。“让我出去，你要多少钱都行！”阿桥按住电钮喊道。“是着火了吗？停电了吗？电梯究竟出了什么事？现在处于什么状态？”男人的声音像是从坏了的收音机里传出来的，由电波传导的嘶哑声音。“这个电梯要把我带到什么地方去？门开了会不会是地狱？快放我出去！”阿桥踢着电梯的内壁。“究竟是什么故障请你详细说明一下，现在那个电梯停在十二层和十一层的中间。电梯里有灯光吗？”阿桥一拳打在那个微小的塑料盒上想砸坏它。他觉得似乎有个小人藏在里面。电梯开始下降，门在一楼打开了，两个男人抱着灭火器，手提工具箱站在那里，看见阿桥的手腕惊叫起来：“怎么了？在哪儿受伤了？”阿桥没有理睬他们，径直走出电梯来到街上，在路上跑了起来。血流不止，他找到一家外科诊所，按下门铃，里面一片漆黑，没有人回答。阿桥又去敲大门。“你干什么？”一个年轻男人从二楼探出头来，阿桥扬起淌着鲜血的左手腕：“割破了。”男人咂了一下舌头，叫了一声“活该”便关上了窗户。

阿桥走在公路的中央，只有左手有活着的感觉。对面是那十三座高塔，眼睛模糊一片。这座城市就像巨大的银色蚕蛹，吐着黏稠的丝线，编织着白色的蚕茧。蚕茧隔断了外气，使触觉变得模糊，蚕蛹什么时候变成蝴蝶呢？巨大的蚕茧什么时候飞起呢？丝线和蚕茧以及对面那些高塔什么时候才能崩塌呢？阿桥躺在道路中央隔离带上，只有左手在呼吸，从草丛的缝隙里透过的汽车灯光十分耀眼，他想闻土壤的气息。土壤已经干透，散发不出任何气息。“睡下！”阿桥命令自己，体内有个部位正在沸腾，他想撕裂身体，取出那个沸腾的器官，摔在这个肥大膨胀的蚕茧街道上。阿桥默默地进入了梦乡。

阿菊站在沙滩上，好像正在挖坑，但阳光耀眼，看不清楚。

阿菊的旁边有一具身穿潜水服的僵硬尸体，他将尸体埋在坑里。女人在说话，那是乳房和屁股都富于弹性的年轻女人，阿莲莫莲打着红色塑料伞正在祷告。

坑里填入沙子，海风卷起细沙，阿莲莫莲捂住了双眼。埋葬完毕，阿菊折断了一枝伸出海滩的红树枝干，去掉小树杈，用匕首削了起来。他像在做一条木棒，他和自己的身高比较着衡量木棒的长度，把木棒插在海滩上，不停地双手用力测试着强度。老人和黑山羊一起来到海岸边，老人捧起沙子摩擦沾满油污的双手，然后在海水里清洗。沙子沉入海水之后，油浮出水面，在海面上形成一片彩色的薄膜。

老人告诉他们直升机修理好了。阿莲莫莲跳起来朝阿菊喊道："阿菊！去轰炸东京！"阿菊朝他们俩这里抬起手，示意让他们等一下。"他在干什么呢？"老人低声说道。黑山羊鼓胀的乳房里流出白色的乳汁，乳汁立即被吸进了沙子。"阿菊要用那根棒子跳高。"周围散发着黑山羊乳汁浓郁甘甜的香味，苍蝇围了上来。阿菊手握木棒比试着，阿莲莫莲站在海边高高地举起雨伞。"从我头上跳过去，阿菊！"阿菊盯着红色塑料伞的顶端，开始助跑。他朝着阿莲莫莲洁白修长的身影跑去，肌肉绷紧，白沙在他的身后飞扬。阿菊搅动着海滩上腾起的热气，红树木棒的前端微微颤动，汗水从他的身上滴落下来。阿莲莫莲感觉阿菊的气息就在眼前，她闭上了眼睛，那经常吹进她的耳朵和腋下的熟悉的气息笼罩着她的全身。脚步声接近了，阿莲莫莲睁开眼睛，木棒插在白沙之中，疾风掠过，那是一瞬间吹干了她身上汗水的疾风。雨伞刮飞了，在沙滩上翻滚着。红色的雨伞闪闪发光，漂浮在珊瑚礁的水面上，阿莲莫莲久久地盯着小小的尼龙的红色在绿色海藻里慢慢滚动。

蝙蝠开始骚动。由于受到房顶和墙壁的阻碍，整个机库都嗡嗡作响。直升机的引擎开始轰鸣，螺旋桨不停地转动。阿菊打开机库的大门，阳光照射进来。突然尘埃四起，屋顶的蝙蝠像雨点一般跌落，纷纷掉到地上，一齐发出令人厌恶的叫声。地面上布满了蝙蝠。

直升机缓慢地驶出机库，机轮碾死了蝙蝠，螺旋桨速度加快，浑身血污的蝙蝠四处飞散，活着的蝙蝠聚集在机库的角落，凭着仅有的一丝湿气和阴冷震颤着翅膀，尖齿利爪撕咬拉扯着同伙，尽可能深地钻进自己的阴影里。直升机开始上升，留在狭窄的阴暗处沙沙作响的黑色团块渐渐远去了。阿菊低声说道："你等着，阿桥，我马上去见你。"他的脑海中浮现出阿桥受到自己没见过的家伙们胁迫的情景。

阿桥抱着膝盖在发抖，他想说些什么，但说不出声来。他觉得比自己身材高大的人都想欺负自己，他总是有这种感觉。阿桥全身散发着药味，等待着导盲犬出现在眼前。没有什么狗，在这座城市的主干道路上，清晨只有贴在地面上的干瘪的狗的死尸。

有人捅了一下阿桥的肩膀："起来，喂，不能在这儿躺着。起来！"阿桥想要逃跑，地面上升起的汽车尾气灼烧了他的喉咙和眼睛，人们从车窗里探出头，手腕上流出的血已经在草地上凝固。

两侧的道路全部堵满了汽车，阿桥抬起头，警察正在捅他的肩膀："不能在这儿躺着，你受伤了呀！"远处传来了救护车的警笛声。卡车司机吐出嘴里的口香糖："那不是经常上电视的孤儿歌星吗？怎么成要饭的了？"阿桥站起身，左手腕还粘在草上，血已经凝固，无法分开。阿桥觉得好像被大地吸吮着鲜血，全身都会变成树枝。阿桥拨开手腕，响起了肌肤脱落的声音，几根青草粘在伤口上。

"喂，你什么时候变成要饭的了？"卡车司机吼道。警察挥手示意让他赶快开车。那个司机从车窗里伸出周刊杂志和圆珠笔："不好意思，兄弟，给咱签个名。那不是一个外国妞儿露着奶子的照片吗？就在那页上签。"司机走下卡车，将杂志递给阿桥。阿桥摇了一下头，低声说："不干！"后面的喇叭声和怒吼声淹没了阿桥的声音。司机用手指舔着唾沫翻开杂志，将那一页给阿桥看。那是一张乳房丰满的外国女人倒立在中世纪刑具前的照片："喂，就几笔写一下呀，我会买你唱片的。"警察想要制止司机："赶快开车，别在这儿挡道！"从后面车上下来两个男人，踢着卡车车厢。"你们干什么？混蛋！车上装着鸡蛋！"阿桥看着照片上的外国女人，觉得她的表情十分寂寞。几个男人推推搡搡，其中一个拿出金属棒球棒敲打了一下卡车车厢，插销在震动中松开，两三个鸡蛋掉在地上摔碎。

救护车的警笛声逐渐近了，阿桥站起身来。空气里尘土飞扬，十三座高塔闪闪发光，道路上的鸡蛋滑溜溜的。救护车鸣着警笛从眼前驶过，戴头盔的年轻男人嬉笑着。周刊杂志的照片在充满汽油味的热风中翻动着，外国女人寂寞的脸消失了，无数的鸡蛋散落在地上，阿桥捡起两个扔向摩天楼。鸡蛋摔在汽车前盖上，湿乎乎的蛋黄在车体上缓慢滑行，蛋黄的半球体上映出了建筑物的窗户玻璃。

病房的玻璃上映出了室内的观赏植物，一片绿莹莹的。盆栽橡胶树的厚叶在冷气打出的风里摇晃着，面色苍白的女人正在用凡士林擦抹厚叶。身穿紫色半透明睡衣的女人双腿浮肿，透过睡衣看得到她的腹部缠着绷带。听到敲门声，女人回到床上，腹部盖上毛毯，肩膀盖上毛巾被。“请进！门开着。”妮芭答道。阿桥和护士一起走了进来。妮芭尖叫了一声：“把这个人赶出去！”阿桥面带悲伤摇了摇头，抬起手腕给妮芭看。“现在已经好了，妮芭。我惩罚了自己，考虑了整整一个晚上。”妮芭颤抖着，护士要赶阿桥出去。“只要五分钟就行。”阿桥说道。妮芭缩在床铺的角落，手指着房门：“你走！”护士抓住阿桥的胳膊要把他拉出去，阿桥甩开她的手臂。护士摇晃了一下，碰翻了地板上的消毒液，茶色的瓶子在地板上滚动着，碰到墙壁碎了。酸味在病房里飘散开去，妮芭捂住眼睛鼻子。“总之，我是多余的，完全如此。”阿桥被酸味刺激得眼睛红肿，愤愤地说着，“我知道谁都不需要我，我一直都是多余的，所以，我想做一个不依赖别人的人。不过，妮芭，不光是我，这个世上没有必须存在的人，所有的人都是多余的，一想到这些，我就觉得很寂寞，所以才得了病。昨天晚上，我的血流进了地里，身体感觉十分轻松，小虫子聚集过来在我的手腕上歇息，我一个个地碾死小虫子，虫子的尸体形成了一条黑线。和我碾死那些虫子一样，有人想要踩死我。虫子以为我的手腕是公园，被我碾死的虫子并不懂得我是人，也许以为我是狮子，大概知道我和蝴蝶不同。同样道理，我可能被别人踩死却不知对方是什么东西。那些家伙一定是空气做成的，像气球一样飘浮着，它们用黏土捏出了生我的女人。”

“你为什么用菜刀捅我?”

“大概我想讨那些家伙的欢心。”

“为什么必须要捅我呢?”

“我害怕，如果不那么做，我会被踩死，我很害怕。”

“阿桥，你最好去医院看医生，我没有任何办法。”

D先生走进病房，后面跟着戴头盔和身穿白衣的人们，他们从两边抓住阿桥。阿桥奋力挣扎摆脱了他们，跑到墙角向他们投掷消毒液的碎片。身穿白衣的男人按住阿桥的手脚和脑袋。“D先生，你就是像空气一样飘浮着的打手!”阿桥喊叫着。他的嘴里被塞进一个橡胶球，下颌缠上皮带被固定住了。橡胶球滑到舌头下面，顶在牙齿上纹丝不动，橡胶的感觉使阿桥处于极度惊恐状态。他想喊叫："我住手，你们饶了我吧。"但舌头被橡胶球阻挡着，说不出话来，只有哇哇的声音从缝隙里漏出来。阿桥乱蹬双脚，面庞在恐怖中扭曲了。传来了妮芭的抽泣声，身穿白衣的男人给阿桥套上了一件奇特的灰色衣服。与其说是衣服，不如说是一个带袖子的口袋，上面有皮带，人被完全套住、周围的锁扣全部扣紧之后，他便失去了活动的自由。阿桥吓得小便失禁。"啊，混蛋，脏兮兮的。"男人推了一把阿桥的脑袋。"住手！他很害怕。"妮芭从床上下来，想走近阿桥，但D先生制止了她。"这家伙疯了，虽然可怜，但他是个疯子。"阿桥被扔在D先生脚下，只能看见妮芭的脚和腹部。透过紫色的薄布，妮芭的肚子在不停地蠕动，腹部鼓胀的肉时而颤动。阿桥想凑近自己的孩子，他全身用力想触摸妮芭的腹部。布袋和皮条束缚着他，连爬都不行，身穿白衣的男人抬起阿桥扛在肩上。

"不要悲伤，妮芭，这家伙精力耗尽了，已经烧焦了，休息一段时间也许还能恢复。"阿桥被抬出了走廊。妮芭想：不能休息，他没有休息的时间，也没有地方休息。妮芭捂住肚子跟在阿桥后面，拔下手上的戒指塞进捆绑阿桥的口袋里。"是祖母绿，阿桥明白吗？这就是你曾经说过喜欢的祖母绿。阿桥，听见了吗？"妮芭在阿桥的耳边低声道。电视摄像机围着阿桥，照明和闪光灯一直捕捉着阿桥和妮芭的身影，阿桥苍白的面容浮现在镜头里，摄像机对准了妮芭隆起的腹部。“阿桥，你不能休息，即使烧焦了也不要休息，你不要逃避，你逃到哪里这些人都会追来的，要锻炼自己成为祖母绿，一定要锻炼自己成为宝石。”阿桥盯着摄像机镜头，镜头玻璃的表面映出一道淡淡的彩虹。阿桥的脸映照在上面，嘴里塞着橡胶球、满脸流泪的消瘦面孔。阿桥想：是我，那是我的脸。阿桥在橡胶球堵塞住的喉咙里反复低语，对着镜头上映出的自己满面泪痕的面庞呼唤着：“你到底去哪儿了？我一直在找你。”

阿桥头发上沾着玻璃碎片，是消毒液瓶子的碎片，散发着强烈的气味，和他被带进去的建筑物的气味一样。建筑物中间的院子里有一棵巨大的樱花树，身穿单和服的少女正在树荫下织毛衣，男人们身穿睡衣在打排球，围着管风琴唱歌的女人们一齐扭头看着阿桥。阿桥被抬着穿过院子，汗水和口水流过他的面颊，每当身穿白衣的男人迈步向前时，太阳都会在头顶摇晃。他们钻过院子边上的铁丝网，建筑物中十分昏暗，门口摆放着时装模特的模型，那是个背着皮书包、戴着小帽子的小学生，手里握着一个塑料片，上面写着：爸爸妈妈，我等着你回家。光滑的茶色的脸和手上已经出现了裂纹。他们来到一个白色墙壁和房顶的病房，阿桥被放在床上，捆住大腿的皮带松开了。剪刀在他眼前晃过，裤子好像被剪开了，一个软软的东西触摸在大腿上，一阵凉风吹过。

注射针头上滴下一滴药液，针头扎在阿桥身上，他感到身体逐渐变暖，咬紧的牙关也松开了，口中的橡胶球和自己的舌头牙齿逐渐融为一体，身体深陷在床垫里。房顶上的荧光灯有一只已经发生了故障，黑黑的反复闪着微弱的灯光，每反复一次，灯影就在瞬间扩散、消失。那是颜色淡薄、呈锯齿状的灯影。传来了解开衣服锁扣的声响，黑色的橡胶球被取出，上面沾满唾液，白色的泡沫在橡胶表面滑动。

阿桥被抓住双臂从床上拉了下来，身穿白衣的男人拖着他经过走廊，两边是铁栏杆的房间，阿桥被放在潮湿的榻榻米上面。房间角落里摆放着毛毯，对面的病人看着阿桥，那是一个身上有斑点的老人。他的睡衣前襟敞开着，露出了透明塑料的尿布。不久，老人开口问阿桥："你是好人吗?"阿桥用胳膊肘支撑着抬起身体。老人见后惊叫一声窜到屋角，背靠墙壁喘着粗气，脸冲屋顶唠叨着什么，但听不清楚。他偷偷看着阿桥，眼光一对视又尖叫起来："你，你是那个吧？我认识你，你是个坏人吧？脚踩别人的影子，害人早死的那个东西吧？我在忍耐，所以知道。你要多少钱，五百块吗？你想用钱解决问题啊。我身上没有五百块钱！虽然没有钱，但我不怕你，因为我总是感谢上帝。"老人十分兴奋，额头上爆出了青筋。老人的声音很大，看护人走过来踢着铁栏杆，大喝一声："住……嘴！"老人手指着阿桥向看护人求助。"那家伙很坏！他踩我的影子想让我早死。别把坏人带到这个地方，要给他上电。坏人送警察，只有好人才送医院。正义并不是永远胜利的，连神仙都要上电，踩了别人的影子，被抓住也好受不了！”看护人又踢了一下铁栏杆。“住……嘴！”他脱下脚上的拖鞋在水泥地上拍打，“住……嘴！老头，住……嘴！要不就戴这个？”看护人在老人面前晃动黑色橡胶球。老人见了将右手拳头塞进嘴里，想要一口吞下似的。他咳嗽几声便哭了起来，那哭声很尖利。看护人十分恼火：“喂，老头，你没听见吗？住……嘴！住……嘴！”老人仍在哭泣。“我去叫大夫啦。喂，我真的去叫大夫啦。你不怕吗？”一听到大夫这个词，老人后背颤抖了一下，止住了哭泣。他咬住手掌忍耐着，掌缝里传来了呜咽声。他的牙齿咬在手掌上。“喂，松开手，住……嘴！别咬手。”老人的手掌好像渗出了鲜血，他晃动着脑袋。看护人打开门锁走进里面，想把他的手从嘴里拉出来。他用拖鞋拍打着榻榻米。“住……手！”看护人用拖鞋抽打老人的脸颊，老人终于清醒过来。看护人扯住他的耳朵，大声吼道：“住……手！”老人惊恐地点了一下头，不停地说着：“是是，是是，是。”看护人又举起手里的拖鞋。“住手！”阿桥不由喊出声来。看护人回过头来：“你说什么？你刚才说什么来着？”阿桥没有回答。“你刚才说什么来着？”阿桥感觉很害怕。看护人横眉竖目瞪着他，阿桥低下头，传来了拖鞋殴打老人的声响，还有老人微弱的回答声。阿桥觉得很不舒服，很想一下子割断自己的舌头，但又觉得该割舌头的应该是这个穿白衣的男人。

他闭上双眼，一边唱着孤儿院里学会的圣歌，一边说道："住手!"他又重复了一遍，睁开双眼，看护人盯着这里，松开了老人的耳朵，说："你真了不起啊。"

看护人慢慢走出老人的监房，打开阿桥房间的门锁，走了进来："住手是什么意思？你对谁说的?"看护人穿上拖鞋，拔出腰间的警棍。阿桥低着头，看护人将警棍伸到他的眼前。阿桥暗自掐了一下手背，没有感觉，大概挨打也不会感到疼痛。他抬头看着看护人，说："对你说的。"看护人苦笑着摇了一下头，捅了下阿桥的肩膀将他按倒在榻榻米上，抓住了他的左脚腕，举了起来。阿桥用右脚拍打着榻榻米，想要挣脱。"别耍威风，疯子。"看护人用警棍打阿桥的脚心，阿桥感到一阵剧痛，又挨了一下，后脑肌肤一阵痉挛。疼痛从脚跟一直传到下巴，即使如此，阿桥也咬紧牙关没有吭声。要是喊出声来，那他是要讨饶的。第三下打在脚心中间，大腿根随之震颤。阿桥这才体会到在挨打的间隙中会产生恐怖，人是想象着疼痛才感到害怕的。他咬住下巴，脚腕开始麻木。第四下，大腿肌肉产生痉挛，小便已经顶到了出口。他想如果再挨一下，肯定会失禁的，他思索是否应该道歉，这一瞬间恐惧遍布全身，波及到牙床，下巴开始颤抖，他刚要说出"对不起"这个词，一下子又咬住了舌头。他想起自己割断过舌头，自己挺住了那种剧痛，他这样鼓励自己，想以此战胜恐惧。但是不行，自己已经忘了割断舌头时的疼痛，他突然想起都怪那个疯老头，为什么自己要受这份罪？只有那个老头在看着自己。

他小声说道："尿裤也不会害臊的，来吧。"为了驱赶等待挨打的恐惧，他又小声说了一次："快来吧，快打呀。"说出之后，他感觉精神有些轻松了，对挨打疼痛的预感减轻了，尿意也消失了。这时他挨了第五下打。阿桥咬紧牙根挺了过去，仅漏出一点尿。他全身用力忍耐着，准备挨下一次，又小声嘟囔道："来，快来吧。"声音逐渐变大。"快来吧，快打呀。来，来吧，我不会输给你的。"他拳头砸在榻榻米上，高声叫道，"快打呀！"看护人松开了攥着的脚腕，阿桥喘着粗气，脚掌感到一股炙热，他坐起身看着看护人。那人满脸通红，高举起警棍，就在这一瞬间，阿桥又高声喊道："你打呀！"警棍在看护人头上停住，看护人静静地放下警棍，说："你别想从这里出去，明白了吗？我会给你好药吃的，很管用，是把你脑子打扫干净的药，会把你那发霉的脑浆都吸光，很快乐。"

阿桥脚掌肿了起来。老人看着阿桥，看护人走到走廊那边时，他朝阿桥笑了一下："你是个好人啊。"阿桥默默地揉着脚掌，把脚掌按在墙上，感觉很凉爽，很舒服。"喂，喂，你是好人，好人。"老人舔着手掌喊道。"别吵！"阿桥瞪了老人一眼，"和你没关系，你住嘴！"老人表情寂寞，点了几下头："是是，是是，是。"阿桥看了一眼房间的角落，吓了一跳，叠好的毛毯下露出了细脚趾。原来背后藏着一个女人，脚上盖着毛毯，只有头发、前额、左手和脚趾露出毛毯。因为手指、脚趾都很纤细白皙，阿桥想那一定是女人。老人告诉他那个女人脑筋坏了，既不是好人也不是坏人，是圆白菜。虽然是棵烂圆白菜，但仅仅是圆白菜，既不是好人也不是坏人，只是不能吃。“圆白菜”左手小指上戴着金戒指。盖着毛毯难道不觉得热吗？监房里没有窗户，走廊的两端有排风扇的声响，但没有丝毫凉风。阿桥倚着墙壁，房间里十分闷热，但“圆白菜”没有出汗。屋顶上有一盏昏黄的电灯，灯罩里散发出来的灯光正好照到“圆白菜”的左手。“圆白菜”左手的戒指按着一定的间隔闪烁发光，阿桥仰头看着屋顶，电灯和灯罩都没晃动。是“圆白菜”在晃动手指。戒指达到一定角度便反射灯光，发出闪亮。“圆白菜”的手指不时触摸着毛毯表面，那反复的间隔保持着一定的规律。

看护人端来了饭，是装在塑料袋里的流质，有牛奶、米饭、粉末蔬菜和盐。阿桥看着看护人将塑料管插进“圆白菜”的嘴里，推入流质。“圆白菜”戴着奇怪的面罩，遮住了整张脸，阿桥在废矿岛上见过许多类似的面罩，那是从嘴上伸出胶皮管的防毒面具。看护人拧开胶皮管的螺丝，将流质管插进黑洞。那人的喉咙发出响声，大概是吃下去了。

吃完饭，看护人掀开毛毯，果然是个女人。看护人给她换尿布，擦洗大腿，涂抹天花粉。她始终纹丝不动，看护人做完之后重新盖上毛毯。她只是自己抱着毛毯时才低声呻吟一阵。看护人对阿桥说："圆白菜的脑子已经彻底扫除干净了，不久你也会变成那样。""圆白菜"又开始颤动手指，阿桥一直盯着她手指的动作，天花粉的气味不时传来。"圆白菜"在发出一种波，手指微弱的颤抖摇晃着空气。房间里没有窗户，只有屋顶上的一盏紫外线灯，不知道外面是黑夜还是白天。阿桥慢慢接近"圆白菜"，他在潮湿的榻榻米上每前进一步，"圆白菜"的手指颤抖都有所变化。阿桥想起了在药岛公园见到的那个可怜的肌肉痉挛的男人，阿桥在那个患舞蹈症的男人面前练习唱歌，在那个双腿像躲避机枪扫射一样蹦跳的男人旁边连续歌唱了几个小时。他思索着漂浮在脑海里的几万种旋律，从榻榻米上爬到"圆白菜"身旁。从毛毯中露出的"圆白菜"的脚大概血脉不畅，已经浮肿干裂，呈现出茶色。阿桥轻轻碰了一下趾尖，没有反应，又轻轻捏了一下脚趾，感觉就像装着沉重液体的胶皮袋，用针刺个孔的话大概就会流光。这个女人一定是将自己从寄物柜里挽救出来的那条狗，这条狗落魄了，自己一定要报恩，自己可以做的只有唱歌。阿桥对着毛毯另一端的那张脸，发出了类似低音木管乐器的声音。"圆白菜"起先没有任何反应，大概她耳朵听不见，阿桥逐渐改变音色，从回荡在黑暗森林的兽角笛，直至柔软的树叶随风飘荡落在湖面的微弱声响，还有宽广而微弱的波纹打湿岸边细沙的声音，以及以三连符颤音开始的如同鸟叫一般的舞蹈病人叙事曲。他哼唱了各种曲调，旋律在房间里荡漾，毛毯微微抖动了一下。她一定听到了歌声。阿桥提高了嗓门，“圆白菜”的手指颤抖也加快了，手掌里冒出一层细微的汗水。就在这时，背后传来了一声大喝。

“振作起来！”

病人们聚拢在走廊对面并列着的铁栏杆前，喊叫的是那个老人。阿桥停止了唱歌。“喂，好人，果然是你啊。没有听见天气预报，我知道不是在听广播，果然是好人在唱歌啊。你是好人，应该大声唱郊游和庆祝生日的歌。难道你妹妹死了吗？一点没有精神，你的歌没有精神。连圆白菜都不喜欢听。好人唱无精打采的歌，就更提不起精神来了。”

阿桥刚一停止唱歌，“圆白菜”便像原来那样颤动手指了。她真的不喜欢吗？真是那样吗？

“喂，好人，你是不是发病了？”

病人们从铁栏杆里探出头来看着阿桥，所有的人都表情不安。

“如果发病了，我跟大夫讲，求他给你打针。”

“你们不喜欢我的歌吗？”阿桥问病人们。他们对视了一下，老人代表大家迟疑地张开了口。

“是的，我想听振奋的歌。”

阿桥嘟囔了一句“知道了”，便从“圆白菜”身旁走开，来到房间的另一个角落躺下。病人们盯着阿桥看了一阵，不久便从栏杆前缩回脑袋，爬回紫外线灯照不到的地方去了，只有那个老人担心地看着阿桥。“晚安！”阿桥稍微抬起上身说道。老人高兴地点了一下头，这才缩回了脑袋。“令人振奋的歌。”阿桥小声自言自语道，细想了一下自己从来不知道令人振奋的歌，不觉苦笑了一下。“我做不到。”他低声说着，笑出声来。他觉得一切都很愚蠢可笑，越发忍不住笑。自己创作了几万种旋律，牢记了所有的声音，甚至割断了舌头，但一切都没有改变，只是重新回归了自我。自己寻找到的只是嘴被塞住、全身被捆绑、口中不停求饶、痛哭流涕的那个自我。旁边响起了“圆白菜”摸索毛毯的声音，阿桥扭头看了她一眼，刚想说再给你唱一首吗，话到嘴边又咽了回去。他发现自己已经厌恶了以前的旋律，想彻底忘却过去，他想全部吐出以前积累的所有音色和旋律。阿桥想唱新歌，他闭上双眼，寻找创作新歌的预感。他逐个地从脑海里清除以前掌握的庞大的旋律和音色，以及与之相连的所有记忆，流浪汉、沾满鲜血的剪子、肥鸭肉、柔软肌肤的女人、废矿潮湿的空气，以及满头汗水的阿菊的笑脸，他要清除所有的地点、人物以及气味。他花了很长时间，做了多次。自己的眼帘里空空荡荡的，出现的总是相同的图像。那是数小时以前看到的、映在电视摄像镜头里的自己，身不由己、恐惧沉默的自己的脸。阿桥不想消除那张脸。并不只是因为怀念那张脸，他自己也不知道原因，心想自己重新歌唱的时候就是那种表情。他下决心保持那张被剥夺了名字、衣服、自由以及所有一切的恐惧的脸，今后无论发生什么决不放弃那副表情。即使吞了人面苍蝇，自己也决不忘记。不必厌恶恐惧哭泣的自己，无论如何寻找，在其他地方都不会发现自我。

远处传来了直升机的轰鸣，那是支架和脚架上沾着蝙蝠血渍的高速直升机，从头上的对角线横飞过去。手握操纵杆的老驾驶员愉快地笑着。“已经有四年没开飞机了。”直升机在东京湾填海造地地区的直升机场降落，是为了加油和整修。阿菊和阿莲莫莲小心翼翼地抱着装有气瓶的旅行包走下直升机，在宽阔的机库一角喝了可口可乐。老驾驶员和两个维修技师好像是熟人，他们谈论着可以将螺旋桨收入机身的新型直升机，据说那种直升机高速飞行时能够完全变成喷气飞机，加速到零点八马赫。阿菊等他们中断了谈话，对老驾驶员说：“我们先去办点事。”老驾驶员点了一下头：“别迟到，空中管制塔查得很严，四个小时以后要返回美瑠璃。”阿菊拉着阿莲莫莲的手，头也不回地答道：“有四个小时就足够了。”

两个人一言不发走在空旷的湾岸公路上，夏天还没有过去，东京和唐木岛、美瑠璃一样十分炎热，不同的是道路上散发着汽油味以及耳鸣一般的鼎沸人声。他们走进笔直的隧道，长长的隧道是银色的，时而有重型卡车轰鸣而过。阿莲莫莲想起了在半空中被撞碎的鳄鱼，那时候她企盼天降暴雨。为什么呢？现在已经没有那种愿望了。阿莲莫莲摸了一下阿菊的后背，衬衣已经湿透，贴在他的背上。隧道出口的交叉路口边上有摩托车修理店，那是一间小店，招牌的油漆都开始脱落了。年轻的店员不停地打量着阿菊和阿莲莫莲，他们肌肤黝黑，身穿白色亚麻西装和连衣裙。店员的发尖染成红色，脏兮兮的玻璃橱窗里陈列着两台旧摩托车，阿莲莫莲手指着汽缸较大的那台。

“我买那辆，就是250cc的越野摩托。你发动一下引擎。”阿莲莫莲说道。侧耳倾听了一阵引擎的声音，阿莲莫莲穿着白色连衣裙跨上摩托车，开上公路骑了十几米放开双手。“真了不得。”年轻的店员低声说道。“那是为了测试车身的稳定性，买旧车时很重要。”

阿莲莫莲出示驾驶执照、填写必要文件时，阿菊将装着气瓶的旅行包绑在摩托车行李架上。“你们晒得真黑啊，是冲浪爱好者吗？从你们穿着白西装来看，你们是冲浪城伙伴吧？”店员数着现金问道。阿菊系着头盔纽带说：“不对。”

“我们是寄物柜婴儿。”

高速公路上车满为患，阿莲莫莲驾驶着摩托车在阻塞的汽车之间穿行，中途受两辆重型卡车阻拦，改为缓行。阿菊在并行的出租车内发现了自己的照片，旁边是中仓和林，上面用大字写道：发现照片上的逃犯请报警。照片是圣诞前夜枪杀生母之后，第二天早上从拘留所带到警署拍的，当时阿菊不停地喊叫：“别碰我！”他趴在地板上哭喊着求饶。照片上的面容十分难看，满眼含着泪水，焦点模糊，嘴唇半张，露出牙齿。“真是一张难看的脸。”阿菊冲着照片低声说道，“害怕也没用，要愤怒。犹豫一下就全完了，只要迟疑一刹那，就会被厚玻璃阻挡，被关进牢房。”突然车流动了起来。路旁停着一辆事故汽车，那是运送牛奶的罐车。车厢已经裂开，周围散落着一片白色的牛奶。挂着阿菊照片的出租车猛然开走了。在弥漫着牛奶味的公路远方出现了十三座摩天楼。摩天楼在蒸腾的热气中朦胧闪亮，楼顶橘红色的灯光时隐时现，在阳光的映照之下，那灯光显得十分微弱，从远处眺望，摩天楼群就像是聚集在一起喘息，大理石墙壁和金属窗看上去比烘烤过的海龟肚皮还要柔软。融化于夏季暑热之中的柔软的楼群，飘散的牛奶味，那一个个箱子里封闭着婴儿。阿菊松开行李架上的皮带，打开旅行包，查验里面的气瓶。阿莲莫莲拧紧手上的油门，摩托车冲上巨大的陆桥，如同被吸入远方的巨塔一般飞驰而去。什么都没变，每个人都希望敞开胸怀，迎接新风，让自己心脏的声音响起，想和在阻塞的高速公路高速飞驰的摩托车手一样痛快地活着，我继续跳高，阿桥继续唱歌。在夏天柔软的箱子里睡眠的婴儿，我们都听到了那个声音，直到接触世上的空气之前，我们听到的是母亲心脏的跳动，人们不可能忘记那永不间歇地传送过来的信号，那个信号只有一个意思。阿菊抓住了曼陀罗，十三座巨塔就在眼前，银色的金属体遮住了视线。巨大的蚕蛹就要孵化，夏天柔软的箱子里婴儿们所编织的玻璃和钢筋混凝土的蚕蛹将要一齐孵化。

走廊尽头响起了玻璃破碎的声响，看护人大叫："快抬走！放到笼子里去！"突然，走廊的门打开了，一个五花大绑装在口袋里的男人抬了进来，放在阿桥所在的房间里。男人一放在榻榻米上，整个房间都在摇晃，简直像钢铁的人形雕塑从屋顶上跌落下来。"圆白菜"吓得踢开毛毯发出低沉的叫声，从防毒面具上垂下的管子不停地颤动，令人厌恶的声音充满了整个房间，像是脑海中听到剔刮自己骨头的声音，那是被捆绑的男人磨牙发出的。男人被医生和看护人四个人按在地上，医生取出针头上不断流出药液的粗大注射器，被捆绑的男人额头青筋爆裂，圆睁的眼球突起通红。阿桥觉得男人似乎画了眼影，眼圈充血发黑。男人被捆绑着装在门袋里，不停地扭动身体，力气大得惊人，按住他肩膀的看护人被弹到了墙边。阿桥知道那个口袋是如何强烈地束缚着人身，如果被那块硬布包住、勒紧厚皮带的话，手指都似乎不能活动。探出身来看热闹的其他病人也发出欢呼。"那个人也真有劲，加油！加油！"袒露着和服前胸的老人喊道。看护人想要训斥老人，眼睛瞪着他，医生的尖叫阻止了看护人。男人用脖子和脚挺起腰板，皮带崩裂了，医生手握注射器发出尖叫。厚厚的皮带顺着男人的肌肉轮廓贴在他身上，随着声响裂开了几道裂缝。由于牙关咬得太紧，男人的牙齿似乎要从牙根断裂开来。皮带终于崩飞了，大概是皮带扣砸上了眼睛，一个看护人倒在地上满地打滚。病人的欢呼声突然高涨，阿桥闻到一股奇特的气味，那是从男人嘴里发出来的，是燃烧指甲的气味。阿桥感到一阵心跳，他曾经在浴室刺杀妮芭时闻到过与此相同的气味，菜刀的前端散发着这股味道。“钢铁巨人苏醒了，从太古时代起腹部流着鲜血，从大海中现身，埋没于胡萝卜、雷电和环状巨石柱群的钢铁巨人从沉睡中苏醒了，腐烂的鱼肉时代一去不复返了。钢铁和炸弹的时代重新到来，神从远方降临，赐予我们勇气，从这个囚禁地方解放我们，可以重新打乒乓球棒球啦。”老人两眼放光，大声喊道。医生正要将注射器刺进男人的喉咙，男人的手臂撕开了捆绑的布袋，那只胳膊掐住了一个看护人的脖子，手指嵌入了他的喉咙。看护人呻吟着拔出警棍抽打男人的手臂，传来了如同敲打坚硬胶皮的声音，撕破捆绑布袋的男人发出一阵狞笑，像是含水漱口时的笑声。医生想在裸露的手臂上打针，针头却插不进去。肌肤只是略微凹陷，但针头扎不进去。医生用力按压针头，针头连根折断。被掐住脖子的看护人的嘴和鼻子流出黄水，舌头变得苍白，下巴垂了下来。医生换了一根粗针头，将注射器按在男人脖子上，对准脖子上爆出的青筋，针头刺破了肌肤，但推进药液的针管纹丝不动。“不行!”医生低声说道。病人的欢呼声淹没了医生的声音，他反复摇头叹息道：“不行！究竟是怎么回事？这个家伙。”

阿桥走出监房，跑过走廊。诊疗室的地板很粘脚，那是因为药瓶摔碎，药液融化了地板上的漆布。听诊器、血压表、嵌口工具、点滴用胶皮管、白衣、夹子以及药片撒得满地都是。

外面是中午，阿桥钻过铁丝网，横穿院子。周围死一般寂静，花坛周围聚集着几万只飞蛾，在没有人迹的院子里，只有飞蛾拍打的翅膀声。没有病人身影的精神病院的院子就像是尚未准备就绪的刑场，究竟谁是死囚呢？阿桥走近涌出喷泉的椭圆形水池，他想喝口水。撕破捆绑布袋的男人口中喷出的气味以及燃烧指甲的气味让他口干舌燥。阿桥环视了一下周围，双手捧起池水刚想喝，不觉尖叫了一声，水面上漂浮着一层死飞蛾。

墙上铁门洞开，门旁边停着一辆窗玻璃粉碎的汽车，没有丝毫撞车的痕迹，后排座位上沾着鲜血，左边的车门折断了一半。阿桥走在住宅区和烟花工厂之间的道路上，随风飘来恶臭，那是一种酸臭刺鼻、令人睁不开眼睛的臭气。不过，那股恶臭却帮了阿桥的忙，他沿着公路向前走，路上没有碰上一个人，工厂和住宅区也没有人影。自己大概还有些疯病，阿桥这么想着，顺着带酸味的臭气向前走，如果没有那股刺激眼睛的臭气，他大概站在路中央不能挪步了。十字路口上停着几辆汽车，车上没有人，没有丝毫汽车事故的痕迹，信号灯仍然正常闪亮。阿桥打开车上的收音机，传来了男播音员的声音，阿桥将音量调到最大，听见播音员像播送天气预报那样缓慢地说着，重复着相同的内容。“请关闭煤气总阀，离家时请不要搬出家具，逃难通道请让六岁以下的儿童和八个月以上的孕妇优先通过。请关闭煤气的总阀，离开家时请不要搬出家具……”所有的广播电台都内容相同，阿桥在臭气的引导下继续向前走。他穿过学校的操场，低声说道：“一样。”这里和废矿岛的无人学校一样，到处散落着丢弃的小鞋、体操服以及装满教科书的皮书包，排球场边缘的白色石灰线只画了长方形的两条边就没了。阿桥穿过狭窄的商业街，客人从银行里逃走时丢下的购物袋里，肉和鱼已经开始发臭，饭馆的柜台上还扔着一个插着餐叉的汉堡肉饼，唱片店的唱机无声地旋转着，水果店门前踩烂的葡萄、梨、香蕉已是苍蝇成群，但还没有干。

阿桥找到了臭气的发源地，周围栽着竹子的公园地面上撒满了白粉，酸臭就是来自白粉。阿桥捂住眼睛想跑过去，覆盖公园一半的蓝色塑料布映入眼帘，和踩烂的水果一样，苍蝇大量聚集着。阿桥走过去，轻轻掀起塑料袋的一角，里面露出人的脚趾。阿桥惊叫一声，抬起右手咬住了手背，手背上淡淡地散发出燃烧指甲的气味，但阿桥没有察觉。竹林里传来知了的叫声，阿桥捂住嘴跑进竹林。他忍着恶心向前奔跑，大概是没有阳光的缘故，竹林十分潮湿，松软的泥土混进鞋里，让人感觉脚步沉重。竹林边上有一条死狗，头骨被人敲碎了。阿桥停住脚步，想应该埋葬这条狗，要挖一个很深很深的坑埋葬它，这样恶心也许一会儿就消失了，大概还能静心思考一下周围这些莫名其妙的事情。泥土非常松软，挖坑十分简单，他想起了在药岛空地上埋葬婴儿尸体的事。清风吹着竹叶沙沙作响，恶心已经缓解，喉咙的干渴也消退了，他感觉身体变得十分轻盈，就像呛了一口海水时的感觉，喉咙和胃里火辣辣的，但心情十分舒畅。阿桥嗅到一股燃烧指甲的气味，非常强烈的气味，他感到一阵晕眩。挖完土坑抓住死狗的后腿，就是这个时候，他感觉到身体以惊人的速度迅速膨胀起来，而且突然产生一股强烈的冲动，想要撕裂手上死狗的尸体。阿桥十分吃惊，突然袭来的冲动在体内爆炸性地膨胀，他闭上双眼不停地摇头、咬紧嘴唇，但膨胀无法消退。阿桥感到恐惧，想要松开抓住死狗的右手，就在这一刻，太阳穴发生了剧烈的刺痛，阿桥下意识地使劲抓住死狗，于是太阳穴的疼痛消失。他用左手抓住狗的另一只腿。“撕开!”又一次听到了那个声音。阿桥身上泛起鸡皮疙瘩，紧闭住嘴。说话的是阿桥自己，怎么了？出了什么事？难道自己又发疯了吗？好像头上破开了一个洞，灌进了热水。只要想松开死狗，太阳穴就像破裂似的。“撕开!”自己的嘴不听使唤，声音脱口而出。“开什么玩笑!”阿桥歪着嘴低声说道，“我从前是被狗从寄物柜里救出来的，不能糟蹋悲惨的死狗!”阿桥大声喊着放开了狗，忍耐着太阳穴的剧痛，摇摇晃晃走出了竹林，模模糊糊感觉到眼睛刺痛，无法睁开，脚底踩在灼热的柏油上。他摸自己的脑袋查看是否有洞，因为感到热油在不断地往脑袋里灌。油是燃烧着的动物脂肪，油加快了血流，紧贴在肌肉上，使肌肉痉挛，全身紧绷。大腿在发热，热得无法忍耐，阿桥闭着双眼奔跑起来，撞上了白杨树、汽车保险杠、垃圾袋、墙砖、电话亭、电线杆，他知道自己的额头在淌血，但感觉不到疼痛，每次碰到障碍物，肌肉硬度都有增加。阿桥翻倒在狭窄的水沟里，通过温热的脏水感觉到有人。阿桥微微睁眼，看见浸在脏水里的人脚，体内又升起对狗产生的冲动，一下子睁大了双眼。眼前有林荫道和街道，热气升腾，一个精神恍惚的女人一脚踏进臭水沟，坐在地上。燃烧的脂肪在全身沸腾，阿桥感觉自己成了一个巨人，嘴里淌出绿水，只用一个小手指便可杀死坐在眼前的女人。阿桥走近女人，那个女人是身穿圆点花纹连衣裙的孕妇，左肩受了伤。她用脚搅着水沟里的臭水，看着阿桥无力地微笑了一下，对阿桥说道："已经不恶心了，能喝啤酒了吧，大夫？大夫，我妊娠反应不重，一直忍着不敢喝啤酒。"每走近女人一步，阿桥面颊上的肌肉都放松一点，脑海中浮现出自己双手按在女人的嘴上撕开女人面庞的情景。撕开！一定要撕开！阿桥想道。女人的喉咙咽下唾沫，不停地颤抖。阿桥在狞笑，发出含水漱口时的笑声。他将手伸向孕妇的头发，抓住头发将她从水沟里拖出来，在女人喊叫之前将右手塞进她的嘴里。女人喉咙里吐出酸液，紧紧地卷起舌头。阿桥将抓住头发的左手搭上女人的下巴，这时，他感到周围的空气温柔、凉爽、惬意，全身沉浸在一种异常的幸福感之中。女人的嘴唇裂开了一条缝，阿桥浑身一颤，他听到了心脏的搏动，从远方传来。没错，在极度的快感和异常的幸福之中杀死孕妇时，这个声音一定能够包容自己的全身。可是，那是谁的心脏？是自己的？还是那个女人的？阿桥窥视着女人大大张开的喉咙底部，幽暗的黑洞里，无数条血管纵横交错，最深处有一条薄膜，那是沾满白色斑点的半透明黏膜。那里浮现出一个熟悉的形状，美丽的鸟在漫天大雪中张开翅膀的形状，是孔雀，是阿菊枪杀女人的圣诞前夜看到的孔雀。年老生病的女人站立在绿色和银色的翅膀下面，阿桥暴跳如雷，剥下静静地微笑着的生病老作家的肌肤。一个从没见过的女人隐藏在老作家的肌肤里面。“是吗？原来是你把我扔在寄物柜里的啊。”阿桥低声说道。阿桥撕开了生母的前胸，拨开内脏钻了进去，有一个暖融融、滑溜溜、湿漉漉的不停收缩的红色血块。是心脏。“终于找到了。”阿桥喊道，“就是这个心脏的声音吗？是生下我的女人的心脏声音吗？我出世以前一直在听这个声音。”阿桥感谢那个声音，感谢那个为自己带来力量和异常的幸福感的声音，不能憎恨那个声音。阿桥宽恕了母亲，还感谢老作家和孔雀以及为自己映照出这些的半透明的薄膜。他想，不应该杀死眼前这个具有黏膜、血管、幽暗的黑洞和僵硬的舌头的女人。“去除我身上的力气，抽出我的血，给我套上那坚硬的捆绑口袋，不要让我杀死这个女人。”阿桥开始寻找，寻找没有被燃烧指甲的气味支配的、没有被燃烧的脂肪传染的自己的器官。他从脚尖一直找到每一根毛发，没有找到，燃烧的脂肪支配了所有细胞。身上突然一颤，是哪里？阿桥拼命地寻找。是舌头。是舌尖。阿桥从前切断的舌尖的记忆。阿桥在咬紧的牙缝之中唤回舌尖的记忆，舌尖的记忆带着刺痛，一点点扩展到整个舌头。“我不会输！不会杀死这个女人，决不打消心脏的声音！”柔软的舌头从牙缝中显露出来，他想咬断舌头，舌头发出一阵刺痛。疼痛一点点在口中扩散，逐渐融化了粘在声带上的脂肪。对了，心脏的声音在不停地传送着信号，这个发疯的孕妇肚子里的胎儿也在接收着相同的信息。阿桥吸了一口气，凉爽的空气冷却了舌头和声带，母亲通过心脏的跳动传送给胎儿的信号正在传递一个内容，信号的意思只有一个。阿桥又吸了一口气，清凉的空气使连接喉咙和嘴唇的神经瞬间复苏，阿桥哭出声来，和刚刚出世的婴儿一样哭出声来。自己不会忘记，不会忘记母亲传递的心脏跳动的信号，不要死，决不能死，信号那样告诉我，活下去！心脏喊叫着，不停地搏动着，肌肉、血管、声带是不会忘记这个搏动的。

阿桥的手放开了孕妇的下巴，发出婴儿一样的声音，渐渐离开了女人，走到无人的街道中心。阿桥的叫声变成了歌声。“听到了吗?”阿桥朝远方的摩天塔低语道。

“听到了吗？这是我的新曲。”

图书在版编目（CIP）数据

寄物柜婴儿/（日）村上龙著；栾殿武译. —上海：
上海译文出版社，2020.7
（村上龙作品集）
ISBN 978－7－5327－8481－3

Ⅰ. ①寄… Ⅱ. ①村…②栾… Ⅲ. ①长篇小说—日本—现代 Ⅳ. ①I313.45

中国版本图书馆 CIP 数据核字(2020)第 102974 号

寄物柜婴儿
[日] 村上龙 著 栾殿武 译
责任编辑/吴洁静 装帧设计/山川制本 插画师/木内达朗

上海译文出版社有限公司出版、发行
网址：www.yiwen.com.cn
200001 上海福建中路 193 号
江阴金马印刷有限公司印刷

开本 787×1092 1/32 印张 15 插页 5 字数 241,000
2020 年 11 月第 1 版 2020 年 11 月第 1 次印刷
印数：00,001—10,000 册

ISBN 978－7－5327－8481－3/I・5212
定价：58.00 元